AF414656

رواية

فســـاد
سجلات العرش الأخير

أحمد ألف الرحيم

فساد: سجلات العرش الأخير
تأليف: أحمد ألف الرحى

للتواصل مع المؤلف:

رقم الـ ISBN الخاص بالرواية: ‎978-9950-421-77-6

الإصدار الأول
لعام 2025

 # سجلات العرش الأخير

لسبب ما، حال البشر كان دومًا أسير سؤالٍ واحدٍ فريد من نوعه، مهما اختلفت الحقبة أو المكان، كيف لهم أن يتطوروا، وكيف يمكن لهذا الجنس أن يعلو في هرم الكائنات، وهذا السؤال لم يكن يتردد في عقول البشر أنفسهم فقط، بل في عقول أجناسٍ أخرى كانوا يرونهم في حالة هبوط متعمد، تهميش مقارنة بباقي المخلوقات، لقد آمنوا بأن هذا الكائن الضعيف الجاهل، بوسعه أي يبلغ مستوىً مختلفًا، مستوىً أعلى، إن منح فرصة، وحصل على ما يفتقده. لو عدتَ وأنا في دروب التاريخ، لوجدنا أن لا أحد امتلك يومًا إجابة هذا السؤال، فالحكاية التي وجدتُ لتجيب عنه، لم تكن سوى حبرٍ على صفحات سجلٍ لكارثة عظيمة خلقتُ، ليس بجهل البشر كما يصور لك ظنك، بل بسبب فضول الحكّام أنفسهم. تلك الفرصة الممنوحة للبشر، ما كانت إلا شكلًا جديدًا من أشكال العذاب، وحده من تجرّعه عرف الإجابة، لكنه ظل عاجزًا عن البوح بها، فقد كانت أكثر واقعية من أن تُصدّق.

ثم تمحور حلم تطوير البشرية حول سؤال وحيد آخر، هل العلم أم القوة ما يحتاجه البشر لكي يرتقوا، سؤال أكثر سخافة من السؤال الأول، ورغم أنَّ كلا الخيارين كانا وجهين لعملة واحدة غُمِّستْ في نيران هذا العصر ذاتها، بداية كارثة، إلا أنَّ كل وجهٍ منها رسم طريقًا مختلفًا للبشر في طوله ومساره، صُهر في قصة فريدة واضحة تعلمنا تأثير ذلك التغيير عليهم، وإن كانت هذه التجربة فاسدة حتى النخاع، وغير منطقية، وغير عادلة، تجربة غير علمية البتة، لوّثتها متغيرات من أجناس وقوى لا يمكن قياس تأثيرها، إلا أنني كذبتُ حين قلتُ إنها لم تمنحنا إجابة، بل إن كنتَ عاقلًا، أكثر كسلًا من خوض مغامرة مجهولة الوجهة، بشريًا من العصر الحديث، لربما أدركتها بنفسك قبل حتى أن تعلم أحداث هذه القصة، فالإجابة، ورغم ولادتها من رحم الخيال، كانت أكثر واقعية من أن تُصدّق، ولهذا السبب بالذات، لم تخطر على بال كائن، لقد رفضوا أن تكون إجابة بهذه البساطة هي ثمن تجربة بتلك العظمة.

الفهرس

الفهرس

الملاحظات

عناوين المشاهد في الرواية تكون بالمنهجية التالية

(1)

(العالم صفر واحد – بلسان الراوية أثينا – يوم إعلان الحقبة الأخيرة – الفصل الأول من مصيدة السمك)

القصص تحتوي عدد معين من المشاهد، وهذه المشاهد مرقمة حسب ترتيبها في القصة وليس حسب وقوع أحداثها، ويتم تضمين كل مجموعة من المشاهد المتتابعة ضمن فصل داخل القصة. الفصل قد يتبع الفصل الذي قبله أو يعود في الأحداث إلى الماضي، وبهذا يكون ترتيب الأحداث الزمني حسب الفصول وليس المشاهد. كل فصل يحتوي على: العالم الذي تدور فيه الأحداث، وراوي يتم توضيحه، وملاحظة إضافية قد تسهل ترتيب الأحداث. مع العلم أنه يتم حذف أحد النقاط الثلاثة أحياناً، وحينها النقطة المحذوفة تكون مشتركة مع الفصل السابق وحذفتْ لعدم التكرار.

تنويه: تحتوي الرواية على بعض المعتقدات الخرافية أو الفلسفات الخاطئة التي يمكنك فقط تجنب التمعن فيها وما هي إلا لدعم عالم الرواية الخيالي وعكس وجهة نظر الشخصيات حوله. وربما تحتوي أيضًا على بعض العبارات ذي المعاني الجنسية غير المباشرة رغم أني قمت بتجنبها بشكل كلي. لهذا لا أحبذ لذو الأعمار الصغيرة قراءة هذا النوع من القصص.

تنويه هام: هذه القصة هي من نسج الخيال. كافة أسماء الشخصيات والمنظمات وما شابه وهمية. لا ـــــ صلة للقصة بأي وقائع حقيقية قد تتشابه حدثت أو قد تحدث في لحظة ما. ـــــ

(1)

(العالم صفر واحد – بلسان الراوية أثينا – يوم إعلان الحقبة الأخيرة – الفصل الأول من مصيدة السمك)

في الصفحات الأولى من هذا التاريخ، نصدف قصة لم تكن تلقى اهتمامًا يُذكر مقارنةً بأحداث الطوفان القرمزي الذي تلاها، حتى أنا سأضعها ضمن قصة أخرى لأن لا مكان لها ليشرفها، لكن هنا، في هذه الصفحة المنسية، يكمن الفتيل الخفي الذي أشعل حريق عوالمنا، الفساد نفسه، وهي ليست قصة معركة أو خيانة عظمى، بل قصة أبسط وأكثر رعبًا، لحظة ملل.

حاكمة السماء، وهو لقبٌ فارغ كبريق النجوم البعيدة لم يكن له وجود إلا خلال هذه الحقبة، ولا يصف شيئًا سوى المسافة الهائلة بينها وبين الحياة الحقيقية، كانتْ تراقب من مقر العوالم عوالمها ومخلوقاتها، كل شيء يسير وفق نظام دقيق، كل كائن يؤدي دوره في سيمفونية كونية رتيبة، وهذا النظام ذاته كان مصدر سأمها اللامتناهي، لهذا أعينها كانت تعود دومًا إلينا، نحن البشر، كنا الاستثناء الصاخب الوحيد في هذا الكون الصامت، كائنات فوضوية، هشة، قصيرة العمر، تتخبط في دوامة من الحب والكراهية، الأمل واليأس، حياتنا كانت أشبه بومضة قصيرة وعشوائية، لكنها كانت حقيقية، ولهذا رأتْ فينا ما تفتقده.

بدأتْ رحلاتها خلسة، تمردًا طفوليًا على قوانين كونها الصارمة، وبرفقة خادمتها التي هي بمثابة ظلها وصوت عقلها الذي نادرًا ما كانت تصغي إليه، كانت تهبط إلى عوالمنا. في البداية لعبتْ دور المراقبة، ثم تجرأتْ على المشي بيننا، متخفية في رداء بسيط، تخفي ألوهيتها خلف ابتسامة امرأة عادية، لقد أحبّتْ ضجيج أسواقنا، ورائحة الخبز، وضحكات أطفالنا

الفوضوية التي كسرتْ صمت عالمها الأبدي، عشقتُ قصصنا التافهة عن الحب الضائع ومغامرات الفرسان، وعشقتُ ضعفنا الذي كان يجبرنا على التكاتف، وخوفنا من الموت الذي كان يمنح كل لحظة من حياتنا قيمة لا تقدر بثمن، لدرجة أنها تمنّتْ، في سرها، لو أنها تستطيع أن تنسى أنها حاكمة، وتنسى مسؤوليات السماء، وتصبح فقط مجرد واحدة منا، ولكنها لم تكن منا قط، وهذه هي بذرة الكارثة.

في يوم من تلك الأيام، قادتها خطواتها إلى جبل حوريب، تحت سماء برتقالية بدتْ وكأن الشمس قد ذابتْ فيها، صادفتْ بقايا قافلة ضلتْ طريقها، كانوا أشباحًا يرتدون ثياب البشر، رجالًا ونساءً قد أنهكهم العطش حتى تيبستْ ألسنتهم، برفقتهم جِمالٌ ضعيفة بالكاد تقوى على حمل عظامها، وعندما رأوا الحاكمة بردائها الملكي وخادمتها تقتربان، مثلتا لهم وهمًا من نور، سرابًا تجسد على هيئة خلاص. تقدم زعيمهم، رجلٌ كانت خريطة اليأس محفورة على تجاعيد وجهه، زحف على الرمال حتى انهار عند قدميها، لامستْ جبهته التراب الحارق دون اكتراث، ولم تخرج من شفتيه المتشققة سوى همسة متكسرة، توسلٌ من أجل أبسط مقومات الوجود، بعض الماء. هناك، وفي تلك اللحظة، وبينما كانت تطالع ذلك المشهد من الانكسار البشري المطلق، حدث شيء في داخلها، لم تكن تفكر في إيجاد الماء لهم، بل في السؤال الذي ولد من رحم المشهد، لِمَ كل هذا الضعف؟ لِمَ كل هذه المعاناة المفروضة على أعز كائناتها؟ حينها، حاولتْ الخادمة، بصوتٍ خافت كحفيف الرمل، أن تذكرها بحكمة ضعفهم ذاك، وأن مصائرهم ملكهم وحدهم والقانون السماوي يمنع التدخل في حياتهم، لكن الحاكمة لم تكن تستمع، لمعتْ في عينيها شرارة غير معهودة، فكرة ولدتْ من كبريائها، رفضتْ منطق خادمتها، فما قيمة القوانين أمام من تملك القوة المطلقة لصنعها وتجاهلها، واتخذتْ قرارها، ليس لمساعدة تلك القافلة فقط، بل لتغيير مسار جنس بأكمله، لقد آمنت أنها ستزيح عن كاهلهم عبء ضعفهم بمنحهم فرصة لم يحلموا بها قط، أمنية.

امتدت يداها نحو السماء فجأة، فتغير لونها البرتقالية إلى آخر أسود، وتجمعت غيوم لم تعرفها الصحراء من قبل، شعر البشر بالخوف، خادمتها كذلك، لأنها رأت في عيني سيدتها ذلك المزيج المقدس والمدنس من الشفقة المطلقة والغرور المطلق، ثم أعلنت بصوتٍ لم يكن بشريًا أبدًا، قرارًا تردد صداه في أركان الكون إلى يومنا هذا، لم يكن مجرد وعدٍ بالماء، بل كان إعلانًا بنهاية عصر ضعفهم وبداية آخر، لقد أهدتهم حينها الماء فرصتهم الأولى، حققتُ لهم أمنية خارقة استجابة لطلبهم، فاتحةً بذلك أبواب ما عُرف لاحقًا في سجلاتنا الدامية بالأعوام القرمزية. لم يفهم رجال القافلة معنى الكلمات آنذاك، لكنهم، وفي مشهد الختام، رأوا المطر يهطل من السماء الصافية، والصحراء من حولهم تتتحول إلى جنة خضراء، شربوا وهم يبكون من الفرح، لقد حصلوا على مبتغاهم، ولكن هذا التغيير في العالم لم يكن ببساطة طلبهم، إن كل قطرة ماء كانت تحمل في طياتها بذرة الطوفان القادم. هكذا بدأت حكايتنا، نزوة حاكمةٍ أحبتنا كثيرًا، وإن كان ليوم واحد مزيف فقط بالنسبة لها.

(2)

(العالم صفر واحد – الفصل الثاني من مصيدة السمك)

دعونا من سجلات الملوك والحكام للحظة، فالتاريخ الحقيقي، التاريخ الذي يهمنا، لا يُكتب في السماء، بل يُنقش بصمت في قلوب المنسيين هنا على الأرض، وقبل أن يولد الطغيان من رحم القوة، وقبل أن يبتلع العلم العالم، كانت هناك فتاة صغيرة، لم تكن تعرف أنها تقف في مركز الكون آنذاك، وأن حاكمة تشعر بالملل قد وجهت أنظارها إليها، كانت مجرد متغير بسيط في معادلة لم تطلب يومًا أن تكون جزءًا منها، اسمها آسية، ولكن في أزقة نونا الموحلة، لم تكن تملك اسمًا، بل لقبًا، صائدة الديدان.

12

مدينة نونا في تلك الأيام كانت تشبه جوهرة متصدعة لا تزال تلمع تحت الشمس، شروخها تتسع يومًا بعد يوم كلما اقتربتْ الحرب من أطرافها، وعندما باتتْ عاصمة الإمبراطورية الأخيرة بعد سقوط روما، أمستْ منارة ضخمة تجذب كل من لفظتهم الحرب من القرى المجاورة، وكل من يبحث عن ثروة سريعة، حينها انقسمتْ المدينة إلى نصفين يفصل بينها جرف غير مرئي من الكبرياء والمال، في الأعلى، كانت قصور النبلاء والتجار، بأسوارها الرخامية التي تبدو وكأنها تحاول أن تمس السماء لتبتعد عن فوضى الأرض، وفي الأسفل، كلما ابتعدتَ عن الماء واقتربتْ من الساحل، تخالط مدينة أخرى من الظلال والأكواخ، بنيثْ من بقايا أحلام الآخرين، وفي النقطة التي تلتقي فيها أطراف المدينة بأمواج المحيط، كان كوخ آسية، ولم يكن بيتًا خشبيًا، بل كان ندبة على وجه الشاطئ، كومة من أخشاب السفن الغارقة التي جرفها البحر، ربطتها بحبال بالية وجذور متيبسة، نحتها الهواء المالح حتى أصبحتْ بيضاء اللون، وكانتْ الفتحات بين الألواح أكثر من الألواح نفسها، تعزف الريح ألحانًا من المأساة داخل الكوخ ليلًا، وكانتْ النجوم تزورها دون استئذان، وفي ليالي العاصفة، كانتْ أمواج البحر الغاضبة تلتهم الشاطئ وتضرب الكوخ، فتشعر وكأنها عادتْ إلى رحم سفينة غارقة، تتقاذفها الأهوال، لكن بالنسبة لها، كان هذا هو صوت منزلها، وهذه هي طقوس حياتها الهادئة.

روتينها اليومي لا يتغير، دقيقًا كحركة الشمس التي سرقتها منها القصور العالية، لم تكن تستيقظ على صياح الديكة، بل على شعاع شمس وحيد، حاد كالسيف، يخترق فجوة معينة في سقف كوخها في وقت ثابت قبل الظهيرة، وكان هذا هو منبها الخاص، تتذوق الملح على شفتيها، وتنهض، ثم تخرج إلى البحر، وكان المحيط هو كل شيء إلى جانب سريرها، تغطس في مياهه الباردة التي تصعق جسدها النحيل، فتغسل عن جلدها عرق النوم وملحه وتعب الأمس، وتغسل رداءها الوحيد البالي الذي أصبح لونه بلون الرمال، ثم تنشره على صخرة كبيرة وتجلس بجانبه عارية تحت الشمس، تنتظر أن يجف، وكانتْ تلك

لحظات التأمل في يومها، ترى الناس يمرون، وترى نظرات الاشمئزاز في عيون السيدات النبيلات وهن يشددنَّ على أيدي أطفالهن ليبتعدوا عنها، وترى سخرية التجار وهم يشيرون إليها كعبد ربما، وكانت ترى كل هذا، لكنها لم تعد تشعر به، لقد تعلمتْ أن تحني رأسها وتنظر إلى رقص الأمواج الصغيرة على الشاطئ، فتصبح جزءًا من المشهد، غير مرئية.

وأحيانًا، كان حضور العجوز الطيب يكسر هذا الروتين، تاجرًا متقاعدًا يمشي كل يوم على الشاطئ، يجلس بجانبها دون أن يقول كلمة، ويستمع فقط إلى أغنيتها الهادئة التي كانت تدندن بها للأسماك، أغنية عن بحّار أحب حورية، أغنية سمعتها من أمها. كانت تفرح لرؤيته، وتخبره بسيل من الكلمات عن السمكة التي كادتْ أن تصطادها البارحة، وعن شكل السحب اليوم، وعن حلم رأته، وكان هو مستمعها الوحيد في هذا العالم، وفي نهاية حديثهما، يضع في يدها تفاحة أو قطعة خبز مُرَّة صغيرة مع بضع عملات، ويضغط على يدها ويمضي، تاركًا إياها مع طعم نادر من الحلاوة واللطف.

وعندما تجف ملابسها، تبدأ رحلة العمل فورًا، تمشي حافية القدمين إلى الميناء الصاخب، عالم آخر من صراخ البحارة ورائحة السمك المتعفن والقطران، تقف في مكانها المعتاد، في نهاية الرصيف الخشبي، بعيدًا عن الصيادين الحقيقيين بشباكهم الكبيرة وقواربهم، وتلقي بسنارتها البدائية، قطعة من الخشب مع خيط سرقته من شراع ممزق، وتنتظر. كانتْ الساعات تمر وهي تراقب بصبر، ترى سفن الصيد العملاقة تعود مثقلة بالخيرات، وترى الفرسان بدروعهم اللامعة ينزلون من السفن الحربية مثقلين بالجراح، وكانتْ كل هذه الأحداث الكبيرة في العالم مجرد خلفية هادئة ليومها الطويل. في أفضل الأيام، كانت تعود بسمكتين صغيرتين، واحدة تطهوها على نار صغيرة أمام كوخها، فتأكلها ببطء، مستمتعة بكل قضمة، والأخرى تبيعها في صباح اليوم التالي مقابل حفنة من الديدان وقطعة نحاسية واحدة أو اثنتين، هذه القطع كانت تتجه مباشرة إلى صندوقها الخشبي الصغير، كنزها

المدفون تحت الرمال داخل الكوخ، وكان هذا الصندوق هو وعدها المقدس، ثمن رحلتها إلى الجبل الأسود، إلى والديها، لم تلمس منه قطعة واحدة قط، مهما اشتد بها الجوع.

كانت هذه هي حياة آسية في السابق، روتين من المعاناة التي كانت تعتبرها هي سلامًا، لم تكن تعرف المأساة الحقيقية، لأنها كانت تعيش في قلبها، ولم تكن تعلم أنها مجرد سمكة صغيرة في شبكة صياد أعظم، وأنها كانت تصلي كل ليلة من أجل الشيء الذي سيدمرها، أن تعلق سنارتها أخيرًا بصيد ثمين.

(3)

كان يومًا آخر من تلك الأيام التي تشبه بعضها البعض، يومًا من الانتظار تحت شمس نونا الحارقة، آسية تجلس في مكانها المعتاد على حافة الرصيف الخشبي، قدماها النحيفتان تتدليان فوق الماء، وسنارتها البدائية مغروسة بين لوحين متآكلين، عيناها نصف مغمضتين، لا تراقبان الخيط بقدر ما تستمعان إليه، فقد علمتها سنوات الفقر أن الأمل له صوت، وأن الرزق له إحساس قبل أن تراه العين، حتى فجأة، حدث شيء ما، لم يكن ذلك الشد العنيف والمقاوم لسمكة كبيرة، ولا الشد الخفيف لسمكة صغيرة فضولية، كان شيئًا مختلفًا، ثقلٌ هائل ومفاجئ، وكأن يد جبار قد أمسكتْ بالطعم من الأعماق وسحبتْ الخيط إلى الأسفل. انتفض جسد آسية، وتدفقتْ الحياة في عروقها، للحظة، لمعتْ في عينيها شرارة من الفرح الخالص، حلم الصياد بسمكة ستغير حياته، سمكة ستكون ثمن رحلتها إلى الجبل الأسود دفعة واحدة، تشبثتْ بالسنارة بكلتا يديها، وشدتْ عضلاتها النحيلة، لكن الخيط لم يتزحزح، لقد أصبح مشدودًا كوتر كمان، ساكنًا وميتًا.

تلاشى حلم السمكة الكبيرة، وحل محله الانزعاج المألوف للصياد، لقد علق الطعم في شيء ما، صخرة، أو ربما في هيكل سفينة غارقة تكثر في هذا الميناء، تنهدت آسية، ولم تكن تنهيدة يأس، بل تنهيدة عمل، فالطعم ثمين، والديدان التي اشترته بها كلفتها ثمن سمكة الأمس، ولم يكن خيار التخلي عنه مطروحًا. نظرت حولها، لم يكن أحد يكترث، فخلعت رداءها البالي ووضعته جانبًا بعناية، ثم، وبلا تردد، انزلقت في مياه الميناء الدافئة والملوثة، كان الغوص في هذا المكان أشبه بالغوص في تاريخ المدينة المنسي، بين بقايا شباك قديمة وجرار مكسورة وأحلام غارقة، وكلما نزلت أعمق، كان ضجيج الميناء يختفي، ويحل محله صمت أزرق كثيف، وأشعة الشمس تتراقص عبر سطح الماء، ترسم خطوطًا مضيئة على القاع الموحل تريها طريقها، وخيطها المشدود الذي يقودها كخيط قدر إلى بقعة مظلمة بين الصخور، وهناك رأته، لم تكن صخرة، ولم يكن خشبًا، كان شيئًا معدنيًا، غريبًا، يلمع ببريق باهت من تحت طبقات الطين والطحالب، وطرف السنارة عالقًا في فجوة منقوشة عليه.

حررت السنارة بسهولة، لكن فضولها تغلب عليها، لمست السطح المعدني، كان باردًا وصلبًا على نحو غريب، حاولت تحريكه، لكنه كان أثقل من أن يتزحزح، ذهبًا ربما، وأدركت أن أي قطعة معدنية بهذا الحجم تساوي ثروة أكبر من كل الأسماك التي حلمت باصطيادها، لهذا عادت إلى السطح ورئتاها تحترقان، جلست على حافة الرصيف تتنفس بصعوبة، وتفكر بينما قلبها يخفق بقوة، بالنسبة لها، لم يعد الأمر يتعلق بإنقاذ طُعم، بل أصبح يتعلق بانتشال كنز غارق. تركض إلى كوخها، وتحضر الحبال القليلة التي كانت تملكها، ثم تعود، كانت عملية شاقة ومؤلمة، تغطس مرارًا وتكرارًا، تربط الحبال حول القطعة المعدنية، فترتجف يديها من البرد والجهد، وعندما تعود إلى الرصيف أخيرًا، تبدأ معركة الإرادة، سحبت الحبل، بكل ما أوتيت من قوة، شعرت بجلد كفيها يتمزق، وبألياف الحبل الخشنة تحفر فيها، وشعرت بألم حارق في كتفيها وظهرها، والعرق المالح يختلط بماء البحر على وجهها، كانت تئن مع كل شدة، وترفض أن تستسلم، كانت تلك هي روح آسية الحقيقية، الفتاة التي

حولتها المعاناة إلى كائن من العزيمة الخالصة. بطيء، بدأ الشيء يتحرك، انشق سطح الماء، وظهرتْ القطعة المعدنية أخيرًا، تقطر طينًا وماءً من كل شق فيها، سحبتها بكل ما تبقى من قوتها إلى الرصيف الخشبي، وانهارتْ بجانبها تلهث.

عندما استعادتْ أنفاسها، ذهبت تزيل طبقات الزمن عن صيدها، مسحتْ عنه الطين اللزج، ثم قشرتْ الطحالب الخضراء، ثم حكتْ الصدأ والأصداف الصغيرة التي التصقتْ به، وشيئًا فشيئًا، تحت ضوء الشمس، بدأ المعدن الحقيقي يظهر، لم يكن حديدًا خامًا، بل كان برونزًا مصقولًا، ورغم كل شيء، كان لا يزال يحمل نقوشًا معقدة لنسر يصارع ثعبانًا، ولم تكن قطعة من مرساة أو هيكل سفينة كما اعتقدتْ، بل قطعة منحوتة ومصممة بعناية، وكأنها الجزء العلوي من درع صدرية سميك، درعٌ لا يرتديه صياد أو تاجر، بل فارس بطل أو ملك عظيم. في تلك اللحظة، لم تكن آسية تعلم أنها انتشلتْ من البحر ما هو أثقل من مجرد معدن، لقد انتشلتْ دليلًا على جريمة، ومفتاحًا لثروة، وسببًا لحرب.

(4)

لم تضيع آسية لحظة واحدة، تركتْ سنارتها وحبالها على الرصيف، فقد أصبحتْ فجأة أشياء تافهة من زمن آخر، وحملتْ صيدها البرونزي بين ذراعيها، وذهبتْ تجري في أزقة نونا الضيقة، لا تشعر بحصى الطريق تحت قدميها الحافيتين، وقلبها يخفق بمزيج من الحماس والخوف، كانتْ هذه القطعة المعدنية هي تذكرتها للخروج من هذا الجحيم، لكنها كانتْ أيضًا سرًا ثقيلًا، وكانت غريزتها تخبرها أن إظهارها للجميع قد يكون خطيرًا، تجاهلتْ الباعة الصغار، وتجاوزت نظراتِ الجنود الرومان الفضولية، كانتْ تبحث عن وجه واحد مألوف، شخص يمكنها أن تثق به في هذا العالم الذي لم يمنحها ثقته يومًا.

17

ثم رأتْ العجوز الطيب في زاوية ساحة السوق، كان يقف بجانب عربته الخشبية المتهالكة التي كانت بمثابة متحف متنقل، تعرض كل ما هو غريب ونادر، كان هو الشخص الوحيد الذي قد يفهم قيمة ما تحمله، اقتربتْ منه بتردد، ووضعتْ الدرع أمامه على طاولة خشبية، لم تتكلم، فقط أشارتْ بعينيها. نظر العجوز إليها، ثم إلى القطعة المعدنية، وتغير شيء في وجهه، اختفتْ التجاعيد الهادئة، وحل محلها قناع من التركيز العميق والجدية، أخرج من جيبه عدسة مكبرة صغيرة، وبدأ يفحص كل نقش، كل خدش، كل ثلمة في البرونز، مرتْ الدقائق وكأنها ساعات، وآسية واقفة أمامه تحبس أنفاسها، تتأرجح بين أمل الثراء وخوف الخيبة، حتى أخيرًا، رفع العجوز رأسه، لكنه لم ينظر إلى الدرع، بل نظر في عينيها مباشرة، وكانتْ نظرته تحمل ثقل قرون من الزمان، ثم همس لها بصوت خافت:

- الكنوز الخطيرة تجد دائمًا أكثر الأيدي براءة لتحملها، فمن أين أتيتِ بهذا الرعب يا صغيرة؟

لم تفهم آسية معنى الرعب من كلامه، كل ما سمعته كان كلمة كنز، ولهذا أجابتْه بسرعة:

- لقد اصطدته من البحر، فهل يساوي شيئًا؟ ما يكفي... للسفر خارج نونا؟

تنهد العجوز تنهيدة طويلة، وكأنه يحمل هموم العالم على كتفيه، ثم أشار إلى صندوق خشبي صغير بجانبه، وقال لها بينما يغطي الدرع بهدوء:

- اجلسي. لم تأكلي شيئًا منذ الصباح، أليس كذلك؟

جلسا معًا على الأرض، وفتح العجوز صرة قماشية تحتوي على خبز يابس وقطعة جبن وسمكة صغيرة مشوية كانتْ قد بردتْ تمامًا، نظر إلى آسية التي كانت عيناها مثبتتين على السمكة، فدفعها نحوها، التهمتها الفتاة بلقمتين، بنهم كائن لم يذق طعامًا حقيقيًا منذ يومين، وكان العجوز يراقبها، والحزن يرتسم في عينيه، ثم سألها بهدوء:

- أهلكِ، هل أخذتهم الحرب؟

هزّتْ رأسها نافية، وفمها ممتلئ، ثم جاوبتْ العجوز بعدما أفرغته:

- لا أعلم، لقد وضعاني في عربة وهربا، قالا إنهما سيجدان مكانًا آمنًا في الجبل الأسود ويعودان من أجلي، والآن أنا أحاول أن أعود إليها.

أومأ العجوز برأسه، وقد فهم كل شيء، فهم سر الجوع في عينيها، وسر العزيمة في يديها الممزقتين، نظر إلى الدرع، ثم إليها، ثم اتخذ قراره، قرارٌ، كما أعلم الآن، كان مزيجًا من الشفقة والخطأ الفادح، وقال لها:

- بيع هذا الكنز سيكفي لرحلتك، ولشراء ملابس جديدة، ولتبدئي حياة هناك، لكن يجب أن تغادري الليلة، لا تتأخري حتى الصباح.

نهض، واتجه إلى صندوق مقفل في عربته، وأخرج منه كيسًا جلديًا ثقيلًا، كان رنين العملات داخله أشبه بموسيقى سماوية في أذني آسية، وعندما وضعه في يدها، شعرتْ بثقله وكأنها تحمل حلمًا، ملأ الفرح قلبها، ولكن فضولها ظل معلقًا، فسألته قبل مغادرتها:

- شكرًا لك... شكرًا، لكن لم تخبرني بعد، ما قصة هذا الدرع؟

نظر إليها العجوز، وبدأ يحك لحيته الكثيفة ببطء، حتى قال لها أخيرًا:

- لا توجد له قصة بعد يا صغيرتي، لأن أصحاب القصص يموتون، وتبقى أغراضهم لترويها، هذا الدرع يعود للملك روما، لقد أعلنوا عن موته قبل أيام، لكن هذا هو الدليل على أنه كان هنا، في نونا، دليل على أنه هرب منهم ولم يمت كما يزعمون.

انحنى نحوها وخفض صوته إلى الهمس مُشبع بالخطر:

- يقولون إن أغسطس قد استولى على روما، وأن جيوشه تتحرك الآن لتطهر الإمبراطورية من كل أثر للملك القديم، والآن بعد أن وجَدْتِ هذا، فإن أعينهم ستتجه إلى هنا، سيحرقون المدينة كلها بحثًا عن رجل قد يكون ميتًا، وعن دليل مثله، لهذا عليكِ أن تهربي، خذي نقودكِ، واذهبي إلى والديكِ، ولا تنظري خلفكِ أبدًا، هل تفهمين؟

أومأتْ آسية برأسها بسرعة، وعيناها الواسعتان لا تدركان الحجم الحقيقي للخطر، كل ما كانت تراه هو الكيس الجلدي في يدها، وصورة والديها في خيالها، لقد باعها العجوز دليلًا على جريمة، واشترى لها حلمًا، ولم يكن أي منهما يعلم أن الثمن الحقيقي لهذه الصفقة لن يكون تلك النقود، بل سيكون رماد مدينة نونا بأكملها.

(5)

عادتْ آسية إلى الميناء، وقلبها لا يزال يخفق بصدى كلمات العجوز وتحذيره الذي لم تفهم معناه بالكامل، وصلتْ إلى مكانها المعتاد لتأخذ أغراضها، فلم تجد شيئًا، لقد اختفت سنارتها البدائية وحبالها البالية، ربما سرقها أحد المتشردين، أو ربما جرفتها موجة عابرة، في يوم آخر، كان هذا ليكون كارثة، نهاية أسبوع من العمل الشاق، لكنها اليوم، نظرتْ إلى المكان الفارغ بلا اكتراث، بل بابتسامة باهتة، وكأن العالم نفسه كان يخبرها بأن تلك الأيام قد انتهتْ، وأن حياة صائدة الديدان قد أصبحت فجأة شيئًا من الماضي.

في عزلة كوخها المظلم، أفرغتْ الكيس الجلدي على أرضيته الرملية، تحت ضوء القمر الذي تسلل من الشقوق، لمع الذهب ببريق دافئ وحي، بريق غريب عن هذا المكان الميت، لم تكن تعرف قيمة النقود جيدًا، لكنها بدأتْ تعدها، واحدة تلو الأخرى، تلمس كل قطعة وتستشعر وزنها في يدها، كانت تجربة سحرية، كأنها تعد النجوم التي سقطتْ من السماء

بين يديها، خمسئة عملة ذهبية، كان الرقم أكبر من أن يستوعبه خيالها، رحلتها إلى الجبل الأسود تكلف مئة قطعة بالكاد، وهذا المبلغ لم يكن ثمن حلمها فقط، بل ثمن حياة كاملة لم تكن تجرؤ حتى على الحلم بها.

وهنا، ولأول مرة في حياتها، قررتْ آسية أن تكون أنانية، أن تحتفل بهذه الليلة، أن تسرق ليلة واحدة من السعادة قبل أن تبدأ رحلتها الطويلة، خرجتْ إلى شوارع نونا، لكنها هذه المرة لم تكن شبحًا يتوارى في الظلال، كانت تمشي ورأسها مرفوع، وثقل الذهب في جيبها يمنحها جرأة لم تعرفها من قبل، اتجهتْ مباشرة إلى ذلك المخبز الذي كانت رائحة خبزه الطازج تعذبها كل صباح، اشترتْ رغيفًا كاملًا، دافئًا ومنتفخًا، شعرتْ بحرارته تتسرب إلى يديها، ثم اشترتْ قربة ماء عذبة ونقية، لا ماء الميناء المالح، ثم فعلتْ أكثر شيء جنونًا فكرت فيه يومًا، استأجرت غرفة في نزل صغير، غرفة لها جدران أربعة وسقف حقيقي، والأهم من ذلك كله، سرير من الريش، في تلك الغرفة، أكلتْ الخبز ببطء، قضمة بعد قضمة، مغمضة عينيها لتتذوق طعم الحياة الحقيقية للمرة الأولى، ثم ارتمتْ على السرير، فغاص جسدها النحيل في بحر من النعومة والراحة لم تكن تتصور وجوده، لقد نامتْ تلك الليلة، ودون أي مبالغة، أجمل نومة في حياتها، نوم عميق، بلا أحلام، بلا قلق من جوع الغد أو برد البحر، كانتْ ليلة مسروقة من الجنة.

في الصباح التالي، استيقظتْ آسية إنسانة مختلفة، وضعتْ كيس نقودها في مكان آمن، وخرجتْ إلى الأسواق، ذهبتْ إلى خياطة عجوز طلبتْ منها أن تحيك لها رداءً جديدًا، بسيطًا وقويًا يليق بفتاة مسافرة، لتقابل والديها في أجمل حلة لها، وبينما كان الرداء يُحاك، أكملتْ جولتها، اشترتْ طعامًا مجففًا يكفيها لأسابيع، واشترتْ سيفًا صغيرًا بالكاد كان قادرًا على صد ذئب، لكن حمله جعلها تشعر بالأمان، ثم ذهبتْ إلى إحدى الساحات، وجلستْ لتصفف امرأة شعرها الأسود الطويل الذي لم تلمسه يد حانية من قبل، ففككت عقده

ومشطته حتى أصبح يلمع كالحرير، ثم كانتْ آخر محطاتها عند صائغ مجوهرات، من بين كل الحلي، اختارتْ خاتمًا فضيًا بسيطًا، عليه نقش لزهرة زنبق صغيرة، اختارته هدية لأمها، في تلك اللحظة، وهي تمسك بالخاتم، كانت آسية في قمة سعادتها، قمة براءتها، كانت الفتاة التي حققت حلمها الصغير، تشتري هدية لأمها التي ستقابلها قريبًا. وفي طريق عودتها، وبعد كل ما انفقته، تبقى معها ثلاثمئة وخمسون عملة، ما يكفي لحياة رغد جديدة تنتظرها.

لقد ظننتُ أن كل شيء سيكون بخير، بل آمنت بذلك، لكنها، في غمرة سعادتها الأولى والوحيدة، نسيت التحذير الأهم الذي همس به العجوز في أذنها، لقد ابتلعتْ نشوة النوم على سرير من ريش، وفرحة الرداء الجديد، وطعم الخبز الدافئ، حكمة الخوف، ولقد أضاعتْ يومًا كاملًا، يومًا ثمينًا من الأمان اشتراه لها العجوز بماله، وهي تزين نفسها وتجهزها لرحلة مستقبل لم يكن مقدرًا له أن يأتي، ونحن، الذين نقرأ قصتها، ننظر إلى هذه اللحظة بقلب منقبض، لأننا نعلم أن أمل اليائسين ليس سوى شمعة جميلة تجذب فراشات الكارثة من كل حدب وصوب.

(6)

حصلتْ آسية على مهرها الصغير، ربطتْ أمتعتها بعناية، وذهبتْ تقف على عتبة حياة جديدة، رائحة البحر المالح اختلطتْ برائحة الخبز والطعام المجفف في حقيبتها بينما كانتْ تمشي نحو بوابة المدينة، لا كصائدة الديدان التي تغادر كوخها في الصباح، بل كفتاة حرة تذهب للقاء قدرها. كانتْ الشمس دافئة على بشرتها، ورداؤها الجديد يلامسها بنعومة غريبة يحجبها عنها، ولأول مرة، لم تكن تحني رأسها، بل كانت تنظر إلى وجوه الناس، وترى فيهم انعكاسًا لأملها الخاص، وهم كانوا يطالعونها بالمقابل، هذه المرة بنظرة تساؤل عمن تكون.

22

لكن القدر، كما نعلم، له حس دعابة قاسٍ، فقبل أن تصل إلى البوابة، عند آخر منعطف قبل الخروج من أسوار نونا، وجدت الطريق مسدودًا، لم يكونوا جنودًا نظاميين، بل كانوا مرتزقة، ذئاب بشرية تزدهر في أوقات الفوضى، كانوا يوقفون كل من يحاول الخروج، عيونهم الجشعة تبحث عن أي شيء ثمين في أمتعة الفارين، وعندما رأوا آسية، الفريسة السهلة، الفتاة الوحيدة، ترتدي ملابسها الجديدة، وتحمل حقيبتها الممتلئة، أحاطوا بها بخيولهم الضخمة، فبدت كزهرة برية حاصرتها سنابك الحديد، نظرت إليهم باستغراب، لم تفهم سبب هذا الحظر المفاجئ، ثم تحول استغرابها إلى خوف بارد تسلل إلى عظامها، صرخت بصوت حاولت أن تجعله قويًا، لكنه خرج مرتجفًا رغم ذلك:

-   ماذا تريدون؟!

كان سؤالها البريء هو الشرارة التي أشعلت غضبهم، نزل أحدهم عن حصانه، رجل ضخم تفوح منه رائحة العرق والنبيذ الرخيص، وصفعها بقوة على وجهها، فسقطت على الأرض وتناثرت أغراضها حولها، انفتح كيس نقودها، ولمع الذهب تحت الشمس كإعلان عن ثروتها، اتسعت عيون المرتزقة، وتحولت نظراتهم من مجرد مضايقة إلى جشع حيواني، في تلك اللحظة، فعلت آسية شيئًا أحمق آخر، أخرجت سيفها الصغير الذي اشترته لتشعر بالأمان، لوّحت به في الهواء بعشوائية، لكنه كان أشبه بغصن شجرة في وجه عاصفة، ركلة واحدة منه كانت كافية ليطير السيف من يدها، ويتركها عاجزة ومجردة من كل شيء أمامهم.

لاحقًا في ذلك اليوم، وبعدما استيقظت من ذلك الكابوس ليلًا، كانوا قد نهبوا كل ما لديها، الذهب، الطعام، الرداء الجديد، وحتى الخاتم الفضي الصغير الذي اشترته لأمها، وعندما انتهوا من سلبها كل ما تملك، جسدًا وروحًا، رموها في زقاق خلفي قذر وتركوها هناك، وحيدة مع حطامها، لم تعد تشعر بالألم الجسدي، لقد حل محله شيء أعمق وأكثر برودة،

شعور بالندم الحارق، والغضب الذي لا يوجه لأحد، بل للعالم بأسره، مقتتُ الحياة وعدالتها، مقتت ضعفها، ومقتت ذلك الأمل الغبي الذي سمحتْ لنفسها بالشعور به ليوم واحد فقط.

زحفتُ خارج الزقاق، وعادتْ أدراجها، لكن المدينة التي عادتْ إليها لم تكن هي المدينة التي تركتها صباحًا، كانتْ السماء حمراء بلون الدم، وأعمدة الدخان الأسود تتصاعد من كل مكان، ونونا تحترق حتى محيطها، لقد سقطتْ في يد أغسطس، تمامًا كما سقطتْ هي في أيدي المرتزقة، وبهذا دفع الجميع ثمن خطيئتها غير المقصودة دون أن تنال شيئًا. ووقفتْ هناك، في وسط الجحيم، تنظر إلى مدينتها وهي تذوب، وتتنفس رائحة رماد أحلامها، لم تعد تبكي، فقد جفتْ دموعها، بل شعرتْ أن البكاء بات غير مجدٍ بعد ما حصل، ثم نظرتْ إلى السماء الحمراء، ولم تعد تتحدث إنسان بعينه، بل إلى الفراغ نفسه، إلى السماء، بثمثمة مجنونة خرجتْ من أعماق روحها المحطمة:

- إذن، هذه هي النهاية، هكذا يكون المشهد الأخير، ظننتُ أني صبرتُ، ظننت أني حاولتُ، قاتلتُ من أجل كل قطعة نحاسية، من أجل كل سمكة، ووعدتُ نفسي... وعدتها بماذا؟ بحلم اشتريته بمال سرقته من قبر ملك؟

ضحكتْ حينها ضحكة خافتة وجافة، خالية من أي مرح، ثم أكملتْ:

- يقولون أن المصيدة لا تُنصب إلا للطامعين، لقد كذبوا، إنها تُنصب لليائسين الذين يجرؤون على الحلم أيضًا، كنتُ سمكة صغيرة تسبح في سلام، ثم رأيت طُعمًا لامعًا، فابتلعته، والآن علقتُ في الشبكة.

مررتُ يدها على وجهها المتسخ، وشعرت بالدم الجاف على شفتيها.

- ماذا الآن؟ لا يمكنني حتى أن أعود لأكون صائدة الديدان، لا يمكنني حتى أن أعود للجوع والبرد، لقد تركني العالم أتذوق الدفء ليوم واحد، وهذا كان كفيلًا

ليحرق بقية حياتي، ولا عودة إلى الوراء، العالم لا يمنحك فرصًا لتعود، هو فقط يأخذ كل شيء حتى لا يتبقى منك شيء، سوى روح بائسة تتمنى الموت.

نظرتُ إلى حافة الرصيف حيث كانت أمواج البحر المشتعلة بنيران المدينة ترتطم بالصخور، وبدت الأمواج وكأنها تناديها، ولكنها رفضت دعوتها، وقررتُ البقاء في الأعلى مع النجوم.

- لا، لن أعيد هذه الدورة، لن أكون سمكة في شبكة أحد، هناك طريقة واحدة فقط لقطع الخيط، وهي جلية لي الآن أكثر من أي وقت مضى.

في تلك اللحظة من اليأس المطلق، وبينما كانت تستعد لإنهاء كل شيء تبقى لها في حياتها، شعرتُ بحضور غريب خلفها، حضور هادئ وبارد، حضور لم يكن ينتمي إلى هذا العالم المشتعل، وكانت تلك هي اللحظة التي تدخلتْ فيها الحاكمة للمرة الثانية في عالم البشر.

(7)

في تلك اللحظة من اليأس الهادئ والمستسلم، وبينما كانت آسية تستعد لتخطو خطوتها الأخيرة نحو البحر المشتعل، شعرتْ به، لم يكن صوت خطوات، بل كان صمتًا مفاجئًا، خفتتْ أصوات النيران البعيدة، وتوقف هدير الأمواج، وسكن الهواء، لقد كان حضورًا يمتص الصوت والضوء، حضورًا باردًا لم يكن ينتمي إلى هذا العالم المحترق. التفتتْ ببطء، فرأتْ امرأة تقف في الظل، لم تكن ملامحها واضحة، لكن رداءها كان يلمع ببريق النجوم البعيدة، لم تكن هناك أي علامة استفهام في عقل آسية عن هويتها، ففي حضرة هالة كهذه، لم يكن هناك مكان للأسئلة، لقد أدركتْ روحها المحطمة أنها لا تقف أمام إنسان، بل أمام سبب من أسباب هذا الكون.

لم تتكلم إليها من بعيد، فقط اقتربتْ وجلستْ بجانبها على حافة الرصيف، غير مكترِثة بأن طرف ردائها السماوي قد تلطخ بالرماد والطين، ولأول مرة حينها، رأتْ آسية عينيها قزحيتان كأنهما مجرتان، لا تحملان الشفقة، بل فضولًا أبديًا وعميقًا وكأن حياتها لا تتخطى قصة تشاهدها، ثم بدأتْ بالحديث، وصوتها لم يكن مسموعًا بالأذن، بل كان صدى يتردد مباشرة داخل جمجمتها مباشرة:

- الضعف ليس بخطيئة، يا صغيرتي، لكنه كذلك في عالم يحكمه الأقوياء، أخبريني، ما الذي أوصلكِ إلى هذه الحافة؟

نظرتْ آسية إلى يديها الفارغتين، ثم إلى مدينتها المحترقة، لم تعد هناك دموع، فقط حقيقة باردة. همست بصوتها المكسور:

- لأني كنت ضعيفة، ظننتُ أن الأمل يكفي، أن الصبر يكفي، لكنه لا يكفي أبدًا، في هذا العالم، أنتِ إما مطرقة أو سندان، لذا لو حملتُ سيفًا أضخم، لربما...

سألها حينها الصوت في رأسها:

- كنتِ السندان؟ وإذا كنتِ أنتِ المطرقة، هل كنتِ ستصلحين هذا الخراب؟

رفعتْ آسية رأسها، ولأول مرة منذ ساعات، لمع في عينيها الداكنتين بريق حي، بريق من الكراهية النقية، وذهبتْ تطالع كفيها المتشققتين، ثم أجابتها:

- أصلحه؟ لا، كنت سأحطمه، كنت سأحطمهم جميعًا، قطعةً قطعة، حتى لا يتبقى منهم شيء سوى ذكرى ذكرى الألم الذي سببوه لي.

ابتسمتْ الحاكمة حينها ابتسامة خفيفة، ولم تكن ابتسامة فرح، بل ابتسامة عالِم وجد المتغير الذي يبحث عنه، الفأر الذي سيخوض عليه تجربته، وقالتْ:

- إذن، ما ينقصكِ ليس الأمل، بل القوة. سأعقد معكِ صفقة إذن، سأمنحكِ قوة لم يحلم بها بشر من قبل، قوة تسحقين بها جيوشًا، وتهدمين بها إمبراطوريات...

توقفتُ للحظة، وظهر في يدها فجأة مرآة فضية صغيرة مستديرة، سطحها يشبه الماء الساكن داخل زجاج نقي أملس، بل ويتحرك بداخلها الماء أحيانًا وكأنها كائن حي ينبض قلبه، وتبتلع الضوء المتوهج على سطحها لا تعكسه كمرآة عادية، وبذلك تركتُ الصمت يوضح ثقل كلماتها التالية قبل أن تكمل:

- لكنكِ تعلمين أن لا شيء مجاني في هذا العالم، سأمنحكِ مدّ المحيطات وقوتها، لكن كل مدٍ سيكون له جزره، بالنسبة لعقدي، ستصبحين واحدة من رهبان السماء، أولئك الذين يحملون شعلة فرصتي لتغيير البشرية مقابلة تلك النعمة، وبالنسبة لعقد المرأة، ستُقيد حياتك البشرية، وستصبح هذه المرآة هي سجن روحكِ وانعكاس حياتكِ الوحيد، وستحصلين على قوة حوت محيط الدماء في المقابل، الوحش الخالد الذي حكم بحار العالم العلوي للمليوني عام، فما رأيكِ؟ هل تقبلين عرضي، وتصبحين المطرقة؟ أم تفضلين الاستسلام، وتظلين السندان الذي سيسحقه البحر الآن؟

كانت آسية في حالة لا تسمح لها بالتفكير، وكانت الحاكمة تعلم ذلك، لقد فقدتْ بالنسبة لها كل شيء في حياتها، ولم يعد هناك ما تخسره مقابل تلك القوة، وروحها تحديدًا كانت أرخص سلعة لديها. نظرتْ إلى عيني الحاكمة، ورأتْ فيها وعدًا بشيء واحد فقط، شيء كانت تريده أكثر من الحياة نفسها، القدرة على رد الألم.

- خذي روحي... وامنحيني نيرانك.

أومأتْ الحاكمة برأسها ببطء، ورفعتْ يديها نحو السماء المظلمة، لم تكن هناك كلمات أو تعاويذ، بل مجرد إرادة خالصة، ثم بدأ الجحيم، شعرتْ آسية وكأن المحيط بأكمله يقتحم جسدها، قوة باردة وقديمة تسحق عظامها وتعيد تشكيلها، صرختْ، ليس من حنجرتها، بل من كل خلية في جسدها، كانت حراشف زمردية دقيقة تبرز وتشق جلدها الأبيض، وشعرها الأسود يطول وينساب كالأعشاب البحرية أرضًا ويبرق بلمعان النجوم، وعندما انتهى كل شيء، وجدتْ نفسها واقفة بعزة، لم تعد تلك الفتاة النحيلة، بل أصبحت كائنًا طويلًا ومهيبًا، كان رداؤها الزمردي الجديد يتلألأ كأنه مصنوع من الماء النقي، ونقاب شفاف يغطي رأسها كملكة، لا يظهر منه سوى وجهها الذي أصبح فاتنًا بشكل غير بشري، وعينيها اللتين أصبحتا براقتين كاللؤلؤ الأسود، ثم ظهر في يدها سيف ضخم، نصله مصنوع من مادة تشبه الألماس، ويشع ببرودة قاتلة تمامًا كفكرها. ضحكتْ حينها، ضحكة غريبة وقوية لم تكن تشبه ضحكتها السابقة إطلاقًا، وشعرتْ بالطاقة الوحشية تسري في عروقها، وعندما التفتتْ لتشكر منقذتها، كانت تلك الحاكمة تمد يدها بالمرآة الفضية.

- هذه مرآة البحر، وهي الآن سجن حياتك السابقة، حذارِ أن تنكسر، فزجاجها هش عكسكِ، وإن كسرتْ، تموت روحكِ، ويموت معها هذا الجسد الجديد. أبقيها معرضة للضوء، فهي تتغذى عليه لتبقى قوية.

وضعتْ المرآة في يد آسية الجديدة، ثم تراجعتْ خطوة إلى الوراء، وأكملتْ:

- هذه آخر كلماتي لكِ، يا حورية الدماء. الآن، اذهبي، واجعلي هذا العالم يرى كيف يمكن للقوة أن تغير البشرية، اجعليني أرى... إن كنتِ على صواب.

ثم اختفتْ الحاكمة كما ظهرتْ، تاركة آسية، أو ما تبقى منها، واقفة وحدها في قلب مدينتها المحترقة، تحمل في يد سيفًا قادرًا على تدمير العالم، وفي اليد الأخرى، مرآة هشة تسجن روحها الممزقة، لقد تم إنقاذها من الموت، فقط لتصبح هي الموت نفسه.

(8)

وبهذا، بدأتْ الحاكمة تجربتها الأولى، لقد طرحتْ سؤالًا على الكون: ماذا لو مُنحت القوة المطلقة لليائسين؟ ثم وقفتْ تراقب النتائج. أما نحن، الذين عشنا في ظلال تلك التجربة، فقد رأينا الإجابة بأم أعيننا، لم تكن مجرد حقبة جديدة، بل كانت تصادمًا عنيفًا بين كون قديم وآخر وُلد للتو من رحم الألم والغضب.

لم تبدأ حورية الدماء عهدها بالصراخ أو الانتقام المباشر، بل بدأته بصمت أشد ترويعًا من أي جيش، سارتْ وحدها من الزقاق القذر الذي رُميت فيه، عبر شوارع نونا المحترقة، متجهة نحو قصرها، كانت تمشي ورداؤها الزمردي لا يمسه رماد أو غبار، كل من رآها من الناجين، جنود أغسطس المذهولين أو مواطني نونا المكسورين، لم يجرؤوا على الوقوف في طريقها، لم يكونوا يرون فتاة، بل يرون تجسيدًا للكارثة، إلهة ولدتْ من نيران مدينتهم، سقطوا على ركبهم في صمت، لا خشوعًا، بل رعبًا مطلقًا، وعندما وصلتْ إلى أبواب القصر، فُتحت لها من تلقاء نفسها، وبهذا أصبحت نونا عاصمتها، لا بالغزو، بل بالاستسلام التام والفوري لكل من رأى الموت في عينيها.

ثم جاء جيشها، ولم يكن جيشًا من البشر، ليس في البداية، لقد وقفتْ على شرفة القصر، ورفعتْ يدها نحو المحيط، فاستجاب البحر لدعوة سيده القديم الذي تسري قوته في عروقها، انشق الماء، وخرجتْ منه كائنات لم ترها الأرض من قبل، مخلوقات ضخمة تغطي الحراشف أجسادها، وحوش بحرية ذات عيون كثيرة كانت نائمة في أعماق الخنادق المظلمة، ثم ارتفع البحر نفسه ليخوض حربها، أما البشر، الفرسان والناجون، فقد تبعوها كأتباع معبد، كجزء من طائفة المكسورين الذين وجدوا في غضبها غضبهم، وفي قوتها خلاصهم.

انتشر الخبر كطاعون في أنحاء الإمبراطورية، أميرة خالدة من نونا، بجمال غير بشري، تقود جيشًا من وحوش البحر والفرسان الذين لا يموتون، وصلتْ القصة إلى العجوز الطيب في عربته، فأغلق على نفسه الباب وأدرك حجم الخطأ الذي ارتكبته شفقته، ووصلتْ إلى روما، فاهتز عرش أغسطس الذي بناه على دماء سيده. لم تكن هناك حاجة لخطط حربية معقدة في فتوحاتها، كانتْ استراتيجيتها بسيطة كبساطة المد والجزر، التقدم للأمام، موجتها تتحرك من مدينة إلى أخرى، لم تكن تحاصرها، بل كانت تغمرها، وكانت وحوشها تبتلع الأسوار، وجيشها يغسل الشوارع بالدماء، وهي في قلب العاصفة، سيفها الألماسي يقطع كل من يقف في طريقها ببرود وهدوء، كانت تأخذ المدينة، وتسلم مفاتيحها لأحد أتباعها، ثم تكمل طريقها، تاركة خلفها صمتًا ونظامًا جديدًا، نظام الخوف، لقد تناولتْ القوة إنسانيتها، وأصبح المنطق الوحيد الذي تفهمه هو منطق الإبادة والتطهير.

وأخيرًا، التقتْ الموجة بالجبل، جيش روما العظيم، مليون رجل مدججين بأفضل ما صنعته الإمبراطورية من سيوف ودروع، وقفوا في سهل واسع ينتظرون جيش نونا، ويا لهم من حمقى، كانوا يظنون أنها معركة بالسيوف والأعداد، لكن الحرب الحقيقية كانت قد بدأتْ وانتهتْ في عقولهم قبل أن تبدأ المعركة الفعلية، لقد رأوا الوحوش تزحف من الأفق، وسمعوا الصوت القادم من البحر، وشعروا بالخوف يتسلل إلى قلوبهم، لم يكن خوفًا من الموت، بل خوفًا من المستحيل، من الكفر بوجود كائن كهذا، تكسرتْ صفوفهم قبل أول اشتباك، وهربوا، ليس كجنود، بل كقطيع مذعور، وسقطوا في أيدي جيش نونا كالفرائس، ولم يبقَ في روما سوى أغسطس.

دخلتْ عليه قصره، وحدها، وكان جالسًا على عرشه، محاطًا بحرسه الإمبراطوري، لكنهم تجمدوا في أماكنهم، سيوفهم كانتْ أثقل من أن تُرفع، نظرتْ إليه، الفتاة التي كانت يومًا لا تملك شيئًا تقابل الرجل الذي يملك كل شيء، ولم تكن في عينيها كراهية أو فرح، أو أي

شيء، لقد كانت فقط فارغة. تقدمتْ نحوه، ووضعتْ نصلها الألماسي البارد على قلبه، دون أن يبدي أي مقاومة، لقد أدركَ في تلك اللحظة أنه لا يواجه ثورة بشرية، بل يواجه حكمًا كونيًا، ثم علقتْ رأسه على بوابة القصر دون رحمة، وكان بمثابة رايتها الجديدة.

لن أطيل هذه القصة بالمزيد من حكايات هذه الطاغية، هكذا فقط حكمتْ العالم، ثم انتشر فرسانها في كل مكان، وفرضوا سلامها الصامت. أينما تقدم جيشها، تساءل الناس في همسات خائفة، من المجنون الذي سيعترض على حكم هذا الوحش فقبلوه، لم يعلموا أن هذا الوحش لم يولد من البحر، بل ولد من فسادهم، من ظلمهم، من احتقارهم للضعفاء، من عالمهم الذي جعل فتاة بريئة تتمنى الموت، لقد كنتم أنتم، أيها البشر، من جعلتموها تصرخ طلبًا للمطرقة، وها هي قد أتتْ، فاستمتعوا الآن بالصمت الذي طلبتموه، صمت العالم الذي أصبح سندانًا تحت ضرباتها الأبدية.

(9)

وهكذا انتهتْ القصة الأولى، أو لنقل، هكذا انتهى الفصل الأول من مأساة هذه الأعوام، وكان مشهد الختام صورة ثابتة استمرتْ لعقود، حورية الدماء جالسة على عرش أغسطس المرصع بالجواهر في روما، لا تتحرك، لا تتكلم، كانت مجرد تمثال خالد من الزمرد والألماس، وعند قدميها، العالم بأسره يسجد لها، ليس عبادةً، بل خضوعًا كاملًا، صامتًا، غرقتْ في محيط القوة الذي وُهب لها، فمحا لها كل شيء، لم تعد تتذكر كوخها على الشاطئ، أو رائحة الملح، أو وجه أمها، أو حتى اسمها القديم، آسية، كانت مجرد وعاء فارغ لقوة حوت قديم، تحكم عالمًا تحول إلى مصيدة سمك كبيرة وهادئة. لقد نجحتْ في تحقيق السلام، لكنه كان سلام الموتى، وغرق العالم في شلال من الدماء ليصل إلى هذه البقعة، دُفنت مدن بأكملها،

31

وصُلبت حضاراتٌ تحت شمس حكمها التي لا تغيب، وكانتْ السماء سوداء من رماد المدن التي أحرقتها، وحتى هذا السواد في قلب العالم لم يحرك الحاكمة أبدًا.

وفي زخرفة أعلى عرشها، كانتْ ترقد مرآة البحر الحقيرة، سجن روحها، لم يدرك أحد أنها كانتْ تموت ببطء، فقدتْ قوتها تدريجيًا، وبحثتْ عن أي شكل من أشكال الضوء في هذا العالم المظلم لكنها لم تجده، وكما حذرها العجوز في السابق حذرتها الحاكمة، لم تستمع لنصيحتها. في هذا العالم المظلم الذي خلقته الحورية، عالمٌ خالٍ من الأمل والحب والفوضى الإنسانية، جوّعت روحها بنفسها حتى الموت، وفي يومٍ عادي كغيره من أيام حكمها الطويل، ظهر شرخ صغير على سطح المرآة، ثم امتد كشبكة عنكبوت، وبهدوء، وبلا أي صوت، تحولتْ إلى غبار فضي وتلاشتْ. على العرش، فتحتْ حورية الدماء عينيها الفارغتين، ونظرتْ إلى كفيها المتشققين بينما كانت الحراشف الزمردية تتلاشى، للحظة خاطفة، لومضة واحدة قصيرة، عادتْ عينا آسية، ورأتْ كل ما فعلته، ثم تهاوى جسدها رمادًا، وتبعثر على عرشها، تاركًا خلفه فقط سيفها الألماسي ورداءها الزمردي الفارغ، وبهذا انتهتْ قصتها.

ومن الأعلى، كانت الحاكمة تفكر وهي تنظر إلى الرماد المتناثر على العرش، من كان يظن أن تلك الفتاة الصغيرة، ببعض القوة، ستفعل كل هذا؟ من كان يظن أن القوة تستطيع تغيير الإنسان ومحوه بالكامل ليرسم مسارًا غريبًا ودنيئًا كهذا؟ كانتْ النتيجة النهائية واضحة ومكتملة أمامها، لقد حصلتْ الفتاة على ما كانت تبغيه، الخلاص من روحها، والقوة لفرض إرادتها، وحصلتْ الحاكمة على ما كانت تبغيه، رؤية نتيجة تجربتها الأولى بأوضح صورها، أما بقية العالم، فقد رضي بالأمر الواقع، لقد خضعوا لحكمها خوفًا، ثم رضوا بموتها ارتياحًا، وكأن كابوسًا طويلًا قد انقشع أخيرًا، لكن قصة الفساد لم تنتهِ بموتها، بل كانتْ قد اتخذتْ مسارًا آخر بالفعل، مسارًا بدأ في ذروة طغيانها، ففي تلك الأيام المظلمة، عندما كانتْ حورية الدماء تحرق العالم، ذهب بعض علماء روما المنهارة إلى الحاكمة، متوسلين إليها،

وكانت تلك هي اللحظة التي وُلدت فيها التجربة الثانية، وبينما كان ذلك العالم يحتفل بموت طاغية القوة، كان هناك، في عالم بعيد آخر، بذور طاغية من نوع آخر تنمو في صمت، لقد انتهتْ قصة القوة فقط لتبدأ مأساة العلم.

(10)

في أيامها الأولى، كانت مدينة الحكمة أشبه بحلم عن واقع، يوتوبيا بُنيت على أنقاض عالم محترق، ووُعِدَت بأن تكون مختلفة عن بابل، الإجابة الثانية، إجابة العلم والنظام، في مواجهة الفوضى الدامية للقوة، لكننا، الذين نعرف نهاية القصة، نعلم أن البذور السامة لا تُزرع دائمًا في التربة المظلمة، أحيانًا، تنمو في أكثر الحدائق إشراقًا، وهذا المشهد كان أول برعم لتلك البذرة السامة.

كانت قاعة النقاش الكبرى في المكتبة السماوية تضج بضجيج فريد، صوت العقول وهي تتناقش، مئات من أعظم علماء البشرية، وقد أُطلق سراحهم في محيط من المعرفة اللامتناهية، كانوا يتحدثون جميعًا في آن واحد، لم تكن فوضى، بل كانت حمى فكرية، كلٌّ منهم يحاول أن يفرغ كنوز عقله قبل أن تضيع الفكرة التالية، كانوا يبنون عوالم بالكلمات، ويرسمون مستقبل البشرية على الهواء، كل ذلك وهم لم يتجاوزوا الرف الأدنى من تلك المكتبة. وفجأة، اخترق هذا الضجيج صوتٌ آخر، صوت حاد، ومعدني، ومنتظم، إنه صوت طرقات كعبها العالي على الأرضية الرخامية، كل طرقة كضربة مطرقة على زجاج، تهدد بتحطيم هذا الانسجام الهش. ظهرتْ إيلي عند مدخل القاعة، ملاك الحكمة وحارسة هذه المكتبة، ثم توقفتْ هناك، وضوء المكتبة السحري ينعكس على شعرها الذهبي كأنه هالة من نار باردة، ولم تكن تنظر إليهم، بل كانت تنظر من خلالهم، إلى تأثيرهم المزعج على

هدوء المكتبة، وبنظرة الغضب والتعالي الصارمة التي يحبها الجميع. ساد الصمت للحظات، نظرتْ إليها العيون المندهشة، ثم، وبشكل لا يصدق تجاهلوها، وعادوا إلى نقاشاتهم، وارتفع ضجيجهم مرة أخرى، وكأنها لم تكن أكثر من مجرد إزعاج عابر، وكملاك عظيم، كان هذا التجاهل هو إهانة قصوى لها في مكتبتها. اجتمع الغضب في عينيها كغيوم عاصفة، وسحبتْ سيفها الطويل ببطء من منزله مصدرًا صوت احتكاكٍ حاد أثناء خروجه، ثم تحركتْ إلى الأمام بخطوات متماثلة منتظمة، وبحركة واحدة سريعة وعنيفة، قسمتْ إحدى الطاولات الخشبية الضخمة، فتناثرتْ الكتب والمخطوطات التي عليها على الأرض وفي السماء.

ساد الصمت مرة أخرى، صمت أعمق هذه المرة، مشوب بالصدمة، لكنه لم يدم، بدأ العلماء ينظرون إلى بعضهم البعض، ثم إلى الطاولة المحطمة، ثم عادوا إلى حديثهم، ربما بصوت أعلى هذه المرة، كفعل من أفعال التحدي الفكري ضد عنفها الفوضوي، لقد كانوا غارقين في عالمهم لدرجة أنهم لم يعودوا يفهمون لغة القوة. هنا، وصلتْ إيلي إلى حافة الانفجار، لمعتْ عيناها بشكل طفولي، وشدّت على مقبض سيفها عازمة على تذكير هذه الحشرات المثقفة التي حضرتْ فجأة بلغة الموت التي يفهمها الجميع، لكن قبل أن تترجم غضبها إلى مجزرة، رأته، رجل عجوز في مقدمة القاعة، يلوح لها بيده بهدوء، وعلى وجهه ابتسامة متعبة وحكيمة.

للحظة، ارتختْ ملامحها، وكادتْ ابتسامة خفيفة تظهر على شفتيها فتشق لغة وجهها الصارمة الجادة، لكنها أخفتها بسرعة خلف قناعها الغاضب، وتقدمتْ نحو العجوز وسيفها لا يزال في يدها. كان ذاك أرخميدس الثاني، وبجانبه سانتو الأعمى، وجلبرث، ويومان، وقد أشار إلى كرسي فارغ فور حضورها، فجلستْ عليه إيلي بصمت كالطفل الصغير، بينما غمدتْ سيفها ببطء وهدوء. لقد كانوا يتحدثون عن أمر ما، نقاش هام ليس مرتبط بالعلم، لكنها لم تكن تستمع إليهم، بل كانتْ تتفحص وجوههم، وكأنها تبحث عن علامات الفساد التي تعرفها جيدًا في البشر، حتى أخيرًا، التفتْ إليها أرخميدس، قائلًا لها بصوته الهادئ الطاعن،

متجاهلًا ما فعلته للطاولة، وقام خلال حديثه بحركة أبوية ضاربًا ظهرها بخفة، مما جعلها تتقدم قليلًا وتفقد توازنها الصارم للحظة:

- سامحينا أيتها السيدة، جميعنا انتظرنا هذا المجلس طويلًا، وعقولنا الآن تشبه الأنهار بعد فيضان من المعرفة، كل الأفكار تتدفق فيها دفعة واحدة، وهم لم يعتادوا على حضور قوة منظمة مثلك بين فوضاهم.

نظرتْ إليه إيلي، وعيناها تضيقان، ولم يكن ما وجّهته سؤالًا، بل كان أشبه بالاتهام:

- أرخميدس! أنت العقل المدبر خلف كل هذا، أليس كذلك؟ أخبرني، كيف أقنعتْ تلك الحاكمة بمنحكم عالمًا خاصًا هنا؟ تلك الحاكمة تزرع الفساد في كل عالم تلمسه!

تنهد أرخميدس، ونظر إلى رفاقه، ثم عاد بنظره إليها:

- لا يا سيدتي، هي لم تمنحنا عالمًا خاصًا فحسب، بل آمنت بأن العلم قد يكون هو الإجابة، وكل ما فعلناه هو أننا...

(11)

(العالم صفر واحد – الفصل الثاني من مدينة الحكمة)

كانت روما، قلب العالم، تتعلم إحساسًا جديدًا لم تعرفه من قبل، الخوف من الأساطير، اعتادتْ هذه المدينة ذات الرخام الأبيض مواجهة جيوش البرابرة والتعامل مع المؤامرات السياسية، لكنها لم تكن مستعدة أبدًا لمواجهة شبح يولد من البحر، كانتْ الشائعات تزحف في شوارعها كضباب سام، قصص عن أميرة خالدة بجمال مرعب، وعن وحوش بحرية تبتلع فيالق بأكملها، حتى أصبح اسم نونا لعنة تُهمس في الظلام. وفي خضم هذا الرعب الصامت، كانتْ الحاكمة تمشي، لم تكن تزور المدينة كعادتها لتستمتع بفوضاها

35

وفلسفتها، بل جاءت هذه المرة لترى أثر تجربتها الأولى، جاءت لترى الخوف الذي زرعته بنفسها، وعندما وصلت إلى الساحة المهجورة، حيث كان الفلاسفة يتناقشون يومًا، هناك وجدت من هبطت لأجله، أرخميدس الثاني، لم يكن ذلك العجوز الحكيم الشاعر المرح ذا العينين الساطعتين الذي عرفته، بل انحنى ظهره، وبهتت نظراته، واختفت ابتسامته المتعبة لتحل محلها قسوة اليأس، وكان برفقته ثلة من الرجال، آخر من تبقى من عظماء العقل في روما، وكانت وجوههم تحمل اليأس نفسه. اقترب منها، وانحنى أمامها جسد محطم، لا فيلسوف عظيم كما اعتادت عليه، وبدا صوته مرتجفًا:

- سيدتي، يا حاكمة النجوم، لقد جئنا اليوم نرجوكِ، لقد مات المنطق في العالم، ومات العلم برهابة الخيال الذي اجتاح دولتنا، ولم يبقَ لدينا لنقدمه سوى الخوف.

نظرت إليهم الحاكمة بذلك الفضول البارد واللامبالي، وكأنها عالم أحياء يدرس مستعمرة من النمل وهي تلتهم بعضها البعض، ولم تقل شيئًا، فقط أومأت برأسها، دعوة صامتة له ليكمل، فاندفع أرخميدس في الكلام، ووصف لها الوحش القادم من نونا، ولم يكن يصفها كجيشٍ، بل كان يصفها طاعونًا، قوة من الطبيعة لا يمكن مواجهتها، وشكى لها كيف تحترق المدن عند دخولها، وكيف يدفنُ التاريخ بوجودها، وعن جيش روما الذي تبخر كرذاذ ماء أمام موجتها، وعن خوف أغسطس من قتالها، كانت كلماته قصيدة رثاء للعالم الذي عرفوه، وعندما انتهى، ساد صمت طويل، لم تقطعه سوى أنفاسهم المتعبة حتى تحدثت الحاكمة، وكان صوتها في عقولهم هادئًا كصفحة جليد، وقاسيًا كحقيقتها:

- إنها حورية الدماء، راهبة السماء الأولى وبنعمتنا تجول، لقد طلبتْ القوة، ومُنحت لها، فلماذا أتدخل الآن لأفسد أمنيتها؟ سننظر في أمرها فقط عندما تكمل سبيلها.

كانتْ كلماتها تلك هي الضربة القاضية، فمات الأمل في عيون العلماء جميعهم، إلا أرخميدس، وفي آخر فعل يائس مستغلًا إعجاب الحاكمة بحديثه، جمع كل ما تبقى من إيمانه ورد عليها:

- حاشاكِ الخطأ سيدتي، ربما لا أفهم ما تفكرين فيه وهو الصواب دومًا، لكن هذا العالم لن يدوم لنرى نتيجة فكركِ، إن لم يوقف أحد سبيلها، إن لم نوقف جيشها قبل وصوله إلى هنا، أحياء الحاضر والماضي كلاهما تحت الأقدام سيؤولون.

تقدم خطوة، وارتفعتْ نبرته بحماس محموم وهو يفتح ذراعيه للجموع خلفه:

- نحن، أهل العلم، جئنا اليوم نلتمس القليل من كرمكِ، من نعمكِ، احفظينا من عصر الظلام، نعدكِ بأن يكون العلم النور الذي يتلوه.

وهناك، وللمرة الثانية، شيء غريب تغير في هالة الحاكمة، لم تكن شفقة، بل كان البريق الخاطف للفضول الفكري، لقد أعطاه أرخميدس للتو فرضية جديدة ومغرية، لقد أعطاها فكرة تجربتها الثانية. سألته بلسانها، وصوتها يحمل نبرة اهتمام حقيقي لم تظهرها من قبل:

- يا رجال الأرض، ماذا ترون؟ هل علمكم يعلي، حيث فشل الجبروت؟

قفز أرخميدس ليجيبها، وقد شعر بنية أنها قد تغير رأيها:

- ماذا ترين فالحق سيدتي ولا خلاف في ذلك، ولكنني بتواضع أجيبك، الجبروت يهلك النفس والعلم يبنيها، الجبروت يحرق الأرض والعلم يزرعها، القوة دون علم مجرد وحش أعمى، والعلم هو العين التي ترى، الحياة بالقوة تسقط والعلم وحده يمكنه أن ينجيها.

صمتتْ الحاكمة طويلًا، وظهر في داخلها الصراع، ليس صراعًا أخلاقيًا، بل صراع العالم الذي يوازن بين تجربتين، ثم اتخذتْ قرارها.

- حسنًا يا أرخميدس، لقد أثرتَ فضولي، سأعطيكم فرصتكم أنتم أيضًا.

رفعتْ يديها، وشعر الرجال بهواء بارد يلفهم، هواء قادم من عالم آخر.

- سأفتح لكم أبواب مكتبة السماء، اذهبوا وتعلموا كل ما يمكنكم تعلمه، وعندما تنتهي حكاية حورية الدماء على الأرض، سنرى ما الذي سيفعله نوركم في مواجهة الظلام الذي خلفته، وسنرى في النهاية، أي الرأيين كان على صواب.

وقبل أن يتمكنوا من الرد، انشق الهواء أمامهم، وظهرتْ بوابة من ضوء فضي صامت، تقود إلى فراغ مرصع بالنجوم، وسمع الجميع ذلك النداء في عقولهم: إلى المكتبة السماوية ستذهبون. كانتْ لحظة مفاجئة من الفوضى والقرار الحاسم، ذهب بعض العلماء يفرحون يجرون بعضهم نحو البوابة، يحتضنون الأمل الجديد، ويختفون في الضوء، وآخرين تشبثوا بعائلاتهم، خائفين من المجهول، فتراجعوا إلى الخلف لتبتلعهم ظلال روما الخائفة، وتتركهم لمصيرهم المحتوم تحت حكم حورية الدماء. وهكذا، بكلمات بسيطة، بدأتْ القصة الثانية، قصة هروب جماعي من كارثة، وبوعد طوباوي ببناء عالم أفضل في المستقبل. تروي السجلات، منذ خطوا خطواتهم الأولى داخل المكتبة السماوية، أن الرهبة والنشوة كانت تملأ عيونهم وهم ينظرون إلى رفوف الكتب التي تمتد إلى ما لا نهاية بالداخل، لدرجة وصل إلينا صدى همس أرخميدس لرفاقه: هيا نرتقي بعلم البشر قبل أن نعود!

(12)

عندما عبر آخر العلماء بوابة الضوء واختفتْ خلفهم روما المحترقة، وجدوا أنفسهم في صمت مهيب، وصلوا إلى المكتبة السماوية، الاسم الذي كان يرن في خيالهم كأنه وعد بالجنة، لكن الجنة التي وجدوها كانت منسية، مات سكانها منذ زمن بعيد، وحالتُها ترثى لها، قاعات ضخمة تمتد عاليًا حتى تكاد تلامس سماءً داخلية مرصعة بنجوم ثابتة، لكنها مغطاة بطبقة سميكة من غبار القرون، ورفوف كتب عملاقة، منحوتة من خشب لا وجود له في عالمنا، لكنها متشققة ومحطمة في أماكن كثيرة، والكتب نفسها، مكدسة على الأرض، صفحاتها

38

متآكلة، وأغلفتها الجلدية متيبسة ومتكسرة، حتى الهواء في الداخل كان راكدًا، يحمل رائحة الورق القديم، والعفن، وذلك الأثر الخفيف للزمن نفسه وهو يتحلل، لقد كانت مقبرة سماوية للمعرفة، وليستْ معبدًا لها شيد في السماء.

للحظة، ظهرتْ في أرواحهم ظل الخيبة، هل هربوا من جحيم ليجدوا أنفسهم في برزخ مهجور؟ لكنهم كانوا علماء، والعالِم الحقيقي في مصطلحهم الخاص لا يرى في الخراب نهاية، بل يرى فيه فرصة للترميم، لم يكن هناك نقاش أول بالمعنى الحقيقي، بل كانت هناك حمى من العمل اجتاحتهم جميعًا، لقد كان أول قرار اتخذوه دون كلمات، لن نقرأ في مقبرة، سنعيد الحياة أولًا لهذا المكان.

بدأتْ أعظم عقول العصر في كنس الغبار وإخراج التراب، الفلاسفة يصلحون أرجل الطاولات المكسورة بدقة هندسية، واللغويين يعيدون ترميم الكتب التالفة، ينسخون ما تبقى من نصوصها بجبر صنعوه بأنفسهم، ثم نظموا الفوضى، فوضعوا نظامًا عبقريًا لترتيب ملايين الكتب حسب مواضيعها وحقبها الزمنية، وفي غضون أيام قليلة، تحولتْ القاعة الكبرى من مقبرة موحشة إلى قلب نابض بالحياة والمعرفة، لقد فعلوا ما يجيدونه، فرضوا النظام البشري على الفوضى الكونية، ثم بدأوا في الوليمة الحقيقية، انغمسوا في القراءة كجياع لم يروا طعامًا منذ دهر، كان كل واحد منهم يجد ضالته، فيغوص في بحر من العلوم المنسية واللغات الميتة، ثم يتشاركون اكتشافاتهم في همسات متحمسة ليلًا، ويساعدون بعضهم البعض في فك طلاسم العبارات الغريبة، لقد نسوا العالم الذي تركوه خلفهم، ونسوا حرب حورية الدماء، وغرقوا بالكامل في لذة المعرفة المطلقة، كانت تلك أيامًا من السعادة النقية، سعادة الروح التي وجدتْ وطنها.

لكن تلك السعادة باتتْ فتنة حملتْ في طياتها بذرة فساد أيقظتْ جشع البشر. ذات ليلة، اجتمع أرخميدس الثاني مع رفاقه الثلاثة، وكانوا ينظرون من إحدى نوافذ المكتبة السماوية

العالية إلى الأراضي الفارغة الشاسعة التي تمتد خارجها تحت النجوم، وجميعهم كانوا يدركون الحقيقة المؤلمة، لقد وقعوا في حب هذا المكان، وأن فكرة تركه والعودة يومًا إلى عالمهم المحطم أصبحتْ لا تطاق، لذا قرروا في تلك الليلة قرارهم المصيري، وكتبوا رسالة، عريضة إلى الحاكمة، لا يطلبون فيها سلاحًا أو قوة أو أمنية أخرى، بل يطلبون شيئًا أكثر ديمومة، الإذن بجلب عائلاتهم، والإذن ببناء مدينة حول المكتبة، مدينة تكون منارة للعلم والحكمة، وعاصمتها المكتبة، وكما توقع أرخميدس، الذي فهم طبيعة فضول الحاكمة، وافقتْ على الفور. سُميت تلك المدينة الجديدة باسم مدينة الحكمة، وحينها بات لدى أرخميدس نبأ عظيم، فيعلن بفخر أن وقت النقاش الثاني قد حان، نقاش حول كيفية بناء وحكم هذه اليوتوبيا.

(13)

(عالم الحكمة – الفصل الثالث من مدينة الحكمة)

بعد أن هدأ غضبها، استمر ذلك الحوار المتوتر بين قطبي هذا العالم الجديد، أرخميدس، الإنسان الذي يؤمن بالأمل، وإيلي، الملاك التي لم تعد تؤمن بشيء. مالتْ إيلي برأسها، وركزتْ نظرتها الباردة على قبضة يدها وكأنها تتأمل فكرة سخيفة، ثم قالتْ بسخرية لاذعة:

-   إذن، لقد خلقتُ وحشًا، ولكي تحميكم من نتائج فعلتها، رمتْ بكم إلى هنا في هذا المكان المنسي، هذه الحاكمة لا تدير كونًا، بل مهزلة كنا في غنى عنها.

رد أرخميدس بهدوء، محاولًا بناء جسر فوق هوة اليأس التي تفصل بينهما:

-   الحكمة تظهر أحيانًا على شكل فوضى يا سيدتي، نحن نؤمن بأن الحاكمة أعطتنا فرصة، ومسؤوليتنا هي أن نكون أهلًا لها.

ضحكتْ إيلي حينها ضحكة خفيفة جافة كحفيف تلك المكتبة الباردة:

40

- الصواب؟ يا لكم من...

كلماتها تلك ابتلعها صوت جرس خافت قطع قطع حديثها، معلنًا أن المجلس على وشك أن يبدأ، نهض أرخميدس، وتحرك إلى مقدمة القاعة بعد أن أحنى لها وداعًا، وتركته إيلي، ظلت جالسة في الظل مكانها تراقب، وتحولت مئات العيون التي كانت غارقة في الكتب نحوه، ذلك الذي وقف أمامهم كأب حكيم، لم يكن صوته عاليًا، لكن كلماته حملتْ وزنًا فوصلت إلى آذان الجميع في تلك الغرفة، لقد مهد لها بسلاسة، ونسج لهم حلمًا من المنطق والعاطفة، خدع عقولهم بأن ما يقوله هو الحق، وخدع قلوبهم بأن هذا الحق جميل.

- يا أهل العلم، أيتها العقول النيرة، لقد هربنا من عالم أفسدته القوة الغاشمة، واليوم، نقف على عتبة عالم جديد، عالم سنبنيه نحن. من اليوم وصاعدًا، سوف نعيش في هذه الأراضي، التي أقترح أن نسميها مدينة الحكمة، لنرِ الحاكمة، ولنرِ الكون بأسره، أن بالعلم وحده كل شيء يبنى، وأن بالعلم وحده كل شيء يصعد، بأننا كبشر، قادرون على أن نصبح أفضل، بالعقل، لا بالقوة.

انتشر تصفيق هادئ في القاعة، ثم تحول إلى موجة من الفرح الخالص، ظهرت دموعًا في عيون علماء قضوا حياتهم في الظل، وذهبوا يتعانقون، لقد أعلن أرخميدس أن الحلم أصبح حقيقة، وأن كابوس حورية الدماء قد تلاشى للأبد، وأن كل هذا العلم أصبح أخيرًا ملكًا لهم، لكن، وكما يحدث دائمًا، أفسد سؤال عملي واحد جمال الحلم، سؤال صرخ به أحدهم من بين الحشود:

- ولكن من سيحكم هذه المدينة عند بنائها؟ لا يمكننا تركها دون نظام!

ثم أجاب صوت آخر على الفور:

- أرخميدس بالطبع! هو الأحق بهذا الشأن العظيم!

ساد الصمت، ونظرتْ كل العيون إلى أرخميدس من جديد، الذي ارتسم على وجهه مزيج من الإحراج والرفض، ثم قال بهدوء:

- يا أهل العلم، إن مكاني هنا، بين هذه الكتب، قلبي وعقلي ملك لهذه المكتبة، فهل هناك آخر يتطوع لشغل هذا المنصب؟

عمَّ هدوء ثقيل في القاعة، انطلقوا ينظرون إلى بعضهم البعض، ثم إلى الأرض، ثم إلى الرفوف العالية، لم يتقدم أحد، لقد هربوا جميعًا من صراعات السلطة، وكان الحكم مقابل العلم هو آخر ما يرغبون فيه كعلماء، هم كانوا يريدون المعرفة، ولهذا أسستُ المدينة، لا المسؤولية، حينها، في قلب ذلك الصمت، عاد صوت طرقات كعبها من جديد، تقطع القاعة بخطوات متماثلة، وبنظرة الغضب والتعالي الصارمة وقفتْ بجانب أرخميدس في المقدمة، مستقيمة لا تميل حتى خصلة من شعرها الذهبي الذي انعكس عليه ضوء المكتبة فبدا كأنه هالة من نار باردة، مسحتْ الحشود بنظرة واحدة، نظرة صياد يرى قطيعًا من الحملان الضائعة، ثم تحدثتْ، وكان صوتها باردًا وحادًا كشفرة مقصلة:

- حسنًا إذن، بما أن العقول العظيمة هنا لا ترغب إلا في دفن رؤوسها في الكتب، فسأتحمل أنا هذا العبء التافه عنكم. أنا، ملاك الحكمة وسيدة هذه المكتبة، إيلي، سأحكم مدينة الحكمة.

(14)

كانت الكلمات التي نطق بها أرخميدس آنذاك بمثابة تعويذة الخلق، بعدها بدأتْ المدينة ترتفع من العدم، لم تكن مجرد مبانٍ وقلاع، بل كانت انعكاسًا خالصًا لأحلامهم، تجسيدًا ماديًا للمعرفة التي اكتسبوها، باتتْ مدينة الحكمة التطبيق العملي الأول لما تعلموه من المكتبة،

فبرزتْ مبانيها المزخرفة وكأنها منحوتة من الضوء والرخام، وهندستها المعمارية تتبع منطق السماء لا منطق الطين، أمستْ يوتوبيا حقيقية، حقول قمح ذهبية تحيط بالمدينة، تتمايل مع نسيم لم يعرفه عالمنا من قبل، وحدائق خضراء معلقة بين المباني، وطرق مرصوفة بحجارة ملونة تتلألأ تحت ضوء السماء الأبدي، البيوت متلاصقة ومتفتحة في الوقت ذاته، والأطفال يلعبون في ساحات آمنة بينها، بينما يجلس آباؤهم كل يوم في مجالس العلم يقرأون ويتناقشون، بالنسبة لي، وللجميع من بحثوا في التاريخ، كانتْ، دون شك، أعظم معجزة بناها البشر في تاريخهم، مدينة لا تعرف الجوع، ولا الجريمة، ولا الخوف، مزدهرة فقط بعلمها وهدوئها.

كانت إيلي هي مهندسة ذلك السلام المطلق، لقد حكمتْ المدينة بكل رأفة رغم كفاءتها الباردة، لقد ساعدتْ البشر الضعفاء كما يساعد البستاني أزهاره النادرة، يوفر لها الضوء والماء، ولكنه يقتلع أي عشبة ضارة تظهر بجانبها بلا رحمة أو تردد، ولهذا كان لها دور عظيم في خلق هذه المعجزة، ويومًا بعد يوم، تحولتْ المدينة إلى كيانٍ منفصلًا عن بقية العوالم، الوحيد الذي يعيش فيه البشر رغم كونه واحدًا من عوالم السماء.

لكن، وكما أعرف الآن، فإن الطبيعة البشرية تكره الكمال، وتشتهي الثمرة المحرمة. في الزوايا المظلمة لهذه اليوتوبيا المشرقة، بدأتْ الهمسات، بعض العلماء، الذين ملّوا من دراسة الفيزياء المنضبطة والرياضيات المتوقعة، شعروا بجاذبية غامضة نحو الأرفف المنسية في المكتبة، تلك التي تحمل كتبًا عن السحر القديم وهيكلة الدماء، بدأتْ جماعات سرية تتشكل، تجتمع ليلًا في أقبية مخفية، يتبادلون المخطوطات المحظورة، وتلمع في عيونهم نشوة اكتشاف الممنوع. في البداية، لم يأخذهم أحد على محمل الجد، كانوا مجرد غريبي أطوار، منبوذين فكريًا، وكانت تُلقى عليهم النكات في مجالس العلم: يا من تضيعون أوقاتكم في علم الخيال، ما رأيكم أن نعلمكم القليل من الفيزياء. فكانوا يختبئون أكثر، ويتعمقون في أبحاثهم سرًا، وتتضخم فقاعة علم الخوارق في أعماق المدينة، بينما كان الجميع على السطح يعيشون في سلامهم الوهمي.

ثم، وبعد سنوات من هذا الهدوء الخادع، انفجرتْ الفقاعة. كان يومًا مشمسًا كغيره في مدينة الحكمة، الأطفال يلعبون، والعلماء يتناقشون في المكتبة، وفجأة، شق سكون الساحة الرئيسية صخب وضجيج، ترى الناس يتراجعون، ويفتحون ممرًا في وسط الحشود، وفي نهاية هذا الممر، كان هناك رجل يُجر من رقبته، مقيدًا بحبل متين يمسك به حراس إيلي، وجهه ملطخًا بالدماء والغبار، لكن في عينيه نظرة من التحدي والانتصار المجنون، لقد كان ذلك اليوم هو اليوم الذي ظهر فيه اسم سيفير هورن للعلن، اليوم الذي لم يعد فيه علم الخوارق مجرد نكتة، بل أصبح جريمة، لقد كانتْ تلك هي اللحظة التي أدرك فيها الجميع أن هناك ظلًا كان ينمو تحت أقدامهم طوال الوقت، ولم يكن ذلك المشهد بداية المشكلة، بل كان مجرد الإعلان الرسمي عن وجودها. لقد انتهى حلم اليوتوبيا الهادئة، وبدأ فصل العقاب.

(15)

لقد رأيتم هورن وهو يُجر في الساحة مقيدًا، ورأيتم في عينيه ذلك المزيج من التحدي والجنون، لكن لكي تفهموا لماذا كان ذلك المشهد هو نهاية حلم وبداية كابوس، يجب أن أروي لكم الحكاية من بدايتها، يجب أن أحدثكم عن خرافة هورن.

لم تبدأ القصة بضجيج في الواقع، بل بدأتْ بهمسة في الأزقة المظلمة لمدينة الحكمة، همسة عن عالم غريب الأطوار يدعى سيفير هورن، وعن تجاربه التي تجرى في الخفاء، وانتشرتْ الحكاية كالنار في الهشيم، حكاية عن فأر تجارب واحد، من بين آلاف الجثث الصغيرة التي ملأت مختبره، نجحتْ عليه جرعة سحرية، تقول الخرافة إن قلبه الصغير نبض بقوة تعادل أربعة أضعاف قوته الأصلية، وإن خلاياه العضلية نمت بسرعة تفوق الطبيعية بمئة ضعف. صحيح أن المخلوق المسكين مات بعد دقائق، متشنجًا من هول القوة التي سرتْ فيه، لكنه

44

لم يمتْ قبل أن يثبت شيئًا مرعبًا وملهمًا في آن واحد، إن ما كانوا يسخرون منه ويسمونه علم الخيال هو علم حقيقي قابل للتطبيق.

لقد كانت تلك الشرارة كافية، لقد أعطى هورن أملًا لجميع المنبوذين فكريًا، لكل من شعر أن العلم النقي والمنضبط الذي يحكم المدينة كان قفصًا يحد من طموح البشرية، خرج من بعده آخرون، يعرضون تجاربهم سرًا في البداية، ثم بجرأة أكبر، حتى فجأة، لم يعد الأمر مجرد همسات، لقد انقسمتْ مدينة الحكمة إلى نصفين، نصف يرى في هذا العلم المحظور تهديدًا للطبيعة البشرية والنظام المثالي الذي بنوه، ونصف آخر يرى فيه الخطوة التالية في تطور البشر، قفزة نحو الخلود والقوة، وكما يليق بمدينة أُسستْ على العقل، كانت معركتهم الأولى معركة فكرية، لقد أعلنوا عن نقاش عظيم، محاكمة للعلم نفسه، ستُعقد في قلب العالم الذي ولدوا فيه، في المكتبة السماوية.

في ذلك اليوم، كانتْ القاعة الكبرى مكتظة أكثر من اليوم الذي حضروا فيه، على جانب، جلس فصيل النقاء بقيادة أرخميدس، وجوههم متجهمة وتحمل قلق الحكماء الذين يرون عاصفة ضخمة تقترب، وعلى الجانب الآخر، وقف فصيل التطور، أتباع هورن، وفي عيونهم ذلك المزيج الخطير من الاضطهاد واليقين المتعصب، وقد تقدم أحدهم ليعلن بداية النقاش:

- ... نعلم أن الكثيرين هنا لا يؤمنون بما نقدمه، لذا اليوم وللمرة الأخيرة سنتفق، هل يستحق علم الخوارق أن يصنف كأحد العلوم المختلفة؟ وبدون أي مقدمات سوف نبدأ مع حجة الطرف المعارض!

نهض فيلسوف عجوز من جانب أرخميدس، وبدأ مرافعته بصوت هادئ ومنطقي، لكن كلماته كانت تحمل ثقل الخوف من المجهول، تحدث عن كيف أن هذا العلم منافٍ للفطرة، وكيف أن هدفه هو تغيير الطبيعة البشرية إلى كائنات هجينة ووحشية، وهو ما لا يرغبه أي عاقل، ثم تحدث في محاضرته عن كيف أن قوانينه تخالف كل ما أثبتوه من فيزياء وكيمياء،

وأن تبنيه يعني نسف كل الأسس التي قامتْ عليها مدينتهم، وأخيرًا، تحدث عن الخطر العملي، عن كمية أرواح لا تحصى ستُفقد في سبيل تجارب غير مضمونة، بينما هم في أمس الحاجة لكل إنسان لبناء مستقبلهم. كانت محاضرته قوية، ومنطقية، ومخيفة، وعندما سألهم في النهاية: ما ردكم يا من في الجانب الآخر؟ ساد صمت مشوب بالترقب، ثم انهار كل شيء، بدلًا من تقديم حجة مضادة بنفس المنطق، انفجر جانب التطوريين بالصراخ والغضب، لقد شعروا بأنهم خسروا النقاش قبل أن يبدأ، فلجأوا إلى التشويش والاتهامات، ولأكون دقيقة في نقل التاريخ، لقد حاول بعض العقلاء منهم التحدث، لكن أصواتهم ضاعتْ في ضجيج الجهلاء، لقد كانتْ هزيمة ذاتية كاملة، لقد أثبتوا بحماقتهم حجة خصومهم، أنهم يمثلون الفوضى في هذه المدينة، لا العلم. والنهاية الحقيقية لم تكن فيمن حضر لأجل نقاش القاعة، ولم يكن يبدو أن هناك اتفاق سيحصد من ذلك الاجتماع أصلًا، إلا أن هناك من بنى قراره على ما سمعه، وإن كانتْ ستحكم هذه المدينة بمنهجية البشر، فقد اتخذتْ قرارها آنذاك بما سمعته من نقاشهم.

عندما بدأتْ الحشود بالخروج، وجدوها تنتظرهم عند الباب، إيلي، تقف هناك باستقامتها المعتادة، وبنظرتها الغاضبة الصارمة ولكن هذه المرة كقاضٍ أصدر حكمه للتو، وبصوتها البارد الذي لم يحمل أي أثر للنقاش، أعلنتْ قرارها، أولًا، يُمنع منعًا باتًا تسجيل أي بحث بشري جديد في علم الخوارق، وثانيًا، يتم أرشفة كل ما يتعلق به في التاريخ المنسي إلى الأبد، ولم يكن هذا كافيًا بالنسبة لها، أشارتْ بيدها، فقام الحراس بتقييد سيفير هورن، جالب هذه الجلبة، غيروا ملابسه إلى عباءة بيضاء بسيطة، واقتادوه إلى ساحة المدينة، حيث كانتْ تنتظرهم آلة لم يرها أحد من قبل في مدينة الحكمة، مقصلة عملاقة، نصلها يلمع تحت ضوء السماء الأبيض.

وُضع رأسه في المقصلة، ومن دون أن تكون هناك محاكمة أو كلمات أخيرة، سمعتْ الحشود صوت هدار مدوٍ للنصل وهو يسقط، تلاه صوت اصطدام مكتوم بالأرض. تشبعتْ العباءة البيضاء بلون أحمر قاني، وباتَ سيفير هورن، صاحب خرافته، أول ضحية حقيقية لها وليس الأخير، لأنه في تلك اللحظة، لم يمت مجرد رجل، بل مات النقاش الحر في قضية علم الخوارق، وماتتْ حرية الفكر فيها، بل انتهى عهد الحكمة المطلقة، وبدأ عهد الخوف، لقد أعلنتْ إيلي، قاطعة الرؤوس، بصمت دامٍ، أن العلم في مدينتها له حدود، وأنها هي من ترسم تلك الحدود بالمقصلة.

(16)

لمَ هورن؟ تساءل الناس في همسات خائفة بعد إعدامه، والحقيقة هي أن لا أحد يعلم، لم يكن هو الوحيد، ولا حتى الأخطر، لقد كان فقط افتتاحية المقصلة، البداية العلنية لمصيبة كانت قد حلتْ على المدينة بالفعل، فإعدامه لم يطفئ نار علم الخوارق التي اجتاحتْ حديقتها، بل أجبرها على النزول إلى أعماق الأرض، لتشتعل في الخفاء بقوة أكبر، فلم يعجب مؤيدو ذلك العلم المحظور ما حدث، فأكملوا أبحاثهم في الأنفاق والأقبية المنسية تحت المدينة، أصبحوا طائفة من الظلال، يعاندون القانون، ويحولون مختبراتهم السرية إلى معابد لفكرهم الجديد، ورغم كل محاولاتهم للاختباء، كانتْ إيلي تجدهم، حتى في كل يوم تقريبًا، كان يُقتاد شخص جديد إلى الساحة، لتوضع رأسه على المنصة.

شيئًا فشيئًا، تغيرتْ مدينة الحكمة، لم تعد شمسها تشرق على نقاشات الفلاسفة، بل على تجمعات صامتة تنتظر الإعدام اليومي، ثم أصبحتْ السماء حمراء بلون الدم المراق، وأصبح الهواء ثقيلًا بالبؤس والخوف الدفين، ترى أطفالًا يتشبثون بأمهاتهم هناك، يتعلمون أن

ينظروا إلى الأسفل دائمًا، كي لا يروا النصل وهو يسقط، لقد تحول حلم الحكمة إلى كابوس منظم، سلامٌ قائم على رؤية الدموع تتساقط بدلًا من المطر، كل تلك العلامات، كل ذلك الرعب الصامت، كان لا بد أن يصنع شرارة أخرى، تُخرج الروح البشرية أخيرًا من كهفها، ليس كفلاسفة، بل كمقاتلين، حينها وُلد فرسان الوقت، والاسم ذاته له قصته الخاصة، كانوا في البداية مجرد خلايا مقاومة سرية، لكن عددهم تجاوز في أيام قليلة الألف فارس، وكلهم توحدوا تحت هدف واحد، إسقاط نظام المدينة الظالم، وقتل إيلي، قاطعة الرؤوس.

لقد شحذوا سيوفهم، ولكنهم سنّوها أيضًا بعلم الخوارق، العلم الذي أصبح الآن رمزًا لثورتهم، لقد صاغوا قَسَمَهُم، ولم يكن مجرد شعار، بل كان قصيدة رثاء وأمل، قدموا الأقدام من أجل الصعود عوضًا عن إنزال الرؤوس، وقدموا الأعين من أجل رؤية النور عوضًا عن دماء المقصلة، وقدموا الآذان من أجل سماع عصافير الصباح عوضًا عن صرخات الأطفال، وقدموا القلوب من أجل حريتهم، عوضًا عن قيود السماء، لقد كانتْ ثورة البشر على سيدتهم الجديدة التي اختاروها. في ذلك اليوم، خرجوا من الظلال، زحفوا نحو المكتبة السماوية، قلب نظام إيلي، لكنها لم تنتظرهم في الداخل، لقد ظهرتْ فجأة في السماء فوقهم، كالشمس السوداء، وشعرها الذهبي يرفرف بغضب، ثم نطقتْ، لا كحارسة، بل كإلهة غاضبة، وكان صوتها يحمل كراهية مطلقة لا تُحتمل:

- كم كرهتكم! وكم كرهتُ سماع أصواتكم ورؤية وجوهكم! ألهذه الدرجة جهلكم؟! ألا يمكنكم حتى أن ترون العالم من حولكم؟! هذا المكان دام في سلام حتى جئتم بفسادكم، والآن ترفضون الخضوع لقوانينه التي وضعتموها أنتم وكأنه أصبح ملكًا لكم! بل بسبب سخافتي ظننتكم مختلفين عند حضوركم، نهايتكم ستكتب الآن تمامًا كما كان عليها أن تكتب منذ رؤيتي لكم أول مرة، وإن كان هناك من سيُلام، فهي حاكمة العوالم الحمقاء التي رمتْ بكم هنا، اذهبوا والعنوها! ابكوا عند قدميها!

أخبروها أن إيلي قد أبادَتْكُم جميعًا! لقد حان الوقت ليعود هذا المكان إلى ما كان عليه سابقًا، نظيفًا هادئًا دون أي حشرات قذرة أمثالكم!

لم تكن كلماتها مجرد تهديد عابر، بل كانت حكم إعدام صريح على المدينة بأكملها، لكن الفرسان لم يتراجعوا، تقدم قائدهم، ورفع سيفه الذي كان يشع بنار خارقة، وصرخ بصوت تحدّى السماء نفسها:

- أيها الفرسان، ها قد ظهرتْ! حصنوا أنفسكم بالتعاويذ، اجعلوا أجسامكم أقوى من المعدن، وأشحنوا سيوفكم نارًا، حان الوقت لننهي هذه المعركة!

(17)

كانت المواجهة حتمية، لحظة تصادم بين الفوضى المسلحة والنظام المطلق، تقدم فرسان الوقت بسيوفهم المشتعلة، مستعدين لمعركة ستحدد مصير عالمهم، لكن إيلي لم تمنحهم شرف القتال. لم تخطُ خطوة واحدة، ولم ترفع سيفها حتى، وقفتْ في السماء كتمثال من الجليد، تشاهدهم وهم يركضون نحوها، ثم يسقطون، واحدًا تلو الآخر، ولم يسقطوا بجراح أو صرخات، بل سقطوا بصمت، كدمى قُطعت خيوطها، ولم يسقط الفرسان فقط، بل كل من كان لا يزال حيًا في الساحة، وكل من كان يصرخ تحديًا أو خوفًا، سممتْ المياه بالأمس، في فعل ينم عن احتقار مطلق لدرجة أنها لم ترَ داعيًا حتى لمنحهم معركة حقيقية.

ثم جلستْ على عرشها في المكتبة، واستمعتْ إلى الصمت الجديد الذي حل محل ضجيج الثورة، صمتٌ لم تقطعه سوى أنات أولئك الذين يموتون ببطء على الأرض، لقد ظنتْ أنها بفعلتها هذه قد أنهتْ الصداع، وختمتْ قصة مدينة الحكمة كما أرادتْ، وأعادتْ مكتبتها إلى هدوئها المقدس، لكن هناك من بكى، بكاء ليس لبشري، صوت قادم من الأعلى، من

خارج هذا العالم، صوت تردد في نسيج الكون نفسه. ربما كانت تبكي على جمال تجربتها التي تحولتُ إلى مجزرة بسبب إيلي، أو ربما كانت تبكي على خيبة أملها في كلا طرفي المعادلة، القوة والعلم، لا أحد يعلم لماذا بكتْ بالتحديد، لكن دموعها لم تكن مجرد ماء مالح، بل كانت قوة كونية، ومع تلك الاهتزازات الحزينة، اهتزّتْ السماء وانشقتْ، وكسر ختم عظيم وضع قبل ستة عصور، واستيقظ وحش قديم، كان الوحيد القادر على هزيمتها.

نظرتْ إيلي خلفها، نحو مصدر الاهتزاز، وتجمدتْ، لقد رأتْ ظلًا هائلًا يرتفع من بين أعمدة المدينة، ظلًا له أجنحة تمتد لتحجب النجوم الثابتة في سماء المكتبة، تنينًا أخاف الحكام أنفسهم، كائنًا لم يكن من المفترض أن تراه عين ملاك أو بشر أبدًا، ولأول مرة منذ آلاف السنين، شعر قلب إيلي بشيء لم تعرفه إلا في ذكرياتها البعيدة، الخوف المطلق، سقطتْ على ركبتيها، وتلاشتْ كل كراهيتها وغطرستها، ولم يتبقَ سوى فتاة صغيرة خائفة تصرخ نحو السماء:

- هذا مستحيل! لا تقولِ إن هذا هو عقابي يا سيدة السماء! أرجوكِ! لأجل ما قمت به لحماية هذا المكان، ولأجل ما عشته...

لكن صدى صوت آخر، قديم وحيادي كصوت الزمن نفسه، بمنظره العظيم أجابها في عقلها:

- لا فائدة من البكاء، لقد انتهى أمرُكِ يا إيلي، قاطعة الرؤوس، لقد لُعنتِ.

ولم يمنحها وقتًا لتفهم، انقض عليها، وسمع الجميع صوت تمزق الواقع، تناثرتْ دماؤها على جدران المكتبة، ولوثتْ الكتب، وحطم جسدها الرفوف المنحوتة، لتعود المكتبة إلى حالة الخراب التي كانت عليها قبل أن يصل البشر، ثم حلق التنين في السماء، ونفث نيرانه، ليشعل المدينة ويحولها إلى جحيم من الرماد، فلم يبقَ من مدينة الحكمة سوى هيكل مكتبتها كما السابق، شاهدًا صامتًا على حلم آخر قد مات في عالمها.

وهنا، انتهتْ القصة التي كان من المفترض أن تُروى، وحصلنا على إجابتنا التي كنا نبحث عنها، أو هذا ما اعتقدناه جميعًا، لكن فصلًا أخيرًا، غير متوقع، قد كُتب في تلك الليلة. في مشهد الختام، من بين الظلال والرماد، خرجتْ امرأة ما، ترتدي عباءة حمراء ووشاحًا ذهبيًا، وقبعة مستديرة تخفي ملامحها، فتحتْ كتابًا قديمًا كانت تحمله وسط المكتبة، ونطقتْ بكلمات لم تكن لغة بشر أو ملائكة، بل كانت لغة الخلق نفسها، صلاة، وعقدًا، وتضحية: يا من أعطانا الحياة والروح والجسد، اليوم أدفع لكِ بنفسي لكي تغفري لنا خطايانا، وتنقذي قلوبنا من هذا الفساد العظيم. حينها فجأة، خرجتْ كلمات الكتاب منه، وحولتْ التنين إلى شعلة صغيرة هادئة، سُجنتْ داخل قفص من الضوء بحجم القلب حملته معها، ثم، وبهدوء، عادتْ المرأة الغامضة إلى المكان الذي خرجتْ منه، حاملة معها روح أخطر كائنات الكون.

(18)

سقطت السماء، ولم يبقَ من مدينة الحكمة سوى هيكلها العظمي الأسود، جثة مدينة فاضلة ترقد في صمت تحت شمس لا تزال مجروحة بذكرى مرور تنين، وهنا، في لحظة الدمار المطلق هذه، انتهتْ القصة التي كان من المفترض أن تُروى، لكن فصلًا أخيرًا، غير متوقع، قد كُتب في تلك الليلة. لم يكن ذلك الحدث المفاجئ بصورته تلك دخيلًا على القصة، بل كان دليلًا آخر أن المكتبة والمدينة التي تحيطها، لم تكن هي فقط ما يحتويه ذلك العالم، لقد خلق البشر طبقات مختلفة، وعندما انهارث الطبقة الأولى من أعماق ذلك العالم ذي التاريخ الطويل، عالم الحكمة كما سميته، فقط ظهرث طبقة أعمق على سطح الأرض، دليلًا على أن البشر قد تشجروا في ذلك العالم بطريقة لا يمكن في الواقع نزعه من قبضتهم، العزيمة والجشع كلاهما معًا جعلا ذلك الكائن المثابر يبني أسطورة حية، وتلك الأسطورة التي رويتها ما هي إلا نقطة كتبتْ في التاريخ من حكاية أطول بكثير، حكاية عالم الحكمة لا المدينة ذاتها.

51

أعتقد أنك ترى الآن نهاية تلك القضية التي طرحتها في المقدمة، وبنيتَ إجابة يمكنك تقديمها لمن سيسألك لاحقًا ذلك السؤال، لقد صنعتْ القوة التي رافقتْ البؤس انتقامًا وطغيانًا، ولقد صنع العلم الذي رافق الشجع والطموح كارثة هزت أركان الكون، وتمنى الجميع أن تنتهي القصة بعد تلك الحادثة، ولكنها لم تنتهي لسوء الحظ، لقد كان تأثير الفرص المتزايدة، الأمنيات التي منحتْ للبشر دون اكتراث، أقوى من اللازم، لدرجة أصبح يصعب حتى على الحاكمة كبحه، لقد أمستْ تجربتها سيئة لدرجة أنها خرجتْ عن السيطرة، ولم يعد بإمكان أحد إيقافها عند ذلك الحد، ولهذا استمرت.

لكنني لن أقول لك كيف حدث ذلك، ستنتهي جزئيتي الأولى هنا، وسأتركك تكتشف التاريخ من جديد على لسان أصحابه تمامًا كما علمته، أن ترى ما رأوا حتى اتخذوا قرارهم، لماذا اختاروا علم الخوارق؟ ولماذا شكلوا فرسان الوقت؟ وماذا حدث لتلك المرأة الغامضة بعد أن عادتْ بروح التنين؟ التاريخ لم يملك الصفحات الكافية ليشرح ذلك، ولم يهتم حقًا بشرحه، فقد كان الإطار الذي قرأتُه لك هو كل ما احتاجه العقلاء لفهم الإجابة، وإن لم يحتاجوه حقًا من الأساس، ولهذا كل ما بإمكاني فعله هو أن أترك لك الباقي لتراه بنفسك.

القصة الثالثة: كذبة إيلي المزيفة

(1)

(عالم الحكمة – بلسان العالمة فيارا – الفصل الأول من الشيطانة فيارا)

صلاة أخرى على من مات تحت أنقاض المدينة المحترقة، تحت غطاء ضوء القمر الدامي، وتحت عين حاكمة السماء الباكية، لقد عاش من عاش تحت التراب، ومات من اختار الحياة فوق السحاب، فهل تظن برأيك أن الحياة قد تستمر في تلك المدينة الفانية؟ بل هل تظن أن البشرية قد تستمر بعد ما حدث في نونا ومدينة الحكمة؟ خرجتُ من تحت الأرض فما وجدتُ غير لهيب تنين حرق جميع ألوان المدينة، فأمستْ حمراء من دمائنا، سوداء من نجوم القمر، منيرة بنار من رماد أنقاضنا، أنحني لأرى ما يمس قدماي فلا أجد غير فتات، هذا ما أمسته مدينة الحكمة الآن، فهل كان ذلك بسبب حكايتنا؟

(2)

(عالم الحكمة – الفصل الثاني من الشيطانة فيارا)

يقولون إن الحكايات العظيمة تبدأ بقرارات عظيمة، وهذه كذبة أخرى من أكاذيب التاريخ، فحكايتي هذه بدأتْ بفعل تافه وبسيط، رغبة في الهرب من العالم. كنتُ أجلس مع فتيات القرية تحت ظل شجرة زيتون عجوز، بينما يلون الغبار الهواء بلون الذهب، كانوا يعتقدون أنني أدرسهم، وأنا كنتُ أتركهم يعتقدون ذلك، كنتُ أقرأ لهم عن مسارات النجوم وأحيانًا عن قوانين الحركة، ليس حبًا في التعليم، بل لأن والدي، سانتو الأعمى، كان أعظم عالم في

زمانه، وهذه الفتات من علمه كان كل ما أملكه لأقايضه ببضع قطع نحاسية تكفي لشراء الخبز والزيت خلال رحلاته، كنتُ ألعب دور المعلمة، بينما هم يلعبون دور التلاميذ، وكلانا كان يمثل ذلك على الآخر لأن هذا ما أردناه، المنفعة المتبادلة.

في تلك الأيام الأخيرة، كانتْ رحلة أبي إلى روما قد طالتْ أكثر من المعتاد، طالتْ لدرجة أن الخوف البارد بدأ يتسلل إلى قلبي ليلًا، وجعل من تمثيلية التدريس هذه عبئًا لا يطاق نهارًا، بدأتْ الأحاديث في القرية تتحول إلى همسات، تحكي عن وحش خرج من مدينة نونا وعن جيش روما الذي هزم، ثم فكرتُ في أبي، وتخيلته رمادًا يتطاير في شوارع روما المحترقة الآن، هذا ما اعتقدته، وعندما تفقد الأمل، تفقد معه الرغبة في أي شيء، حتى المتعة، فما قيمة الضحك واللهو وجيش عظيم قادم لينهي حياتنا على أي حال؟

حتى جاءتْ تلك الليلة، كنتُ في غرفتي الصغيرة، أتأمل شعاع القمر وهو يرسم خريطة من الضوء والظل على جدار الطين المتشقق، حتى فجأة، حدث شيء غريب، تغير الهواء في الغرفة وأصبح باردًا، وحمل معه رائحة غريبة كرائحة غبار النجوم التي كان والدي يصفها لي أحيانًا، ثم، ومن لا شيء، ظهرتْ أمامي، خلقتْ من العدم، تطفو في الهواء على بعد شبر من الأرض، لم تكن رسالة عادية، كانتْ لفافة من ورق يبدو وكأنه مصنوع من ليل مضغوط، وحروفها تتوهج بضوء فضي خافت، ترددتُ للحظة، ثم مددتُ يدي المرتجفة ولمستها، وهذا كل ما كان بإمكاني فعله آنذاك، كانتْ باردة كالثلج، فضضتُ ختمها الشمعي الذي لم يحمل أي شعار أعرفه، وبدأت أقرأ خط أبي، لكن الكلمات كانت تنتمي لعالم آخر.

- ابنتي الحبيبة، فيارا، إن كنتِ تقرئين هذا، فاعلمي أنني حي، وأنني في مكان لا تدركه الخرائط، لقد هربنا من جنون الأرض، ووجدنا ملاذًا آمنًا، ليس على اليابسة أو في البحر، بل في الفضاء نفسه، لقد مُنحنا فرصة لا تصدق، مدينة بُنيت في قلب مكتبة سماوية، إنها مدينة الحكمة، وهنا يعيش أعظم من تبقى من

عقول البشر، أدعوكِ للانضمام إلينا، لتعيشي معنا أعظم فترات تاريخنا، في سلام وعلم، بعيدًا عن الحرب التي ستلتهم كل شيء.

قرأتُ الرسالة مرة، ومرتين، وثلاثًا، وكان عقلي يصرخ في كل مرة بأن هذه خدعة، سحر عجوزة، هلوسة ولدتْ من يأسي، لكن قلبي، ذلك الأحمق، صدقها، لقد كانتْ الحقيقة أغرب من أي كذبة يمكن أن أتخيلها، إن أبي حي، وهو في السماء، ويدعوني إليه، لم يكن هناك قرار لأتخذه في الواقع، لم يكن هناك خيار، فماذا يفعل الإنسان عندما يخير بين موت محتوم على الأرض، وفرصة مستحيلة في السماء؟ ما كان بيدي غير قبول تلك الدعوة، والقفز في المجهول، في محاولة يائسة للنجاة بحياتي.

(3)

عندما وضعتُ قدميَّ لأول مرة في السماء، لم أجد عالمًا من العجائب، بل وجدتُ صمتًا لا نهائيًا ومقبرة للكلمات، كانت المكتبة السماوية مكانًا مهيبًا، لكنه كان ميتًا، آلاف الرفوف التي تمتد أعلى مما يمكن للعين أن تراه، وملايين الكتب التي تحمل حكمة العصور، قضيتُ أيامي الأولى، مثل بقية الوافدين الجدد، في حالة من الرهبة والضياع، كنا ننتقل من قسم الفيزياء إلى قسم الفلسفة، نقرأ نظريات عظيمة وكلمات غريبة لم نكن نفهم نصفها، بينما كان هناك سؤال واحد يحترق في عقلي، سؤال جعل كل هذه المعرفة العادية تبدو باهتة ومملة، تلك الرسالة، تلك اللفافة التي ظهرتْ من العدم، وحروفها التي كانت تتوهج بضوء حي، لم يكن هناك أي كتاب في قسم الفيزياء أو الكيمياء يمكنه أن يفسر تلك الظاهرة، لقد كانت سحرًا، ولكن والدي كان رجل علم لا يؤمن بالخوارق، وعلى غراره تبنيتُ نفس النظرية، إن لكل سحر أساسًا علميًا لم نكتشفه بعد، وقد أصبح هذا هو هدفي السري، مهمتي التي لم أبح بها لأحد، أن أجد الكتاب الذي يشرح كيف يمكن للكلمات أن تتوهج.

56

تركتُ القاعات الرئيسية المضاءة جيدًا، وبدأتُ رحلتي في الممرات المظلمة والمنسية من المكتبة، الأقسام التي هجرها الجميع، والتي تحمل عناوين مثل الخيمياء المرفوضة ونظريات الأثير، حتى بعد أيام، أو ربما أسابيع، من البحث بين الكتب المتآكلة والغبار، وجدته، وكان مختلفًا عن كل شيء آخر، كتاب بغلاف أسود لامع، ليس من الجلد أو الورق، بل من مادة تشبه الزجاج البركاني، والأهم من ذلك، كان مقفلًا بقيد حديدي سميك وصدئ، ولا توجد له فتحة مفتاح، وكأنه صُنع ليُقرأ مرة واحدة ثم يُغلق إلى الأبد، أو لكي لا يُقرأ أبدًا، و-كان يَصرخ بأنه محظور لكنني لم أكترث، أمسكتُه بين يدي، وشعرتُ ببرودة غريبة تتسرب إلى أصابعي، تمامًا كبرودة تلك الرسالة، ثم قرأتُ العنوان المحفور بحروف حمراء دموية على الغلاف من خلق القيد، علوم سيلي في كون الدماء.

في تلك اللحظة، عرفتُ أنني وجدت ما أبحث عنه، فأخذته إلى غرفتي الصغيرة في المدينة، وأخفيته، ثم في الأيام التالية، حاولتُ فتح القيد بكل طريقة ممكنة، طرقته بالحجارة، حاولتُ إذابة الحديد بنار شمعة، لكنه لم يتزحزح، كان اليأس يتسلل إلي، لكن الفضول بمحتواه كان أقوى، إذا لم أستطع فتح القيد، فسأحرر الكتاب منه، وقد كان قرارًا مؤلمًا، بدأتُ بتمزيق الغلاف الأسود الصلب قطعة قطعة، محاولة الحفاظ على الصفحات الداخلية سليمة قدر الإمكان، استغرق الأمر أيامًا من العمل الشاق والمضني، ثم بدأتُ العملية الأكثر دقة، لصق تلك الصفحات الممزقة والمبعثرة على أوراق جديدة، وترتيبها بالكامل، كنت أعمل في الليل على ضوء الشموع، وأنا أجمع أحجية شيطانية قام كاتبها بحجبها عن الجميع، كل صفحة أعيدها إلى مكانها كانتْ تزيد من شوقي لمعرفة ما بداخلها.

عندما اكتمل أخيرًا، وبدأتُ بمطالعته، فهمتُ لماذا كان مقفلًا، هو لم يكن مجرد كتاب، بل كان إنجيلًا لعلم مختلف تمامًا، كتاب مرعب وساحر، لقد كان يتحدث عن علم الدماء، عن طاقة الحياة التي تَسري في كل الكائنات، والتي أطلق عليها الكاتب اسم سيلي كاسمه،

تحدث عن كيف أن دماء الكائنات المختلفة تحمل خصائص مختلفة، وكيف يمكن مزجها بالمعادن أو النباتات لخلق مركبات ذات قدرات خارقة، وتحدث عن كيفية استخدام هذه الطاقة لتشكيل الحياة نفسها، لخلق كائنات جديدة، أو لتحويل الطاقة إلى أشكال أخرى، قرأتُ كل سطر، وكل ملاحظة وهوامش تركها الكاتب المجهول، حفظتُ كل شيء، لكن، في النهاية، وصلتُ إلى الفقرة التي حطمتني، تحدث الكتاب عن البشر، ووصفهم بأنهم كائنات ضعيفة ذات طاقة لا تتجاوز المئة سيلي مقارنة بالملائكة التي تتجاوز طاقة خلاياها الملايين، مجرد مصادفة كونية نجت بأعجوبة لتقبع في قاع هرم المخلوقات.

رغم ذلك، لم يوقفني هذا، إذا كانت طاقتي لا تكفي لخلق حياة، ربما تكفي لفعل شيء أبسط، إذا لم أستطع أن أجعل المعدن يطيعني، ربما يمكنني أن أجعل الكلمات تتوهج، لقد قررتُ أن أبدأ بتجربة أصغر علومه، كصنع بعض الأدوات، نعم، لقد وجدتُ لي مكانًا في تلك المدينة، ولم يكن في مجالس العلم والنقاشات الفاضلة، بل كان في الظل، على ضوء الشموع، وبصحبة كتاب مقفل بالحديد، يتحدث عن قوة الدم.

(4)

قد تبدو تلك الفترة في السجلات وكأنها كانت مسالمة، ولقد كانت كذلك بالفعل، ولكن فقط على السطح المشرق لمدينة الحكمة، أما في الأعماق، في الأقبية المنسية وتحت أضواء الشموع الخافتة، كان هناك عالم آخر يولد. بعد أن فككتُ أسرار كتاب سيلي الأول، لم أعد وحيدة، لقد وجدتُ أن فضولي كان معديًا، سرقتُ العديد من الكتب الأخرى التي تلمح إلى هذا العلم المحظور، وبدأتُ أشارك ما تعلمته بحذر مع أولئك الذين رأيتُ في عيونهم نفس الجوع للمعرفة، أولئك الذين لم يكتفوا بالفيزياء والمنطق، وشيئًا فشيئًا، تشكل مجتمعنا السري، وكما كان يسخر منا الآخرون، كنا نلتقي في مختبرات مؤقتة، نتبادل نتائج

أبحاثنا في همسات، ونناقش نظريات كانت كفيلة بإرسالنا إلى المقصلة لو سمعتها إيلي، لقد أصبح علم الدماء قضيتنا المشتركة، ديانتنا المحرمة، وبينما كان العالم في الأعلى يبني مدينة من النظام والضوء، كنا نحن نبني عالمًا موازيًا من الفوضى الخلاقة والظلام.

في قلب هذا العالم السفلي، كنت أعمل على مشروعي الخاص، كان تتويجًا لكل ما تعلمته، التطبيق العملي الأول لنظريات سيلي، لقد كان سلاحًا، سيفًا أسميته نصل اللهب الخاوي الدموي، قاطع المعدن باختصار، للعين غير الخبيرة، كان يبدو مجرد سيف فولاذي عادي، مخلوط بالنحاس ليعطيه لونًا محمرًا، لكن سره كان يكمن في جوهره، لقد نقشتُ على طول النصل رموزًا معقدة من علم الدماء، وكانت تركيبة بناءه هي دمج دقيق من وصفة في الكتاب، وكانت النظرية خلفه بسيطة ومرعبة، عندما يلامس النصل أي دماء، سيتفاعل معدن السيف مع الطاقة في الدم، فيشتعل بنيران قادرة على صهر الحديد، حتى إذا امتص النصل ما يكفي من الدماء، فإن الطاقة المحبوسة بداخله تتحرر في انفجار هائل.

لم يكن مجرد سيف في الواقع، بل كان دليلًا على جدية بحثي، برهانًا عمليًا على أننا لم نعد مجرد كائنات ضعيفة في قاع الهرم، وأن بإمكاننا بناء شيء من دمائنا، حجتي التي سأقدمها لذلك العالم يومًا ما، لكن أحدهم استعرق الخطى، شخص يدعى سيفير هورن، وكان فريقه يبحث في تخصص مختلف من علم الخوارق، يركز على تعزيز الجسد، وكان مندفعًا ومتعطشًا للاعتراف، حتى في أحد الأيام، وبدون سابق إنذار، خرج بنتائج بحثه أمام الملأ، لم يكن سيفًا مشتعلًا، بل كان فأرًا حقيرًا، يرتجف في قفص، قلبه ينبض بقوة وحشية قبل أن يسقط ميتًا، ولقد كانت لحظة كارثية ومجيدة في آن واحد، لقد أثبتُ هورن للعالم أن علمنا حقيقي، لكنه فعل ذلك بأكثر الطرق بدائية وفظاعة، ثم تبعه آخرون، يعرضون نتائج أفضل، حيوانات تعيش لفترة أطول، نباتات تنمو بشكل خارق، وفجأة، لم نعد مجرد غريبي

أطوار، بل أصبحنا تهديدًا حقيقيًا، تحولت السخرية إلى خوف، والهمسات إلى اتهامات، وبدأت عيون حراس إيلي تلاحقنا.

في تلك اللحظة، فهمت كل شيء، فهمت لماذا كان الكتاب مقفلًا بالحديد، لم يكن العلم خطيرًا بطبيعته، بل كان خطيرًا لأنه يوقظ شيئين في البشر، الطموح لدى من يمارسونه، والخوف لدى من يجهلونه، وهذا المزيج، الطموح والخوف، هو وقود كل الحروب والمجازر في التاريخ. وقبل أن تصل إلينا يد إيلي الطويلة، اتخذتُ قراري، جمعتُ فريقي المقرب، وتركنا كل شيء خلفنا، تركنا مختبرنا، وأبحاثنا، وحتى النموذج الأولي لسيف قاطع المعدن على الطاولة، لقد حان وقت الهرب، وتبعنا الكثيرون، هربنا من المدينة نحو الجبال البعيدة، لنبني مختبرات جديدة في أعماق الأرض، بعيدًا عن عيون قاطعة الرؤوس، لقد كان ذلك على أعقاب خرافة هورن، لقد هربنا من كارثة كانت تنظر إلينا منذ البداية، وكنا مدركين أن مدينة الحكمة، تلك اليوتوبيا المشرقة، كان سقوطها أمرًا محتومًا في اللحظة التي تذكر فيها البشر أنهم بشر، يرغبون دائمًا في لمس النار.

(5)

لقد بدأنا نسقط كالنجوم، واحدًا تلو الآخر، كل صباح، كانت شمس مدينة الحكمة الحمراء تشرق على اسم جديد سيُقدم للمقصلة، حتى أصبح الموت طقسًا يوميًا، عرضًا جماهيريًا يحضره الجميع في صمت، كنت أرى حريق جثث زملائي المتمردين وهو يصنع نورًا مشؤومًا يبتلع المزيد منا في اليوم التالي، وهنا أصبح البقاء في تلك الحياة مراهنة خاسرة، إما أن يجدوك اليوم فتموت، أو تهرب من عيونهم فتنجو للغد، ولكن إلى متى؟ كنا جميعًا نقف في طابور طويل وصامت، ننتظر دورنا لزيارة قاطعة الرؤوس، حتى في إحدى الليالي، وأنا أعمل في مختبرنا السري المحصن في أعماق الجبل، اتخذتُ قراري، كنت أنظر إلى النموذج

الأولى لسيف اللهب الدموي، ذلك الإنجاز الذي كنتُ فخورة به يومًا، الآن أراه مجرد أداة عنيفة وبدائية ستقودني نحو حتفي، ثم أدركتُ أن ما حفظته من علم الدماء عالق في رأسي، وأن شخصًا ما يجب أن يهرب بهذه المعرفة ليخلدها، وكنت أنا خير اختيار، وليس لأنسخ ما تعلمته فقط، بل لأتجاوزه، لقد حان الوقت لأترك الخوارق، وأعود إلى الفيزياء، لأبحث في إمكانية دمج العالمين معًا، أن أصنع شيئًا جديدًا تمامًا، أن أصبح عالمة حقيقية، لا مجرد مقلدة لوصفات كتاب قديم.

لم يكن قراري بالعودة إلى الفيزياء عبثًا، كانت تلك الليالي طويلة ومحفوفة بالتوتر في المكتبة، ولهذا أصبح منزل والدي، سانتو الأعمى، يشهد أعظم النقاشات الفكرية في حياتي بديلًا عنها، كان أرخميدس الثاني، صديق والدي القديم، يزورنا باستمرار لمناقشة أمور العلم العامة وشرب الشاي. بعد أن ينام الجميع في المدينة الفاضلة، كنا نجلس نحن الثلاثة حول طاولة المطبخ الخشبية على ضوء شمعة وحيدة، وفي تلك الجلسات الهادئة، التي كانت تمتد حتى الفجر، كنتُ أطرح عليهما أسئلتي الجديدة، محاولةً أن أجد طريقًا يجمع بين عالميهما، وفي إحدى تلك الليالي، طرحتُ سؤالي الأهم:

- ... دعونا من أمر المقصلة للحظة. كنتُ أبحث في موضوع الأشعة والضوء، ولفتَ انتباهي شيء ما في كتاب قديم، لقد تحدث عن إمكانية تشكيل الضوء وتحويله إلى صورة أخرى ملموسة من الطاقة، هل تعرفان شيئًا بهذا الخصوص؟

أجاب والدي أولًا، بصوته العملي والهادئ الذي لطالما عرفته، تحدث عن كيف يحول النبات الضوء إلى طاقة كيميائية، وكيف يمتصه الماء ليتحول إلى حرارة، كانتْ إجابات صحيحة، ودقيقة، وآمنة، ومملة، لكن أرخميدس دام صامتًا، وعيناه تنظران إلى لهب الشمعة بتركيز عميق، ثم التفتَ إليّ، وقال بصوت خافت:

- إنها تقصد أمرًا آخر يا سانتو، ومن النادر رؤية عقل، شابًا كان أو عجوزًا، يجرؤ على ربط هذه الخيوط معًا. يا فيارا، الكتاب الذي تتحدثين عنه، الكتاب الثالث عشر في الرف السابع من الجناح الأول، أعرفه جيدًا، هو يتحدث عن تشكيل الضوء ليصبح نارًا، لكنها عملية عكسية لم يفهمها أحد، لقد راودني نفس الفضول، وبعد بحث طويل، أدركت أنه لم يكن يقصد بالضوء شعاع الشمس.

انحنى فوق الطاولة، وخفت صوته أكثر، ثم أكمل:

- لقد كان يقصد بالضوء الروح، هو يتحدث عن إعادة الروح إلى أصلها، إلى شكلها الأول، إلى ما يسميه نور الحاكمة، وهذا يا ابنتي، ينقلنا مباشرة إلى قلب علم الخوارق، وهذا هو الخط الذي أقسمنا ألا نتجاوزه.

شعرتُ بقشعريرة تسري في جسدي، برودة عهدتها، فأجبته بتساؤل واضح:

- تحويل الروح إلى شعلة تقصد، أليست عملية كهذه غريبة؟ هل هي تنقل الروح إلى درجة الخلود، أم إلى فناء أسرع؟ وماذا عن عكسها؟ هل يمكن إعادة الشعلة إلى روح؟

نظر إليّ أرخميدس، وفي عينيه مزيج من الإعجاب والخوف، ثم قال:

- إنها أسئلة تنافي كل قوانيننا، إنها علم لا يملك أي معطيات يمكننا قياسها، محاولة فهمه لوحدها تتطلب إعادة بناء كل ما تعلمناه من الصفر، وفوق كل ذلك لا تنسي أن إيلي قد منعت البحث في هذه المواضيع تحديدًا، إنها تعتبر هذا النوع من الأسئلة كفرًا علميًا، والكفر في مدينتها عقابه الموت.

ساد الصمت وكان تحذيره واضحًا، لكنه، في عقلي، لم يكن تحذيرًا، بل كان دعوة، لقد أراني الباب الذي كان الجميع يخشى الاقتراب منه. في تلك اللحظة، عرفتُ موضوع بحثي القادم، ولم أكن أبحث عن سلاح هذه المرة، بل عن سر الخلود والموت نفسه، أعظم تخصص يمكن لعالم حقيقي البحث فيه، علم الأرواح.

<h2 style="text-align:center">(6)</h2>

في اليوم التالي، بدأتُ رحلتي السرية إلى الجناح الثالث عشر في المكتبة السماوية، وهو جناح محظور آخر، لم يكن مقفلًا بالحديد، لكنه كان منسيًا، مغطى بطبقات من الغبار والصمت وكأن الجميع اتفقوا على عدم الاعتراف بوجوده، وكان الدخول إليه أشبه بالدخول إلى عقل كائن قديم ومجنون، لم تكن هناك رفوف منظمة، بل كانت مخطوطات جلدية مكدسة، ورسومات تشريحية لمخلوقات أسطورية معلقة على الجدران، وجرار زجاجية تحتوي على أعضاء محفوظة في سائل أزرق باهت، لقد كان هذا هو علم الكائنات، المكان الأمثل للبحث في لغز الأرواح وتحولاتها. وإن كان هناك تقييم لساعات الذروة، ففي ذلك اليوم، كان الدخول والخروج من هذا المكان المنسي سهلًا بشكل مقلق، وذلك يعود إلى أن عيون إيلي وحراسها كانت مركزة على الساحة الرئيسية، على العالم الخارجي الذي بدأ يشتعل، كنتُ أسمع من نافذة مختبري المخفي العالية أصداء ما يحدث في الأسفل، ولم تعد همسات، بل أصبحتْ نداءات صريحة لمعركة جديدة، ورأيت فرسان الوقت وهم يتدربون في الساحات الخلفية، يجهزون تلك السيوف غير المكتملة التي صممتها يداي في حياتي السابقة.

كل صوت صليل للمعادن، وكل صرخة غاضبة، كانتْ تملأ قلبي بشعور بارد من القلق، ليس خوفًا على حياتي، بل قلقًا من حُكم وشيك، فقد تغير هدف المدينة، لم تعد مدينة

علم وحكمة هدفها حفظنا، بل تحولتْ إلى مدينة حمراء، مسرح دموي لصراع بين بشر فاسدين يبحثون عن السلطة، وآخرين فاسدين يبحثون عن العلم المحظور، وأنا؟ كنتُ أنتمي إلى كلا الجانبين، في صباح ذلك اليوم، رأيتُ أثر الدماء تحت نافذتي، مسار أحمر رفيع تركه أحدهم وهو يُجَر في الظلام، لم أعرف من كان، ولم أهتم، فقد أصبح الدم جزءًا من المشهد اليومي، وفي تلك اللحظة، وأنا أنظر إلى ذلك الخط الأحمر الذي يشق طريقه بين حجارة المدينة الملونة، أدركتُ أن البقاء في مختبري، في مخبأي، جائعة وعطشة ومرهقة، هو خير قرار يمكنني اتخاذه، فليتقاتلوا في الخارج، فليبنوا جيوشهم وليصرخوا بشعاراتهم، أما أنا، فسأبقى هنا، في صمت مخبأي المخفي، أبحث عن إجابات لأسئلة أكبر بكثير من حروبهم التافهة، لقد كانوا يتقاتلون على من سيحكم رماد هذه المدينة بعد سقوط إيلي، بينما كنتُ أنا أبحث عن طريقة للتحكم في نار الرماد نفسها.

(7)

كنت أجلس على ضوء شمعة وحيدة تكاد أنفاسها تنقطع، لم أكن أشعر برأسي من فرط الإرهاق، ومعدتي الخاوية كانتْ قد نسيت شكل الطعام منذ يومين، لكن كل ذلك لم يكن مهمًا، كان عليّ أن أكمل هذا البحث قبل أن ينفد الوقت، قبل أن يجدوني، كنتُ أبحث في مخطوطاتي المبعثرة عن إجابة لسؤال مجنون، هل يمكن تحويل الإنسان إلى صورته الروحية النقية، كطريقة للهروب من أي دمار مادي؟ وماذا عن العكس، هل يمكن إعادة الروح إلى جسدها؟ كانت الأسئلة تدور في رأسي كطاحونة هواء بلا رياح، علم الدماء لم يملك أي إجابات، وعلم الأرواح كان غامضًا ومجزًا، دفعني ذلك أن أصرخ في صمت المختبر: إذن في أي كتاب لعين قد تكون الإجابة، إن لم تكن عند سيلي نفسه؟! ثم فجأة، جاء الرد من الظل خلفي، بصوت بارد ومألوف بشكل مرعب:

64

- ومن قال إنها ليست عنده؟

تجمد الدم في عروقي، لم يكن صوت خطوات، بل كان ذلك الصمت المفاجئ الذي يسبق حضورها، وذلك الصوت الذي علق في ذهني منذ لقائنا الأول، صوت طرقات كعبها، لم يكن هناك أحد غيرها يمكن أن يأتي إلى هذا العش الصغير، إذن، لقد حان دوري أخيرًا، استدرتُ ببطء، وقلتُ بمرارة حاولتُ أن أخفي بها خوفي:

- كُشف أمري إذن، لكنه لشرفٌ حقًا أن تأتي قاطعة الرؤوس بنفسها لتقبض علي.

كانتْ تقترب، وعلى شفتيها ابتسامة ساخرة، لكنني لم أستسلم، فهذه حكايتي أنا قبل أن تكون حكايتها، أمسكتُ بسيف قاطع المعدن عن الطاولة، وفي اللحظة التي اشتعل فيها نصله بوهج أحمر استعدادًا للقتال، فعلتْ شيئًا لم أتوقعه، لم تسحب سيفها، بل تقدمتْ نحوي وضربتْ سيفي بكتاب كانت تحمله في يدها، تحطم حينها نصله إلى شظايا معدنية، وسقطتُ أنا على الأرض من هول الصدمة. اشتعلتْ النيران في صفحات الكتاب للحظة، لكنها نفختْ عليها نفخة باردة، فخمد الحريق وكأن شيئًا لم يكن، ثم مررتْ الكتاب على الطاولة، فوق بقايا سيفي المحطم، وجلستْ على أحد كراسي المختبر، وقالتْ بهدوء مستفز:

- هل كان ذلك السيف من صنعكِ؟ تصميمه جيد لكن خامه رديء للغاية.

نظرتْ إلى الكتاب الذي هزم أعظم إنجازاتي، وقالتْ وهي تشير إليه:

- هذا هو كتاب سيلي الأهم، الروح الخالدة والطاقة الأصلية. تقول الأسطورة إن ما بداخله يعتبر تهديدًا لجميع الكائنات، فهو يذكر نقاط ضعف كل كائن حي، حتى الحكام أنفسهم، أو هذا ما كان من المفترض أن يكون.

توقفتُ للحظة ونظرتُ إلي مباشرة:

- لكنها كذبة، والسؤال هو، هل الحقيقة الموصوفة هنا هي كذبة أيضًا؟ تقول قصتي إنه سحر ختم قديم حُفظ منذ عصر التنانين، وأنا الوحيدة التي تملك نسخة عنه، لكن ربما تكون الكذبة السابقة نفسها مزيفة، فيكون ما بداخله حقيقة مطلقة، ولكن لم يجرؤ أحد على قراءته ليؤكد ذلك، ولحسن حظك، لديكِ فرصة الآن لتحكمي بنفسك. اعلمي، بعد قراءته، ستُمحى الكلمات من هذه النسخة للأبد، وإن كان سحر ختم أم كتابًا أسطوريًا، فسيفقد قيمته على الفور.

ثم رفعتْ حاجبيها بابتسامة ساخرة، وهي تطالع الأصوات في الخارج، وأكملتْ:

- أرأيتِ كيف تطورتْ صداقتنا، أيتها الشيطانة البشرية فيارا؟

مددتُ يدي المرتجفة وتناولتُ الكتاب إلي أرضًا، قلبتُ صفحاته بسرعة دون اكتراث وكانت بيضاء، فارغة تمامًا، فقلتُ بصوت تخنقه الخيبة:

- فارغ! هل هذه مزحة؟

أجابتْ بهدوء، دون أن تحرك عيناها عن النافذة:

- هيا! لقد ظننتكِ أذكى من ذلك، سيصبح ذا أهمية فقط عندما تحين لحظة لمعانه.

ثم فجأة، تغير شيء في وجهها، تلاشتْ الابتسامة، وحل محلها بؤس دفين، نظرة من الحزن القديم الذي لم أره عليها من قبل، أنزلتْ عينيها إلى الأرض، وأكملتْ بنبرة جادة مختلفة تمامًا:

- إن حدث شيء ما في هذا العالم، يا فيارا، مصيبة كبيرة قد تهدد المكتبة نفسها، فأنا أمنحكِ صلاحية استعماله. إنه قوة عظيمة لا يمكنكِ تخيلها أبدًا.

غادرتْ بعد ذلك سريعًا كما جاءتْ، وتركتني منبهرة على الأرض، أحاول استيعاب ما حدث، وأحاول فك لغز إيلي نفسها، كذبتها المزيفة، لماذا تأتي عدوتي اللدودة إلى هنا، لا

لتقبض علي، بل لتمنحني أقوى سلاح في الكون على هيئة كتاب فارغ، وتتركني مع نبوءة غامضة عن كارثة قادمة؟ لكن لم يدم الصمت طويلًا، فمع لحظة اختفائها، انفجر العالم في الخارج، وسمعتُ صرخات، وصوت ركض مذعور، وصليل سيوف لأول مرة، ما هي المصيبة التي كانتْ تتكلم عنها؟ هل كانتْ هي سبب ما يحدث الآن أم أنها كانتْ تهرب منه قبل أن يصطادها فرسان الوقت؟ تجمدتُ في مكاني، جسدي المنهك لا يقوى على الوقوف. فكرة واحدة فقط اخترقتْ ضباب خوفي، عليّ الخروج من هنا، عليّ أن أرى بنفسي.

(8)

بدأتُ الصعود، خطوة حذرة تلو الأخرى على الدرج الحجري الرطب، مع كل درجة أرتفعها، كان صوت العالم الخارجي يختفي تدريجيًا، ليحل محله صمت مطبق وثقيل، لم يكن صمت الهدوء، بل صمت الموت، الصمت الذي يأتي بعد أن يكون كل الصراخ قد انتهى، تساءل عقلي كعادته، محللًا الاحتمالات ببرود، هل هذا دليل على أن الحياة في الخارج قد انتهت تمامًا أم أنني أصابني الصمم؟ أم أنها مجرد هلوسة يائسة لفتاة خائفة من صعود درج طويل نحو مصير مجهول؟ ثم شعرتُ به، حرارة جافة وغير طبيعية بدأتْ تتسرب عبر الحجارة، تزداد مع كل خطوة، حتى أصبح الهواء نفسه ثقيلًا يكاد يخنقني، هل كان هذا أيضًا جزءًا من مخيلتي؟ لم يمهلني عقلي وقتًا للتحليل، فقد أجابتْ عيناي أولًا، من بين شقوق الدرج العليا، رأيت وهجًا أحمر يرقص، لهب حاد، ولم أكد أستوعب المشهد، حتى انفجر المكان.

لم يكن انفجارًا عاديًا، بل كان تمزقًا في الواقع نفسه، ومضة ضوء أبيض أعمى أبادتْ كل الظلال للحظة، تلاها صوت هدير صمّ أذنيّ، وشعرتُ بموجة ضغط هائلة تقذفني من على الدرج وكأنني ورقة في عاصفة، طار الكتاب من يدي، ورأيته وهو يهبط بعيدًا على

67

الأرض، بينما ارتطم جسدي بقسوة على الحجارة الباردة، نظرتُ إلى الأعلى، فرأيتُ مدخل المختبر يذوب، والصخور تتوهج وتتحول إلى حفرة من الحمم السائلة، لحسن حظي، أو ربما لسوئه، أنني لم أكن هناك، ثم ابتلعني الظلام مع اختفاء الشمس الدموية، وغرقتُ في موت مؤقت، تاركة ورائي وعيي وجسدي المنهك.

لا أعرف كم مر من الوقت، كانت البداية الجديدة مجرد إحساس بالألم، ثم برودة الحجر تحت خدي، فتحتُ عينيّ ببطء، فرأيتُ نجومًا، ولم تكن نجوم السماء الداخلية للمكتبة، بل كانتْ النجوم الحقيقية، ساطعة وباردة في سماء ليلة صافية، ثم رأيته بجانبي، يلمع بضوء فضي خافتْ، ذلك الكتاب، وكأن اللحظة حانتْ أخيرًا. نهضتُ وكل عضلة في جسدي تصرخ، من هذا الذي ما زال يهدد العالم؟ ألم ينتهِ كل شيء بالفعل؟ ألم يكن هذا هو الفناء؟ أكملتُ ما تبقى من الدرجات، وخرجتُ إلى السطح، إلى ما كان يومًا ساحة مدينة الحكمة، خرجتُ، فما وجدتُ غير لهيب تنين حرق جميع ألوان المدينة، فأمستْ حمراء من دمائنا، سوداء من نجوم القمر، منيرة بنار من رماد أنقاضنا، أنحني لأرى ما يمس قدماي فلا أجد غير فتات، هل هذا ما أمسته مدينة الحكمة الآن؟

(9)

(عالم الحكمة – الفصل الثالث من الشيطانة فيارا)

بعد أن استوعبتُ صدمة الدمار، بدأتُ مسيري، لم يكن مسيرًا، بل زحفًا عبر جثة مدينة، كنتُ أرى أشكالًا تتحرك على جانبي الطريق، ناجين يصارعون الموت، أيديهم ممدودة نحوي بلا صوت، لكنني كنتُ أتخطاهم، بلا شفقة وبلا تردد، فقد ماتتْ في داخلي تلك الفتاة التي كانتْ تهتم بمصير الآخرين، ولم يكن هناك سوى هدف واحد بارد وواضح يحرك جسدي المنهك، الوصول إلى المكتبة وختم ذلك التنين قبل أن يلتهم المكتبة نفسها، لم أكن

أعرف ما حدث لإيلي، ولم أُكن أهتم، كل ما رأيته هو ذلك الوحش الأسطوري وهو يحلق في سمائنا الدامية، وأدركتُ أنه حان الوقت ليقوم الشخص الوحيد المتبقي، والذي يملك قوة غير مفهومة، بإسقاطه.

وقفتُ عند مدخل المكتبة المحطم والتنين يحوم فوقي كقمر من الجحيم، فتحتُ الكتاب الذي أعطتني إياه إيلي دون خوف منه، ذلك الكتاب الفارغ، وكما قالتْ، عندما حانت لحظة لمعانه، بدأتْ الصفحات البيضاء تتوهج بضوء فضي، وظهرتْ عليها كلمات بلغة لم أرها من قبل، لكن عقلي فهمها، وكأنها كانت محفورة في روحي منذ الأزل، لم تكن مجرد تعويذة، بل كانتْ عقدًا، صلاة تتطلب ثمنًا، رفعتُ الكتاب نحو السماء، وصرختُ بالكلمات القديمة، صرخة كانت موجهة للكون نفسه:

- يا من أعطانا الحياة والروح والجسد، اليوم أدفع لكِ جزء من نفسي لكي تغفري لنا خطايانا، وتنقذي قلوبنا من هذا الموت العظيم!

خرج النور من الكتاب، ليس كشعاع، بل كشبكة هائلة فضية انطلقتْ نحو التنين، رأيت الوحش وهو يتلوى ويصرخ بصوت حطم ما تبقى من زجاج المدينة، ثم رأيتُ روحه النارية الهائلة وهي تُسحب وتُضغط وتُكثف، حتى تحولتْ إلى شعلة صغيرة بحجم القلب، تتراقص بهدوء فوق راحة يدي، لقد نجح الأمر، وبهذا، أصبح معي روح أخطر كائن خُلق في الكون، لكن بينما كنتُ أنظر إلى هذه الجائزة المرعبة، لم أشعر بالانتصار، بل شعرتُ بجوع أكبر، ماذا سأجني منها؟ ماذا سأفعل بها؟

هنالك رأيتها، وسط حطام قاعة المكتبة، كانتْ ترقد جثة إيلي، جسد الملاك الذي لم تمسه نيران التنين، اقتربتُ منها، ورأيتُ دماءها الزرقاء الباهتة لا تزال تسيل ببطء. حينها ولدتْ في عقلي فكرة مرعبة وعبقرية، فكرة أبعد بكثير من مجرد النجاة، جثة ملاك أصيلة،

طاقة تتخطى المليون سيلي، وروح تنين، طاقة الخلق والتدمير النقية، وبدون قيود إيلي وقوانينها، هل يمكنني خلق شمس المدينة من جديد؟

أغلقتُ على نفسي أبواب المكتبة المخلوعة، متجاهلة نداءاتُ الناجين القلائل في الخارج، لقد كانوا يمرون بجانب الجدران، عميانًا عن الهوس الذي استولى علي في الداخل. في عينيَّ، لم يعد هناك سوى شعلة التنين المتوهجة، فانوس معرفتي المضيء، قلّبتُ الصفحات، المقفلة والمفتوحة، وكتبتُ الملاحظات حتى على الجدران، ووضعتُ أساسات مشروعي الجديد، أول اختراع أصلي للشيطانة البشرية فيارا، الشمعة المنيرة. كان التصميم معقدًا، يتجاوز كل ما عرفته، اتبعتُ فن التشكيل المذكور في كتاب علوم سيلي في كون الدماء، لكنني دمجته مع قوانين الفيزياء التي تعلمتها من أرخميدس، الجسد سيكون من دماء إيلي، مادة خالدة ومصدر طاقة لا ينضب، واللهب سيكون روح التنين، شعلة فوضوية أبدية، اتحاد ينتج لنا شمسًا جديدة، شمسًا بيضاء تولد من رحم الظلام، لتزيل سواد هذا العالم وتعيد إليه ألوانه، مجد البشرية الجديد.

مرّتُ الأيام، أو ربما الأسابيع، كنتُ أبني وأخطط وأبحث، بينما كان الناجون في الخارج يعيدون بناء أكواخهم الصغيرة، وفي مشهد الختام، في قلب القاعة الكبرى المدمرة، وقفتُ أمامها، كانت تحفة فنية، شمعة طويلة مصنوعة من مادة تشبه الكريستال الأزرق، وفي أعلاها شعلة التنين محبوسة ومستعدة للاشتعال، لقد حصلت على مبتغاي، من رآها آنذاك، ربما تساءل عما كنتُ أفعله كل هذا الوقت بينما كان العالم يعاني، لكنني لم أكن أعيد بناء مدينة مثلهم، لقد كنتُ أصنع حقبة جديدة، ولم يكن ينقصها لبدايتها سوى خطوة أخيرة، أن أشعل الشمعة.

القصة الرابعة: سيف جلبرت الصدئ

(1)

(عالم الحكمة – بلسان الفارس جلبرت – النصل الأول من فتاة وفارسها)

كم هو مؤلم أن ترى المقصلة في الصباح الباكر، تقف هناك، في منتصف الساحة الرئيسية، كنصب تذكاري جديد وشنيع لمدينتنا، هيكلها الخشبي الداكن يقطع جمال شروق الشمس، ونصلها الفولاذي يلمع ببرود، وكأنه يغمز للسماء ساخرًا، أحاول أن أغلق عينيّ، أن أوهم نفسي بأنني ما زلت في هدوء المكتبة، بين رفوف الكتب التي لا تصدر أحكامًا، أحاول أن أعود إلى عالم المنطق والنظام الذي جئنا من أجله إلى هنا، لكن الوهم لا يدوم، يمر من قربي صوت بكاء مكتوم، قادم من زقاق جانبي، صوت عائلة تحاول أن تخفي حزنها على من فقدته بالأمس، يقطع هذا الصوت أفكاري، ويجبرني على فتح عينيّ من جديد لأنظر نحوهم، حينها، لا أرى إلا الظلام، ذلك الظلام الذي ابتلع روحي منذ أن سقط النصل للمرة الأولى، ثم أواصل سيري، فأشعر بالصخر لزجًا تحت قدميّ، أنظر إلى الأسفل، فأرى بقعًا داكنة لم تجف تمامًا بعد، حيث تم غسل دماء الأمس على عجل، ثم تغرق خطواتي في بحيرة أضخم من الدماء، وأشعر بالوحش يستيقظ في صدري، ينهش قلبي، يصرخ غضبًا، لكن صوتًا آخر، صوتًا جبانًا وحكيمًا في داخلي، يهمس لي: عد أدراجك إلى مكتبة السماء يا جلبرت، لا تدخل أنفك في مشاكل ليستْ لك، فقط دع الأمر وشأنه. أتوقف للحظة، وأتجادل مع هذا الصوت، لكنه يكمل: في نهاية مثل هذه الأحداث، تصل المدينة دائمًا إلى طريق مسدود، وحينها، ستصوب أصابعهم نحوك، سيتهمونك بأنك السبب في الفوضى

الجديدة. لا تكن أنت من يطلق الشعلة، يا جلبرت، فقط انتظر اشتعال الحريق، وانتظر حتى يلتهم كل شيء من تلقاء نفسه.

أعرف أن هذا الصوت على حق، وأعرف أن أي فعل مني الآن سيكون انتحارًا، فلا أحد يملك القوة لمواجهة إيلي، ولا أحد يملك الجرأة، نحن جميعًا مجرد حشرات في مدينتها، وهي تملك السلطة المطلقة لسحق من تشاء، ومتى تشاء، لكنني لسبب ما، رفضته اليوم. أصل إلى منزلي، وأغلق الباب خلفي، وأسند ظهري إليه، لقد أطعتُ الصوت الجبان في رأسي، لكنني أعلم، وأنا أستمع إلى صمت منزلي، أن هذا الهدوء لن يدوم، الوحش الذي ينهش قلبي ينمو أكبر كل يوم، وفي يوم ما، سيكسر قفصه، في يوم ما، سيصرخ بصوت أعلى من صوت الحكمة الجبانة، وأخشى ذلك اليوم أكثر من خوفي من المقصلة نفسها.

(2)

لقد كان يومًا كبقية تلك الأيام، حيث يسود داخلي كلمات العلم والحزن معًا في قلب واحد، كنتُ قد خرجتُ للتو من هدوء المكتبة، لأغوص مرة أخرى في صمت مدينتي الخائف، وهناك رأيتها، في زقاق ضيق، تقف فتاة ذات شعر أحمر بلون الدم الجاف، ترتدي ملابس فاخرة لم أرَ مثلها من قبل، رداء أرجواني مزركش وكأنها أميرة سقطتْ من السماء، وكانتْ ملامحها تشكو من ألم لا يمكن وصفه بالكلمات، عيناها جوفاوان، وكأنها دفعتْ قلبها للموت فلم تعد روحها تقوى حتى على البكاء، حاولتْ أن تبتسم لي، لكن عينيها خانتاها، فخرجتْ منها تنهيدة سريعة شديدة الصقيع، ثم بدأتْ تمشي للخلف، تهتز كشمعة يوشك لهيبها أن ينطفئ. لا أعرف لماذا، لم أفكر حينها، لقد تحركتْ قدماي من تلقاء نفسها، وركضتُ نحوها.

مع خطوتي الأولى، تباطأ الزمن، وتجمد الهواء من حولي، وأصبح صوت خطواتي هو الصوت الوحيد في الكون، كل خطوة تدق كجرس جنازة، وسمعتُ لحن رثاء حزينًا ينبعث من الجدران الصامتة، يتسارع مع كل خطوة أخطوها نحوها، ليبرهن لي كم أن أيامنا حزينة، ومع خطوتي الثانية، وجدتُ نفسي فجأة في عزائي، رأيتُ جسدي ممددًا في تابوت، والجميع يبكون من حولي، زوجتي، أرخميدس، وحتى بعض الحراس الذين كنتُ أراهم كل يوم، كانتْ روحي تقف بينهم، تصرخ بهم أن يتوقفوا، أن لا يبكوا على رجل لم يفعل شيئًا، لكن لا أحد كان يسمعني. تقدمتُ أكثر من المعتاد مع الثالثة، فجذبتني الأرض نحوها، وبدأتْ تحكي لي قصة كل دمعة ذُرفت في هذه المدينة، رأيتُ شريطًا طويلًا من المشاهد، وجوه أولئك الذين سقطوا تحت نصل المقصلة، هورن وآخرون، رأيتُ أحلامهم وهي تتحطم، وعائلاتهم وهي تتشح بالسواد، ثم خطوتُ خطوتي الرابعة، فاختفى جميع الناس، أصبحتُ وحيدًا في مدينة الحكمة وهي تحترق، وكانت النيران تلتهم جسدي، ورمادي يلون سماءً مظلمة إلى بيضاء، وفي تلك اللحظة، ابتسمتُ، رغم أنه ضاق صدري، وأكملتُ عيناي الرثاء الذي عجزتْ عنه روحي. لم يعد أمامي شيء في الخطوة الخامسة سوى تلك الفتاة المكسورة، وهي تهرب من بياض العالم الذي أحاول أنا أن أعيدها إليه، وفي السادسة، اختفتْ هي أيضًا، فسقطتُ على ركبتيّ، وحيدًا في عالم من الموت، عالم الواقع الذي كان أسوء من كل تلك المشاهد التي عشتها.

حاولتُ الوقوف، فشعرتُ بألم شديد أسقطني مجددًا، قوة لم أرى لها مثيل، ثم حُجب النور عني فجأة، وعندما رفعتُ رأسي، وجدتها، نفس الفتاة، تقف أمامي الآن، مستقيمة وقوية، حدقتُ في تعاسة روحها، فرأيتُ تعاسة روحي في المقابل، حتى وضعتْ يدها الباردة على كتفي، وبصوتها الخفيف الذي بدا وكأنه يحمل حكمة كل العصور، قالتْ:

- قف يا ابن البشر، فالأرض لم تكن أبدًا مقامك.

نظرتُ إليّ، ورأتْ الوحش الذي ينهش قلبي، علمتُ ذلك من عينيها، من تعابيرها التعيسة:

- لقد شكى لي العالم، وشكى لي قلبك أيضًا، من فساد عظيم تقوم به حاكمة السماء، وحان الوقت لينهي أحدهم تلك القصة، فيا فارس الوقت العظيمة، من اخترته من بين الجميع، أنتَ اليوم قائدنا، ثُر، وأعتم العالم من جديد.

في تلك اللحظة، خضعتْ روحي لقولها، وهدأ الوحش في صدري، ليس لأنه مات، بل لأنه وجد سيده أخيرًا، وقر في أعماقي صوت جديد، صوت لم يكن جبانًا ولا حكيمًا، بل كان صوتًا من اليقين المطلق: إن كان هذا أمركِ مولاتي، فلا رجوع عنه حتى تطمئنين. ثم أنزلتُ رأسي احترامًا لذلك النور الحزين، ركعتُ لها، فشعرتُ بها تعلو، وكأن جروحها بدأت تتعافى، وبينما كنتُ أنا، الفارس الجديد الذي وُلد للتو من تعاسة سيدته، أناظر الأرض، تلاشتْ كما ظهرت.

غابتْ شمس المدينة من جديد، وشعرتُ وكأني لم أرَ في حياتي سوى الظلام، لكن هذه المرة، لم يكن الظلام يبتلع روحي، بل أصبح سلاحي، ونادتني نفسي من جديد، ليس بهمس، بل بصرخة أمر واضحة: أطع، يا فارس الوقت، ثُر، واصنع العالم الجديد.

(3)

كنتُ أسير في شوارع مدينة الحكمة، مرتديًا ملابسي المغبرة كأنني شبح من الماضي، وكنتُ أراقب حال مدينتي، وأقارنها بالذكرى الخضراء التي لا تزال حية في عقلي، زرتُ الحديقة المعلقة، فوجدتُ أشجارها قد اسودت، وأزهارها قد ماتتْ عطشًا رغم الدموع، ولم أطق رائحة الغبار التي حلتْ محل عبيرها، ثم اتجهتُ نحو ميدان المدينة، وقد أصبح مقبرة هُجرت بالكامل، لم يتبقَ فيه شاهد على الحياة سوى المقصلة الصامتة، والغربان التي تحوم فوقها

75

كهنة سوداء، مررتُ عليها لأصلي على أرواح من سقطوا هناك، وأنا أعلم أنني سأمر بها مرة أخرى، ربما لأصلي على روحي أنا، ثم إلى بحرنا الأزرق الصافي، وقد تحول لونه إلى أحمر قانٍ، وكأن السماء نفسها قد بكتْ دمًا حزنًا على ما آلت إليه الأمور، ثم إلى أرواح سكانها، فلم أرى في عيونهم إلا ظلال الخوف، وهمًا من المعرفة يقرأونها في كتب لم تعد تعني شيئًا، كيف أصبح هذا هو حال أعظم مدينة في الكون؟ وكيف أصبحتْ هذه هي نهاية من جاء ليعمر المكان؟ هل هذا هو قدرنا المحتوم؟ في تلك اللحظة، ترسختْ القناعة في قلبي، علينا القتال، فلم يعد هناك ما نخسره.

عدتُ إلى منزلي، وفتحتُ صندوقًا قديمًا لم ألمسه منذ وصولنا إلى هنا، أخرجتُ منه درعي، درع الفرسان الروماني الذي كنتُ أرتديه يومًا بفخر، لمسته، فشعرتُ ببرودة الفولاذ الذي أكل الصدأ أطرافه، ثم حملتُ سيفي القديم، الذي كان نصله لا يزال يحمل ذكرى معارك أخرى من زمن آخر، وأغلقتُ عينيَّ، فعاد ذلك الصوت الحكيم الجبان يهمس في أذني: هل ما تقوم به صائب يا جلبرت؟ هل يمكننا حقًا مواجهة ملاك خالد مثلها؟ لكن هذه المرة، قاطعته صورة أخرى أشد من أي كلمة، صورة المدينة قبل خرافة هورن، خضراء وهادئة، أطفالها يضحكون، وعلماؤها يتناقشون تحت الشمس، وهذه الصورة كانتْ أقوى من أي حكمة يمكنني قولها، وبها كنتُ قد اتخذتُ قراري.

ارتديتُ الدرع، وخرجتُ إلى الشارع، صار ثقل الحديد على كتفي، لكنه كان أخف من ثقل العار الذي كنتُ أحمله كل صباح، وأخذتني خطواتي من جديد إلى الأمام، وخلال طريقي، كان الناس ينظرون إليّ، تركوا كتبهم، وخرجوا من بيوتهم، ليطالعوا الدرع القديم، والسيف الصدئ، والراية الصغيرة التي ربطتها على ظهري، ساعة رملية مكسورة، رمز حاكمة الوقت التي عينتني فارسًا لها، ولقد فهموا ما أنا ذاهب إليه. وعندما وصلتُ إلى الميدان، وجدتُ أن الناس قد تجمعوا حولي بالفعل، كفراشات اجتمعتْ حول شمعة وحيدة

في الظلام، وقفتُ حينها أمام المقصلة، وخطبتُ فيهم، ولم يكن صوتي صوت جلبرت الفيلسوف، بل كان صوت الوحش الذي أطلقته أخيرًا من قفصه:

- يا سكان مدينة الحكمة الباكية، يا من تذوقتم الرغد ثم الدمار، يا من ترون دماءكم تُسفك كل صباح، أَلإيلي تركعون وهي التي اخترناها بأيدينا؟ أَلإيلي تستغيثون وهي من خلقتْ هذا الفساد؟ أيرضيكم هذا الحال فتسكتون؟!

ثم رفعتُ سيفي نحو السماء، فباتَ يلمع لونًا أحمرًا بلمعان نصل المقصلة من خلفي.

- لقد همس لي العالم اليوم، وسيدته، بأن ننتفض، فالبشر لم يكن أبدًا مقامهم الأرض الملطخة بالدماء! حان الوقت لنعود إلى ما كنا عليه، اشحذوا السيوف لنحرر مدينتنا من ظلامها، لنعيد الشمس بيضاء من جديد، ولنتنفس الهواء نقيًا، ولنرى أطفالنا يضحكون من جديد، لنستعيد الحياة التي بنيناها معًا في هذا العالم، لا هذه السماء المتشققة من كثرة البكاء!

صمتُّ وراقبتُ، كانتْ هناك همسات وتردد، لكن فجأة، هتف رجل عجوز من بين الحشود، وتبعه آخرون، ثم تقدم شاب، وفي يده جرعة سحرية تتوهج بضوء أزرق، وقال بشجاعة: هذه ستساعدنا في قتالها! ثم تقدم حداد، وفي يده سيف عظيم لم يكمله بعد، ثم رفع طفل حجرًا صغيرًا وصرخ: حان وقت معركة التحرير! فضحكتُ وأنا أراهم، ضحكة خرجتْ من أعماق روحي، علت الصرخات، وانطلقوا كالسيل، وأشعلوا النار في المقصلة، رمز عارهم.

وبينما كانت النيران تلتهم الخشب، رفعتُ يدي وأعلنتُ بصوتٍ تردد في أرجاء الساحة:

- أنا جلبرت، قائد فرسان الوقت! أشكركم على إيمانكم، وهنا، أعلن بداية أول معركة حقيقية بتاريخ هذه المدينة، معركة تحرير الحكمة!

(4)

لم يستغرق تجهيزنا طويلًا، غياب إيلي الظاهري عن الساحة منحنا جرأة لم نكن نملكها، وكان هناك شيء مقدس في الهواء، وحدة هدف لم تعرفها المدينة من قبل إلا عند حضورنا الأول، رأيتُ الفلاسفة يشحذون نصال السيوف، واللغويين يرسمون رموز التعاويذ على الدروع، الجميع كان يعمل، والجميع كان يساهم في التمرد، وأنا كنت في قلب كل هذا، أنظم الصفوف، أضع الخطة، وأرى في عيون الألف فارس الذين تجمعوا حولي ثقتهم الكاملة، كنت قائدهم الحقيقي، وهذا كل ما كان يهم، يا كم اشتقتُ لتلك الأيام في روما، أيام النظام والوضوح، قبل أن تأتي حاكمة حمقاء وتجعل من عالمنا رقعة شطرنج لفضولها القاتل.

صعد الفرسان التلة خلفي نحو المكتبة، وكان مشهدًا سيبقى محفورًا في ذاكرتي إلى الأبد، في المقدمة، كنا نحن، من تبقى من الفرسان الحقيقيين بدروعنا الصدئة، وخلفنا، كان هناك بحر من الشعب، رجال ونساء يحملون الشعلات، والفؤوس، والصخور، وكل ما يمكن أن يسمى سلاحًا، لم يكونوا جيشًا، بل كانوا نهرًا من الأرواح اليائسة، على استعداد لأن يرتطموا بأي سد يوقف طوفانهم، حتى وصلنا إلى أبواب المكتبة المؤصدة، ذلك الصرح الذي كان يومًا رمزًا لخلاصنا، أصبح الآن قلعة سجّاننا، ولم نتردد، حطمنا القفل، واقتحمنا المكان، لكننا لم نجد أحدًا، كانت القاعة الكبرى فارغة وصامتة، وكتبها تنظر إلينا من على رفوفها كعيون حكيمة وصامتة، انتشرنا في الممرات، نبحث، ننادي، لكن لم يكن هناك أي أثر لإيلي أو لحراسها، كان الهدوء مخيفًا، هدوء المصيدة قبل أن تُطبق على فريستها.

ثم فجأة، سطعتْ المكتبة بنور أبيض بارد، لم يكن نورًا دافئًا كضوء المعرفة، بل كان ضوءًا جليديًا حادًا، وفي وسط القاعة، تجسد شكلها، ليس بجسدها الحقيقي، بل كطيف من الضوء، جالسة على عرش وهمي، تنظر إلينا بازدراء مطلق، وكأنها تشاهد مسرحية سخيفة يؤديها مجموعة من الأطفال، وسمعنا صوتها في رؤوسنا، لا ككلام، بل كهمس بارد، تخاطبنا

78

بنبرة هزيلة ساخرة، ولم نكن بحاجة لسماع حديثها، فقط صرختُ بأعلى صوتي حينها، محاولًا كسر ذلك الصمت المرعب الذي اخترق صفوفنا منذ ظهورها:

- أيها الفرسان، ها قد ظهرتُ! حصنوا أنفسكم بالتعاويذ، اجعلوا أجسامكم أقوى من المعدن، وأشحنوا سيوفكم نارًا، حان الوقت لننهي هذه المعركة!

هجم الجيش، اندفع الألف رجل نحو طيفها الضوئي، وملأت صرخاتهم القاعة، لكن لم يصل قدميها أحد، ففي منتصف الطريق، تعثر الفارس الأول، ثم الثاني، ثم سقطوا بالعشرات، ولم يكن هناك سهم أو سيف يوجه نحونا، ببساطة تحولت معركة تحرير الحكمة فجأة إلى مقبرة مرضية جماعية، ومن دون إراقة قطرة دم واحدة في تلك الكاتدرائية المقدسة.

شعرتُ به أنا أيضًا، دوار مفاجئ، وطعم معدني حاد في فمي، بدأت رؤيتي تصبح ضبابية، وشعرتُ ببرودة غريبة تأكل جسدي من الداخل، نظرتُ حولي، فرأيتُ فرساني، أبطال الثورة، يتساقطون على الأرض، يختنقون ويتلوون، لا يفهمون العدو الذي يقتلهم، لقد كنا في معركة، لكن عدونا الوحيد كان الهواء الذي نتنفسه، والماء الذي شربناه هذا الصباح، ثم سقطتُ على ركبتيَّ، وسيفي سقط من يدي، أهذه هي قوة إيلي؟ أن تقتلنا دون أن تلمسنا حتى؟ يا للسخرية، نحن البشر، نؤمن أحيانًا بأننا نستطيع تغيير العالم، دون أن ندرك أننا لم نعد في عالمنا، نحن هنا مجرد حشرات في كون لا يكترث، تزعم نفسُك أنك تستطيع الطيران، وما أن تحلق قليلًا، حتى يصيبك سهم الصياد. نظرتُ إلى طيفها للمرة الأخيرة، وهي لا تزال تراقبنا بنفس البرود، يا لها من حياة سخيفة عشتها، ويا لها من نهاية تافهة كتبتها لرجالي، ولي أيضًا.

(5)

كنت أغرق، لا في بحر من الدماء كما تخيلتُ دائمًا، بل في محيط بارد من السم الذي يجري في عروقي، العالم من حولي أصبح مجرد لوحة ضبابية من الألم والألوان المشوهة، وكنتُ أسمع أنات رجالي وهم يموتون، ثم، وفي وسط هذا الضباب، سمعتُ صوتًا خفيفًا، ليس من عقلي هذه المرة، بل من مكان قريب.

- بقاؤك هنا هو ما سيكتب نهايتك السخيفة! حان وقت المغادرة.

شعرتُ بيد تمسك بذراعي، يدٌ ناعمة بشكل لا يصدق، لكنها قوية كالفولاذ، بدأت تجرني عبر الأرض، بعيدًا عن ساحة الموت، لم أكن أملك القوة لأقاوم، ولا حتى لأرفع رأسي وأرى من كان منقذي، كنتُ مجرد جثة تُسحب عبر الأنقاض، وخلال هذه الرحلة الأخيرة، رأيتُ أشياء لم يكن من المفترض لعقل بشري أن يراها، رأيت السماء تنشق وتبتلع الشمس، ورأيتُ ظلًا بجناحين يخرج من الصدع، ورأيتُ إيلي، الملاك الذي لا يُقهر، وهي تنظر إلى الأعلى وتصرخ بخوف طفولي لأول مرة، ورأيت التنين وهو ينقض عليها ويمزقها كما تمزق الذئاب فريستها، ظننتُ في البداية أنها هلوسات الموت، صور ينتجها عقلي المحتضر، لكنني شعرتُ تاليًا بحرارة اللهب على وجهي، وسمعتُ صوت سقوط أبراج المكتبة وكأنها جبال تنهار، لقد كانتْ حقيقة مرعبة لدرجة أن عينيّ أغمضتا من تلقاء نفسها، رافضتين رؤية المزيد.

أخيرًا، توقف السحب، تُركتُ مسندًا على جدار متصدع في زقاق بعيد، ثم اختفى منقذي وكأنه لم يكن موجودًا قط، وربما كان هذا هو التلميح الوحيد على هويته. هنا، في لحظاتي الأخيرة، رأيتُ كل شيء بوضوح، لقد رأيت الحقيقة الكاملة لمأساتنا، نحن من أشعلنا هذا الحريق، لقد ثرنا ضد نظام إيلي القاسي، فقط لندفع العالم إلى فوضى أكبر استدعتْ وحشًا

80

من عصور منسية، وكنت أنا من قادهم، من أعطاهم الأمل الزائف، وها هو جلبرت، فارس حاكمة الوقت العظيمة، يعترف في أنفاسه الأخيرة أنه اختار الطريق الخاطئ، لم يكن عليّ سماع كلام تلك الشيطانة ذات الشعر الأحمر، لقد حذّرني الصوت الحكيم في رأسي، لكنني رفضته، لقد ظننتُ أنه لم يعد هناك ما نخسره، ويا لها من كذبة، لقد كان هناك الكثير لنخسره، كنا نملك فرصة البناء، فرصة التعلم، وهذه المدينة، وبعضنا البعض، لقد كان هذا هو الكنز الذي حصلنا عليه منذ البداية، ولم نره إلا الآن وهو رماد.

(3)

(عالم الحكمة – الفصل الثالث من فتاة وفارسها)

يقولون إن الموت هو نهاية كل شيء، لكنني تعلمتُ في ذلك اليوم أن هناك ما هو أسوأ من الموت، أن تولد من جديد في رماد العالم الذي ساهمتَ في إحراقه. عندما فتحتُ عيني، لم أرَ شيئًا سوى قبور، كنت أقف بين الركام، بين جثث أصدقائي ورجالي، والهواء الثقيل برائحة الموت، ناديتُ، لكن لا أحد سمع النداء، فبكيتُ وأنا أترجل بين الأنقاض، أتحرك بلطف خشية أن أهوي في قبر مخفي تحت قدمي، مررتُ بجانب شخص لم يبقَ من جسده إلا يد وساق، فتخطيته وكأنه مجرد صخرة، وهل تعي فداحة ذلك؟ أن تأكل مشاعرك وتتحول إلى حجر لكي تتمكن من البقاء على قيد الحياة.

وصلتُ إلى الساحة الرئيسية، حيثُ كانتْ تقف المقصلة التي أحرقناها، ولم يبقَ منها سوى كومة من الفحم، وقفتُ هناك، وطالعتُ النار التي لا تزال تشتعل في بعض المباني البعيدة، فهمس لي ذلك الصوت اللعين في رأسي: أترى؟ هذه هي النيران التي أشعلتها. فسقط سيفي الصدئ من يدي، وارتطم بالأرض محدثًا صوتًا معدنيًا وحيدًا في هذا الصمت المطبق، لاحقًا اتكأتُ على نصله الذي احمر على الفور، فهذا كل ما تبقى ليسند حياة لن تعيش أكثر من يومين آخرين، ثم سقطتُ على ركبتي، وفي تلك اللحظة من اليأس، رأيتُ

وهمًا، رأيتُ مدينة بيضاء بديعة في الأفق، انعكاسًا لبدر قرمزي على ظلالها يرسم عليها شكلًا عظيمًا، وسمعتُ لحن كمان يساير المشهد، ذكرى للمدينة التي حلمنا بها. أغلقتُ عينيَّ، فسقطتْ راية الساعة الرملية المكسورة عن ظهري، وأقسمتُ حينها قسمًا صامتًا: سأركع هنا إلى الأبد، تكفيرًا عن ذنبي، سأتحجر وأصبح جزءًا من هذا الخراب الذي صنعته.

لكن العالم صمت من أجلي فقط ليكسر صمتي، وحينها سمعتُ بكاءً خافتًا، بكاء طفل ما، ففتحتُ عينيَّ من جديد، وتخليت عن قسمي، النهضة لم تنتهِ بعد، ما دامتْ هناك روح واحدة تبكي، فهناك أمل. تركتُ النصل، وركضتُ بيدي الداميتين نحو مصدر الصوت، خطوة، ثم أخرى، والدم الذي يسيل من جراحي يرسم على الأرض لوحة من مآسي روحي، وبكل هيستيريا، بدأتُ أنقش الأرض بأظافري، بأسناني، أُخرج الصخور عن مدخل قبو منهار، وهناك، وجدتهم، مجموعة صغيرة من الناجين، يرتجفون من الخوف والبرد، في تلك اللحظة، طار عقلي بعيدًا، لقد كان هناك نجاة، البشرية لم تنقرض هنا، مدينة الحكمة يمكن أن تشرق بالحياة من جديد!

أخرجتهم، ثم وجدنا مجموعة أخرى، ثم أخرى، أصبحنا مجتمعًا صغيرًا من الأشباح، لم نفكر في الفلسفة أو العلم، فكرنا في الأساسيات، في الطعام والشراب، في مأوى من برودة الليل المليء بالرماد، أعدنا تمهيد جزء صغير من الأرض، وبالصخور السوداء التي خلقتها النيران، صنعنا طوبًا لمنازل بسيطة، منازل تليق بالبشر، وزرعنا ما وجدناه من بذور، وانتظرنا المطر. عادتْ الحياة، لكنها لم تكن الحياة التي عرفناها، أصبحنا قرية صغيرة على أنقاض إمبراطورية فكرية، أصبحنا نفكر في موعد الإفطار، وفي موسم المطر، وفيما إذا كانتْ قوارب الصيد القليلة التي صنعناها ستعود بشيء.

ورغم نجاتي المعجزة من مرض إيلي، المرض الذي زرعته بسيفي الصدئ في جسدي بدأ يتفشى، كل صباح، أشعر به ينهشني من الداخل، وأعلم أن أيامي معدودة، ورغم كل هذا،

ورغم عودة الحياة البسيطة، كان هناك شيء ناقص، ففي قلب الخراب، في المكتبة القائمة على التلة مكانها، كان هناك شخص يرفض هذا التغيير، ترك الحكمة التي جئنا من أجلها، شخص ظل معزولًا، متجمدًا في هوسه الخاص، لم يشاركنا بناء كوخ واحد، ولم يطلب رغيف خبز واحد، لدرجة كنا نظنه ميت في البداية، لكننا كنا مخطئين، كان هناك، ينتظر، ويبني شيئًا مختلفًا تمامًا.

(7)

كنتُ أتمشى بين الأكواخ الجديدة، أراقب بصمت كيف يحاول البشر بعناد أن يزرعوا حياة في قلب الرماد، ثم، وكما يحدث دائمًا في قصتي، ظهرتْ من جديد، لا أدري إن كان تلقيبها بالشيطانة صائبًا، ولكن رؤيتها تعيد دائمًا لحظات العزاء القديمة، تلك المشاهد التي أحاول نسيانها، فتعود هي كنسيم بارد يحمل معه وجهها ذا الملامح الميتة التي تبكي من ألم دفين، تنافي تسميتها حاكمة عظيمة. تقدمتْ نحوي هذه المرة، لم تقل شيئًا، فقط أمسكت بيديَّ المصابتين من أثر السيف، تفحصتها بنظرة غريبة، ثم رفعتْ عينيها إليَّ بغضب، فظننتُ أن لحظة التوبيخ قد حانتْ، وأنها ستراني مجرد يائس حاول قتل نفسه، لكنها وضعتْ كفها الرقيق والبارد في كفي، ونطقتْ كلمات بلغة لم تخلقها ألسنة البشر، شعرتُ بوخز يسري في ذراعيَّ، ثم دفء عميق، ورأيتُ بأم عيني الجروح وهي تلتئم بين أصابعها، والجلد المتشقق وهو يعود ناعمًا وكأنه لم يعرف شقاء قط، وعاد النشاط إلى جسدي المتهالك، وبينما كنتُ أحرك يديَّ بحرية للمرة الأولى منذ أيام، نظرتْ إليَّ وحاولتُ أن تبتسم، لكن عينيها خانتاها كالعادة، فخرجتْ منها تلك التنهيدة المعتادة، لكن هذه المرة، أنزلتُ رأسها، وكأنها تشكرني، ثم رفعتها وأمسكتْ إحدى يديَّ مجددًا، ومشت بي نحو التلة التي تقف عليها المكتبة، وقالت بصوتها الهادئ الذي يحمل صدى عوالم أخرى خلال ذلك:

83

- يا ابن البشر، يا قائد فرسان الوقت، أشكرك على ما فعلته، بمجهودك، وبمجهود فيارا، لقد حافظتم على المكتبة، ولقد زال الفساد عن هذه الأرض، ورغم أن العوالم الأخرى لا تزال تتشقق، يكفي ما حققناه حتى الآن. معًا، سنطهر العوالم، حتى لو عنى الأمر مواجهة حاكمة السماء نفسها.

ثم مشينا في صمت حتى وصلنا إلى درجات المكتبة السماوية، ولم أدرك إلا لاحقًا أنها، في لحظة ما مع تعامد الضوء، اختفتْ، وتركتني واقفًا وحدي على الدرج، أنظر إلى الباب المحطم، وكأنني كنتُ أحلم، وفي تلك اللحظة، تعارض وجودي مع وقوفها، خرجتْ من ظلام المكتبة إلى ضوء البدر القرمزي لأول مرة، ورأيتها ترفع يدها لتحجب أشعته الحادة عن عينيها، وتمدد جسدها وكأنها تستيقظ من سبات طويل، ثم أدركتْ وجودي، اقتربتْ بخطوات هادئة ومدروسة، لا تحمل تردد الخائفين ولا عجلة المنتصرين، كانت خطوات عالمة تراقب ظاهرة جديدة، ثم وقفتْ بجواري، ونظرتْ إلي، وقالتْ بصوت واضح وبارد، صوت لم يعرفه أحد في قرية الناجين:

- أنت هو قائد فرسان الوقت جلبرت، أليس كذلك؟

أومأتُ برأسي صامتًا، فأكملتْ:

- جيد، لدي شيء عظيم لأريك إياه. اتبعني.

استدارتْ وعادتْ لتدخل إلى ظلام المكتبة، تاركة إياي لأتخذ قراري، نظرتُ خلفي إلى الأكواخ الصغيرة والحياة البسيطة التي كنا نبنيها، ثم نظرتُ إلى الباب المظلم الذي اختفتْ فيه. لقد شفتْ حاكمة الوقت جروحي ومنحتني هدفًا جديدًا متعلقًا بها، والآن، هذه المرأة الغامضة، التي كانت تبني شيئًا مجهولًا في الظل، تدعوني لأرى نتاج هوسها، أدركتُ في

تلك اللحظة أن دوري كجلبرت البنّاء قد انتهى، وحان وقت دوري التالي كجلبرت الشاهد، فتبعتها إلى الداخل.

(8)

تبعتها إلى الداخل، عابرًا عتبة المكتبة، فغرقنا في صمت وظلام لم تقطعه سوى خيوط الضوء الشاحبة القادمة من ثقوب في السقف العالي، كانت رائحة الغبار والورق المحترق تملأ المكان، رائحة معرفة تحتضر، وكانت حالتها أسوأ مما أتذكر عند رؤيتها لأول مرة، رفوف عملاقة متهاوية كضلوع وحش ميت، وأرضية مغطاة بطبقة سميكة من الكتب الممزقة، لكن في إحدى الزوايا البعيدة، كان هناك ضوء فانوس، وفي دائرة ذلك الضوء، كان هناك نظام مستقل وحيد، طاولة عمل نظيفة، وأوراق ومخطوطات معلقة على جدار سليم، وقوارير زجاجية صغيرة تلمع، وقد كانتْ واحتها الصغيرة المنظمة في قلب محيط من الفوضى والدمار داخل جنة من المعرفة، وفي وسط الطاولة، كان يقف ذلك الشيء الذي أرادت مني رؤيته.

اقتربتُ ببطء، وتفحصتها، كانت شمعة لكنها لا تشبه أي شمعة رأيتها من قبل، جسدها مصنوع من مادة تشبه الكريستال الأزرق المسود، وفي داخلها، كانت هناك طاقة تتراقص بهدوء، سألتها عنه بصوت خافت بدا غريبًا في هذا الصمت، فاستدارتْ فيارا نحوي، ولأول مرة، رأيتُ في عينيها شيئًا غير البرود، رأيت فخر الخالق من صنعه:

- هذه هي شمعة النور، لقد صنعتها من دماء إيلي النقية، لتحرق طاقتها التي تتخطى آلاف البشر مجتمعين، وشعلتها، عندما أوقدها، ستكون روح التنين، بها سأصنع شمسًا جديدة لهذا العالم، شمسًا بيضاء تنير لنا هذا العالم المحمر وتزيل بدره إلى الأبد، فيبدأ عصر جديد تزهر فيه هذه الأرض.

85

نظرتُ إليها طويلًا، ثم إلى الشمعة، ثم إلى الخراب من حولنا، شعرتُ بمرارة حارقة تصعد في حلقي، رافضة لذلك الادعاء السخيف بخلق شمس قد ابتلعتها السماء، وهززت رأسي.

- لقد أزهرتُ بالفعل، يا فيارا، لقد أزهرتُ الأرض دون الشمس من بين الأنقاض والرماد. لا أعرف من أنتِ، ولا أهتم بعلاقتك بحاكمة الوقت، لكنني لا أفقه شيئًا في علم الخوارق خاصتكم هذا، غير أنه لم يجلب لهذه الأرض سوى الخراب. ألم تدركي بعد أن سبب دمار هذه المدينة يعود أصله إلى قراءتكم لكتاب لعين واحد؟!

ردتْ بهدوء بارد، وكأنها تشرح نظرية لطفل غبي:

- ليس من الحكمة أن نعطي اهتمامًا زائدًا لأحداث قد خلتْ، ثم لقد بدأتُ الحرب الأخيرة لأنك أنتَ، يا جلبرت، قررتَ أن تشعلها، ظانًا أنك قادر على هزيمة ملاك بسيوف نحاسية صدئة.

تجمدتُ في مكاني، وضحكتُ بسخرية:

- وتضعين اللوم عليّ في النهاية؟! يا لها من قصة عادلة! وماذا تريدين مني الآن؟ بالتأكيد لا تطلبين إذني لإشعال هذه الشمعة، أليس كذلك؟ فلا أحد منكم يستأذن قبل أن يدمر العالم.

قالتْ، وقد عادتْ نظراتها إلى الشمعة بحب:

- أنا أحاول أن أصنع واقعًا أفضل، لقد مُنحت فرصة لفعل ذلك، ولا أملك الصبر مثلكم لأقضي عمري وأنا أنتظر أن يذوب الرماد من تلقاء نفسه، إن لم نكن نحن من يخلق شيئًا جديدًا، فمن سيفعل؟

نظرتُ إليها، الفتاة التي تعيش في وهم خيالها، ورأيتُ فيها نفس الغرور المقدس الذي رأيته في عيني هورن، والذي رأيته في عيني نفسي في ذلك اليوم في الميدان، ثم استدرتُ لأغادر هذا الحوار السخيف، لكنني توقفتُ عند الباب، واستدرتُ من جديد، وخطوتُ نحوها بخطوات قاسية، حتى أصبحتُ أقف أمامها.

-	لكِ حرية القيام بأي شيء تريدينه، فأنا لست ملك هذه الأرض أو قائدها.

ثم اخفضتُ صوتي إلى همس حازم، وحدقتُ في عينيها للحظة بتهديد واضح:

-	ولكن اعلمي، إن أصاب هذا العالم أي مكروه بسبب شمسكِ، فسيكون سيفي أول شيء يلامس عنقك، وهذا وعد.

ثم استدرتُ وخرجتُ من المكتبة، تاركًا إياها مذهولة مع شمعتها، معزولة في عالمها الخاص، دون أن تبدي أي رد فعل، تقف متعالية دون أية حركة.

(9)

خرجتُ من المكتبة تاركًا إياها ووهمها خلفي، وأكملتُ المشي في الممرات الفارغة، ولكن مع كل خطوة، كانتْ ذراعيَّ تخدران، ودرعي يضيق على صدري، عاد ذلك الألم القديم، ذلك المرض الذي زرعه سيفي في جسدي، لينبض ببرود في عروقي، ثم أصبح جسدي ضعيفًا، أضعف من أن يقوى حتى على نزول الدرجات الحجرية، اهتزت ركبتاي، فسقطتُ، وارتطم رأسي بالرخام البارد، أغلقتُ عيني حينها، لا بإرادتي، بل باستسلام كامل، وغرقتُ في حلم طويل، ربما أردتُ أن أريح عقلي الذي أنهكه التفكير به.

87

كان شعورًا لطيفًا بشكل لا يصدق، شعور النسيم الدافئ وهو يداعب جسدي الذي لم يعد ينزف، وفتحتُ عينيّ، فلم أجد نفسي على الدرج البارد، بل واقفًا في حقل لا نهائي من الزهور البيضاء والزرقاء، تقدمتُ فرحًا، خطوة تلو الأخرى، وكلما تقدمتُ، كنت أنسى، نسيتُ ما يعنيه الظلام، نسيتُ ما يعنيه الألم، نسيتُ صوت المقصلة وصورة الدم، كل تركيزي كان موجهًا نحو شمس صفراء دافئة، ذات ضوء خفيف طبيعي لا يؤذي العينين، ابتسمتُ للسماء الزرقاء الصافية، وعندما رفعتُ يدي لألامس هذا المشهد المثالي، حلقتْ أسراب من الطيور البيضاء فوق رأسي، غمرني صوتها الخلاب، فسقطتُ نائمًا على كومة من الزهور، تطايرتْ بتلاتها حولي كالثلج الملون، وضحكت، للمرة الأولى منذ زمن لا أذكره، ضحكتُ بصدق، ضحكة طفل وجد طريقه إلى المنزل، لكن، وفي مشهد الختام، حتى في الجنة، لم يكن هناك مفر من الحقيقة، رغم الألوان الخلابة، نهضتُ من جديد، ورأيت في الأفق البعيد خطًا أحمر رفيعًا، نارًا عظيمة، تنتشر في الحقل، تلتهم الزهور، وتحولها إلى فحم أسود، وتصاعدتْ غيوم سوداء كثيفة، حتى ابتلعتْ الشمس الصفراء، فماتَ العالم من حولي مرة أخرى.

وقفتُ وحيدًا في حقل الرماد، ولم يتبقَ من كل ذلك الجمال سوى قصيدة حزينة تُذرف الدموع عليها، ولم أعد أملك القوة للبكاء، ولا حتى للغضب، ولم يبقَ في روحي سوى سؤال واحد، السؤال الأخير الذي طرحته على نفسي، بينما كانتْ آخر ذرات وعيي تتلاشى:

- هل هذا هو قدر كل حلم جميل، أن يكون مجرد وقود لنار أعظم؟

القصة الخامسة: خرافة فيارا السماوية

(1)

أحيانًا، أُغلق عينيّ مجبرة، لا لراحتهما، بل لأن الذاكرة تجبرني على أن أرى ذلك اليوم من جديد، اليوم الذي أنارتْ فيه السماء لكِ وحدكُ، أرى الأبواب السماوية وهي تُفتح، وأراكِ وأنتِ تتقدمين، وشعركُ الأرجواني يسرق الضوء من النجوم، أرى الجميع وهم يتوجونكِ حاكمة عظيمة، وأسمع أصداء فرحهم الكاذب بأن الظلام قد تلاشى بحضوركِ وأن السلام قد عمّ برؤيتك، أراكِ الآن في حلمي هذا، تعيشين في قصركِ، تشرق الشمس وتغرب بأمركِ، محاطة بغابة ملونة لا يجرؤ الوصف على الإحاطة بجمالها، تجلسين على عرشكِ، كاملة في رهبتك، عادلة وظالمة في آن واحد، تعيشين حرية مطلقة تتجاوز قوانين السماء.

هذا ما أراه عندما أغلقهما، ثم أفتحهما، فأرى ما كنتِ أنتِ ترينه في نفس تلك اللحظة، أرى ما تركتني أراه، فتاة تحترق وحدها وسط فراغ لا نهائي، أرى يديها وهي ترتفع نحوكِ تضرعًا، ثم تسقط بعجز، وأسمع كلماتها الأخيرة في ذلك اليوم، الكلمات التي أصبحتْ صلاتي اليومية، أُكرهكِ. نعم، كم أُكرهكِ، وحتى لو أفصحتُ عن كل مشاعري، لن تدركي أبدًا كم الحقد الذي خلفتِه في داخلي، لقد تركتني هناك، شاهدة أبدية على الألم والعذاب، سجينة في برج مراقبة الكون، أرى كل دمعة تسقط وكل روح تُسحق، ثم أقوم من غفلتي بعد سنين لا تحصى، فلا أجد إلا ما زرعتيه، فساد ينتشر كطاعون، وعوالم تحترق، وأخرى تُنسى وتختفي كأنها لم تكن، لأي درجة قد غرقتُ أنا في مشاهدة هذا الرعب؟ ولأي درجة

قد غرقتِ أنتِ في تجاهله؟ لقد كنتِ تبحثين عن الحرية والسلام، وكنت أنا أحاول أن أجد إجابة بسيطة لما أصبحتُ، والآن انظري إلينا، انظري إلى الفوضى التي صنعتِها، إلى الفوضى التي صنعتُها، واسألي نفسكِ، ما الذي نفعله الآن حقًا؟

(2)

تأتيني الذكريات أحيانًا، لا كشريط متصل، بل كشظايا زجاج حادة ومبعثرة، أتذكر الثلج، وأتذكر أننا كنا نمشي عليه لفترة طويلة، وصوتُ خطواتنا هو الصوت الوحيد الذي يكسر صمت عالم أبيض لا نهائي، لكنني لا أذكر وجهة رحلتنا، ولا نوع الشخصيات التي كنا نلعبها في تلك القصة المنسية، كل شيء ضبابي، إلا بعض اللحظات التي لا تزال تحترق بوضوح.

- لا أرى في الأفق أي وحوش، من الأفضل أن نخيم هنا الليلة.
- بل سنكمل الطريق، لا نملك الوقت الكافي للراحة.

صوتكِ كان حادًا حينها وشديد الإصرار، لكنه كان يحيطني برفق وكأنك الشمعة التي تنير لي الطريق في قلب عاصفة ثلجية، وأتذكر أننا أكملنا الطريق معًا، وأتذكر المشهد الأخير، مشهد القتال الذي لا ينسى، ولم يكن قتالًا ضد وحش أو جيش، بل كان شيئًا أبسط، وأكثر غدرًا، أرى النصل الفضي وهو يخرج من صدري، لامعًا ومزينًا بدمائي، أضع يدي لأتحسس الضرر، فتُدهن بالأحمر، ثم أنظر إلى الأخرى، رفيقة رحلتي، فأراها تسقط سيفها، ثم يسقط جسدي مع السيف تباعًا، فأغرق في بياض الثلج، حتى آخر ومضة من الوعي، أرى في انعكاس إحدى عينيَّ، تلك التي لم يغمرها الدم بعد، صورةً واضحة، تاجٌ ذهبي يتلألأ، تاجي الذي قتلتني لأجله.

وهل لعنتُ منكِ تاليًا وكأنه لم يكفي ما فعلته بي؟ هل في تلك اللحظة حُكم عليّ بهذا المصير؟ لأني لم أرَ خيرًا بعدها، لقد متُّ، ورغم ذلك، ظللتُ أبكي على أمل أن أصل الجنة التي لن أصلها أبدًا، فبعمري الطويل الذي لا ينتهي، كتبتِ عليّ يا سيدة الحكمة المزعومة، أن أشهد كل المآسي، كل الفساد الذي ستخلقينه أنتِ ورهبانكِ قبل سقوطكِ الأخير، يا لكِ من سيدة عظيمة، ويا لكِ من قصة عادلة.

(3)

(عالم الحكمة – الفصل الثاني من الشمعة المظلمة)

أواصل المشي، خطوات في فراغ أعرف أنني لن أصل بها إلى أي نتيجة، إنه سلم يدور حول نفسه، لا بداية له ولا نهاية، كل درجة فيه مصنوعة من رماد عالم ميت، لكني أستمر في المشي، فهذا هو سبيل صعودي الوحيد، وهذا هو عقابي. خطوات بطيئة، والدماء التي لا تجف تغطي وجهي من طعنة أبدية، وقلبي ينزف بشدة، فأكون بالكاد قادرة على إبقاء عيني مفتوحتين، وإلى متى؟ لم أعد أفكر في هذا السؤال، فما كان يحرك هذا الجسد الأثيري المنهار غير مشاعر الكره، نعم، الكره كان وقودي الوحيد، الكره هو ما يبقيني مستمرة في الصعود، حتى ألتقيه في ذاكرتي، ذلك المشهد الذي يعود ألف مرة في كل دورة، أرى ملاكًا يهبط من السماء، يمد يده المضيئة إليّ، فأفعل المثل، أمد يدي نحوه بأمل مجنون، وقبل أن يحدث ذلك التلامس المنقذ، أسقط من أعلى السلم، دائمًا أسقط، فأستيقظ في عالم آخر، ثم آخر، ثم آخر، لا أتذكر كم مرة قد عشتُ، وكم مرة قد متُّ، لكن في كل تلك العوالم المتشابهة، لم أرَ غير نفس القصة تتكرر، قصة الدمار، وفي كل مرة، ينتهي بهم الحال أن يسجدوا لي، أن يبنوا لي المعابد، وكأني حقًّا حاكمة يمكنها إنقاذهم، وهم لا يدركون أنني أضعف منهم، أضعف حتى من البشر الذين وهبوا نعمة الموت، أنا بالكاد قادرة على إظهار نفسي لهم، لقد باتَ الأمر مملًا، مأساويًّا، لدرجة لم أعد أهتم به، فأنا أعرف مسبقًا كيف

سينتهي كل عالم أبعث فيه، ثم أسقط مرة أخرى، نحو رحلة جديدة في الظلام، ولا أتذكر منها سوى مشهد ذلك السيف المغروس في صدري، وذلك الألم، يا ليتني كنتُ قادرة على إسقاطكِ وقتلكِ حينها.

لكن هذه المرة، حدث شيء مختلف، شيء فريد، وأنا أصعد في سلمي الأبدي، رأيتُ نورًا لا يُرى عادة من الأعلى، لقد فُتحتْ أبواب السماء للمرة الأولى منذ دهور. تحركتُ في الفراغ مجددًا، ليس سقوطًا هذه المرة، بل انجذابًا نحو هذا النور الشاذ، فوجدتُ عالمًا من البشر، يا له من أمر سخيف آخر تقومين به يا سيدة السماء، أن تتركي مكتبة الحكمة بكل علمها ليحكمها بشر فانون، كانتْ هذه هي الفكرة الأولى التي جابت عقلي، ثم رأيتُ إيلي، سيدة المكتبة، لا تزال هناك، إذن، ماذا يفعل البشر هنا بالتحديد؟ هذا كان السؤال. دخلتُ المكتبة، كشبح غير مرئي، حتى وجدتها، كانتْ تقف بين الرفوف، تقرأ في كتاب قديم، وكانت الوحيدة التي شعرتْ بحضوري، فرفعتْ رأسها ببطء، وقالتْ بابتسامة ساخرة:

- ها! لم أكن أعلم أن الحاكمة أصبحتْ تسمح بمرور الأرواح الملعونة إلى هنا. قد لا تصدقين ذلك، ولكنني اشتقتُ لرؤيتك حقًا، أيتها الفتاة الصغيرة.

تجسدتُ أمامها بالكامل، وكنتُ بالكاد قادرة على الوقوف على قدميَّ.

- لحسن الحظ هناك من لم ينسَ وجودي، ورغم ذلك، لا أظن أن عبوري هذا سيستمر طويلًا، جذر حياتي بدأ يتلاشى، إن رحلتي تقترب من نهايتها الحتمية.

اختفتْ ابتسامتها عندما سمعتْ صوتي ورأتْ وقفتي، وقالتْ وهي تغلق الكتاب بحزم:

- لا بأس، سأوقفها أنا، فالختم السماوي لا يزال معي. إنها حقًا تفسد كل شيء.

نظرتُ إليها، إلى واحدة من أعظم الملائكة التي خُلقتْ يومًا، ثم رأيتُ نهايتها المأساوية مكتوبة في عينيها، لقد كانت تعتقد أنها تستطيع إيقاف الحاكمة بتعويذة ختم، لكنها لم تستطع حتى إيقاف ثورة حفنة من البشر، هي تعتقد أنها تحكم هذا المكان، لكنها كانتْ مجرد حارسة مدينة مؤقتة، لا قيمة لها، أو قوة أو سلطة حقيقية أمام قوة الحاكمة ورغبتها، وعندما حاولتْ تجاوز أوامرها، جاء تنين ليبتلعها. نعم، كما قلتِ يا رفيقتي الأخيرة، إنها حقًا تفسد كل شيء، وأنا، التي شهدتُ كل هذا، لم يكن بيدي سوى أن أراقب فصلًا جديدًا من فصول مهزلتها الكونية.

(4)

كنتُ أراقبها من فراغي الأبدي، فيارا، آخر الناجين، وآخر الحمقى، كانت تقف في قلب الخراب الذي ساهمتُ في صنعه، تنظر إلى تحفتها الفنية، شمعة النور، هكذا أسمتها بسذاجة، ولم تكن ترى ما أراه أنا، هذه ليستْ شمعة أبدًا، بل جسدًا مصنوعًا من دم ملاك ساقط فوضوي، وشعلة مسجونة من روح تنين الفضاء الأشد فوضوية، لقد صنعتْ تعويذة ملعونة خارقة من خلال خلط نوعين مختلفين من الدماء الفوضوية المستقرة معًا، صنعتْ مفتاحًا للعالم السفلي لم يشهد له مثيل، يتكون من أعظم درجات الفوضى المطلقة في هذا العالم.

ثم فعلتها، أشعلتها، وفي تلك اللحظة، لم يغطِ الأفق ضوءٌ عظيم فحسب، بل توقفتْ تروس الكون عن الدوران، شعرتُ بنسيج الفضاء يرتجف ويتجمد، وانقلبتْ أرض مدينة الحكمة رأسًا على عقب، ليس بالمعنى المجازي، بل بالمعنى الحرفي، ورأيتُ قمرًا أحمر مشؤوم أصبح هو النور الوحيد في سماء سوداء أبدية، لقد حُبست تلك الأرض، ذلك العالم الصغير، في لحظة خلود من المأساة، تحت فجر أسود لن ينكشف أبدًا. سمعتُ أصوات سكانها الباقين يناجون للصعود إلى السماء، والبعض الآخر يناجي للعودة إلى الأرض التي عرفوها، فقد

94

بدأتْ مصيبة جديدة، مصيبة لم تكن الحاكمة نفسها تتوقعها، ولا بأس بذلك، فهذا بالضبط ما كنتُ أريده، هذا ما كنت أنتظره طوال هذه العصور المظلمة، لقد رأيتُ المشهد الذي رغبتُ في رؤيته منذ زمن، والآن، يا سيدة الحكمة، يا من تجلسين على عرشكِ وتظنين أنكِ تديرين كونًا، الفساد لم يعد مجرد تمرد بشري في عالم بعيد بسبب تجاربكِ، لقد أصبح حريقًا يلتهم أحد عوالم السماء نفسها، أصبح بوابة تربط أشد عوالم السماء قداسة بأشد عوالم الجحيم دناءة، فساد قريب من مقر العوالم، من جنتك المصطنعة، فماذا ستفعلين الآن؟

(5)

(عالم الحكمة – بلسان الفارس جلبرت – الفصل الثالث من الشمعة المظلمة)

استيقظتُ من غفوة الموت على كابوس آخر، أو حقل الزهور الذي رأيته في حلمي كان يحترق الآن في الواقع، السماء سوداء قرمزية، والمدينة كلها تشتعل بلهب أبيض لم أرَ مثله من قبل، لهب يتناول الحجر قبل الزرع، لهب بارد لا ينبعث منه الدخان، وبتلات من الضوء المشوه تتساقط كالثلج وتحرق كل ما تلمسه، ثم رأيتُ أشكالًا تتحرك في هذا الجحيم، مخلوقات عظيمة مشوهة ولدتْ من النور الفاسد. نهضتُ من على الدرج الحجري، وشعرت به، التغيير، لم يعد الألم في عروقي، ولم يعد جسدي ضعيفًا، بل شعرتُ بقوة باردة وهادئة تخترق عضلات جسدي، قوة لا تنتمي إليَّ أبدًا، ثم نظرتُ إلى يدي، فلم تعد يد فيلسوف، بل يد فارس خارق، لقد أصبحتُ الآن شيئًا آخر.

في الأسفل، عند مدخل المكتبة المدمر، ظهر أمامي حصان من العدم، مدرع بالصلب الأسود، وعلى درعه راية الساعة الرملية المكسورة، ثم وضعتُ يدي على جنبي، فوجدتُ سيفًا لم أره من قبل، نصله أسود كليل لا نجوم فيه، ومقبضه دافئ الملمس، سيف من صلب التنين ربما. امتطيتُ الحصان، وجبتُ في شوارع المدينة التي أصبحتْ ساحة معركة

95

بين الناجين اليائسين والوحوش التي وَلِدتْ من شمعة فيارا، وصرختُ بصوت لم يعد يحمل غضبًا، بل سلطة هادئة وحزينة، بطريقة لم أتحدث بها سابقًا وكأنني حصلتُ على صوتها:

- يا بنو البشر! إن كان القدر يصر على كتابة فنائنا، فلن نسقط ونحن نبكي، تجمعوا عند البوابة الغربية، سنهرب إلى الجبال. كل من يستطيع القتال، فليقف هنا معي حتى يخرج آخر طفل وامرأة!

كانتْ استجابتهم فورية، من بين الأنقاض، خرج من تبقى من فرسان الوقت، يحملون سيوف اللهب التي صنعوها، لكن قوتهم كانتْ تتلاشى أمام هذه الوحوش الجديدة، لم يكونوا قادرين حتى على الوقوف في وجهها، مررتُ بحصاني الأسود من بينهم، مخفضًا سيفي، ومع كل رفعة له، كنتُ أرسم بركة من الدماء السوداء للمخلوقات التي تسقط تحته، وكأنني لستُ بشريًا مثلهم، كنا ننسحب ببطء، تاركين خلفنا العديد من جثث رفاقنا، ثمنًا لكل خطوة نكسبها نحو البوابة، حتى أخيرًا، وصلنا. ووقفتُ بحصاني عند مخرج المدينة، سيفًا أسود وحيدًا في وجه فيضان من الوحوش، مانحًا الناجين وقتًا ثمينًا للهروب، كانوا يبكون، ليس من الخوف فقط، بل من الحزن على كل ما خسروه، لقد شهدوا الموت مرتين في غضون أيام، لكنهم عاشوا.

وعندما كاد آخر الناجين أن يعبر، رأيتها، تتقدم من بين الحشود، فتاة صغيرة تحمل كتابها كما تحمل الطفلة دميتها، ووجهها يطالعه التراب، اقتربتْ فيارا مني، ثم رفعتْ رأسها، وخلفها مشهد المدينة المشتعلة وأحواض الدماء، وقد سلّمتْ نفسها لي. نزلتُ عن حصاني، وكانتْ تظن أن وقت الوفاء بوعدي قد حان، أنني سأقتلها، لكنني نظرتُ إليها، ثم إلى الناجين الخائفين خلفي، وأغمدتُ سيفي، وقلتُ بهدوء:

- يحتاج البشر من يقودهم، اذهبوا إلى ظل الجبال، وازرعوا حضارة جديدة هناك.

نظرتُ إليّ بصدمة، وكأنها لم تصدق ما حدث، فقلتُ:

-   هذا ليس عفوًا، ولكن لا فائدة ترجى اليوم من إراقة المزيد من دمائنا، نحن بحاجة
    إلى بعضنا البعض أكثر من أي وقت مضى.

عدتُ وامتطيتُ حصاني، واستدرتُ لأواجه الظلام القادم من المدينة، سمعتها حينها تهمس
خلفي:

-   يا لك من بطل سخيف يا جلبرت لتعفو عني، يا لك من بطل عظيم.

لم ألتفتْ، لقد كان عليّ أن أؤخر هذه الوحوش وأترك البشر لها، أن أشتري لهم وقتًا للهرب
من الساحل الغربي مطمئنين أن هناك من يحمي ظهرهم، لقد بدأتُ هذه المأساة كرجل
أراد ثورة كما قالتْ، وسأنهيها الآن كقائد يحمي انسحابًا.

(6)

كان هدفي واحدًا وواضحًا، المكتبة السماوية، عليّ أن أتخطى هذه الوحوش المشوهة التي
ولدت من نور فيارا الفاسد، وأصل إلى تلك الشمعة المظلمة وأطفئها. أخترق صفوفهم
واحدًا تلو الآخر، سيفي الأسود يغني أغنية الموت، وكل ضربة منه تترك أثرًا من الفناء
على هذه الأرض، أقفز بحصاني المدرع فوق كل عتبة مدمرة، متجهًا نحو التلة، لكن هذا
العالم الجديد لم يكن ليرحم أحدًا، اهتزت الأرض فجأة، وتوقف حصاني رافضًا التقدم، ومن
العدم، نهض أمامي عملاق مصنوع من حجارة المدينة المنهارة، وبكل خطوة كان يدك الأرض
وكأنها تُهدم من الداخل، لوّح برمحه الضخم، فشق الأرض أمامي، وأوقف تقدمي، وحينها
بدأت المعركة، كنتُ أدور حوله، مستغلًا سرعة حصاني وبطء حركته، أغرس سيفي في
شقوق درعه الحجري، وكنتُ أقوم بإسقاطه أرضًا، لولا أن صرخة جاءت من الأعلى،

وانشق جدار أحد المباني المجاورة، وخرج منه كائن مجنح، خليط مرعب بين تنين وذئب، وانقض علي، أصبحتُ اللعبة أكثر صعوبة، فارس وحيد بين عملاق من الأرض ووحش من السماء، وعلى الرغم من ذلك، واصلتُ القتال.

كنت أراوغ وأضرب، وأنا أعلم أن كل ثانية تمر هي ثانية يقترب فيها الخلاص مني، حتى فجأة، وبينما كنتُ على وشك توجيه ضربة قاضية للمجنح، ظهر ظل هائل أمامي، وشعرتُ باصطدام عنيف، قوة هائلة أوقفتْ حصاني في مكانه مجددًا، لم يكن وحشًا من وحوش الشمعة، بل كان ملكًا ضخمًا، رجل يرتدي درعًا ذهبيًا باليًا، ويحمل سيفًا أضخم من أن يحمله بشر، لقد أوقف حصاني المندفع بضربة سيف واحدة، وبتُّ محاصرًا، العملاق عن يميني، والمجنح عن يساري، وهذا الملك أمامي، لكنهم لم يهاجموا، كان هناك احترام غريب في وقفتهم، وحينها تكلم الملك، وكان صوته يحمل هدوء العواصف:

- ليس من المفترض أن نكون هنا، يا فارس الوقت، ولا حتى أنت، جميعنا ضحايا في هذه المهزلة، فلماذا ما زلت تقاتل؟ علينا أن نجد مخرجًا، لا أن نصنع مزيدًا من الخراب.

شعرتُ بالغضب يغلي في دمي، فأجبته وأنا أشد على قبضتي:

- كلمات جميلة من وحش كان يلتهم بني جنسي قبل قليل! أتظن أن هذا كافٍ ليشفي ما في صدري؟! بل سأقتلكم جميعًا!

قال الملك بهدوء، متفهمًا ذلك الغضب الذي أطلقته:

- نعم، ستقتلنا، ولكن ليس اليوم، الآن، أنت تخسر وقتًا ثمينًا. عد إلى حاكمتك، عد إلى بني جنسك، وسيكون لنا يوم آخر نقرر فيه من هو العدو الحقيقي.

ثم اقترب خطوة هزّت المدينة بأسرها، مخفضًا صوته بتحذير أخير:

- واحترس من الأوهام، وعي إيلي لم يختفِ بالكامل، وإنما لعن وعلقتْ روحها في هذا العالم، وهي تجمع جيشها المعلون في المقبرة الغربية، وستتوجه قريبًا إلى هنا لتستعيد حكمها للمكتبة، حينها، ستبدأ حرب عظيمة، حرب بين أجناس خارقة لم يكن عليها أن تتواجد مجددًا، ومن يسيطر على المكتبة ختامًا، يكون هو المنتصر. أنا لست مهتمًا بالفوز، ولكن هل أنت قادر عليه؟

تجمدتُ في مكاني، إيلي قد عادة؟ وغطّتْ وجهي ملامح الانزعاج والغضب، كل ما فعلناه، كل من مات، هل كان عبثًا؟ شددتُ على لجام حصاني، واستدرتُ، وانطلقتُ مسرعًا مبتعدًا، لم أعد خائبًا، بل مبشرًا بكارثة جديدة، منتظرًا تلك الساعة التي يجب أن أختار فيها عدوي الحقيقي.

لقد استقرتْ أقطاب العالم في تلك اللحظة، ثلاثة جيوش تقف الآن على رقعة الشطرنج هذه، إيلي وجيش الأوهام في المقبرة الغربية، الملك بيولف وذنوبه في المدينة الشرقية، وفيارا والبشر غرب جبال الشمال، وجميعهم، هدفهم واحد، السيطرة على المكتبة، ورغم أن أهدافهم النهائية كانتْ مختلفة، كنتُ أعلم أنهم جميعًا مستعدون لحرق ما تبقى من هذا العالم للوصول إلى هناك، وهدفنا نحن البشر كان الصمود فقط، الصمود حتى نرى الشمس تشرق من جديد، ولكن هل يمكننا ذلك؟

(7)

لا أدري إلى أي مدى تستهويني السماء، ففي رحلة عودتي الطويلة شمالًا، وجدتُ ذراعي ترتفع من تلقاء نفسها مرارًا وتكرارًا، محاولةً رؤية النجوم التي حجبها ضوء القمر القرمزي المشؤوم، وفي كل مرة، كانتْ تعود إلى مخيلتي ذكرى قديمة، ذكرى سرب من الغربان طاف فوق روما قبل سقوطها، وقبل أن يشتعل خيالي بنذائر الشؤم، كنتُ أنزل تلك الذراع من جديد، وأركز على الطريق أمامي. كنتُ أعود منهزمًا، أحمل في صدري معرفة أثقل من أي درع، عدونا ليس واحدًا، والحرب التي ظننا أنها بدأتْ، لم تكن سوى مناوشة صغيرة، حتى حصاني شعر بثقل روحي، فتباطأتْ خطواته كلما اقتربنا أكثر من جبال الشمال، وكأنه لا يريد أن يخطو إلى وطنه الجديد الذي ولد من رحم الفشل، حتى رأيناها، خطوات في الطريق الترابي، ثم رأينا وهج نارٍ خافتة، وسمعنا أصواتًا، تقدمنا بسرعة أكبر، وعندما أصبحنا على مرمى البصر، سمعنا هتاف القوم، كانوا يهتفون لي، لي أنا، الرجل الذي قادهم إلى تلك المذبحة، والذي فرّ من معركة لم يفهمها، كانوا يهتفون للبطل الذي لم أكنه.

لا أدري لماذا قمتُ بذلك، ربما هو واجب القائد، أو ربما هي آخر بقايا الغرور في روحي، لكن ما أن رأيتُ وجوههم المترقبة عن كثب، حتى سحبتُ سيفي الأسود من غمده، ورفعته عاليًا في السماء، ارتفع حصاني على قائمتيه الخلفيتين، ورفعتُ راية الساعة الرملية المكسورة في الهواء، لقد صنعتُ لهم مشهدًا، لوحة للبطل العائد منتصرًا، وللحظة واحدة، وأنا أرى الأمل يلمع في عيونهم، كذبتُ على نفسي وصدقتُ المشهد، أنا حتمًا عدتُ منتصرًا.

التقينا بهم عند مدخل الكهوف التي أصبحتْ الآن ملجأنا، وكانتْ فيارا في المقدمة، تنظم الحراس، ولم تكن هناك كلمات بيننا، فقط نظرة طويلة، هي رأتْ في عينيّ حقيقة ما حدث، وأنا رأيتُ في عينيها عبء ما صنعته، لقد كانتْ هي من أسس هذا المكان في الماضي، في أيام أبحاثها السرية، ورغم حالته السيئة، إلا أنه كان بالفعل أآمن مكان لنا الآن، بعيدًا عن

100

رماد المدينة، وبعيدًا عن مقبرة إيلي، حصنٌ طبيعي في قلب الجبال، محمي بالفخاخ والأنفاق، مستقر مؤقت في عالم لم يعد فيه استقرار. دخلتُ خلفهم، وتركتهم يحتفلون بانتصارهم، أما أنا، فقد جلستُ وحدي عند مدخل الكهف، أنظر إلى العالم الأحمر في الخارج، لقد أعطيتهم هذه الليلة، ليلة من الأمل الزائف، لكنني كنتُ أعلم أن الصباح سيأتي، ومعه ستأتي الحقيقة المرة، حقيقة أننا لسنا ناجين، بل مجرد سجناء في استراحة قصيرة بين حربين قادمتين.

(8)

ثم، في نهاية اليوم، طلبتُ من فيارا أن تستدعي القوم لاجتماع، لم يلبث النداء أن انطلق حتى خرجوا من كل زاوية، وجوه شاحبة تحمل أسئلة أكثر من الإجابات، التفوا حولنا في الساحة الرئيسية للكهف، تحت وهج المشاعل الراقص الذي كان يرسم ظلالًا طويلة على الجدران الصخرية، وقفتُ أنا وفيارا نتناقش للحظات، لم تكن هناك حاجة لكثير من الكلمات، لقد رأينا نفس الخريطة المأساوية للعالم، وعرفنا ما يجب فعله، ثم تقدمتُ لأخاطبهم:

- يا بنو البشر الأحرار، بالأمس، انتصرنا على القدر عندما فرضنا وجودنا ونجونا وسط الليل الداكن والوحوش، ووقفنا لنعلن أننا ما زلنا طرفًا على هذه الأرض السماوية، ولكن النجاة ليستْ هدفًا يُسعى إليه، بل هي بداية طريق طويل يُكتب بالعزيمة والفخر، ورغم حالتنا الصعبة، ورغم الرماد الذي نبتنا منه، ما زلنا سنعلو، وسنُزهر هذه البلاد من جديد، وسنكتب في صفحات التاريخ، بعد الصلوات، أننا نهضنا، وهذا ليس بالأمر الهين. نحن بحاجة إلى إيمان كل فرد منكم.

تراجعتُ خطوة، وتقدمتْ فيارا لتحتل مكاني. لقد تغيرتْ، لم تعد تلك العالمة المنعزلة، بل أصبحتْ قائدة بذاتها، عيناها تلمعان ببرود الفولاذ وذكاء النار، وقالتْ بصوت واضح وحاد:

101

- اليوم، لن نهرب من الخوف، نحن من سيتقدم بكل شجاعة لاقتحام صفوف العدو، نحن الآن فرسان الجبل، آخر من تبقى من البشر، وسنسترد ما هو حق لنا، وسنغلق بوابة الظلام، سنشارك في حرب السماء هذه، وسنوقف إيلي للمرة الثانية، حتى لو خسرنا كل أرواحنا، فإما حياة تحت شمس تضيء لنا العالم، أو موتٌ في قتال نسعى من خلاله أن ننال تلك الشمس.

عدتُ للحديث، لأرسم لهم خريطة الحرب القادمة.

- المعلومات التي لدي تفيد بأن الأوهام، أرواح الملعونين التي تقودهم إيلي، تتمركز الآن في المقبرة الغربية، ومن الشرق، يقترب جيش الذنوب بقيادة الملك بيولف، كلاهما يتجه إلى أنقاض مدينة الحكمة للسيطرة على المكتبة، وهناك ستقع الحرب. أعلم أن أعدادنا قليلة، لذا لن نقاتل بقوة غاشمة، بل بحكمة البشر.

أكملتُ فيارا سرد خطتنا التكتيكية:

- قوام جيش الأوهام هش، فهم أرواح تحمل ذكريات مأساوية، فرقتي ستكون في المؤخرة، سنستخدم ألاعيب نفسية وتعاوذ بصرية لتفكيك ذلك الجيش قبل أن يصل إلى ساحة المعركة، سنقلب ماضيهم ضدهم.

ثم أكملتُ أنا:

- بينما فريق فيارا يؤخرهم، سأقود أنا القوة المسلحة الرئيسية في مقدمة الجيش، سنتجنب الأوهام، وسنمر إلى عمق المدينة، وسنقاتل الذنوب مباشرة، سنصنع فراغًا وفوضى في صفوفهم، وهذا هو هدفنا، إشغالهم بينما فريق آخر يقتحم المكتبة ويستعيد الشمعة المظلمة، وبهذا فقط، نعود منتصرين.

ختمتُ حديثي، ونظرتُ في عيون كل واحد منهم:

- بعد الحصول على الشمعة، سنترك رايات الماضي خلفنا، ونعود هنا إلى الجبل مع شروق شمس حقيقية، لنعلن عن عصر جديد نعيش فيه بسلام، ليس كعلماء، وليس كلاجئين، بل كشعب بشري سيحكم نفسه اليوم وإلى الأبد.

ساد الصمت للحظة، ثم انفجر الهتاف، لم يكن هتافًا فرحًا، بل كان هتافًا غاضبًا ويائسًا، هدير أناس لم يعد لديهم ما يخسرونه سوى حياتهم، وهم مستعدون للمراهنة بها مرة أخيرة، لقد وُلد جيش الجبل في تلك اللحظة، جيش من الأشباح الذين قرروا أن يصبحوا أبطالًا.

(9)

نعم، كانتْ تلك هي انطلاقتهم، وفي سجلات التاريخ الطويلة، نادرًا ما يكتب البشر حدثًا كهذا، لم تكن مجرد ثورة، بل كانت حربًا أسطورية، حرب خاضها القانون ضد الخالدين، والمنطق ضد الفوضى، بدأتْ المعركة على جبهتين، في الغرب، عند حدود المقبرة، لم تكن هناك سيوف، كانت فيارا وفرقتها من علماء النفس والروح يشنون حربًا صامتة، لقد أطلقوا أوهامًا مضادة، همسات من التعاويذ التي تستدعي ذكريات جيش إيلي الملعون، ترى أرواح القتلة وهي تتجمد في مكانها، تواجه أشباح ضحاياها، وترى الطغاة وهم يصرخون في رعب صامت أمام صور العدالة التي هربوا منها، لقد نجحتْ خطة فيارا، جيش الأوهام لم يتقدم خطوة واحدة، لقد غرق في جحيمه الخاص.

أما في الشرق، فقد كان الصراع ناريًا، اصطدم جيش الذنوب بقيادة بيولف بقوة مباشرة إيلي الملائكية، وفي قلب هذه الفوضى، انطلق جلبرت، مر بحصانه الأسود عبر المعركة، لا يلتفتُ يمينًا أو يسارًا، هدفه الوحيد هو التلة التي تقف عليها المكتبة، قهر في طريقه

ساريود العملاق، في نزال قديم بدا وكأنه مكتوب في النجوم، ومع حماية فرقته التي فتحتْ له الطريق، رأى بيولف من بعيد هذا الفارس الأسود، فأفسح له الطريق، مدركًا أن معركته الحقيقية ليست هنا. وصل جلبرت إلى المكتبة، ودخلها، وعاد بعد دقائق حاملًا الشمعة المظلمة بين يديه، وعندما خرج ورفعها عاليًا، رأى فرسان الجبل النصر، فتعالتْ صيحاتهم.

لقد كتب جلبرت في التاريخ أول انتصار حقيقي للبشر على مخلوقات الهرم الأعلى، وعادتْ الشمعة أخيرًا إلى صاحبتها الحقيقية، فيارا، لكن، في كل انتصار عظيم، هناك مأساة صامتة تحدث في الظل، وفي مشهد الختام الحقيقي لذلك اليوم، بعيدًا عن ساحة المعركة، كانتْ هناك فتاة تسقط ببطء قرب إحدى أشجار الغابة الغربية، أو كما عرفناها نحن، حاكمة الوقت، كانتْ تنظر إلى السماء، منتظرة أن تزرق من جديد، أن يعود كل شيء إلى طبيعته، قبل أن ينطفئ نورها إلى الأبد، ولكن لم يحدث ذلك.

مرثْ إيلي بجانبها، وقد انسحبتْ من معركتها بعدما خسرتْ القتال، ومدتْ حاكمة الوقت يدها الشاحبة، في طلب مساعدة أخير من كائن خالد مثلها، لكن بصر رفيقتها إيلي كان مغشى عليه، لم تكن ترى الحاكمة الساقطة بجانبها، كانتْ عيناها مثبتتين على نور غريب بدأ يسطع من جهة الشرق، من جهة المكتبة، نور الشمعة التي حملها جلبرت، ورغم الحصار وقتال الذئوب، شعرتْ إيلي أن ذلك النور قد نال منها، أنه انتصر. ابتسمتْ للمرة الأخيرة لها وللقمر، ظانةً أن لحظة رحيلها قد حانتْ، وأن هناك قوة جديدة وعظيمة ستحل محلها، لقد رأتْ خلاصها في شعلة كانت في الحقيقة بداية الفناء التالي، ويا لها من مفارقة مأساوية تليق بعالم صنعته حاكمة حمقاء.

القصة السادسة: **طفلة الفجر هايدي**

(1)

(العالم صفر أربعة – بلسان الطفلة هايدي – فترة ما قبل الهواتف المحمولة – الفصل الأول من طفلة الفجر)

إنها الساعة السادسة صباحًا من يوم السبت، وللبالغين، هذا الوقت لا يعني شيئًا، لكن لنا، نحن أطفال المدرسة الخاصة، إنه يعني كل شيء، إنها اللحظة التي تتوقف فيها الأضواء الليلية للمدينة عن النبض، وتنار فيها شمسنا المصطنعة سماءنا الزجاجية، معلنةً بداية اليوم، في هذه اللحظة بالذات، يخرج الجميع، كل من ملّ حياة المنازل الزجاجية والألعاب الإلكترونية، إلى المكان الوحيد المهم، منتزه الحي، هناك، عند قاعدة شجرة البلوط القديمة، كنتُ أنتظر، أنا هايدي، ساحرة الحديقة لهذا الأسبوع، وبجانبي، بدأ فرساني المخلصون بالتجمع، أولئك الذين استيقظوا مبكرًا ووجدوا في طريقهم أفضل أغصان الأشجار لتكون سيوفًا لهم، أما الذين لم يحالفهم الحظ، الذين ما زالوا نائمين في أسرّتهم الدافئة، فسيكون عليهم أن يقاتلوا من أجل احتلال الحديقة منا.

إنها لعبتنا المنتظرة، القانون المقدس الذي يحكم أيام عطلتنا، حرب استنزاف طويلة ومشهورة تبدأ مع أول ضوء، وتنتهي عند غروب الشمس بفوز المسيطر الأخير على الحديقة، وقائدهم المنتصر، هو من يرقى ليحمل لقب ساحر الحديقة في الأسبوع القادم. أراقب فرساني وهم يتخذون مواقعهم الدفاعية حول الشجرة، وأعرف أن جيش الأراضي المنخفضة سيصل قريبًا، وسيحاولون كسر صفوفنا، لكنهم سيفشلون، لأن ساحر الحديقة للأسبوع القادم، سيكون بالطبع أنا، فأنا دومًا ما أفوز.

(2)

كانت صبيحة سبت تشبه سابقاتها، اقتربتُ من حدود مملكتي، حديقة المنتزه، حاملةً عصاتي السحرية المصنوعة من غصن شجرة الصفصاف، وسجل انتصاراتي الذي لم يُكسر بعد، وتجمع حولي فرساني، أولئك المخلصون الذين يعرفون أن اتباعي يعني النصر، وكانت تحياتهم مليئة بالثقة، فهايدي، ساحرتهم، ستقودهم إلى المجد مرة أخرى. دخلنا معًا إلى أرضنا، لكننا وجدنا شيئًا غريبًا، كان هناك فتى يجلس على العشب حيث من المفترض أن يكون عرشي، شخص غير مألوف، شخص لم أره من قبل في أي من معاركنا السابقة، ورغم ذلك، كان يتحداني بنظراته الهادئة.

لقد أبرم صفقة معي قبل أن تبدأ الحرب، قال إن رتبة ساحر الحديقة تمنح صاحبها أفضلية دفاعية غير عادلة، وكانتْ ادعاءات سخيفة، تكتيكات نفسية يستخدمها الضعفاء، ولكي أثبت له مدى تفاهة حجته، ولكي أجعل انتصاري اليوم أكثر حلاوة، وافقتُ بازدراء، ومنحتُه دوري، أعطيته القلعة، وأخذتُ أنا دور الغازي. تجمع فريقي حولي، وأصبحنا جيش الاحتلال، ومن موقعنا الجديد، راقبنا جيش الدفاع وهو يحصن مواقعه، كانوا يبنون قلاعًا من صناديق مهملة، ويسلحون أسوار الزهور بفخاخ من الحبال، ضحكتُ في سري، فقد كانت هذه تكتيكات المنهزم، تكتيكات من يخشى المواجهة المباشرة دون أن يعلم أن أفضل طريقة للدفاع هي الهجوم. أمضيتُ الساعات التالية في وضع استراتيجيتي، في الثامنة صباحًا، انتهتْ جميع تجهيزاتهم، والآن تبدأ لعبتنا نحن، لعبة الانتظار. خطتي كانت بسيطة وساحقة، نحن نملك العدد، وهم يملكون أرضًا محدودة لا يمكنهم الدفاع عنها بالكامل، هجوم واحد شامل ومنسق، قبيل غروب الشمس، من جميع المداخل في نفس اللحظة، سيكون ناجحًا حتمًا، سيتمزق خط دفاعهم الرقيق، وسنسحقهم.

وعندما جاءت اللحظة المنتظرة، والشمس بدأتْ تميل نحو الأفق، وتلونتْ السماء بلون برتقالي، أعطيتُ آخر تعليماتي لفرق الاقتحام، انتشروا بهدوء نحو المداخل المختلفة، وكنتُ على وشك أن أرفع عصاتي لإعطاء إشارة الهجوم، حتى فجأة، وبشكل غريب، تحركوا هم، خرج جيشهم من الحصن، هل يهاجمون؟! لكن لماذا قاموا ببناء كل تلك الدفاعات إذن؟ هل كان يخدعني طوال هذا الوقت؟ هل يظن حقًا أنه قادر على هزيمتنا في أرض مفتوحة ببضعة رفاق؟ أم أن هذا خداع استراتيجي؟ توقفتُ للحظة، ونظرتُ إلى الفتى الجديد وهو يقود جيشه الصغير نحونا، لقد تجاهل كل قواعد اللعبة التي أعرفها، تلاشتْ ابتسامتي المتعالية، وحلتْ محلها ابتسامة أخرى، ابتسامة حقيقية، يا لك من مكار أيها الفتى الجديد، يا لك من خصم مثير للاهتمام.

(3)

إشارات سريعة بيدي في الهواء، فتجتمع حولي قواتي مجددًا، وترتفع أغصان الشجر كسيوف حقيقية استعدادًا لصد الهجوم المفاجئ، لكن جيشه لم يهاجم، بإشارة واحدة منه، تركوا أسلحتهم على العشب، لقد كان وقتًا مستقطعًا، تقدم نحوي وحده، حاملًا ورقة بيضاء صغيرة كأنها راية استسلام.

- على الجميع العودة إلى المنازل فورًا!

قالها ببساطة، وكأنه يقرأ نشرة أخبار، لا وكأنه يقاطع أعظم معركة في تاريخ الحديقة.

- هناك أخبار سيئة، ولا نريد أن يقلق الأهالي علينا.

حدقتُ فيه لثوانٍ، أحاول استيعاب سخافة ما يقوله، ثم تقدمتُ نحوه، وشعرتُ بالغضب يتصاعد في داخلي كالحمم، وأجبته بحدة:

- سنكمل اللعبة، ومن ثم سنعود.

ثم قال بهدوء أثار غضبي أكثر:

- لا يمكننا هذا، هايدي، الأمر جاد. يجب أن نعود جميعًا الآن.

تقدمتُ خطوة نحوه، ثم صرختُ به:

- أتعني أن نترك أفضل جزء في أفضل يوم سبت بسبب هواجسك التافهة هذه؟!
- إنها ليست هواجس، والأهالي ينتظروننا عند مدخل الحديقة.

كانتْ تلك هي القشة الأخيرة، ذكر أهلي، معاملتي كطفلة بينما أنا ملكة هذا الميدان، كل هذا أشعل شيئًا في داخلي، تقدمتُ بضع خطوات أخرى نحوه، غاضبة، ورفعت عصاي السحرية عاليًا، لم أكن أنوي ضربه، بل تهديده، إرغامه على فهم قواعد عالمي أنا، ثم حدث ذلك، لا أعرف كيف أصفه، شعرتُ وكأنني رمشتُ، لكنها لم تكن رمشة عين عادية، لقد كانتْ رمشة استمرتْ دهرًا ولحظة في آن واحد، وانقطع الصوت فجأة، واختفتْ ألوان العالم وتحولتْ إلى ضباب رمادي، شعرتُ بإحساس السقوط، ليس على الأرض، بل في داخل نفسي، ثم، وبنفس السرعة، عاد كل شيء. عندما فتحتُ عيني، وجدتُ قدماي تغوصان في بركة دافئة ولزجة، بركة حمراء، أطلتُ النظر، محاولةً فهم ما حدث، مستغربة من هذا اللون القرمزي الذي يغطي حذائي الأبيض، وبخوف، رفعتُ رأسي ببطء.

كان الفتى ساقطًا على الأرض أمامي، والدماء تنزف من جرح في رأسه، ارتجف حينها جسدي بالكامل، وكنتُ بالكاد قادرة على حمل نفسي، حركتُ يداي أمامي، فرأيتُ عصاي، عصا الصفصاف، ملطخة بنفس اللون الأحمر، لقد كنتُ أنا، بل هل كنتُ أنا من فعل هذا؟ ولكن متى؟ إن هذا كابوس، إذن متى سأستيقظ؟

(4)

وصل صوت صفارات سيارة الإسعاف قبل أن تصل أضواؤها، ومزق الصوت صمت الحديقة المصدوم، وبدأت أصوات الأهالي ترتفع كالنداءات، رأيتُ المسعفين وهم يحيطون بالفتى، ويحملون جسده الهامد بعناية، وأنا أمسكتُ بيد أبي بإحكام، كنتُ خائفة، ليس مما فعلته، بل مما سيُفعل بي، ثم جرّ أبي يدي المتجمدة، وبدأنا نسير مبتعدين، لم أعد أرى وجوه الناس، ولم أعد أسمع همساتهم، لقد تحول العالم كله إلى لوحة واحدة تتكرر في عقلي، شمس غروب حمراء، وصوت تقاطع قضبان القطارات في الأفق. وعندما صلنا المنزل، جلسنا على مائدة العشاء الفارغة، لم تحضر أمي الطعام ذلك اليوم، ولم ينطق أحد منا كلمة، كان صمتًا ثقيلًا ومشحونًا، صمت القضاة قبل النطق بالحكم، جلسنا هكذا لساعات، ثلاثة أشباح في غرفة هادئة، ننتظر أن يحدث شيء، أي شيء، ليكسر هذا الترقب المريع، وذلك حتى رن جرس الباب، وكان رنينه عنيفًا كطلقة رصاص.

هرع أبي وأمي لفتحه، بينما انسحبتُ أنا، واختبأتُ خلف زاوية الحائط، أراقب بصمت، كانا والدي الطفل، ولم أكن بحاجة لرؤية وجهيهما، فقد كان غضبهما يملأ المدخل كله، سمعتُ كلمات متقطعة، وكلمة ورقة تتكرر، ورأيتُ أبي وهو يأخذها ويداه ترتجفان، ورغم انحناءة ظهر أمي وأبي، ورغم محاولتهما الاعتذار، كان صوت والدي الطفل يرتفع، يوبخهما، يلعنهما على فعلتي التي لا يملكان شيئًا لتقديمها ثمنًا لها سوى انحناءة رؤوسهما، ثم أُغلق الباب، فاختفى ضوء القمر، وعاد الهدوء الأثقل من ذي قبل، أمسك أبي يدي، لم يكن لمسًا أبويًا، بل كان قبضة سجان، وجرني إلى غرفتي، وأغلق الباب عليّ، وكأن وقت التوبيخ قد حان. وقف أمامي، والورقة ترتجف في يده، وقال بصوت حاولتُ أن أسمع فيه الغضب، لكني لم أسمع سوى الخوف واليأس:

- هل ترين هذه؟ إنها فاتورة حياة كدتِ أن تنهيها، ارتجاج شديد في المخ، ضرر في الجمجمة، عملية عاجلة باهظة الثمن، كيف يجب علينا أن ندفعها برأيك؟

لم يجب أحد، فأكمل وهو يمرر يده على شعره.

- بربكِ لِمَ قد فعلتِ ذلك؟! أنظري إلى أين أوصلتنا، وكل ما أنتِ عليه هو طفلة لا تدرك حتى أن ما فعلته خطأ! يا إلهي!

توقف، وأخذ نفسًا عميقًا، ثم نطق بالحكم أخيرًا:

- من اليوم وصاعدًا، سنعصر أنفسنا، لا فطور أو عشاء لكِ، ولا خروج للعب في يوم السبت، ستبقين في هذه الغرفة تدرسين حتى تتخرجين، ولا خرجات قبل المدرسة ولا بعدها، هل هذا مفهوم؟!

كنتُ أنا المذنبة في هذه المحكمة، ولم يكن بيدي سوى سماع الحكم والبقاء صامتة، لم أشعر بالحزن، ولم أشعر بالغضب، لقد شعرتُ بالعدالة، هذا أقل ما أستحقه حقًّا، أن أخسر حياتي بالكامل ثمنًا للحياة التي كدتُ أن آخذها، نعم، ربما النوم سيكون هو الحل الوحيد لهذه المشكلة، أن أنام، ولا أستيقظ أبدًا.

(5)

لا أدري متى غادرتُ غرفتي، ومتى استسلمتُ للنوم، كل ما أعرفه أنني فتحتُ عينيّ على صوت أشخاص يتكلمون حولي، فنهضتُ مفزعة، وشعرتُ بشيء غريب، لم أكن على سريري، بل على أرضية مغطاة بشيء ناعم كالحرير الأسود، طار شعري في الهواء قبل أن يسقط على وجهي من جديد، فركتها، فأبصرتُ عالمًا غارقًا في ضوء أحمر قانٍ، تمامًا كلون

111

شمس الغروب الذي رأيته في الحديقة. نعم! هناك أشخاص حولي، همستُ لنفسي، فأدرتُ رأسي بحثًا عنهم، لكنني لم أرَ أي شيء، فقط أشجار سوداء ملتوية وسماء قرمزية لا تتغير، أين ذهبوا يا ترى؟ ثم سمعتُ صوتًا من الأعلى، صوتًا أجشًا ومألوفًا بشكل غريب:

- واك! نحن هنا، أيتها الصغيرة! نحن هنا.
- هل تعتقد أنها لا ترانا؟ هذا غريب، راك! غريب جدًا.

رفعتُ رأسي، فرأيتُ غرابين كبيرين يقفان على غصن شجرة فوقي مباشرة، كانا أسودين كالفحم، وعيونهما الصغيرة تلمع بذكاء غير طبيعي، هل كانا هما من يتكلم؟ ضحكتُ، ضحكة خفيفة خرجت رغمًا عني.

- بل كلامكما هو الغريب! ماذا تفعلان هناك في الأعلى؟
- نحن نحرس، واك! نحرس بوابة الظل، ويفترض أن نمنع البشر من الاقتراب، لكنكِ ظهرتِ فجأة من العدم، والآن، سنجعلكِ تغادرين، واك! تغادرين فورًا.

رفضتُ قوله، وقلتُ بإحباط حقيقي:

- آه! لا أريد المغادرة!

ثم استلقيتُ على العشب الأسود من جديد، أطالع القمر الأحمر الثابت في السماء، وأكملت:

- بل أتدري، هذا الحلم جميل نوعًا ما، هل يمكنني البقاء هنا لفترة أطول؟ فالحياة في عالمي أصبحت كئيبة جدًا.
- لا يمكنكِ بالطبع، راك! هذا ليس مكانًا للبشر. غادري إلى الجبل، البشر يجب أن يعيشوا هناك فقط، راك! اذهبي إلى هناك.

نهضتُ مستعدة للقتال، وجلستُ لأرى أي جبل يقصد، وعندما رأيتُه، لمعتْ عيناي.

- ذاك الجبل الكبير الذي يلوح في الأفق؟ أيعني هذا أنه قد حان وقت المغامرة؟ مغامرة حقيقية في أجمل حلم رأيته في حياتي.
- أيًّا يكن، راك! فقط غادري من هنا.

وقفتُ على قدميَّ، ونفضتُ الغبار الأسود عن ملابسي، وقد فهمتُ كل شيء، هذه ليست مجرد هلوسة، بل هي مهمة خاصة لي أنا، هايدي المحاربة تعود من جديد، في مغامرة سأخوضها في هذا العالم المحرم، وهدفي؟ الوصول إلى ذلك الجبل المقدس قبل انجلاء الظلام، نعم، يجب أن أنقذ هذا العالم من الشر المطلق الذي يسيطر عليه بالتأكيد، الخفاش العظيم! ولكن هل سأكون قادرة على هذا دون عدتي الذهبية وفرساني؟ لا يهم، سأفعلها. استدرتُ حازمة شجاعة، ومشيتُ بكل ثقة نحو الأفق.

- هل يجب أن نخبرها أنها تمشي في الاتجاه المعاكس؟ واك!
- راك! دعها تكتشف ذلك بنفسها.

(6)

أكملتُ مسيري في الاتجاه الذي شعرتُ أنه الصحيح، وكان العالم من حولي غريبًا وجميلًا بشكل مرعب، كنتُ أخطو وسط أشلاء بشر تحولوا إلى تماثيل حجرية سوداء، وبنطالي الصغير يتسخ بتراب أحمر سيترك عليه رائحة عذاب لن أفهمها أبدًا، والأشجار تبكي سائلًا فضيًا، وبقايا المنازل المدمرة تبدو كقلاع قديمة تزين عالم اللعبة، كانتْ كل هذه التفاصيل، بنظري، مجرد ديكور متقن يعطي عمقًا لمغامرتي، ثم رأيتها، فتاة تتلاشى ببطء تحت ظل شجرة غرباء، كانتْ شفافة تقريبًا، وكأنها مجرد دليل أرشدني إليه مصممو اللعبة لأعرف الطريق نحو النهاية، اقتربتُ منها، فمددتُ يدها نحوي، ورغم أنها لم تلاحظ وجودي في البداية، إلا أنني جلستُ بجانبها، ومع صوت تلامس جسدي بالأرض، تطايرتْ أوراق

113

الشجرة الذابلة عن وجهها، فابتسمتُ ابتسامة حزينة، وقالت بصوت خافت كحفيف الأوراق نفسها:

- على الأقل، هناك شخص سيسمع كلماتي الأخيرة، ليتني فقط أتمكن من رؤيتكِ بوضوح. ألا يمكنكِ أن تجعلي يدي تلامس وجهكِ؟

هل كان من الصواب إمساك يد بدثُ وكأنها ستلتفت إلى رمال متلاصقة؟ لا أدري، لكنني فعلتُ ما طلبتُ، رفعتُ يدها الباردة والشفافة ووضعتها على خدي، فتنهدتْ، وشعرتُ بحرارة خفيفة تسري من يدها.

- آه. أنتِ دافئة، وناعمة، وقادمة من عالم طاهر، ما الذي جاء بكِ إلى هذا الفساد؟ إن عالمنا هذا، كان جنة من الأمنيات والذنوب، خلطها البشر معًا مطالبين بحقهم في مكان لم يكن ملكهم، فكان مصيرهم كمصيري، الفناء المحتوم.

توقفتُ لتلتقط أنفاسًا لم تكن قادرة على التقاطها من الأساس، ثم أكملتُ:

- لقد تمنيتُ أن ينتهي الأمر عند هذا الحد، لكن الفساد انتشر، وجذوره تدمر الآن مقر العوالم، وربما سيصل حتى إلى الأصل قريبًا، وتلك لم تحرك ساكنًا، إنها حقًا تفسد كل شيء. يا إيلي! كيف لشخص مثلها أن يُسمح له بحكم السماء؟!

وحينها فجأة، سقطتْ يدها، ولم يبقَ في قبضتي سوى حفنة من الرماد الفضي، واختفتْ أنفاسها، وتوقف نبضها الخافت، حسبتُ أنها غادرت، لكن صوتها استمر، يتردد الآن في عقلي مباشرة:

114

- لا أدري إن كان عليّ أن أكون غاضبة أم شاكرة، فبينما أعتقد أن القدر يستهزئ بي، إذ يريني أضعف مخلوقات هذا الكون تشهد سقوط أعظمه، أعتقد أن اجتماعنا هذا قد يكون السبب في إنقاذ السماء، والنتيجة، أنتِ من سيحددها.

شعرتُ بعبء المهمة يوضع على كتفي، لكنه لم يُخفني، بل منحني سببًا لأكمل طريقي.

- هل يمكنكِ إيقاف إيلي وإنهاء هذا الفساد؟ نعم، ستكون مغامرة مستحيلة لطفلة مثلكِ، لكنني أؤمن بقدراتكم أيها البشر. أعتمد عليكِ، يا هايدي، ساحرة الحديقة.

عندها بكيتُ، ولم أبكِ خوفًا، بل تأثرًا، دمعة واحدة ترددتْ على حافة وجهي ثم سقطتْ على الرماد في يدي، شخص لا أعرفه، ضحى بآخر ثوانٍ في حياته من أجلي، ليعطيني مهمتي، ليرشدني في رحلتي، كان على وجهها علامات ألم طويل، لكنها اختارتْ أن تمنحني وصيتها. إيلي؟ لا أعرف من هي، لكن إن كان إيقافها سيحقق أمنية هذه السيدة الحزينة، فعليّ القيام بذلك حتمًا، لقد أصبحتُ الآن البطلة الحقيقية لهذه الحكاية.

(7)

عدتُ أدراجي، مبتعدة عن الغربان الناطقة، ومتجهة نحو الجبل الذي أشاروا إليه، كان الطريق مزينًا بما ظننته صفحات من كتب تاريخ قديمة، كل صخرة وكل شجرة تحكي لي قصتها صامتة، ويا لها من تفاصيل، حتى وصلتُ أخيرًا إلى بوابة عظيمة تحتل السماء، مرفوعة عليها راية لم أرها من قبل، ساعة رملية مكسورة. دخلتُ مع بعض الناس الذين كانوا يخرجون، فرأيتُ مدينة لم أرها في أحلامي حتى، أسواق شبه فارغة، ومنازل مبنية في حضن الجبل نفسه، لكن قبل أن أتمكن من استكشافها، شدتْ طفلة صغيرة يدي وجرتني معها إلى الساحة الرئيسية، حيث كان الجميع يتجمعون وينظرون نحو المدخل، وفجأة، علتْ الهتافات.

115

رأيتُ قائدًا عظيمًا يدخل ممتطيًا حصانًا أسود، وخلفه فرسان يرتدون دروعًا ثقيلة تحمل نفس راية الساعة الرملية، فهمستُ للطفلة بجانبي:

-   من هم هؤلاء؟

فأجابتْ بعينين تلمعان بالفخر:

-   إنه القائد جلبرت وفرسانه! كان يقاتل في الخارج ليحمي مدينتنا من الظلام.
-   هل هو يقاتل ضد إيلي أم معها؟

نظرتُ إلى الطفلة باستغراب وكأنني أتحدث بلغة أخرى، وقالتْ:

-   إيلي؟ من هذه؟

قبل أن أتمكن من الإجابة، أظلمتْ السماء فجأة، ورأيتُ سهامًا سوداء تتساقط من الأعلى كالمطر، تحولتْ حينها هتافات الترحيب إلى صرخات هلع، وجنح القائد بنظره للخلف، لكنه عجز عن تحديد مصدر الهجوم، وقبل أن تصلنا تلك السهام، وقبل أن يبدأ كابوس جديد، حدثتْ معجزة، ظهرتْ ساحرة على أحد الأبراج القريبة، وبحركة رشيقة من يديها، توقفتْ السهام في الهواء، ثم تلاشتْ، وتحولتْ إلى بتلات زهور أرجوانية سقطتْ بهدوء على رؤوس الحاضرين، ثم هبطتْ الساحرة إلى الأرض بخفة، وابتسمتْ للفارس الذي نزل عن حصانه ليلتقي بها، فعم التصفيق الحار المكان، يا لها من مدينة حية وغريبة. مشيتُ بين الحشود، بجسدي الصغير، حتى وصلتُ إلى المقدمة حيث يقف الفارس والساحرة.

-   لقد كان هجومًا مخططًا من إيلي، هل حدث شيء في رحلتك؟
-   لم نفعل شيئًا، لقد أوقفتنا الأوهام عند المقبرة كالعادة.
-   إذن سأبدأ تحقيقًا، فلترتح أنت الآن.

تحرك جلبرت وفرسانه، بينما بقيتُ الساحرة واقفة مكانها، كانت تبتسم وهي تودعه بنظراتها، بالتأكيد هي تحب ذلك الفارس، لكن ليس هذا ما أتيتُ من أجله، رفعتُ سيفي نحوها، وقلتُ بنبرة حادة تعلمتها من قصص الأبطال:

- أيتها الساحرة، هل أنتِ إيلي؟!

التفتتُ، وبحثتُ عن مصدر الصوت، ثم رأتني، وحينها اتسعت ابتسامتها، ثم ضحكتُ، بشدة في الواقع، وبرقة، ثم انحنتُ وربتتْ على رأسي بحنان أم، وقالتْ بصوت دافئ:

- لا يا صغيرتي، لستُ إيلي، وماذا تفعلين بهذا الغصن؟ هل كنتِ حقًا ستقاتلين إيلي به؟ يا لكِ من فتاة ممتعة، بل أنا فيارا، ملكة هذه المدينة، وأنتِ؟

أمسكتْ يدي، وبدأنا نسير مع الجموع للداخل.

- أنا هايدي! مغامرة جاءت لتنقذ العالم من إيلي، ومهمتي هي إنهاء الفساد!

توقفتْ فيارا ونظرتْ إلي بجدية، وكانتْ تحاول بشدة أن تمسك ضحكتها الساحرة.

- لكنكِ ستحتاجين للكثير من أجل ذلك، بدايةً، جسد أكبر من هذا. لا أدري من أين علمتِ بأمر إيلي، لكنها وحش خارق القوة، حتى أنا وجلبرت معًا لا نقوى على هزيمتها.

- أخبرتني عنها السيدة الساقطة عند الشجرة، الحاكمة العظيمة، ثم أمرتني أن أهزمها.

تغيرتْ ملامحها تمامًا بعد جملتي، وتحولتْ من الدهشة الساحرة إلى الصدمة.

- السيدة الساقطة والحاكمة العظيمة؟ أتقصدين حاكمة الوقت؟ وشجرة؟ كيف وصلتِ إلى تلك المنطقة؟ ألم يوقفكِ الأوهام؟

- لقد قالوا لي فقط أن أذهب إلى الجبل، لكني رفضتُ طريقهم، فوجدتها.

نظرتُ فيارا إلى السماء، ثم إليّ، وعيناها تلمعان بضوء غريب، بفكرة عجيبة.

- شعرتُ بشيء غريب هذا الصباح، لكن لم أتخيل أنه قدومكِ! لم يظهر أي بشر جدد منذ عصر مدينة الحكمة، والآن، تظهر هايدي، صدقيني، القدر لم يكتب ظهوركِ عبثًا، ولقد شعرتُ إيلي بقدومكِ أيضًا، ولهذا قامتْ بالهجوم!

ثم تركتْ يدي فجأة، وبدأتْ تمشي بسرعة وهي تتمتم:

- عليّ إخبار جلبرت بهذا!

مشيتُ خلفها بصمت، أنا المنقذة؟ هل كنتُ صائبة عندما اعتقدتُ أنني البطلة؟ وماذا عن حياتي السابقة؟ بالتأكيد هذا الحلم جميل، لكني سأستيقظ منه قريبًا، وأنا لا أريد العودة، حتمًا أريد البقاء. في نهاية ذلك اليوم، أخذتني فيارا وجلبرت إلى قلب الجبل، وهناك رأيتها، شمعة عظيمة، مصنوعة من كريستال أزرق، ولهيبها أسود يمتص نور فوانيسنا، وقد وضعتها فيارا بين يدي الصغيرتين. نظرتُ إلى جلبرت، فرأيته يبتسم لي بثقة، ونظرتُ إلى فيارا، فرأيتها تنظر إليّ بكبرياء، وكأني أنا البطل العظيم، لقد أصبحتْ هذه القصة حقيقية، ولكن هل ستقدر فتاة الفجر حقًا على إيقاف قاطعة الرؤوس؟

(8)

(عالم الحكمة – الفصل الثالث من طفلة الفجر)

كنتُ جالسة هناك، في ورشة الحدادة المؤقتة، أستمع إلى صوت تصادم الأنابيب الفارغة، بينما كان الجميع يتجهزون، وصوت المطارق يصنع إيقاعًا منتظمًا، إذا أغلقتَ عينيك، يمكنك أن تتوهم أنه ليس صوت صناعة أسلحة، بل صوت موسيقى غريبة، إيقاع متتابع ناتج عن حسابات دقيقة، هندسة باختصار، لاحقًا، وجدتُ نفسي نائمة على الأرض في زاوية هادئة،

118

وقدماي مرفوعتان على الحائط الذي كانت تمشي عليه قطة سوداء أليفة بخفة، غير مكترثة بالعالم، وكنتُ أطالع تلك الشمعة المظلمة التي وُضعت في مكان آمن، كانتْ هي أيضًا تهتز بنفس الإيقاع المنتظم للمطارق، فأفكر: هل تستطيع شمعة كهذه حقًا تغيير مصير عالم بأكمله؟ وإن كانت خطيرة لهذه الدرجة، فلماذا لم تقم فيارا التي صنعت هذا المكان الجميل بإطفائها ببساطة؟ ظننتُ أن العلماء أصحاب فضول لا يشبع، لكن هؤلاء العلماء يبدون مختلفين، يبدو أن هذا العالم كله مبني على كذبة غريبة، هل هذا هو ما يفرق بين عالم الأحلام والعالم الحقيقي؟ أن الحقيقي له منطق واحد، أما الأحلام فمنطقها متغير؟

ثم انتقل تفكيري إلى السؤال الثاني، الأكثر عملية، هذا السيف الأسود الذي منحوني إياه، كيف يفترض بي أن أحمله من الأساس؟ إنه أثقل مني! هل نسيتْ تلك السيدة العجوز العاشقة، بحماسها ذاك، أنني ما زلتُ طفلة؟ أظنني سأتركه هنا، فسوف أذهب مع جيش من الفرسان، فما هو أسوأ شيء قد يصيبني؟ لا شيء، لأن كل ما يحصل هنا ليس أكثر من حلم، نعم، هذا هو الجواب، وسأستيقظ غدًا، وسأكون في غرفتي، ولن يكون قد أصابني شيء، وسأنسى كل شيء عن هذا العالم، وسأكون حزينة حينها بالتأكيد، فرغم الفترة القصيرة، إلا أنني أغرمتُ بكل شيء هنا، هذا العالم هو ما كنتُ أتخيله دائمًا في الحديقة، المقبرة، الجبل، المدينة، الفرسان والسحرة، التنانين والوحوش، وفتاة صغيرة تحمل شمعة هي أهم عنصر في القصة، وكالعادة، هي من تلعب دور المنقذ، فلماذا أعود إذن إلى عالم سلب مني حتى متعة اللعب؟ فقط لأنه محبوس في دائرة ما يطلق عليه الحقيقة؟ سأكذب حينها على نفسي مرة أخرى، وسأجبر فؤادي على قبول هذا الحلم على أنه الواقع، ولكن، هل هذه نظرة طفولية أخرى من هايدي التي لا تستطيع حتى معرفة ثمن أخطائها؟ تلك التي لا تعرف حتى أنَّ ما قامتْ به في الحديقة كان خاطئًا؟

(9)

كان الموكب يتحرك ببطء، قافلة طويلة من الأشباح تسير نحو مصير مجهول، وكنتُ جالسة في إحدى العربات، أتأمل القمر الأحمر الذي أصبح شمسنا الوحيدة، وأفكر في كل ما حدث، حتى فجأة، جلستْ فيارا بجانبي، قاطعة صمتي، ولم تتكلم مباشرة، فقط أشارتْ بيدها نحو السماء، ثم همستْ:

- انظري، إنهما نجمان.

رأيتهما، نجمتين متباعدتين تلمعان ببرود في بحر الظلام، ولكنني لم أفهم ما قصدته بإشارتها، حتى قالتْ بابتسامة خفيفة:

- لقد أعجباني، فما رأيك بهما؟

هل كانتْ تسخر مني أم تحاول فقط أن تبدأ حديثًا؟ وقفتُ لأبتعد قليلًا، لكن العربة اهترتْ فجأة، ففقدتُ توازني وسقطتُ على الأرضية الخشبية بجانبها، لقد توقف الموكب للحظة، وعندما فتحتُ عيني، كان وجهها قريبًا من وجهي، تبتسم بغرابة، لم أشعر بالخجل، بل استلقيتُ بجانبها ونظرتُ إلى السماء، فرأينا نفس النجمتين معًا، وفي تلك اللحظة، شعرتُ بأنني أستطيع أن أسألها.

- عذرًا، كنتُ أريد أن أسألكِ عن أمر يشغل عقلي، كيف تبدو إيلي؟

اختفتْ ابتسامتها، وظهرتْ في عينيها ذكرى قديمة ومؤلمة.

- كانتْ ملاكًا جميلة، وقوية، وعالمة لا مثيل لها، وكانتْ حارسة هذا المكان قبل أن نحوله نحن إلى جحيم، ولا أظن أن شيئًا أفسد قلبها غير فساد قلوبنا نحن.

تنهدتُ، ونظرتُ إلى الظلام من حولنا، ثم أُكملتُ:

- هل ترين كل هذا الدمار؟ إن رجعتِ بالماضي، سترين أن لنا يدًا في كل جزء
منه، وربما كانتْ يدي هي الأكبر في هذه الوصفة.

لقد كان كلامها غريبًا ومفاجئًا، لدرجة خرج السؤال التالي عن لساني من تلقاء نفسه:

- أيعني هذا أن سبب فساد العالم يعود لوجود البشر لا لوجود إيلي إيلي؟

أدارتْ نفسها حينها لتنام على جنبها، ونظرتْ إليّ بتلك النظرة الدافئة المشابهة لحنان الأم.

- لا تُربط الأمور هكذا يا هايدي. لو لم نكن هنا، لما كانت هناك حياة من الأساس،
نحن من عمرنا هذه الأرض، لكن هناك أمور نندم عليها، وأخرى كانت ستحدث
رغمًا عنا، ما رغبنا به يومًا كان مجرد شمس تسطع في سماء زرقاء، لكن القدر هو
من يقرر كيف تُكتب القصة في النهاية.

صمتتُ لدقائق، وقد فتحتُ في داخلها جرحًا قديمًا، لقد بدثْ في تلك اللحظة كشخص
تلقى اللوم على كل ما حدث في العالم، لكنها أعادتْ ابتسامتها الدافئة على مضض، وسألتني:

- ماذا عنكِ؟ كيف كان عالمكِ السابق؟
- عالمي؟ إنه عالم كئيب، من يخطئ فيه يُسجن إلى الأبد، نذهب في الصباح إلى
سجن اسمه المدرسة، ونعود في المساء إلى سجن اسمه المنزل، وفي يوم واحد فقط
نأخذ إجازة من تلك الحياة، وهذا اليوم أيضًا أُخذ مني.

نظرتْ إليّ فيارا طويلًا، ثم قالتْ بنبرة جادة لم أسمعها من قبل:

- يبدو عالمًا أسودًا بالفعل، ورغم ذلك، بشرتكِ لا تزال بيضاء. إن روحكِ لم تمت، وأنتِ تستطيعين التفريق بين الصواب والخطأ، أليس كذلك؟ لذلك، سأستشيركِ في أمر حربنا، أمامنا خياران، والقرار سيكون بيدك.

جلستُ حينها باهتمام عندما علمتُ أن الأمر يتعلق بالحرب القادمة.

- إما أن تدخلي مع جلبرت وفرسانه إلى المقبرة الغربية وتواجهوا الأوهام مباشرة، أو أن تخاطري بنفسكِ، وتذهبي وحيدة إلى هناك، وتحاولي إقناعهم بالانضمام إلى صفنا ضد عدو أعظم.

فكرتُ للحظة، ألستُ صغيرة على قرار كهذا؟ ثم تذكرتُ الغربان الناطقة وكانوا الإجابة.

- لقد كانوا لطفاء معي، أولئك الأوهام، لذا سأجرب أن أقنعهم!

ابتسمتْ فيارا حينها ابتسامة حقيقية هذه المرة، وجلستْ تربتُ على رأسي بنوع من الفخر.

- حسنًا إذن! سأخبر جلبرت بذلك. لا تنسي أن تأخذي الشمعة برفقتكِ.

لقد كان الموكب متوقف عند مفترق طرق، المحطة الأولى: ما قبل المقبرة، والهدف: جيش الأوهام، والمحارب: هايدي، ربما كان هذا الوصف ليبدو أمتع لو كان في رواية غموض بوليسية إلكترونية رخيصة.

أنزل من عربة جلبرت، وأشعر بأعين الجميع تتبعني، لم تكن نظرات شفقة، بل نظرات أمل ورجاء، وهو عبء أثقل بكثير، ثم أرى نفس حقل الأشواك المحترقة الذي استيقظتُ فيه، لكنه لم يعد يبدو كمكان غريب، بل كأول مرحلة في مغامرتي، يقترب مني جلبرت، ووجهه يحمل قلقًا أبويًا، وقال وهو ينظر إلى خصري الفارغ:

- لا أرى سيفك؟ إذا كنتِ ستذهبين وحيدة، فعلى الأقل...

قاطعته ببراءة بكذبتي الواضحة.

- لقد أضعته. لا أتذكر أين وضعته.

تنهد، ثم أخرج سكينًا قصيرًا من غمده، نصله نظيف وحاد وكأنه لم يستخدم من قبل.

- لا بأس، هذه ستكون كافية لحمايتك، على ما أعتقد. نحن نعتمد عليكِ يا هايدي.

تقدمتْ فيارا تاليًا، ووضعتْ يدها على كتفي، فشعرتُ بدفء غريب يسري بداخلي.

- ولا تنسِ أن سحري سيكون برفقتكِ دومًا، أيتها الصغيرة.

أخذتُ السكين الذي بدا كسيف صغير في يدي، وشددتُ حقيبتي على ظهري، ثم ودعتها وبدأتُ رحلتي، كانتْ هذه اللحظة تشبه تمامًا مغادرتي للمنزل في أول يوم دراسي، مزيج من الخوف والحماس، وشعور بأنني كبرت فجأة، لكن مع كل خطوة كنتُ أخطوها وحيدة في هذا العالم الصامت، بدأ سؤال هام يتشكل في عقلي، كيف يفترض بي أن أقنع جيشًا من الأشباح بالانضمام إلينا؟ لم يخطر هذا السؤال على بالي عندما كنتُ مع فيارا، هل حان الأوان لكي أرتجل قليلًا؟ اقتربتُ من تلك الشجرة الملتوية التي استيقظتُ تحتها، وكلما

اقتربتُ، زاد نبض قلبي حدة، هل هذا ما يطلقون عليه التوتر؟ ثم رفعتُ رأسي، فرأيتهما، نفس الغرابان يجلسان على نفس الغصن، يراقباني بذعر.

- أنتما في الأعلى! كيف حالكما؟ أتتذكراني؟ أنا هايدي، تلك الفتاة...
- ماذا تفعلين هنا؟ راك! لماذا عدتِ؟ وما كل هذه الأضواء خلفكِ؟! هل هو جيش؟ راك! مصيبة! ماذا علينا أن نفعل؟
- علينا إبلاغ الأوهام، والك! وأنتِ، عودي إلى الجبل قبل أن يصيبكِ مكروه!

أدركتُ حينها أنهما لا يريان جيشًا حقيقيًا، بل يريان نور الشمعة الخافت يتسرب من حقيبتي، ويظنانه وهج جيش كامل، لذا ابتسمتُ، فقد وجدتُ نقطة ضعفهم.

- في الحقيقة، لقد جئتُ بسلام، أنا أريد القضاء عليكم. لقد حصلتُ على هذه من فيارا، وقالتْ إنكم تبحثون عنها.

فتحتُ حقيبتي ببطء، وأخرجتُ الشمعة، وفي هذا الظلام، كان ضوؤها الأزرق المسود يتوهج بقوة أكبر، رأيتُ حينها أعين الغربان تتسع، وتحولت نبرتهما من الذعر إلى لهفة جشعة.

- الشمعة! إنها تتوهج، والك! حسنًا! ماذا تريد الفتاة الصغيرة من الأوهام؟ دعينا نعقد صفقة مقابل الحصول عليها.
- كل ما تبتغيه الأوهام هو ضوء الشمعة! راك! ففيمَ يرغب البشر مقابل هذا النور؟

أجبتهم فورًا بثقة حظيتُ بها من تلك الصرخات الصادقة:

- نرغب بتحرير هذا العالم من فساد إيلي، ونريد منكم القتال إلى جانبنا.
- سنفعل أي شيء مقابل الحصول على الشمعة! راك! الشمعة هي الأساس!
- أيتها الفتاة، جيش الأوهام تحت إمرتكِ اليوم! والك! تقدموا! حاربوها!

سأكون صريحة، لم أتخيل أن إقناعهم سيكون بهذه السهولة، إذا كانت فيارا تعلم برغبتهم في الشمعة لهذه الدرجة، فلماذا لم تستخدمها بنفسها؟ عليّ أن أسألها ذلك عندما أعود، ولكن قبل ذلك، كيف يفترض بي أن أحرك جيشًا كاملًا من الأشباح والظلال؟ لقد عرفتُ الآن ما هو الجزء الصعب في هذه المهمة، أخذتُ نفسًا عميقًا، ورفعتُ رأسي نحوهم بدلًا من النظر إلى التراب، وقلتُ بتردد:

-   هل نتحرك؟

سمعتُ حينها صوت الغراب مباشرة يصرخ بحماس:

-   هل سمعتم هذا! واك! الملكة تأمركم بالحراك!

حتى هذا كان أسهل مما توقعت، بدأ جيش من الظلال يتشكل من حولي، يسيرون خلفي بصمت بينما أتجه بهم نحو موقع جلبرت وفيارا، وقبل أن أصل، وبإشارة بسيطة من يدي، جعلتهم يتوقفون، ولقد أطاعوني على الفور. إنها سلطة رائعة، أشعر الآن أنني ملكة حقيقية، عليّ أن أغير لقبي من ساحرة الحديقة إلى ملكة الحديقة عندما ينتهي هذا الحلم.

(11)

عدتُ إلى الموكب، وجيشي من الظلال يتبعني بصمت، اقتربت من العربة التي تقودها فيارا وجلبرت، ورأيتُ نظراتهم، جلبرت كان ينظر إلي بفخر أبوي صريح، أما فيارا فكانت تنظر إلي بابتسامتها المعتادة التي لا يمكنك أبدًا أن تقرأ ما خلفها، شعرتُ بسعادة بالغة، سعادة نقية وساطعة، تفوق فرحتي بالنجاح في أصعب اختبارات الفصل الدراسي. ناديتُ وأنا أركض نحوهم:

-   فيارا! جلبرت! لقد نجح الأمر! الأوهام معنا الآن، ينتظرون أوامرنا على الطريق.

125

ضحك جلبرت ضحكة صافية، وقال:

- لقد رأيناهم بالفعل! أحسنتِ صنعًا، أيتها الفتاة الصغيرة.

أما فيارا، فقالتْ وهي تربت على رأسي بهدوء:

- بل هذا أقل ما توقعته منكِ، يا هايدي.

لكن كان هناك سؤال يحترق في عقلي، سؤال ولد من السهولة المريبة التي تمتْ بها المهمة.

- ولكن يا فيارا، لماذا لم تذهبي أنتِ؟ إذا كنتِ تعلمين أنهم يريدون الشمعة لهذه الدرجة، فلماذا لم تجربي هذه الطريقة من قبل؟

ارتفعتْ ابتسامتها الماكرة قليلًا عند زاوية شفتيها، وقالتْ بنوع من السخرية:

- هذا سر، سأخبركِ بالسبب عندما تنتهي هذه الحرب، هذا وعد.

أشتم رائحة المكر في كلماتها، كانتْ هناك خطة أكبر لا أفهمها، لكن النتيجة كانتْ لصالحنا، وهذا كل ما كان يهم في تلك اللحظة، شعرتُ بثقل هائل يختفي فجأة عن ظهري، وحل محله شعور مريح بالرضا، متجاهلة تمامًا أن المعركة الحقيقية لم تبدأ بعد. أمر جلبرت الموكب بالتحرك، ومشيتُ في المقدمة لفترة، وجيشي من الأوهام يسير إلى جانبي، كان شعورًا غريبًا، أن أسير بصمت تام بجانب كائنات لا تتنفس، لكنني سرعان ما مللتُ من هذا الصمت، فعدتُ أدراجي إلى العربة، لأجلس وأتكلم مع فيارا لبضع دقائق أخرى. عندما رأتني فيارا وأنا أترنح من التعب وأنا أصعد، أشارتْ إلى كومة من القش في زاوية العربة.

- لقد انتهى دورك لهذا اليوم، أيتها البطلة. اذهبي ونامي قليلًا.

يا لها من ساحرة كريمة تحقق لي كل أمنياتي، وهذا ما فعلته، استلقيتُ على خشب العربة، تحت ناظري فيارا وجلبرت وهما يتحدثان بهمس، وفوق تلك النجمتان اللتان أصبحتا صديقتيّ في هذه السماء الغريبة. نمتُ بطمأنينة، وأنا لا أدرك الحقيقة المرة، لا أدرك أني كنتُ الطفلة الوحيدة التي استطاعتُ النوم في تلك الليلة، بينما ظل كل الكبار من حولي مستيقظين، عيونهم متجهة نحو الظلام، وقلوبهم يعمها الخوف مما سيأتي مع فجر اليوم التالي.

(12)

(عالم الحكمة – الفصل الرابع من طفلة الفجر)

في نومي العميق داخل تلك العربة المتأرجحة، لم أرَ كوابيس الحرب أو وجوه الموتى، بل على العكس، استيقظتُ في حلم آخر، ووجدتُ نفسي واقفة حافية القدمين في حقل فارغ ومحروث، تربته سوداء وخصبة، جاهزة لمرحلة نثر البذور، كانت السماء فوقي زرقاء صافية، زرقة لم أرها إلا في كتب الأطفال القديمة، والشمس دافئة كأنها يد أم حنونة. بدأتُ أمشي، ومع كل خطوة، كانتْ الفراشات تتجمع حولي، جيش صغير صامت من كل الألوان التي يمكن تخيلها، ترفرف أجنحتها برقة وتلامس بشرتي، لم تكن تتكلم بالكلمات، لكنني فهمت قصتها، شعرتُ بها في الهواء، في طريقة رقصها حولي، فهمتُ أن هذا الحقل كان يومًا ما مليئًا بالزهور، قبل أن تأتي الغربان وتحرقه، وفهمتُ أيضًا أنه سيعود يومًا ما مليئًا بالزهور من جديد، فحتى لو اجتمعتْ كل غربان العالم على حرقه مجددًا، ستقف هذه الفراشات الصغيرة العنيدة لتعيد إليه الحياة، بذرة بعد بذرة، وبتلة بعد بتلة.

ابتسمتُ حينها، فقد كانوا مثلنا، نحن أيضًا سنقف في وجه الفساد، وسنجعل الشمس الحقيقية تسطع من جديد، وسننتفض في كل مرة يحاول فيها الظلام أن ينشر جذوره في أرضنا، بكل قوتنا، بكل عزيمتنا، أنا، وجلبرت، وفيارا، نحن الثلاثةُ، سنقود هذا الضوء ليلتهم الظلام، وسنصبح الأبطال الذين يعلون الحق في هذا العالم إلى الأبد. في تلك

127

اللحظة، وفي قلب ذلك الحلم الجميل، توقفتُ عن المشي، ورفعتُ رأسي نحو السماء الزرقاء، وتمنيتُ أمنية همستها للفراغ: إن كان لي بأمنية أخيرة، فأريد البقاء في هذا العالم إلى الأبد، وإن كان هذا العالم حقًا يحقق الأمنيات، فأريد فرصة نيل تجربة جديدة في هذه الحياة، وإن كان هذا العالم حقًا قُدِّم لنا نحن البشر، فأريد المطالبة بحقي أيضًا أن أكون جزءًا منه، ثم نظرتُ إلى الشمس الدافئة، وخاطبتُ تلك الحاكمة الغائبة التي لم أرها قط، والتي وضعتنا جميعًا في هذه القصة:

- هل حقًا من الصعب عليكِ تحقيق مثل هذه الرغبات البسيطة؟

(13)

أفتح عينيّ مشوشة، أنا لم أعد في حقل الفراشات، بل عدتُ إلى خشونة خشب العربة، ومع أول أنفاسي، ألاحظ وجه فيارا يطل عليّ، وشعرها يتدلى كخيوط القمر، أرفع يدي لأتأكد من حقيقة نظرتها الهادئة التي لا تحمل ابتسامة، فتومئ لي، وتتحول نظراتها إلى الأعلى. أشارتُ إلى السماء، فرأيتُ مشهدًا لم أره إلا في الاحتفالات، شهب تتطاير من فوقنا، ترسم خطوطًا بديعة الألوان في السماء الداكنة، وكانتْ جميلة، حتى بدأتُ أستوعب الأصوات التي ترافقها، صوت هدير بعيد يشبه الرعد، وصوت صفير حاد، وانفجارات مكتومة تهز الأرض تحتنا، لم تكن تلك نيازك، لقد كانتْ صخور منجنيق ملتهبة وسهام فرسان مشتعلة تحلق فوق المدينة، حربًا حقيقية، تحول سماءها إلى لوحة من الألعاب النارية القاتلة، وكم أحببتُ النظر إليها، ورغم ما تحتويه من عذاب، إلا أنها كانتْ تحمل ذلك الجمال المرعب الذي يسبق العاصفة، ومع ضوء اللهب المتراقص في الأسفل، أدركتُ أنه قد حان الوقت لتدخل هايدي في المشهد.

في تلك اللحظة، توقفتْ عربتنا، وخرجتُ أنا وفيارا، لنرى جلبرت وهو يعود من قلب المعركة، درعه مغطى بالجروح والدماء والرماد، تبادل بضع كلمات جادة وسريعة مع فيارا، ثم نظر إليّ، ومد يده، وعندما أمسكتها، رفعني بخفة ووضعني على صهوة حصانه الأسود خلفه، تمسكتُ بدرعه البارد من الخلف كي لا أسقط، وقبل أن أستقر، شعرتُ بحركة سريعة، هبطتْ فيارا من السماء لتقف على الحصان خلفي، ووضعتْ يديها على كتفي لتثبتني، ثم قال جلبرت بصوت حازم:

- كل شيء جاهز إذن. حسنًا! تمسكا جيدًا، سنعبر المدينة سريعًا.

انطلق الحصان كالبرق، وشعرتُ بحرارة النيران على وجهي، وسمعتُ صرخات بعيدة، كان العالم ينهار من حولنا، لكنني شعرتُ بأمان غريب، محصنة بين هذين البطلين. وقبل أن نتوقف، صرخ جلبرت ليعلو صوته على ضجيج المعركة:

- الملك بيولف ينتظرنا عند مدخل المكتبة! هل أنتما جاهزتان لمقابلة العدو الأخير في هذه القصة؟

لم أجب بصوتي، بل أجبتُه في سري، في قلبي، في كل ذرة من كياني الذي استيقظ للتو من حلم عن الأمل والمستقبل. أكثر من أي وقت مضى!

(14)

تحرك الحصان الأسود وسط ركام المباني، قافزًا فوق جثث الوحوش وفرسان الوقت على حد سواء، كانوا مجرد تماثيل مكسورة في طريقنا تزين لنا الطريق، وربما كان لكل واحد منهم قصة، لكن قصصهم انتهتْ، وكل التركيز الآن كان علينا نحن الثلاثة، الذين تركوا الحصان عند سفح التلة، ورحبوا بذلك الصمت المهيب للمكتبة السماوية. صعدنا الدرج

معًا، أنا وجلبرت وفيارا وبيولف، تحت النجوم الحمراء، لنكتب بخطواتنا الكلمات الأخيرة في ختام هذا العصر الأخير، وعندما وصلنا إلى المدخل المحطم، فتح جلبرت ما تبقى من الباب، فرأيتها للمرة الأولى، إيلي، ويا لها من بهية الجمال وهي جالسة هناك على عرشها الشبحي، كانتْ تطالع الأرض، ثم رفعتْ رأسها ببطء نحونا، وحينها رأيتُ عينيها، عينين أرهقها البكاء، عينين تصرخان بكل العذاب الذي عاشته، ورغم ذلك، كانتا صفراوين بلون الذهب الطاهر، ثم رفعتْ يدها المرتجفة في الهواء، وفي تلك اللحظة، تحرك شيء ما، لكن فيارا حجبت المشهد أمامي بجسدها، وشعرتُ بحرارة سيفها الملتهب، لقد شنّتْ إيلي هجومها، ولم أرَ ما حدث، لكنني سمعتُ صوت انفجار، وشعرتُ بموجة هواء قذفتْ بفيارا بعيدًا، ورأيتُ سيفها يتحطم إلى شظايا جانبي، ثم نهضتْ إيلي عن كرسيها، وبلا مساعدة من جناحيها، صنعتْ بحركة من يدها إعصارًا من الأوراق والأخشاب المحطمة، ثم أغلقتْ قبضتها، فانفجر الإعصار، ليسقط الملك بيولف الذي كان يقاتل في مكان ما أرضًا، وسقط جلبرت بالقرب مني، تخترقهما سهام من رياح خفية، سهام تهاجم الروح مباشرة، ورغم كل هذا، لم تصبني أنا، بقيتُ واقفة دون وعي، وهي بدورها لم تهاجمني، كأنني كنتُ جمادًا، جزءًا من ديكور الخراب، أو ربما فعلتْ دون أن أدرك ذلك، وانتهى هذا عندما نزلتْ هي على الأرض، وتقدمتْ نحوي، أمسكتُ بمقبض سيف فيارا المشتعل من على الأرض، وبدأتْ تختبر حدته بأصابعها الملائكية، حتى أنني في آخر لحظة سمعتُ صوت جلبرت يصرخ بألم من خلفي:

-   هايدي! اهربي! هل تسمعينني؟!

ما الذي عليّ فعله الآن؟ كادتْ روحي أن تغادر جسدي من الخوف، لكن مع كل خطوة تقترب مني، كنتُ أرى تفاصيل وجهها بشكل أفضل، وكنتُ أشعر، لا أدري كيف، بمشاعرها المرهفة، بعفة قلبها، فاطمأنتْ أطرافي واشتعل فضولي أكثر من خوفي، حتى

وصلتُ إليَّ، وجلستْ على ركبتيها أمامي، وكانتْ تريد الحديث، لكن نصل خنجرت الذي ألقاه بآخر ما تبقى من قوته، طار نحوها، ولم تتحرك، أمسكتْ به بكتاب التقطته عن الأرض بسرعة، ووضعتْ السيف والكتاب أرضًا بكل رقة، ثم نظرتْ إليَّ مجددًا، ووضعتْ يديها الباردتين على وجنتي، لم تبتسم، فملامحها كانت تشبه ملامح حاكمة الوقت تلك، كلاهما تشعر بأنه يصرخ من الألم، فلا يستطيع الابتسام، ثم ذرفتْ الدموع فجأة، وتكلمتْ، لكنها لم تكن تكلمني أنا.

- الآن ترسلين وداعكِ؟! أيتها الحاكمة العظيمة، أيتها الصديقة، شفقتكِ على هذا الكائن الملعون لن تفيده بشيء، لقد انتهتْ مسيرة إيلي، ورسالتكِ أيضًا، تحولتْ إلى كلمات عديمة القيمة، فقد انتهى كل شيء بالنسبة لي، وبالنسبة لهذا الكون.

ثم سمعتُ صوتًا آخر، ليس من فمها، بل من داخلي أنا، وكأنه صوت الوقت يجيبها:

- ولكنكِ ما زلتِ هنا، فلماذا تستسلمين؟

أجابتني إيلي بهدوء رأفتها، بدموعها التي تسيل على وجهها:

- هايدي، لا بأس، فرأفتكِ أيضًا بهذا الكائن لن تفيده، لا أحد يعلم المنزلة التي وصلتُ إليها، ملعونة وضعيفة ومنسية. لو علمتُ أن هذا سيحدث، لكنتُ على الأقل وقفتُ بجانبها في القتال الأخير، لكنني تركتها، خفتُ أن أُلعن بسببها، وها أنا، لُعنتُ وخسرتها، ويا له من مصير لا يُحتمل.

في تلك اللحظة، ولدتْ كذبة بريئة في فمي، كذبة رأيتُ أنها الوحيدة القادرة على إيقاف هذا الألم المنطلق منها، وهذه المعركة إلى الأبد، وبها همستُ وأنا أنظر في عينيها:

- لكنها لم تختفِ بعد، هي ما زالتْ هناك، تحت الشجرة.

تجمدتْ عينا الملاك مندهشة، ثم لمعتا بضوء لم أره من قبل، وكأن الحياة قد عادتْ إليها،
ثم حضنتني بقوة، عانقتني وكأنها تعتصر آخر بقايا الألم من روحها، وفي قلب ذلك العناق،
أخرجتُ السكين الصغير الذي أعطاني إياه جلبرث، ووضعته في ظهرها. نظرتُ إلي حينها،
إلى ذلك الخوف الذي غرقتُ فيه ودمها يسيل علي ببطء غريب، وربما تفهمتُ ما قمتُ به
وعلمتُ أن ما قلته أخيرًا لم يكن سوى كذبة. حاولتْ حينها أن تلمس وجهي مرة أخرى،
ربما لتتذكر كلمات تلك الحاكمة، لكنها لم تقوى على ذلك، فابتسمتْ، ابتسامة حقيقية أخيرة،
وخلعتْ من عنقها قلادة حمراء مسودة، بداخلها ساعة رملية صغيرة، ووضعتها في يدي،
وكانتْ تلك هديتها الأخيرة لهذه الطفلة، قبل أن تبحث عن صديقتها التي تلاشتْ في مكان
آخر، بعيدًا عن هذا العالم.

(15)

(عالم الحكمة – بلسان الراوية أثينا – الفصل الخامس من طفلة الفجر)

وهكذا، انتهى عصر هايدي الأخير، وأُطفئتُ الشمعة أخيرًا، وعادتْ الشمس لتشرق من
جديد، وأصبحتُ مدينة الجبل عاصمة لعالم تعلم كيف ينهض من رماده، لقد كان انتصار
البشر الثاني على القوى التي كادتْ أن تفنيهم، ثم فرضوا وجودهم، وأعلنوا ملكيتهم على هذا
العالم الذي نزفوا من أجله، قصة جميلة، أليس كذلك؟ قد تظنون أنني كنتُ جزءًا من هذه
القصة البطولية، لكنني لم أكن، لم يكن لي أي علاقة بقصة مدينة الحكمة، ولا بفرسانها، ولا
بمغامراتها، لقد كانتْ حكايتهم هم، حكاية بشرية خالصة عن الصمود، وأنا كنت مجرد قارئة
للتاريخ، أدون ما أراه بصمت، أو ربما هذه كذبة أخرى أرويها لنفسي، فكيف لي ألا أكون
جزءًا من القصة، وأنا أرى خيوطها تمتد إلى الماضي وتتشابك مع أفعالي أنا؟ ربما، وربما
فقط، كان لي الدور الحاسم في كل ما حدث، فلو فكرتم في الأمر، كنتُ جزءًا من هذا
العصر الذهبي الجديد، لكنني لم أكن جزءًا من قصة انتصارهم على الإطلاق، لم أكن هناك

لأشهد بناءهم أو لأشارك في نقاشاتهم، لقد كانتْ تلك حكايتهم هم، والقدر، كما تعلمون، له طرق ملتوية في نسج خيوطه، فلكي تفهموا كيف ولماذا وصلتُ أنا، أثينا، باحثة العوالم، إلى عتبة هذا العالم البشري السماوي، ولكي تفهموا القصة التالية الأخيرة في ذلك العالم، قصة محاكمة الحكمة التي سيخوضها البشر ضد حاكمتهم بسبب تجربتها، يجب أولًا أن تفهموا قصتي أنا، وقصة الحاكمة، ولكي تفهموا قصتي أنا، علينا أن نعود إلى تلك الحقبة التي سبقتْ ظهور حاكمة العوالم السابعة، وأروي لكم قصة جانبية لم تكن تهم أحد آنذاك، فقط لأنها وقعتْ قبل الفوضى رغم أنها جزء أساسي منها، وهي قصة طويلة لذا... أعدوا الفشار؟

القصة السابعة: بوابتي الحب والكره

(1)

(العالم سالب سبعة – الفترة التي تسبق سقوط مملكة الحمراء – مشهد سقوط لوردمان الافتتاحي)

مرة أو مرتين، تتسارع فيها الأحداث أحيانًا بعنصر دخيل وتتغير لحظتها الاحتمالات، ثم تُخلق مسارات عديدة بأحداث غير مفهومة صُنعت لتجربة علمية أو ترفيهية، وعند تلك الحادثة تتغير الحياة، بل العوالم بمجملها أيضًا، ورغم أنه كُتب على جميع المخلوقات أن تتماشى أينما قيدوا، إلا أن البشر كتبوا بعنادهم بندًا إضافيًا خائبًا يكسر قيد السماء، مما جعل اسمهم واضحًا، غير شائع، في جميع قصص الفساد، سواء كانت مرتبطة بعالم الأصل أو بعوالم السماء، هناك رابط سيجد في النهاية، وهذه القصة ليست استثناء.

- إن كنت لا تحبها، فقط دعها تذهب! أرجوك، اتركها وشأنها!

السعي نحو العلو والتطور كان أحد أسباب الفساد وأشهرهم، جنون يعمي القلوب ويغشي الأبصار مهما كان الكائن، ولكن ربما السبب الأساسي لفساد البشر أنفسهم هو السعي نحو المزيد من القوة، المزيد من النوع الذي يغيرهم للأبد، وذلك يعود لمقارنة بينية بين البشر حول من يفرض سيطرته في النهاية. هذه المرة لم تكن الأمنية من حاكمة السماء السابعة، ووقعتْ قبل أن تظهر حتى، بل من عشوائية الكون نفسه، لقد وجدوها في أحد الكهوف فأسروها، بيضة تنين عظيمة، لتبدأ في تلك اللحظة نقطة تسارع الأحداث الجديدة، في عالم يفترض أن يتوج بطلًا في نهاية أحداثه.

تردد صراخها بين الجدران الحجرية الباردة لتلك الكنيسة القديمة، وكان الملك يقف أمامها، يده على مقبض سيفه، وملامح وجهه متصلبة كصخور الجبال، كان يعلم أنه لا يستطيع إخراج سيفه في هذه الحجرة الطاهرة، وذلك وحده ما منعه حتى الآن، ثم أعاد النظر إليها، وهي تحتضن تلك الطفلة الغريبة، الطفلة ذات العينين الخضراوين التي لم تبكِ قط، الطفلة التي تحتضن جزء من تلك القوة الغامضة، وحينها أكملتْ توسلها:

-   لا ذنب لها فيما حصل!

رد الملك بصوت أجش كأنه رمال متحركة في تلك التلة:

-   إنها تدمر مستقبل هذه العائلة! إن لم تمت هنا والآن، فلن تكون هناك فائدة من كل سنوات صبري، من حياتي كلها! الأعداء على أبوابنا، ونحن بحاجة إلى وحش يقود جيوشنا، لا إلى طفلة غريبة!

سقطتْ الملكة على ركبتيها مستسلمة، وقد نفدتْ دموعها وذكرياتها، رفعتْ يديها إلى السماء في دعاء أخير، وفي تلك اللحظة، وضع الملك الطفلة الصامتة على المذبح الحجري، ورفع سيفه، وكان على وشك أن يقابل دعوات زوجته المشؤومة بضربة واحدة، إلا أن صوت أجراس المدينة أوقفه، والذي تبعه اخترق رسول القاعة فجأة، يلهث، والرعب في عينيه، وقبل أن يسقط أرضًا، صرخ بالنبأ:

-   مولاي! أميرة سيراط! إنها هنا! تحاصرنا بجيش من عشرة آلاف فارس!

وقبل أن ينهي الملك استيعاب الخبر، كانتْ القصة قد وصلتْ إلى محطتها الأخيرة، انفتحتْ أبواب الكنيسة العظيمة، ودخلتْ صقيبة مبتسمة بنصرها، أميرة سيراط العزيزة، بدرعها الفضي، وبشعرها الأبيض الذي كان يلمع تحت ضوء الشمس، لكن ابتسامتها تلاشتْ عندما رأتْ المشهد، طفلة رضيعة على المذبح، وسيف ملك مرفوع فوقها، تصلبتْ ملامحها،

وتحولتْ عيناها إلى جليد، نظرتْ بها إلى حكام لوردمان المذهولين، وأصدرتْ أمرها بصوت هادئ وقاطع، اقتلوهم جميعًا.

(2)

(العالم سالب سبعة – بلسان الراوية أثينا – الفصل الأول من بوابة الحب)

عبرتْ عصيدة إلى فمرسا كاتبة الختام لرحلة طويلة أخرى، وعادتْ بنفس الأشياء التي غادرتْ بها سابقًا، مفتاح صدئ لبيت لم يعد قائمًا على الأرض في يد، وبالأخرى ابتسامة باهتة وبضع قروش لا تكاد تُسمع لها رنة، وفي قلبها حلم عنيد لن يتغير مهما تغيرتْ الظروف، عبرتْ من البوابة الضخمة للمدينة، غاصتْ في زحامها الصاخب ورائحتها التي تمزج بين عطر التوابل ووحول الأزقة، وكانتْ تسير بصمت، كشبح يتحرك بين الأحياء، حتى وصلتْ إلى بوابة حجرية أخرى، تلك التي كانت تُميز حارة الفرسان عن بقية المدينة، توقفتْ هناك للحظة لتفكر في وجهتها التالية، لكن معدتها الخاوية هي من أعطى القرار الحاسم.

دخلتْ أشهر حانة في الحارة، وفي اللحظة التي عبرتْ فيها عتبة الباب، ماتتْ الأحاديث فجأة، صمتتْ ضحكات المرتزقة، وتوقف نرد المقامرين في الهواء، ونظر الجميع إلى تلك الفتاة الجميلة ذات الطابع المخيف الذي يسبقها كنذير شؤم، دون أن يجرؤ أحد على النظر في عينيها مباشرة. جلستْ على طاولة خالية في الزاوية، ورفعتْ يدها عاليًا في السماء بإشارة واحدة حاسمة، وبعد شجار قصير ومكتوم بين العاملين في الداخل، تقدمتْ منهم خادمة شابة، بدتْ وكأنها سحبتْ القرعة الخاسرة، وكانت الوحيدة التي امتلكتْ الشجاعة الكافية لمقابلتها، انحنتْ نحو أذن عصيدة ثم همستْ بصوت يرتجف:

- لن تحرقي المكان هذه المرة، أليس كذلك؟!

أجابتها عصيدة بصوت هادئ، دون أن ترفع عينيها عن الطاولة:

136

- أربعة أكواب من فضلك، ووجبة اليوم الخاصة.

هربتْ الخادمة فور حصولها على الطلب، وأخرجتْ عصيدة سيفها الطويل من غمده، وبدأت تلمع نصله بقطعة قماش، كل حركة من يديها كانتْ هادئة ومدروسة كطقس من طقوس التأمل، حتى عادتْ الخادمة بعد دقائق، ووضعتْ الهدايا على الطاولة بحذر شديد، أربعة أكواب ممتلئة تفوح منها رائحة نبيذ قوية، وصحن كبير من اللحم المشوي، ثم تراجعتْ خطوة وقالتْ بسرعة:

- أرجوكِ، غادري فور إنهاء طعامكِ.

وقبل أن تنحني لتعود إلى الداخل، تجمدتْ في مكانها، صوت تنفس خفيف من تحت طرف الطاولة، وشمشمة، ظهرتْ أذنا قطة حمراء، ثم ارتفع رأس صغير ببطء، وظهرتْ عينان بريئتان بلون القرمز، سرقتْ تلك العينان انتباه عصيدة والخادمة للحظة، وفي تلك اللحظة الخاطفة، امتدتْ ذراع صغيرة ونحيلة، سحبتْ كوب نبيذ وصحن الطعام بسرعة، واختفتْ تحت الطاولة، وقبل أن تدرك عصيدة ما حدث، كانتْ الفتاة القطة قد خرجتْ بالفعل من الحانة.

تصلّبتْ ملامح عصيدة، لقد تم استفزازها، رمتْ سيفها في الهواء بحركة استعراضية، فالتقطته من مقبضه، وفي لحظة التقاطه، تشكل حول قبضتها وهج ناري على هيئة رأس تنين صامت، وانطلقتْ راكضة خلفها بأقصى سرعة. بدأتْ مطاردة سريعة في أزقة الحارة المظلمة، لكن الفتاة القطة كانت سريعة بشكل خارق، تمشي على أطرافها الأربعة برشاقة مستحيلة، دون أن تكترث للطعام الذي تحمله في فمها، أما عصيدة، بدرعها الثقيل وسيفها المشتعل الذي يترك أثرًا من اللهب خلفها، لم تستطع مجاراتها إلا لبضعة أمتار، حتى ابتلع الظلام تلك اللصة الصغيرة، تاركًا عصيدة واقفة وحدها في زقاق بارد، وغضبها الصامت يحرق الهواء من حولها.

كان نصرًا عظيمًا لها، أو هكذا بدا، تسلقتْ الفتاة القطة سقف أحد المنازل بعد تلك الوجبة الدسمة التي سرقتها، لتريح معدتها وذيلها الأحمر الملتهب، لكن قبل أن تستلقي تحت ضوء القمر، رأتْ دخانًا أسودًا كثيفًا يتصاعد من أزقة حارة الفرسان، ثم رأتْ وهج النار، وسمعتْ صوت الركض والصراخ، ورأتْ من بعيد تلك الفتاة وهي تهرب، وعلى وشك البكاء، من الحريق الذي أشعلته بنفسها. ابتسامة ماكرة ارتسمتْ على وجه القطة، قفزتْ بخفة من السطح، وهبطتْ في زقاق مظلم، ثم بدأتْ بالركض من جديد، لتظهر فجأة بجانب عصيدة الهاربة، وسألتها بصوت بريء لا يتناسب مع الفوضى المحيطة بهما:

- هل أنتِ من أشعل كل هذا؟

التفتتْ عصيدة إليها بغضب، وصرختْ وهي تحاول تفادي ألسنة اللهب:

- إنها أنتِ! أعيدي لي طعامي، أيتها القطة السارقة!

ضحكتْ الأخرى، وكانتْ ضحكتها تشبه خرخرة قطة راضية.

- رغم كوني السارقة الأعلى مهارة هنا، يمكنني أحيانًا أن أصبح حامية للعدالة، أنا متأكدة أنه بإمكاني الحصول على الكثير من الجوائز بتسليم أشهر عدوة للممالك حاليًا، ألا وهي عصيدة.

حدقتْ عصيدة فيها بغرابة، تهديد مباشر بعد استفزاز أورطها في هذا الموقف، ثم قالتْ:

- رغم سرقتك لطعامي، لا يزال لديك فم ليتحدث! كل هذا حصل بسببك! لو لم تسرقي طعامي، لما حررتُ طاقتي وأشعلتُ الحانة بالخطأ!

أجابتها الفتاة القطة بجدية مفاجئة حينها:

- لنعقد صفقة إذن، فكلانا مطلوب للعدالة على أي حال، أنتِ ستقوديني معكِ خارج هذه البلدة، وفي المقابل، لن أسلمكِ اليوم... وسوف تسامحيني على سرقة طعامكِ.

نظرتُ عصيدة إلى فرسان الحرس الذين بدأوا يقتربون من بعيد، ثم إلى هذه الفتاة الغريبة.

- سأوافق، إن خرجنا أحياء من قبضة هؤلاء الفرسان اليوم!

ابتسمتُ بسماع موافقتها، وقالتْ وهي تغمز بعينها:

- اسمي فلفلة، ولحسن حظك، يمكنني أن أدلكِ على مخرج قريب من هنا. اتبعيني فحسب، وبسرعة.

في تلك اللحظة، انحنتْ فلفلة وعادتْ للركض على يديها وقدميها، والأخرى، عصيدة، تتبعها في الأزقة الملتوية وسط الدخان والنيران التي انتشرتْ، كانتا تمران بين المنازل المحترقة والحشود المذعورة، شبح من اللهب يتبعه شبح من الظل، حتى وصلتا أخيرًا إلى شق قديم في سور المدينة، يطل على حقول زراعية هادئة، ومنه هربتا. ووقفتْ عصيدة تلهث هناك، تنفض الغبار والرماد عن ملابسها.

- لا أصدق أننا نجونا، شكرًا لكِ يا فلفلة على المساعدة.

وبينما كانتْ تستعيد أنفاسها، أمسكتْ فلفلة يديها بقوة، نظرتْ إليها بجدية، وكانتْ هذه المرة الأولى التي ترى فيها عصيدة وجهها الغريب عن قرب في ضوء القمر، أذناها الحمراوان كانتا تتحركان بحماس، وعيناها القرمزيتان تلمعان بعزيمة لا تتناسب مع جسدها الصغير، وقالتْ بصوت حاسم:

- سوف نتجه إلى الشمال!

نظرتْ عصيدة إلى تلك العيون المشتعلة، ثم إلى يدها الصغيرة التي تمسك بها بقوة لا
تصدق، فابتسمتْ ابتسامة متعبة وحزينة، وأجابتها:

- إلى الشمال إذن.

(4)

كانتا تجريان في خطوط متوازية عبر بحر من سنابل القمح الذهبية، عصيدة، بسيفها الذي
ظل عالقًا في غمده، وفلفلة، بمخالبها الحادة المستعدة دائمًا، يتبعان غاشيًا منذ فترة طويلة
ظهر كبقعة سوداء من العفن انتشرتْ فجأة في قلب الحقل، بسببهما بدأتْ النيران تلتهم
الزهور البرية وسكان الحقل الذين كانوا يعملون فيه. لم يكن هناك وقت للكلام، تحركتْ
عصيدة أولًا، سحبتْ سيفها الذي اشتعل برأس التنين الصامت، وانطلقتْ مباشرة نحو
قلب الحقل، تحاول إسقاطه بسرعة في محاولة يائسة، تركتْ بسببها سكان القرية في اختيار
صعب بين خسارتهم لحيواتهم، أو خسارة سنين من عرق جبينهم إذا احترق الحقل بأكمله.

انتهى مشهد القتال بسرعة ووحشية، وعاد سيفها إلى غمده، وصمتتْ النيران، وتوقعتْ أن
ترى خلفها نظراتُ الانبهار في عيون الناجين، لكنها لم تجد سوى الصمت، صمت أثقل من
أي صراخ، رأتْ أولئك الذين خسروا أكواخهم، وأبناءهم، وأحلامهم البسيطة بحصاد هذا
العام، لم ينظروا إليها كمنقذة، بل كعاصفة أخرى مرت بهم، لقد زارتْ عصيدة ملتهمة
الأحلام بابهم، والآن ستغادر، والدموع تستقر على جفنيها، تخفيهن كعادتها بين خطواتها
الثقيلة، لكن هذه المرة، لم تكن وحيدة، أمسكتْ فلفلة يديها من جديد، وكانتْ عيناها
القرمزيتان تلمعان، لا بالحزن على مصير الفلاحين، بل بالدهشة والإعجاب بمهارات عصيدة

القتالية، بسيفها الصلب، وبخطواتها التي كانتْ كالرقصة المميتة وهي تقضي على ذلك الوحش. لمعتْ سماء من النجوم في قلبها بذلك المنظر، فابتسمتْ اليوم بتعجرف، وكأنها تقول لنفسها، لقد اخترتُ الشريك المناسب. ثم مالتْ برأسها وأكملتْ الطريق بجانبها.

بعد مسير طويل مرهق، اتخذتا من جانب تلة صغيرة في سهل الزرع المحترق أرضًا للراحة، وضعتْ فلفلة الطعام الذي سرقته من القرية خلال القتال، ونظمته أرضًا بعناية، ثم تحركتْ الأفواه للأكل، والحديث. بدأتْه فلفلة وهي تقضم قطعة من اللحم:

-   إذن، كنتُ أريد سؤالكِ هذا منذ فترة، من أي عائلة فرسان تنتمين؟

أجابتْ حينها عصيدة ببرود، وكان واضحًا محاولة تهربها من الإجابة:

-   أنا فارسة حرة، لا أنتمي إلى أي جماعة.

بسماعها ضحكتْ فلفلة ضحكة حادة، وردتْ عليها:

-   هذا مستحيل، لا يمكن لفارسة حرة أن تملك درعًا كهذا، أو سيفًا سحريًا قاطعًا كذاك، بالإضافة إلى أنكِ عصيدة سيئة السمعة، لا أظن أنكِ تجنين ما يكفي من المال من مغامراتك لشراء هذه الأغراض الثمينة.

تأفتْ عصيدة، وشعرتْ بأن جدارها الصلب بدأ بالتهاوي أمام فضول هذه القطة العنيدة، فقالتْ بصوتها المتعب:

-   حسنًا! لقد كنتُ فارسة لعائلة في السابق، لكنني تخليتُ عنهم، إنهم...

(5)

لم تكد عصيدة تبدأ في الإجابة على سؤال فلفلة، حتى تلاشى الهدوء الهش الذي كان يحيط بها، اهتزتْ الأرض فجأة، ليس اهتزازًا عنيفًا، بل دكًّا منتظمًا وقويًّا، صوت خيول تعدو، عدد كبير منهم. وضعتْ فلفلة يدها بسرعة على فم عصيدة، وتحولتْ عيناها القرمزيتان المرحتان إلى شقين ضيقين من الحذر الحيواني، أخرجتْ رأسها من الحفرة لثوانٍ، ثم عادتْ وتراجعتْ إلى الظل، وهمستْ في أذن عصيدة بصوت عاجل:

- خيول بيض، إنهم من عائلة سيراط، علينا الخروج من هنا سريعًا قبل أن يقتلونا.

توقفتْ للحظة، ونظرتْ إلى درع وسيف عصيدة الضخمين.

- هل يمكنكِ ترك أدواتكِ هنا؟ علينا أن نهرب بخفة، لنفترق، ونلتقي عند هذه التلة بعد رحيلهم.

غادرتْ فلفلة برشاقة، واختفتْ بين الصخور كأنها لم تكن، وبقيتْ عصيدة وحدها، لا تفهم مغزى هذا الفعل، لماذا الخوف الشديد؟ ولماذا عليها أن تتخلى عن سلاحها؟ لكنها، ولسبب ما، قررتْ أن تكمل هذه اللعبة الغريبة، تظاهرتْ باللعب، خلعتْ درعها الثقيل، ووضعته بعناية بجانب التلة التي كانا تحتها، كما طلبتْ منها رفيقتها، ثم تحركتْ في الاتجاه المعاكس، ليس بدافع الهرب، بل بدافع الفضول، ربما تجد شيئًا مثيرًا للاهتمام تركه هؤلاء الفرسان خلفهم. بدأتْ رحلة بحثها في سهول الزرع المحترقة، الحقل الأول لم يحوِ سوى بقايا قمح متفحم، والثاني كان مليئًا بالأخشاب المنحوتة التي يخلفها الفرسان عادة في مخيماتهم المملة، وبعض أوراق الأشجار الممزقة، لكن في الثالث، وجدتْ شيئًا مختلفًا، حفرة مخبأة بعناية تحت كومة من القش، غرفة سرية تحت الأرض، مليئة بالخيال. نزلتْ بحذر، فوجدتْ نفسها في مكتبة صغيرة، بها بعض الكتب المبعثرة على الأرضية، اقتربتْ، وتناولت أحد

الكتب، كلماته اللامعة التي ظهرتْ فجأة على صفحاته الفارغة، أو بالأحرى طلاسمه، كانتْ جديدة عليها، مكتوبة بلغة قديمة لم ترها من قبل، لكن أعجبتها الصور والرموز الغريبة التي تملأ صفحاته، فالتقطته، وخرجتْ به إلى السطح قبل أن تعود رفيقتها الجديدة.

انتظرتْ عند التلة، ارتدتْ درعها من جديد، شحذتْ سيفها، ولوحتْ به في الهواء الفارغ، انتظرتْ طويلًا، غربتْ الشمس، وتلونتْ السماء بلون الدم، ثم تحولتْ إلى سواد مرصع بالنجوم، ولم تعد فلفلة. همس صوت بارد في داخلها، هي لن تعود، أكانت هذه فرصة لها لتهرب من هذا الوحش؟ أم كانتْ الرحلة خدعة منذ البداية؟ وماكانتْ غايتها من مرافقتي من الأساس؟ أدركتْ عصيدة في تلك اللحظة أنها مثل الجميع، وإن أظهرتْ الخلاف في البداية، وماذا عليها أن تفعل الآن غير أن تمضي في طريقها المجهول وحيدة مرة أخرى، ربما تجد ذلك الوحش الذي سيعترف بها أخيرًا. عادتْ إلى رحلتها في سهول القمح الصامتة، تحمل الآن كتابًا غامضًا بين يديها، تحاول أن تفهم الغاية من وجوده، لقد آمنتْ أنه قد يكون غرضًا ملعونًا، سيجذب إليها المزيد من الوحوش والدمار، وتساءلتْ ماذا سيجلب لها الفرسان في المرة القادمة؟

(6)

كانت تمشي بهدوء بين الأشجار، تحاول ألا توقظ العالم النائم، وتتبع من بعيد خطوات جيش كانتْ قد هربتْ منه في السابق، تحمل الكتاب الغامض في يد، لربما لينير لها الطريق، ومفتاح منزلها الذي لم يعد موجودًا في اليد الأخرى، لعلها تجد يومًا صاحبه الرضيع، ويا لحظها، لم تمشِ طويلًا حتى بدأتْ ترى وهج نيران المخيمات من بين الأشجار، لقد توقفوا هناك بالقرب منها. اقتربتْ بحذر، ثم دخلتْ حدود المخيم، وفجأة، انفجر المكان بالهتافات وضرب الكؤوس، لم تكن هتافات خوف أو عداء، بل كانت هتافات ترحيب، ابتسمتْ عصيدة

ابتسامة باهتة، وأكملتُ طريقها نحو الخيمة الملكية في الوسط، لتجد رأس حامية، قائدة الفرسان، على طاولة مليئة بالخرائط نائمة، فتحتْ عينيها المرهقتين اللتين كانتا مغمضتين دائمًا بحذر، وعندما رأتْ عصيدة، ارتسم على وجهها مزيج من التعب والدهشة والمودة:

- عصيدة! إنها أنتِ إذن، من تجلب معها الجلبة كالعادة، أهلًا بكِ في مخيمات سيراط، هل عقدكِ هو العودة إلى المنزل هذه المرة؟

تجاهلتْ عصيدة الترحيب، وسألتها ببرود:

- ماذا تفعلون هنا؟
- أباكِ الملك سيقتلني بجنونه يومًا ما، لا يمكنني احتمال وجوده بقربي، لذا خرجتُ من القصر بفرقتي لأحظى ببعض الهدوء.

لقد رأتها إجابة سخيفة بالنظر إلى الواقع، هم أقرب لفمرسا من العاصمة وكأنهم في هجوم عاجل.

- ويبدو أن الهدوء جعلكِ تتحركين كل هذه المسافة إلى هنا.

ارتسم على وجهها النائم ابتسامة سخرتْ بها من نفسها، وأجابتها:

- نحن فقط نلاحق قطة صغيرة ضائعة هربتْ في هذا الاتجاه، لكنني أدركتُ أننا لن نجدها أبدًا بهذا العدد الضخم، لذا سنعود أدراجنا بعد قليل للوطن. أتريدين شرب شيء ما؟

نهضتْ عن الطاولة ثم صرختْ على فرسانها:

- ألا يوجد أحد هنا ذو عقل ليقدم شيئًا لفتاتنا المتعبة؟

قطة؟ هل هم يبحثون عن فلفلة؟ لكنها غادرتْ من الجهة الأخرى، وكانتْ متأكدة من ذلك، فعمّن تتكلم هذه المرأة؟ قالتْ عصيدة بقلق فجأة، محاولة استغلال هذه الفرصة للهرب وإيجادها:

- سوف أغادر للبحث عنها! أنا بالفعل أحاول التقاط أثرها منذ مدة، هل أنتِ متأكدة أنها سلكتْ هذا الطريق؟

فأجابتها، وكأنها قرأتْ أفكارها:

- لا بأس، فلتنسِ أمرها، من المستحيل إيجادها في مكان كهذا، عوضًا عن ذلك، ما رأيُكِ أن نتحرك نحو ريام؟ أمكِ تتحصن هناك، وأنا متأكدة أنها ستكون مسرورة جدًا برؤيتك.

تجمدتْ عصيدة في مكانها، أُمها، ومدينة ريام، جميعها كانت كلمات من ماضٍ بعيد لم تكن مستعدة لسماعها بعد، ورغم ذلك أومأتْ برأسها، وقالتْ بصوت خافت:

- حسنًا، سوف أتبع مسيرتكم حتى ريام، ومن ثم أعود إلى البرية.

ابتسمتْ حامية لها، وأمرتْ الفرسان بشد الرحال إلى الشرق، وغادرتْ عصيدة معهم، مع جيش عائلتها، نحو أرض الجمال ريام. كانت تسير بينهم، لكنها لم تكن معهم، كانت تفكر فيما سيحدث هناك، هذه أول مرة ستقابل فيها أُمها منذ سنوات، هل ستشتاق إليها فتضمها إلى حضنها الدافئ؟ أم أنها، كالعادة، لن تبالي بهذا الوحش الذي غادر منزله ليلاحق وحوشًا أخرى؟

(7)

أن تكون وسط هذا الجمع من فرسان سيراط هو شعور متناقض بشكل مؤلم، إنه يشعرك بالأمان، بجدران الفولاذ المصقول التي تحيط بك، ويشعرك بالاحتواء، بالانتماء إلى عشيرة ذات مجد عظيم، لكنه أيضًا يجعلك تشعر بالأعين التي تتمنى فناءك، وبالموت القريب الذي قد يأتي من أقرب حليف، إلا فتاة واحدة فقط كانت تشعر بالكبرياء وهي فوق حصانها، حامية، وكأن نظرات الإعجاب والكره الموجهة نحونا تزيدها أناقة، ودعوات الفرسان الصامتة لنا بالنصر أو الموت، بالنسبة لها، ما هي إلا علامات على فخرها. أما أنا، فلم أكن أرى شيئًا من هذا، أغلقتُ عينيّ، ورأيتُ وجهًا واحدًا فقط، وجه حامية وهي تقاتل إلى جانبي، وتمنيتُ أمنية سخيفة، أن تكون هي أمي. هل كنتُ لحظتها سأسافر كل هذه المسافة، فقط من أجل رؤيتها تسعد بوجودي ثم أرحل بسلام؟

لا تسيء فهمي، أنا أحب أمي، كيف لا أحبها وهي أقوى فارس في البلاد؟ ملكة سيراط الأولى، وقائدة جيشهم العظيم، الأساطير تقول إنها وضعتْ مملكة الحمراء في يدها ببضع ساعات، حتى أصبحتْ قدوة للجميع، للجميع ما عداي أنا، لقد غادرتُ المنزل في اليوم الذي أنهيتُ فيه تدريبي كفارسة، ومنذ تلك اللحظة، لم تبحثْ عني، لم تسأل، ولم تهتم حتى بأمر مغادرتي، أشعر أحيانًا وكأنها لا تأبه لوجودي من الأساس، وكأني كنت مجرد خطأ، مجرد ابنة لم تكن بقوة وشراسة السيف الذي تحمله. كنتُ غارقة في هذه الأفكار السوداء ونحن نتحرك، حتى توقف الجيش فجأة، اهتز حصان حامية أمامي، وسمعتها تصرخ بصوت حاد لم أعهده من قبل:

- المدينة تحترق! الجميع، تجهزوا لدخول المعركة!

146

نظرتُ إلى الأفق، ورأيتُ ما رأته، مدينة الجمال ريام كانت تلتهمها النيران، من أعلى قببها إلى أدنى حدائقها، وكان الدخان أيضًا يغطي سماءها الزرقاء الزاهية بستار يحجب الشمس.

- ويا عصيدة! فلتبقِ في الخلف، وكوني على استعداد!

صرختُ بعبارتها، ثم اندفع حشد الفرسان إلى الأمام برفقتها، يدكون الأرض، ليحاصروا المدينة كالسوار، وتركوني أنا في الخلف أتنفس غبارهم. لم أفكر في الوحوش، ولا في الحرب، فكرة واحدة فقط سيطرتْ على عقلي، من المفترض أن أمي وفرقتها داخل تلك المدينة المحترقة، فهل هاجمتهم قوات المعارضة حقًا؟ هل كانوا أغبياء لدرجة أنهم آمنوا بأنهم يستطيعون هزيمتها؟ هذا ليس مجرد تمرد، إنما انتحار غريب.

(8)

دخلتُ بعد بضع دقائق، عندما خفتت أصوات المعركة وحل محلها أنين الجرحى وهمسات الريح التي تمر عبر المباني المحترقة، عبرتُ بين جثث الفرسان والحديد الصدئ، وما تبقى من المنازل التي تآكلتْ جدرانها، وهناك، في وسط الساحة، رأيتها، وكانتْ تقف كتمثال من الفولاذ، ظهرها مستقيم، وسيفها لا يزال يقطر دمًا، وللحظة واحدة، ولدتْ في قلبي كذبة جميلة، تخيلتُ أنها ستلتفتُ، وستراني، وستركض نحوي لتأخذ ابنتها في حضنها بعد كل هذه السنوات، أو هذا ما ظننته. تقدمتُ نحوها خطوة، فالتفتتْ، لكن نظرتها لم تكن نظرة أم، بل نظرة قائد يرى يهديدًا جديدًا، وقبل أن أنطق بكلمة، دفعتني بقوة فسقطتُ أرضًا، وأخرجتْ سيفها العظيم الذي يتجاوز طولي، ورفعته فوق رأسي، وقالتْ بنبرة غاضبة وباردة كبرودة نصلها:

- هل أنتِ سعيدة الآن؟! إنها سابع مدينة نخسرها بسببك! أنتِ مصيبة حلّتْ على هذا العالم ويجب التخلص منكِ! فقط ضربة واحدة مني...

147

لكن الضربة لم تأتِ، تدخلتْ حامية بسرعة البرق، وصدّتْ ضربتها بسيفها في شلال من الشرر المعدني، وصرختْ بصوت يمزجه الغضب والألم:

- ما الذي تفعلينه؟! إنها ابنتنا! لن تمسيها، حتى ولو كانتْ سبب هلاكنا جميعًا!

حدقتْ صقيبة في حامية، عيناها تشتعلان بغضب بارد، وقالتْ بصوت آمر لم يعد يحتمل النقاش:

- لقد هربتْ فتاة تنين ذات شعر أحمر إلى الشمال وسط المعركة، ابحثي عنها، وأحضريها إليّ حية أو ميتة، ولا تتدخلي في أموري ثانية.

رأيتُ الصراع كله على وجه حامية، رأيتها تنزعج، وتعض على شفتها السفلى حتى نزفتْ، وهي تحاول أن تخرج الكلمات الرافضة، ورغم ذلك، انحنى رأسها في النهاية، في طاعة الفارس لسيدته، ثم أغمدتْ سيفها، وابتعدتْ بخطوات ثقيلة. في تلك الأثناء، لم أنتظر، اندفعتُ على قدميَّ للخلف، وبدأتُ بالركض بين اللهب، دون أن ألتفتَ للخلف، لقد حصلتُ على إجابتي التي جئتُ من بعيد لأجلها، وسمعتُ صوت حامية تناديني وهي تركض خلفي، لكنني لم أتوقف، واصلتُ الركض، حتى خرجتُ من مدى نظرها، ومن مدى حبها، ومن مدى عالمها بأكمله، وللأبد.

(9)

(العالم سالب سبعة – بلسان الراوية أثينا – الفصل الأول من مصباح الغربان)

كانتْ تبحث عن هدفها التالي كعادتها، تتحرك كشبح وسط الأشجار في ظلام دامس، تراقب كل حركة ورقة شجر، وكل صوت زقزقة يجرؤ على شق سكون الليل، فينبض قلبها حذرًا وخوفًا، ورغم ذلك، تعبر الطرق الوعرة دون أي نية في الرجوع أو الراحة،

148

تمسك مقبض سيفها بكلتا يديها، ليس لأنها تحتاج لذلك، بل عنادًا ورفضًا صامتًا لنصيحة أمها التي قالتْ لها يومًا إن المحارب الحقيقي يقاتل بيد واحدة، كانتْ تلك طريقتها لتقول للعالم إنها ليست ابنة أمها. وخلال مسارها في هذا الظلام، رأتْ النور، وهو حدثٌ غير شائع، ضوء شمعة خافتٌ يتراقص بين الأشجار، يرافقه صوت أنفاس خفيفة ومنتظمة، ارتعبتْ للحظة، ووضعتْ يدها على قلبها، ثم، وبدافع لم تفهمه، أكملتْ السير نحو مصدر تلك الحياة الهشة.

كان المشهد أغرب من أي خيال، فتاة نائمة، تحتضن كتابًا كأنه دمية، وشعرها الأرجواني الطويل ينتشر حولها على العشب، بشرتها ناعمة ووجهها بارد، وكأنها تمثال من الرخام، وحولها أكوام وأكوام من الكتب، مصفوفة بعناية وكأنها جدران مكتبة في العراء، وفي وسط كل هذا، كانتْ هناك شمعة وحيدة تنير طريق الضائعين، أمثال بطلتنا، بل كيف يمكن لأحد أن ينام بكل تلك الطمأنينة في مكان يعج بالوحوش وقطاع الطرق، مكان لم تشعر هي داخله إلا بأن الموت يحدق بها في كل لحظة؟ وبالطبع، ما أن اقتربت منها، حتى حصلتْ على الإجابة. فتحتْ الفتاة عينيها فجأة، وكأنها لم تكن نائمة أبدًا، ونظرتْ إليها بابتسامة واسعة، وكأنهما التقيتا منذ زمن طويل، شدتْ حينها عصيدة على سيفها، ووجهته نحوها، لكن الابتسامة لم تتلاشَ، غيرتْ الفتاة وضعيتها فجلستْ، ثم قالتْ بصوت هادئ واضح ومرح:

- إنها أنتِ! من سرق الكتاب.

تثاءبتْ، ثم أكملتْ حديثها بنبرة أشد قلقًا:

- ولا يبدو أنه معكِ الآن، هل سقط في ريام يا ترى؟

أجابتها عصيدة بحدة مريبة وكأن الرعب ينهش قلبها:

- لم أكن أعرف أن هناك غربانًا تراقبني في الظل.

ردتْ عليها الفتاة وهي تضحك:

- بل قولي ببغاءة، سررتُ بمعرفتكِ، أيتها الرأس عصيدة. شرف لي أن ألتقي أميرة سيراط، حاكمة الحمراء المستقبلية، مدمرة القرى، وسارقة الكتب.
- يبدو أن سجلي أصبح حافلًا بالأشياء الإيجابية.

وقفتُ، ومددتُ أطرافها كقطة تستيقظ من سبات طويل، وقالتْ:

- للأسف، حسناتُ الوحوش تختفي عند أقرب سيئة يقومون بها، ربما كنتُ سأمدحكِ قليلًا لو لم تسرقي كتابي وتضيعيه في ريام.

ثم نظرتْ حولها، وأكملتْ بصوت خافت:

- هل يمكنكِ حمل هذه الكتب معي إلى قرية عاتان؟ إنها لا تبعد كثيرًا من هنا.

لم تنتظر موافقتها، ما أن قالتها، حتى بدأتْ تجمع صفوفًا كبيرة من الكتب وتناولها لعصيدة، وابتسامتها الكريهة لا تفارق وجهها، بينما هي بقيتْ خاوية اليدين. سأكون صريحة، أرادتْ عصيدة في تلك اللحظة رمي الكتب والصراخ في وجهها، لكنها، ولسبب ما، قررتُ أن تتماشى مع هذا الموقف السخيف، فلربما كان هذا هو عقابها على سرقة الكتاب في السابق، وربما قد حان الوقت لتكفر عن ذلك الذنب.

عندما دخلنا قرية عاتان، حجبتُ أكوام الكتب التي أحملها المنظر عني، وكل ما شعرتُ به كان تغيرًا مفاجئًا في الصوت، لقد اختفى ضجيج الغابة، وحل محله صمت مطبق، صمت غير طبيعي، كنتُ قد اعتدتُ على صرخات الناس وهم يحذرون بعضهم مني، على صوت الأبواب والنوافذ وهي تغلق في وجهي، معتادة على الهجرة والابتعاد، أما هذا الهدوء، فقد كان نذير شؤم من نوع مختلف، وربما كان المفاجئ أكثر هو ما رأيته عندما أنزلتُ الكتب، كانت القرية سليمة، لكنها فارعة تمامًا من الحياة، بيوت جميلة، أبوابها مفتوحة، عربة نصف محملة بالقمح في وسط الطريق، ولعبة طفل خشبية ملقاة بجانبها، كانت قريةً تجمدت في منتصف نهار عادي. قالتْ ببغاءة، بينما أناظر المكان حولي بهدوء:

- لقد انتشر مرض فتك بالسكان، وعندما حاول الباقون الهرب، قامتْ قوات سيراط بفرض الحصار عليهم، ومنعتهم من المغادرة حتى لا ينشروا الوباء في بقية مملكة الحمراء. امتلأتْ الأراضي بالجثث، فاضطررتُ إلى حمل كتبي والمغادرة كي لا تتلوث.

كان الأمر غريبًا فسألتها، وشعرتُ ببرودة تسري في جسدي:

- سيراط؟ وكيف سمحوا لكِ أنتِ بالمغادرة؟

ابتسمتُ بسخرية، ثم قالتْ:

- الوحوش أمثالنا لا تحتاج موافقة لفعل ما تريده، أليس كذلك؟ كلانا نجول العالم بحثًا عن الإلهام، لكننا فقط نضيع حياتنا في مراقبة مآسي البشر.

ثم تغيرتْ نبرتها فجأة، وأصبحتْ حادة وعملية، وأكملتْ:

- لكن دعينا نناقش أمورًا أهم من حياة هؤلاء الفانين، كيف ستعيدين لي الكتاب الذي ضاع منك؟

- يمكننا البحث عن آخر...

قاطعتني على الفور، وكأنها تعلم بالفعل ما سأقوله.

- لدي صفقة أفضل من إضاعة وقتي في البحث عن كتاب لا يوجد منه نسختان، سوف نغادر إلى الجنوب، نحو ريام، لنحضر الكتاب، وعندما نحصل عليه، سأساعدكِ في إيجاد صديقتكِ، القطة الضائعة التي تتجه نحو صبرجاه، فما رأيك؟

بالطبع، لم تنتظر موافقتي، ما أن قالتها، حتى دخلتُ أحد المنازل الفارغة، وعادتْ حاملة عصا طويلة مزخرفة، وغادرتْ القرية متجهة جنوبًا، لم يكن من صالحي أبدًا العودة إلى ريام وهي غارقة في الحرب، لكن فكرة أن ببغاءة قد تساعدني في إيجاد فلفلة كانت شيئًا عظيمًا، لذا، وبعد لحظة من التردد، قررتُ أن ألحق بها، وأن أسير خلف آثار أقدامها، فلربما حان الوقت الذي نعيد فيه كتابة بعض الأحداث. هكذا بدأتْ رحلتنا معًا، وفي تلك الرحلة، أدركتُ أن ببغاءة ليست مجرد شخص عادي، بل هي من الوحوش المسالمة، حصلتُ على جزء التنين خاصتها قبل الجميع، وبعصاها كانت تركز قوتها في عقلها، لا في جسدها، ولم تكن تميل للحرب، لكنني كنتُ أعلم أنه إن أصرت على المشاركة، فستكون النتائج كارثية.

لم أكن أصدق القصص التي سمعتها عنها في الماضي، لكن مرافقتي لها في الطريق إلى ريام أكدتْ لي كل ما قرأته، جمالها، وقوتها، وحكمتها، وعلمها، كانت شخصية متكاملة، تنير الليل بسحرها، وترعب الظلام بوجودها، لم تكن وظيفتي في الطريق سوى مشاهدة رقصتها وهي تحارب وحوشه، كمسرحية كنت فيها مجرد محركة للستار، وأكتب لكم هذه الكلمات الآن، قبل أن تنطفئ كل الأنوار.

(11)

كنا نجلس عند ضفة نهر هادئ يمر بقرية رويضة، وكنتُ أراقب ببغاءة وهي ترمي حجارة صغيرة على سطح الماء، منتظرة وقوع شيء ما في الضفة المقابلة، محدثة دوائر تتسع ثم تختفي تمامًا كقصصها. الصمت بيننا أمسى طويلًا، قاطعتُه بسؤال لم أستطع كبحه أكثر، من أنتِ حقًا؟ نظرتُ إليَّ ببغاءة حينها، واختفتْ ابتسامتها المعتادة، وحل محلها ظل من ذاكرة قديمة، وقالتْ بصوت هادئ:

- أنتِ تسألين عن قصة بدأتْ وانتهتْ قبل أن يولد أجدادك، فهل لديكِ الصبر لسماعها؟

أومأتُ برأسي، فبدأتْ ببغاءة حكايتها، وعيناها تنظران إلى الماء، وكأنها ترى المشاهد تنعكس على سطحه: دخل رجل كبير الغرفة المؤصدة بعد محاولات عدة، وكنتُ هناك بالداخل، في زاوية ما، مختبئة في الظلام، اندفعتُ بصوتي الحاد الصارخ نحوه فور دخوله: ابتعد عني! أنا وحش! قد أؤذيك إن اقتربتْ أكثر! ورغم تلك الكلمات، كنتُ أشعر بشيء غريب يتدفق في داخلي، شيء دافئ ومؤلم، شعور مشابه للإنسانية، وكنتُ أكرهه. قال لي بصوته الحنون الذي كرهته أيضًا: فقط العبي دور الإنسان، عيشي الحياة التي ترغبين بها، حتى لو كنتِ وحشًا كما تدعين، فلا تدعي هذا يمنعكِ من عيش قصتكِ الخاصة. فأجبته: ولكن هذا لا يغير حقيقة كوني وحشًا! وفي داخلي كنتُ أصرخ: لماذا كنتُ حمقاء؟ فقط ادفعيه بعيدًا خارج الغرفة، لكنه تقدم خطوة أخرى، واحتضنني، شدني بقوة نحوه وبكى، وفي تلك اللحظة، لم أعد أحتمل، صرختُ به بينما أبعده عني: هذا كذب! ابتعد! لا يمكنني تحمل هذا الشعور! ثم اشتعل وهو يتشبث بي دون أن أشعر.

صمتتْ ببغاءة، وعادتْ تحدق في النهر، فقاطعتُها بهدوء:

- ومن ثم غادرتِ نحو عاتان مع ياسمين؟

ضحكتْ ببغاءة ضحكة خالية من الفرح، وأجابتْ:

- ربما حدث ذلك بعد أكثر من مئة عام، لقد سقطتُ في الكثير من الحفر منذ أن غادرتُ ذلك المنزل، لذا يمكنني أن أضمن لكِ رحلة ممتعة في البراري.
- مئة عام! لا يمكنني الصبر كل هذه المدة...

قاطعتها ببغاءة:

- أنتِ لا يمكنكِ الصبر للحظات، بهذه العجلة، لن تستطيعي العيش لمئة يوم حتى.

ثم أكملتْ قصتها، وعاد الظل إلى عينيها: بعد خطيئتي التي لا تغتفر، أشعلتُ النيران في كامل المنزل، لهب بنفسجي بلون قوتي، وتركته يلتهم الحجر قبل الخشب، فقد أردتُ أن أذيب كل شيء، كل ذكرى، لكن فرسان لوردمان حضروا بسبب تلك الضجة، حركتُ يدي، فتحرك اللهب نحوهم، ولم يبقَ منهم إلا المعدن المنصهر ورائحة الجثث. وقفتُ أنظر إلى الأرض، ثم رفعتُ رأسي نحو المنزل الذي لم يبقَ منه شيء، وبدأتُ أضحك، ضحكات عالية، مجنونة، حتى سقطتُ على ركبتي، ثم تحول الضحك إلى بكاء، وبدأتُ أضرب بيدي الأرض ندمًا، أضربها حتى نزفتْ، حتى اختلطتْ دمائي برماد المنزل.

ساد الصمت مرة أخرى على ضفة النهر، ونظرتُ إلى ببغاءة التي كانتْ لا تزال تحدق في الماء، وأدركتُ في تلك اللحظة أني لا أجلس بجانب فتاة غريبة الأطوار، بل بجانب ناجية خالدة من مأساة عمرها الخلود. ثم قالتْ وهي تتأمل النهر الهادئ:

- ما زلتُ أتذكر في تلك اللحظة كيف أقسمتُ على حماية الناس من هوس الفرسان ما دمتُ أملكِ تلك الطاقة، إن كانتْ النار تحرق الأعوان، فيمكنها أن تحرق

الأعداء أيضًا، إن كانتْ الوحوش رمزًا للشر والفرسان رمزًا للخير، فسأكون أنا رمز الخير الجديد، لكن كما ترين، رغم كل ما نفعله، نُقابل بالهتاف الخائف والطرد، ففي النهاية، البشر كائنات كافرة.

- لأن ما نقوم به لا يغير حقيقة كوننا وحوشًا، أليس كذلك؟

أشارتْ ببغاءة بيدها نحو قرية رويضة، ثم قالتْ بحزم:

- نحن لم نكن أبدًا وحوشًا، ولهذا أحضرتكِ إلى هنا، فقط شاهدي هذه المسرحية.

وفيما هما تنظران، دقّتْ طبول الحرب، وظهرتْ على التلال المحيطة بالقرية رايات بيضاء، رايات سيراط، واندفع آلاف الفرسان والخيول كالسيل الجارف، يحيطون بالقرية من كل جانب، صرخ رجل عجوز بأن سيراط تجتاح المدينة، فهربتْ النساء والأطفال إلى منازلهم بحثًا عن أمان لن يجدوه، بينما اجتمع شبان القرية، مسلحين بالسكاكين والفؤوس، في مقدمة القرية، في محاولة يائسة للدفاع عنها. جلستْ ببغاءة على السور، ووضعتْ يديها على خديها، وبدأتْ تراقب المشهد وكأنه عرض مسرحي بالفعل، وقالت لي، وكنت أقف بجانبها متصلبة:

- برأيكِ، ما الذي يجعل هؤلاء الفتية يحمون قريتهم بهذا الشكل؟ لقد وافقوا على خسارة كل ما يملكون، وسيُقتلون جميعًا، ورغم ذلك لم يتراجعوا، سيقدمون حياتهم رخيصة من أجل هذا الفعل.

أجبتُ بصوت مخنوق في محاولة لتبرير خيانتهم:

- ربما لأنهم يكرهون الفقر، والجوع، واليأس، يكرهون سيراط التي تعيش في القصور بينما هم يموتون هنا، ولهذا سيحاربونهم حتى آخر نفس.

155

ردتُ ببغاءة ببرود دون أن تفكر حتى، وكأنها تعلم ما كنتُ سأقوله:

- بل المعادلة أبسط من ذلك، لا يوجد سبيل آخر لهم غير القتال، ففي اللحظة التي فكرتُ فيها هذه القرية بالخروج عن طاعة عائلة سيراط، كتبوا على أنفسهم شهادة موتهم الآن.

مر فرسان سيراط عبرهم بأقصى سرعة، وسيوفهم تحصد الأرواح كما تحصد المناجل القمح، وكان الحصاد وفيرًا، بل وبثُّ شاهدة على تغير لون النهر الهادئ إلى الأحمر، وبعد ذلك المشهد، عبرتُ هي، صاحبة الدرع، الملكة صقيبة، وأصدرتْ أمرًا واحدًا، فاجتمع الفرسان حولها، ثم استدار حصانها الأبيض، وغادرتْ مع فرقتها، تاركة خلفها قرية تحترق. ابتعدتْ ببغاءة عن السور، وحملتُ عصاها.

- رغم أني أمقتُ تلك السيدة، إلا أنني فضلتها على حيواتهم جميعًا، وبالطبع، فعلي هذا فقط لوجودكِ أنتِ. الآن، حان الوقت لأري هؤلاء الفرسان ما يعنيه الخير الحقيقي.

لم أبكِ، رغم أن قلبي ينزف دمًا كلما رأيتها، لكنه ما زال يخشع بلمعان درعها، وتراودني ذكريات بعيدة، لحظات وهي تلاعبني وأنا طفلة، وهي تبتسم، وهي تقف أمام العالم لكي تحميني، حتى وإن حاولتْ قتلي قبل أيام، لا يمكنني التوقف عن حبها، فهي في النهاية أمي.

(12)

ركضتُ بأقصى سرعتي، هاربة من وجهها، من صوتها، من حقيقة كلماتها، وعندما تعبتُ، وانخفضتْ سرعة خطواتي حتى توقفتُ، فسقطتُ على ركبتيَّ، ولم أعد قادرة على إمساك أنفاسي أو دموعي، جلستُ هناك، وسط حقل يحترق، وبدأتُ بالنحيب، ثم من الخلف، أتتْ حامية، متعبة هي الأخرى، احتضنتني بصمت، ومرتْ بضع دقائق ونحن على تلك الوضعية، جسدان متعبان في عالم محطم، ثم همستْ لي بصوت خافت:

-   أنا متأكدة أنها لم تقصد ذلك! إنها فقط...

قاطعتُها، وحاولتُ دفع نفسي بعيدًا عن حضنها خلال حديثي:

-   توقفي! لا أريد سماع أعذار أخرى! عيناها، لقد كانتْ جادة. أنا بالفعل أستحق الموت.

أبعدتني حامية عن حضنها، ووضعتْ كلتا يديها على كتفيَّ، ونظرتْ في عينيَّ بجدية حادة:

-   لا أريد سماع مثل هذه الكلمات منكِ، فأنتِ ابنتي، حتى ولو لم تكن دمائي تجري بداخلك، إن أفراد سيراط لا يستسلمون، يومًا ما، ستكونين أنتِ ملكة هذه البلاد، وأمكِ تعي ذلك كما أعيه، إنها فقط ترغب برؤيتكِ تسطعين، كما سطعتُ هي، لديكِ القوة والمهارة، ورغم ذلك تختارين دائمًا سلوك الطريق الخاطئ، هذا فقط ما يزعجها.

همستُ، لكن الكلمات ضاعتْ خلال همساتي:

-   أنا فقط أحاول...

157

قاطعتني وأكملتُ حديثها بكل حنان، بينما تمسح دموعي عن عينيَّ:

- ورغم ذلك، سوف أكون دائمًا بجانبك، وسوف أنتظر رؤيتكِ تعودين ورأس ذلك الوحش في يدكِ، أليس هذا ما خرجتِ من أجله؟

ابتسمتُ ابتسامة مكسورة ووجهي مغطى بالدموع، ثم عدتُ إلى أحضان حامية من جديد، وهمستُ لها بكلمة أخيرة، أحبكِ. وقفتُ، ومسحتُ وجهي، وبنظرة إصرار جديدة، أكملتُ الركض وأنا ألوح بالوداع، تاركة حامية خلفي.

وأين الخير فيما تقومين فيه؟ لا فرق بينكما، كلاكما واحد!

الكل ينادي بنفس العبارات، الكل يظن أنه البطل، الكل يحارب الشر والظلم الذي تصنعه سيراط، حتى الوحوش أصبحتْ تحارب من أجل الخير، تركتْ الناس تموت فقط لأنهم ليسوا من رعاياها، وها هي ذاهبة لتقتل المزيد بحجة أنهم أشرار، بل لتري العالم أنها الخير، وفي النهاية هي ليست إلا روح ملوثة مثلنا جميعًا، أعمتها ضغينة الانتقام وسقطتْ في شرك الوهم، أطلقتْ على هراءها محاربة ظلم سيراط ودعم الضعفاء بقوتها، وفي نفس الوقت تحكي قصتها، فارسة لوردمان، فتجعل كذبتها مكشوفة، كيف تزين لك نفسك فعلك المخزي، وتجعلكِ تستمرين في طريقك المزين بالمصابيح، كم هذا غبي! من المستحيل أن تقوم أمي بشيء خاطئ، إنها أكثر شخص يمكنني الوثوق بقراراته، فهي حكيمة ذو نظرة بعيدة، وإن كان هناك من سيعترض على حكمها، أو حتى يفكر أن يقترب من وجهها، فقد حان الوقت لتظهر عصيدة في الساحة من جديد، ليستْ كوحش، بل كخليفة سيراط الموعودة.

(13)

كانتْ الملحمة تلتهمها النيران على الطرف الآخر من النهر، وكنتُ أرى فرسان سيراط الشجعان، بدروعهم البيضاء اللامعة، وهم يحاولون إسقاط ذلك الوحش الهائج، لكنهم كانوا عاجزين حتى عن الاقتراب منها، ومن الخلف، من بين ظلال الأشجار، تقدمتُ أنا. تلقيتُ بعض نظرات الاحترام الممزوجة بالدهشة من الجنود، ثم طلبوا مني المغادرة كعادتهم، أن أبتعد عن الخطر، لكنني وقفتُ هناك، ثابتة، وتحدثتُ بإرادة لم تكن إرادتي بالكامل، بل إرادة إرث ثقيل بدأ يستيقظ في داخلي، وقلتُ بصوت واضح قطع ضجيج المعركة:

- إن عصيدة، أميرة سيراط، ستُمسِكُ زمام الأمور هنا حتى تعود الملكة بفرقتها. فليتراجع الجميع، وليتركوا قتال الوحوش للوحوش.

رأيتُ أحد الفرسان يبتسم لي بفخر من بعيد، وسمعته يصرخ للفرسان في المقدمة:

- نفذوا ما طلبته الأميرة!

ثم ذهب إلى خيام المعسكر للحظات، وعاد إليّ، وبيده درع سميك كامل، درع لم يُصنع لطفلة أبدًا، وقال وهو يضعه أمامي:

- حمايتكِ ضرورية أيضًا، إن هذا الدرع الصلب سيفي بالغرض. نحن نعتمد عليكِ.

وبينما كان الفرسان يلبسونتي الدرع الثقيل، تقدمتُ وسط الدخان المتصاعد، لم أعد أشعر بالخوف، ولم أعد أشعر بالتردد، لقد انتهى عهد الفتاة الهاربة، ولأول مرة منذ أن غادرتُ منزلي، أمسكتُ سيفي الذهبي بيد واحدة، تمامًا كما كانت تفعل أمي، وفي اليد الأخرى درع من الرمال السوداء المتجمعة، وفوق رأسي، ظهر وهج جزء التنين خاصتي، رأس تنين النار والجليد. خطوتُ إلى الأمام، ورأسي مرفوع، وجسدي متماسك، ولم تعد هناك رغبة

159

في التراجع، لقد ولدتُ من جديد في تلك اللحظة، لا لأكون وحشًا، بل لأكون بطلة هذه الملحمة، الأميرة العظيمة التي ستوقف الساحرة الشريرة التي قررتْ إشعال هذا العالم.

- أعتذر على مقاطعتكِ، ولكن لم أعطكِ الإذن للمغادرة! بل ها أنتِ تقتلين عائلتي بكذبة أنكِ تفعلين الصواب، هل تظنين أني غبية لدرجة أن أؤمن بكلامك، وأشاهد نهر الدماء هذا من بعيد؟ أنتِ وحش عابر لهذا العالم، وحتى لو كنتِ مسالمة في السابق، فالوحوش يجب التخلص منهم!

لم أنتظر ردها كما كانتْ تفعل معي، وانطلقتُ كالسهم، رأس التنين يتشكل حولي بهيئته الكاملة، وسيفي الذهبي يلمع متعطشًا للانتقام، وبدون سابق إنذار، اصطدمتْ القوتان، فدمر حطام المكان من حولنا، عبرتْ كلًا منا خلال اللهب، الأولى بعصاها التي ترسم دوائر من الطاقة البنفسجية، والأخرى بدرعها الرملي الذي يمتص الضربات، والتقينا في الوسط بحقد جارف، ضربة بسيفي الذهبي حاولتُ الوصول إلى عنقها، كانتْ كفيلة لتبرهن لبغاءة كم أنا جادة. تراجعتْ حينها إلى الخلف عدة خطوات، وقالتْ بذهول:

- ألم تري قبل قليل ما فعلوه بسكان القرية؟! هذه هي النتيجة الحتمية لأفعالهم...
- إنهم يتلقون الأوامر فقط! لا يوجد فرق بينهم وبين سكان هذه القرية، كلاهما يقاتل من أجل ما يؤمن به. وماذا عن حديثكِ حول الخير؟ هل ستزهقين المزيد من الأرواح للانتقام؟ هل تطبيق العدل يكون بالأفعال السيئة؟ إن كان هذا هو الخير بالنسبة لكِ، فأفضل أن أقف في الصف الآخر، صف الأشرار الذين يتخلصون من أمثالكِ.

تجمدتْ بغاءة في مكانها، لقد أصابتْ كلماتي شيئًا عميقًا في داخلها، وشيئًا فشيئًا، بدأتْ الأنوار الألف التي كانت تغطي روحها الفاسدة تنطفئ، واحدًا تلو الآخر، تحطم قناعها، وظهرتْ تحتها روح متعبة ومكسورة، ثم أسقطتْ عصاها، وسلمتْ نفسها للموت. همستْ:

- كنتُ أحاول فقط ألا أكون ذلك النوع من الوحوش... كنتُ أريد أن أصبح نورًا يرشد الآخرين، النور الذي...

لكنني لم أدعها تكمل، لقد سئمتُ من هذا الهراء، من الأعذار، من الكلمات التي لا معنى لها في عالم لا يفهم إلا القوة، وبضربة واحدة، سريعة وبلا أي رحمة، فصلتُ رأس الساحرة عن جسدها. ابتل جسدي بدمائها، ثم غسلته السماء عني بالمطر، وطار رأس بغاءة الطاهر بعيدًا من قوة الضربة، نظرتُ إلى ذلك المشهد، ثم إلى يديَّ، ثم إلى العالم، وبالكاد استطعتُ إمساك دموعي. ألقيتُ بدرعي وسيفي هناك، ثم تحركتُ نحو الجثة، وأعدتُ الرأس إلى مكانه، وأسندتُها على عمود بيت محترق، في لفتة احترام أخيرة لعدوة كانتْ يومًا رفيقة لي، ثم غادرتُ من الجهة الأخرى، قبل أن يلاحظ أحد من الفرسان الناجين ما حدث، انطلقتُ وحيدة، نحو وجهتي الرئيسية، صبرجاه.

(14)

كانتْ تمطر على القرية التي أخفتْ ما يعنيه لنا الأمل، تمطر بشدة حتى طغى ماء النهر على عتبات الأبواب، وغطى الحطب المحترق وجثث من عاشوا، ولم يبقَ لي ما أذكره من تلك المعركة سوى مشهد درع ركع لأميرته، يا له من شعور يصورك ضعيفًا، بعد أن أصبحتَ على بعد خطوة من تقرير مصيرك. يقولون إن عصيدة ابنة سيراط قد استيقظتْ، ورغم ذلك، أشعر أن الذي استيقظ هو الوحش الذي بداخلي، على غرار ما قتلتُ من وحوش، ومن بشر عن طريق الخطأ، كنتُ أرى أمامي عصيدة الطفلة تجري في الحقول، لا تعطي للأمر ذرة اهتمام، لكن رؤيتها الآن بهذا القرب في ذاكرتي، وهي تبكي، وروحها تتعذب من ماضٍ وسنين طويلة أهدرتها، ثم أن أنهي أنا كل ما بدأته، من اليوم الأول وحتى الأخير، أنا، من سلبها مستقبلها وماضيها، هذا فعل شيطان يخيل لي، وهو أقرب لأفعال الوحوش

161

منه إلى شرف الفرسان، إطاره مزين، لكن معناه المؤلم يوبخ سمعي، فما أتذوقه الآن ليس طعم النصر، بل لحن ندم مر.

نعم، أنا الآن وحش حقًا، وعلى الجميع أن يحذر مني، سواء كانوا بشرًا أم وحوشًا. قلتها وأنا أنظر إلى السماء، ورأسي على وشك أن يسقط للخلف من شدة رفعه، ومع حركتي، مال جسدي يمينًا ويسارًا، لدرجة بدا معها أنني سأسقط في أي لحظة وبالفعل، تلطخت ركبتاي بالطين عندما هوَيتُ، لكنني رأيتها، نجمة وحيدة في تلك السماء القرمزية، ترشدني بوضوح. كانت أنفاسي المتقطعة السريعة تقطع الحبل الذي أتشبث به، فأصبحتُ عالقة بين عالمين، هذا ما أبصرته، بينما أحاول أن أفهم، في أي نقطة يمكنني حقًا الوقوف؟ إلى أي درجة أنا بشرية، وإلى أي درجة أنا وحش؟

سواء كنتُ وحشًا أم فارسًا، فلا يزال من واجبي أن أحمي الناس، وهذا ليس ما يمكنني فعله، هذا ما ولدتُ لفعله. كانت تلك العبارة هي الخطوة الأخيرة التي تنقصني لأقرر مصيري، لكن تشبث ذاكرتي بمشهد الدماء المتناثرة يغشي موقع قدميّ وبرودتهما، فصرختُ ضائعة، قبل أن أفتح عينيّ من جديد على الأرض التي أنا عالقة فيها، ونظرتُ إلى النجوم في السماء، أغمدتُ السيف الذي كان عالقًا في قلبي للحظة، وقلتها، بكل ثبات، وكأنني في ساحة المعركة أركب خيلي، وكأنني على وشك أن أسقط المنافس الذي أمامي، وكأنني أقف أمام أمي التي تبرق على الدوام، وعندما أسقطته في خيالي، ابتسمتُ، وفتحتُ يدي للجمهور الخفي وكأنني أنا من انتصرتُ. كيف سيكون شعورها يا ترى عندما يروي لها الفرسان ما حدث؟ هل ستكون فخورة بأحد أفعالي الآن حقًا؟ هذا كل ما شغل بالي وأنا أتحرك متعبة نحو قرى صبرجاه، لأرتاح، ولو لبضع دقائق، من مشهد الفأس الذي قطع الشجرة.

(15)

لقد كان يومًا كأي يوم بالنسبة لها، تتمشى داخل أروقة قصر سيراط الشاهقة، وبيدها فنجان من الشاي، تمر بالساحة الأمامية أولًا، كعادتها، لترى هتافات الفرسان وصليل سيوفهم وهم يتدربون، فيطمئن قلبها، ويشرق صباحها بالنظام والقوة، ثم تكمل المشي نحو القاعة الكبرى، مارةً بالخدم والحراس بابتسامتها الخفية، لترى زوجها الملك وحاشيته يناقشون مشاكل البلاد، فيطمئن قلبها، ويزهر مستقبل سلالتها، تضع عدة أوراق أمامهم وتغادر لتكمل طقوسها، ربما لتجلس للحظات تراقب درعها الصدفي اللامع في المخزن، حتى تغير الروتين الممل فجأة، صرختْ طفلة، صرخة حادة ومذعورة قادمة من الساحة الخلفية، ولم يكن هناك أحد في الساحة الخلفية غير عصيدة، استيقظتْ عينا صقيبة بقلق، وسقط من يدها الفنجان وتحطم على الرخام، وتحركتْ، خطواتها البطيئة تحولتْ إلى هرولة سريعة بين الفرسان المذهولين، حتى مرتْ عبر جموع المشاهدين الذين تجمعوا، فنظرتْ معهم.

كانت ابنتها هناك، غارقة بالدموع، وبالدماء السوداء اللزجة، وبجانبها ترقد جثة وحش كبير، رأسه مفلوق تقريبًا، مات بالفعل على يديها، كانتْ عصيدة لا تزال تتمسك بمقبض سيفها الصغير المغروس في رأس الوحش، وأنفاسها العميقة تحارب صدرها الصغير، وعندما رأتْ أمها، تركتْ السيف، وسقطتْ على الأرض الحمراء. حركة واحدة من يد الملكة جعلتْ الفرسان والحشود يتراجعون، ثم جلستْ وحيدة بجانب عصيدة الباكية، وقالتْ بصوت هادئ ومستقيم، صوت قائد يتفقد جنديًا عزيزًا:

- أول صيد لكِ؟ تهانينا. هل أنتِ بخير؟ لم يصبكِ مكروه، أليس كذلك؟

شهقتْ عصيدة بين ذراعيها، وبالكاد نطقتْ بكلمات مفهومة:

- لم أرد قتله! لقد هجم علي فجأة! كل شيء حدث بسرعة وأنا...

163

قاطعتها أُمها ببرود، وقالتْ بنبرة جادة:

- عصيدة، أنتِ لم تفعلي شيئًا سيئًا، هؤلاء الوحوش يقتلون الآلاف منا كل يوم، وصيدهم متعة لنا، إنه ليس شيئًا تتأسفين لأجله. هل تريدين أن تسمعي قصة؟

أومأتْ الطفلة برأسها، مبتسمة بضعف وأمل، فربتتْ صقيبة على رأسها الذي أسقطته في حضنها، وبدأتْ قصتها صوت هادئ مشوق:

- أول صيد لي كان وحشًا أكبر من هذا، يشبه الخنزير العملاق لكن بمخالب تقطع المعدن، لم يكن لدي في ذلك الوقت سوى درع التدريب الثقيل الذي منعني من الحركة، ضربني الوحش بقوة حتى نزفتْ يداي وبدأتُ أصرخ من الألم، ولم يكن أمامي سوى الاستسلام.

انتفضتْ عصيدة من حضنها بصوت مليء بالإعجاب:

- ولكنكِ لم تستسلمي!

أجابتها صقيبة، وظهرتْ في عينيها نظرة من الفولاذ:

- بالطبع لم أستسلم، فأفراد عائلة سيراط لا يستسلمون، حتى إن آل بنا القدر إلى مسار حقير، فنحن نقف بكامل قوتنا وعزيمتنا. رميتُ الدرع، وركضتُ بسيفي الأول، سيف الشريف، متيقنة أن حياتي قد انتهتْ، لكن عندما لاحظتُ إمكانية جرحه بينما كنتُ أتلقى ضرباته التي كسرتْ أضلاعي، علمتُ أنه لا تزال لدي فرصة، حتى سقط بضربة مباشرة في القلب، تمامًا كما فعلتِ أنتِ الآن.

ثم وقفتْ مع انتهاء قصتها، ونظرتْ إلى ابنتها الملطخة بالدماء، وقالت بفخر صريح:

- قبل هذا الحدث، كنتُ أُعامل كأميرة، لكن بعده، قررتُ أن أتدرب مع الفرسان،
حتى أصبحتُ ما أنا عليه اليوم. وسأقولها صراحة، يبدو أنكِ أقوى مني بكثير،
أيها الوحش الصغير.

(16)

أخيرًا، أخرجتُ قدميها من بحر الرمال الذي غرقتُ فيه لأيام، كان الغطاء الذي تحمي به
بشرتها من أشعة الشمس الحارقة قد أصبح ممزقًا ومثقوبًا، لدرجة لم يعد يخفي هويتها، إنها
عصيدة، تلك التي يكره الجميع حضورها ووجودها، لكنها على الأقل، استطاعتْ أن تذوب
بين زحام مدينة صبرجاه المكتظة، وتختفي عن أعين فرسان لوردمان الذين كانوا يجوبون
الصحراء، لقد فرّت من قبضتهم، أو هذا ما ظننته، حتى فجأة، شق صوت فتاة حاد الزحام،
ينادي باسمها. تجمدت عصيدة للحظة، ثم أسرعتْ بخطواتها مبتعدة، محاولة التظاهر بأنها
لم تسمع، لكن الفتاة أبتْ أن تتركها، وظلتْ تنادي باسمها وتقترب منها، حتى في النهاية،
توقفتْ عصيدة، ووضعتْ يدها على مقبض سيفها، وبحركة واحدة سريعة، ألقتْ رداءها
الممزق نحو الفتاة لتشتت انتباهها، واستدارتْ، ولوحتْ بسيفها. كان نصلها يقف على بعد
شعرة واحدة من عنق الفتاة التي توقفتْ فجأة، لقد فعلتها بكل هدوء وبرود، لكنها عندما
رأتْ وجه الفتاة عن قرب، ورأتْ أنها مجرد فتاة عادية، بعينين تلمعان بالحماس لا بالخبث،
أعادتْ سيفها إلى غمده ببطء، وقالتْ بصوت أجش:

- لو كنتُ مكانكِ، لابتعدتُ ميلًا عن هذا الوحش. ماذا تريدين؟

لم تبدِ الفتاة أي خوف، على العكس، اتسعتْ ابتسامتها، وقالتْ بلهفة:

- أنتِ عصيدة التي قتلتْ اللهب! أنتِ هي وحش الرأس حقًا! يا لحسن حظي!

خلال كلماتها، بدأ الناس يجتمعون حولها، نظرتْ عصيدة يمينًا ويسارًا، وشعرتْ بالجدران البشرية وهي تضيق عليها، سمعتْ همساتهم، ألقابها المشؤومة تتردد في الهواء حتى أصبح لا يطاق، حينها انحنتْ لتلتقط رداءها، وغطتْ به نفسها، ثم بدأتْ تركض محاولة الخروج من هناك، حضورها في صبرجاه كان خطيرًا، هي لم تكن تريد جذب أي انتباه، ورغم ذلك، تبعتها الفتاة الغريبة. وبعد أن سئمتْ من المطاردة، توقفتْ عصيدة فجأة، واستدارتْ نحوها، وأمسكتها من ياقة زيها:

- لن أكرر سؤالي! ماذا تريدين؟!

فأجابتها الفتاة بابتسامة مستفزة:

- مباشرة هكذا؟ هيا! من بين جميع أفراد سيراط الذين قابلتهم، أنتِ هي الأكثر خوفًا وقلقًا، رغم أنكِ الأقوى، يا له من أمر غريب. ما رأيكِ بشراب بارد يهدئ أعصابكِ قليلًا بينما أُعرّف عن نفسي؟

حدقتْ عصيدة في عينيها الواثقتين، ثم أفلتتْها، وقالتْ ببرود وعملية:

- بل سنذهب إلى حانة، أريد أن آكل أيضًا.

(17)

(العالم سالب سبعة – بلسان عصيدة – الفصل الثاني من ملاك الكهف)

قادتني الفتاة عبر الأزقة المكتظة، وكانتْ تتحرك برشاقة وخفة وكأنها وُلدت في هذا الزحام، بل كان الناس يفسحون لها الطريق، وينظرون إليها باحترام غريب، لكن ما أن يروني أسير خلفها، حتى كانتْ تعابير وجوههم تتحول إلى خوف صامت، وبتُّ معتادة على ذلك، لكن على الأقل، لم يجرؤ أحد على إجباري على المغادرة أو رمي الصخور نحوي بوجودها.

جلسنا على طاولة خشبية في حانة صاخبة، لكن همسات الجموع حولنا خلقتْ دائرة من الصمت حول طاولتنا، لم يهتم أيٌ منا بذلك، وقد بدأتْ هي الحديث:

- كنت أتساءل، لماذا تأتي أميرة سيراط إلى صبرجاه؟ لقد فقدتْ عائلتك السيطرة على هذه الأراضي منذ مدة، وحضورك وحيدة، هذا يعيد لي بعض الذكريات.

أجبتها ببرود، محاولة إخفاء حقيقة هدفي:

- أبحث عن شخص كان متجهًا إلى هنا.
- فقط؟
- حتى الآن.

اقتربتْ مني، ووضعتْ يديها على الطاولة بجدية قطعتْ مرحها السابق.

- أقود مهمة مدفوعة الأجر لقتال وحش في الشمال، أنا أجمع بعض الناس لمساعدتي.

أجبتها بحدة على الفور، وذلك لأن الأمر لم يكن يعنيني.

- لن أشارك، لا أريد البقاء هنا لمدة طويلة.

تلاشتْ عزيمتها الملتهبة للحظة، وعادتْ تتكئ على كرسيها بتأفف.

- هذا ما توقعته، هم يقولون إن الوحوش لا تحارب بعضها البعض، لكنني ظننتكِ مميزة لقتلكِ بغاءة، ولكن يبدو أنها كانتْ مجرد صدفة...

توقفتْ، ثم مالتْ نحوي بعينين تلمعان بالإغراء.

- ولكن أتعرفين، هذا الوحش، إنه قوي وكبير، إنه ملاك على الأرض!

كررتُ الكلمة بسخرية واضحة:

- ملاك؟ هل هذه مزحة؟

ثم قالتْ فجأة، وكلماتها تقطر ثقة لم أرى مثلها في السابق:

- سأمنحكِ خمسين ألف عملة ذهبية، وثلاث قرى كاملة تحت سيطرتك، وإن استطعنا قتله، سأعيد تسليم مفاتيح صبرجاه إلى عائلة سيراط.

توقفتْ لتترك كلماتها تغوص في عقلي، ثم كشفتْ عن ورقتها الأخيرة.

- أُعرف بشيطانة صبرجاه، ملكتها السرية، واسمي قطينة.

نظرتُ إليها، إلى هذه الفتاة التي لم تبدو أكبر مني سنًّا، وهي تقدم لي المجد، والثروة، وإرث عائلتي على طبق من ذهب، أظن أنني غيرتُ رأيي الآن، انزلقتُ من على كرسيي، وركعتُ على ركبة واحدة أمامها، وقلتُ، محاولةً إخفاء الصدمة في صوتي.

- سعدتُ بلقائكِ، جلالتكِ. وأعتذر عن تصرفاتي الدميمة التي صدرتْ مني جهلًا.

ضحكتْ بصوت عالٍ ومرح، ثم مدّتْ لي يدها لكي أقف:

- لا بأس حقًّا! ارفعي رأسكِ! كان علي التعريف عن نفسي في وقت أبكر ربما.
- شكرًا على كرمكِ. متى سنحاربه إذن؟

أخذتْ تفكر للحظة، ثم قالتْ بجدية:

- إنه قوي، لن نتمكن من الانتصار عليه بقوتنا فقط، نحتاج المزيد.
- ما رأيكِ إذن بمساعدتي في البحث عن صديقتي في صبرجاه؟ هي وحش أيضًا.

ردتْ على الفور بمطلب مقابل:

- وستساعديني في إقناع الجليد بمشاركتنا في القتال، فريق من أربعة وحوش، أنا متأكّدة أننا سنتمكن من هزيمته بهذه القوة.
- يبدو هذا اتفاقًا جيدًا بالنسبة لي، اتفقنا!

ابتسمتْ قطينة ابتسامة عريضة، وعانقتني فجأة بقوة وكأني حققتُ لها أمنية طال انتظارها، ثم أمسكتْ كلتا يدي وشكرتني بحرارة، ودعتني لاحتساء شراب في قصرها وغادرتُ الحانة، حتى وهي في طريقها للخروج، بقيتْ تلوح لي بيدها، بينما أنا أنظر إليها باندهاش، دون أن أقوم بأي حركة. همستُ لنفسي بصدمة: يا لها من ملكة طائشة! قبل أن أُكمل طريقي للبحث عن أذني القطة الضائعتين في أزقة هذه المدينة المجنونة.

(18)

(العالم سالب سبعة – بلسان الراوية أثينا – الفصل الثالث من ملاك الكهف)

كانتْ تقف بعيدًا، طفلة صغيرة في قصر ضخم يحتضر، تراقب والدتها وهي تجر حقائب الرحيل، وكيف اجتمع فرسان لوردمان المتبقون حول ملكتهم، كل واحد منهم يحاول أن يكون صاحب الشرف الأخير في مساعدتها على قيادتهم لكسر حصار صبرجاه، لكنها لم تهتم لأحد منهم، كانتْ عيناها مثبتتين على طفلتها فقط. لوّحتْ لها، فابتسمتْ الطفلة، وركضتْ نحوها لتودعها، وبعد حضن طويل وصامت، جلستْ الملكة على ركبتيها لتصبح في مستوى نظر ابنتها الصغيرة، وقالتْ بصوت حاولت أن تجعله ثابتًا:

- لن أغيب طويلًا عن المنزل، ولكن حتى عودتي، أريد أن أعطيكِ نصيحة، لا تقتربي كثيرًا من النار، هي في بعض الأحيان تكون الدفء الذي ينير لنا الطرق المظلمة، ولكنه من الداخل جحيم سيحرقكِ عندما تسنح له الفرصة، إنه مخيف

169

ومؤلم، ورغم ذلك، يكون أحيانًا الفرح الوحيد لمشاكلنا، وأيضًا، لا تنسي ما أقوله
لكِ دومًا...

قاطعتها الطفلة بوجه جاد وقسم طفولي:

- سوف أبتسم! دومًا سوف أبتسم.
- نعم، حاربي الشر بابتسامتكِ، ولا تتركِ أي شخص يسرق تلك الابتسامة منكِ،
فهذا هو المعنى من الحياة. حان الوقت لكي تعتمدي على نفسكِ، لقد كبرتِ حقًا،
أيتها الشيطانة الصغيرة!

تساءلتْ الطفلة في صمت قلبها، وهل ستعود؟ ثم جاءها الجواب ليس من أمها، بل من
صرخة حارس عند البوابة، فرسان سيراط يخترقون البوابة! وحينها أدركتْ الحقيقة المرة،
هي لن تعود. في تلك اللحظة، ومن بعيد، كان أحد فرسان سيراط المنتصرين ينظر إلى
القلعة التي سقطتْ متعجبًا وسمعته يقول:

- من كان يصدق أن لوردمان ستترك أكبر معاقلها لسيراط بهذه السهولة! وخلال
ثلاث ساعات فقط! وبدون استخدام أي وحوش أيضًا! في كل مرة أتحرك بها
مع صفوفهم يدهشونني، إننا نعيش في العصر الذهبي لعائلة سيراط بالطبع!

لم يسمع الفارس المنتصر صوت الطفلة وهي تُنتزع من حضن أمها، ولم يرَ الملكة وهي تدفع
ابنتها إلى ممر سري خلفها، وتستدير لتواجه مصيرها وحدها، كل ما بقي في ذاكرة تلك
الطفلة، قطينة، من ذلك اليوم، هو وصية أمها الأخيرة، وظهرها وهي تختفي لتقاتل جيشًا
لا يمكنها هزيمته، وابتسامة مريرة لم تفارق وجهها منذ ذلك الحين. لقد كانتْ جالسة وحيدة
في حديقة القصر الداخلية، مما جعلها بارزة كجوهرة سوداء على رداء أبيض، وكما لم تأبه
لأمر احتلال المدينة الذي أُعلن عنه الرسول قبل قليل، لم تأبه الآن بصرخات النجدة

وضربات السيوف التي انتشرتْ حولها، كانت تنظر فقط لبعض الفرسان الغزاة وهم يمرون في القنوات الطويلة خارج الحديقة، كانت في عين الإعصار، هادئة بشكل لا يصدق، حتى رأتْ فتاة من ذلك الجمع تنظر إليها من شرفة عالية، التقتْ عيونها للحظة، نظرة طويلة عبر فوضى المعركة، ورأتها قطينة وهي تشير بتأسف لرفاقها، وتتركهم، ثم ظهرتْ في الأسفل عند مدخل الحديقة، لوحتْ لها من بعيد، ثم اقتربتْ أكثر، حتى جلستْ بجانبها على العشب، دون أن تعطيها قطينة أي اهتمام، وقالتْ تلك الفتاة الغازية بصوت واضح وهادئ:

-	ما الذي تفعله فتاة صغيرة هنا؟ لم لا تغادرين رفقة الآخرين؟

أجابتها قطينة دون أن تنظر إليها حتى:

-	ولماذا أغادر؟ هذا هو منزلنا. أليس أنتم من عليكم المغادرة؟

ابتسمتْ الفتاة الغازية ابتسامة فيها شيء من التكبر والإعجاب في آن واحد.

-	لكنه لم يعد منزلكم، صبرجاه هي معقل سيراط الجديد لبداية احتلال الشمال!

قالت قطينة بثقة هادئة وهي على نفس الوضعية:

-	سوف ترحلون يومًا ما، وعندها سيعود هذا المنزل لنا، فما أنتم إلا عابرون.

اتسعتْ ابتسامة الفتاة الغازية، ورفعتْ رأسها وكأنها تستمتع بهذا التحدي، ثم أمسكتْ يد قطينة، ورفعتها عن عشب الحديقة، وتحركتْ عائدة بها نحو القصر، وقطينة خلفها، لا تدري ماذا تقول، فاستمرتْ فقط بالمشي خلفها في صمت. عبرتا الممرات التي أصبحتْ الآن ساحة مليئة بفرسان سيراط، وكانتْ الفتاة الغازية تفلتْ يد قطينة أحيانًا لتصدر أمرًا، ثم تعود وتمسكها من جديد، حتى وصلتا إلى القاعة الكبرى، فأفلتتها وهي تقول:

-	اسمي ريانة، وأنا الحاكمة الجديدة لهذه المدينة.

توقفتُ، ونظرتُ إلى قطينة بجدية مرحة، وأكملتُ:

- هل يمكنكِ مساعدتي في إدارة منزلكم حتى أغادر؟

(19)

فتحتْ قطينة باب قاعة العرش بغضب مكتوم، كان صوت الباب الخشبي الثقيل وهو يرتطم بالجدار كفيلًا بإسكاتِ الهمسات المتعبة للمستشارين المجتمعين حول الطاولة، بدت مخيفة بهذه الحالة، كشيطانة صغيرة غاضبة، فلم يجرؤ أحد على النظر إليها، وضعتْ سيف تدريها على أقرب طاولة بقعقعة مدوية، ثم مشيتْ بخطوات ثابتة نحوها. كانتْ ريانة تجلس على رأس الطاولة، غارقة في الخرائط والأوراق، لم ترفع رأسها في البداية، لكنها أشارتْ بيدها إشارة مقتضبة، فانسحب المستشارون والحضور من القاعة في صمت، تاركين الحاكمتين الشابتين وحدهما في ضوء الشموع الخافت، حاولتْ ريانة، رغم توترها الواضح، أن تفهم الموقف، وأن تنسل من الكلمات ما يهدئ غضب رفيقتها، لكن قطينة وقفتْ أمامها وقالت بصوت حاد:

- إنه منتصف الليل بالفعل!

أجابتْ ريانة بصوت مرهق:

- أعرف، أمور الإدارة صعبة بعض الشيء.
- أنا هنا، ألم تقولي إنني سأساعدكِ؟ لقد أصبحتُ كبيرة بما يكفي لفعل ذلك.

رفعتْ ريانة رأسها أخيرًا، وظهر التعب بوضوح تحت عينيها.

172

- قطينة! عمرُكِ لم يكن المشكلة يومًا، كما أقول لكِ دائمًا، إنها أمور حساسة، وما زلتِ تحتاجين إلى مزيد من الوقت.

قالتْ قطينة، وصوتها يرتجف من الإحباط:

- قطينة! قطينة! أنتِ ترهقين نفسكِ كثيرًا على حسابي! ألا يوجد حقًا أي شيء يمكنني القيام به لأجلكِ؟

فأجابتها بابتسامة باهتة:

- أنا بخير حاليًا، شكرًا على لطفكِ الشديد.

صرخ حينها صوت في داخل قطينة، بخير؟ لم تنم منذ يومين، وها هي تتحرك من قاعة إلى أخرى، ومن اجتماع إلى آخر، وأنا أقف هنا كقطعة أثاث جميلة، ما هي مشكلتي؟ لماذا لا تسمح لي بالمساعدة؟ ثم غادرتْ القاعة، ومرت الساعات وهي تمشي وحيدة في أروقة القصر الصامتة، حيرانة، ممزقة روحها بين رغبتها في اللحاق بوهم ماضيها المفقود، وبين رغبتها في مساعدة هذا الخيال الجديد الذي تمثله ريانة، وبينما هي في حيرتها، لاحظتْ عودة حامية وفرقتها من إحدى المعارك، كان صوت دروعهم المرهقة يتردد على الرخام البارد.

هرعتْ إلى الأسفل، ووقفتْ تنتظرها بصمت عند نهاية الدرج، ابتسمتْ لها حامية ابتسامة متعبة، وربتتْ على رأسها كعادتها، وقد رأتْ القائدة الحكيمة على الفور ما يدور في عقل الأميرة الصغيرة، فسألتها بهدوء:

- تبحثين عن طريقة تساعدين بها ريانة؟

نظرتْ قطينة إلى الأرض، وهمست:

- هي لا تثق بي. دائمًا ما تخبرني أنها بخير، لكنها في الحقيقة تضغط على نفسها بشكل كبير. أريد أن أكون صديقة جيدة لها، لكنها لا توافق أبدًا على ترك أي شيء لي.

- أظن أن أسهل طريقة لمساعدة ريانة هي عدم التدخل في أمورها...

ثم رأتْ خيبة الأمل في عيني قطينة، فأكملتُ بنبرة أكثر حنانًا:

- لا أحد يستطيع تحمل مهام ريانة غيرها، إنها بطلة عائلة سيراط الإدارية، في بضعة شهور، حولتْ هذا الجحيم الذي تركته الملكة إلى مدينة مزدهرة بالكامل، لكن ربما عليكِ سؤالها مباشرة إن كانت تحتاج أي شيء منكِ.

- لقد فعلت، وهي ترفض دائمًا!

ابتسمتْ حامية حينها وقالتْ:

- إذن، اجعلي نفسكِ محط ثقة لها، إن رأتْ أن بإمكانكِ مساعدتها حقًّا، فأنا متأكدة أنها ستشركُكِ حينها في مهامها. هل جربتِ تقليد ما تفعله؟

صمتتْ قطينة للحظة، تفكر في هذه النصيحة البسيطة والعميقة.

- لا... لم أجرب. شكرًا لكِ يا حامية! سوف أحاول ذلك.

ابتسمتْ حامية وهي ترى الشعلة تعود إلى عيني الأميرة الشابة، لقد أعطتها للتو ما هو أهم من أي سلاح أو منصب، لقد أعطتها هدفًا واضحًا.

لقد كان يومًا عاديًا كسائر الأيام في صبرجاه الجديدة، قطينة تمشي في الممرات، تنقل الأوراق من مكتب لآخر، تستضيف الزوار بابتسامة مهذبة تعلمتها من ريانة، وتراقب الشمس حتى موعد غروبها، الموعد الذي تشاركه مع الفرسان لعودتهم، لقد أخذتْ نصيحة حامية على محمل الجد، وبدأتْ تقليد ريانة في كل شيء، في محاولة يائسة لتثبت أنها جديرة بالثقة،

وقبل أن تذهب لاستقبال الفرسان العائدين، رأتْ ريانة من بعيد، وملامح الانزعاج ترتسم على وجهها بشكل واضح، أوقفها بعض المستشارين، تكلمتْ معهم بحدة، ثم غادروا بسرعة، بينما بقيتْ قطينة واقفة في الخلف، تنتظر، حتى اقتربتْ منها، وقالتْ بصوت متعب لم تسمعه قطينة من قبل:

- لقد حان الوقت، هل أنتِ جاهزة لتستلمي المنزل؟

سألتْها قطينة بقلق، مذعورة القلب:

- سوف تغادرين؟
- هناك وحش هائج في الشمال يدمر قرانا منذ فترة، وجميع فرسان سيراط مشغولون في حروبهم مع لوردمان، لذا لا يوجد حل إلا أن أقوم بقتاله مع فرقتي الخاصة.

تنهدت ريانة بحدة، ثم أكملتْ:

- لا تقلقي، ربما أنا فقط أبالغ في تقدير قوته، وأعود إليكِ في النهاية.
- ألن تعودي؟

اقتربتْ ريانة أكثر، وانحنتْ، وهمستْ في أذنها سرًّا مرعبًا:

- إنه وحش من المستوى الأول، سأحاول أن أعود، فلا أحد يحب الموت، لكنني لن أضمن لكِ ذلك، وحتى يتم تأكيد أمر نجاتي، لكِ الحق في التصرف بما ترينه صائبًا في المدينة.

نظرتُ في عيني قطينة مباشرة، ووضعتْ يديها على كتفيها.

- لقد كبرتِ حقًّا، يا ملكة صبربجاه.

لن تعود، لكن من أنا لأوقفها؟ لن تعود، ولكن من أنا لأساعدها؟ فقط سأبتسم لمغادرتها، كما فعلتُ في السابق مع أمي.

غادرتْ ريانة، تاركة قطينة واقفة وحدها في الممر الواسع، لم تبكِ، ولم تصرخ، فقط تجمدتْ في مكانها، وهي تنشاهد ظهر رفيقتها يختفي عند المنعطف، لقد أعطتها ثقتها الكاملة، ومنحتها مملكتها، وتركتها لتواجه مصيرًا تعرفه جيدًا، مصير الطفلة التي تُترك وحيدة في قصر كبير ليحترق ببطء، وما بإمكانها هي غير الابتسام تطبيقًا لوصية قديمة.

(20)

كانتْ تجلس تحت أثر قديم، بقايا تمثال لأحد أجدادها المنسيين، وسيفها، الذي لم يمس شيئًا، كان يجلس خائبًا بجانبها، والشمس في الأعلى، لو شاءتْ، لكتبتُ من حياتها قصة، لكن قطينة كانتْ تختبئ في ظلها، لا يمكنها وصف الهزيمة التي تشعر بها، ممتلئة بدماء فرسانها، دون أن تحمل جرحًا واحدًا، حتى أقبلتْ حامية. رفعتْ قطينة رأسها حزينة، لكنها أجبرتْ شفتيها على رسم ابتسامة خفيفة، كي لا تكسر عادتها، وربتتْ الأخرى على رأسها كالمعتاد عند رؤيتها، ثم جلستْ بجانبها وسط الصمت المطبق، وقالت بهدوء:

- هزيمة أخرى؟

همستْ قطينة لها حينها:

- سوف أقتله يومًا، أحتاج فقط المزيد من القوة، حتى خيرة الفرسان غير قادرين على مجاراة هذا النوع من الوحوش، لقد أسموه المستوى المستحيل لسبب ما. يجب أن أجد طريقة أخرى.
- ماذا عن الاستعانة بالتنين؟ مع قوتكِ، أظن أنها ستكون تشكيلة مناسبة لقتاله.

176

- هناك من نصحني بعدم اللعب بالنار، أخشى أن ينقلبوا ضدي، ولن أكون حينها قادرة على قتالهم. ألم تسمعي بالنزال الذي حصل بين الرأس واللهب؟

قالتْ حامية بثقة مندفعة:

- عصيدة فتاة مخلصة وبسيطة، أنا متأكّدة أن لها أسبابها، والمخلب تختبئ هنا في صبرجاه، والجليد تحصن نفسها في كهف قريب، بقوة أربعتكم، يمكنكم قتاله بسهولة. ألا تعجبكِ الخطة؟

صمتت قطينة، تفكر في هذا الاقتراح المجنون، ثم سألتْ ببرود سياسي:

- وهل ستساعد سيراط فتاة لوردمان على فك التحالف بعد قتله؟

قالتْ حامية، وقدمتْ وعدًا هائلًا:

- سأجعل الملكة صقيبة بحد ذاتها تأتي لتستعيد المملكة، لذا لا تتعبي نفسكِ في التفكير بالمستقبل.

وقفتْ حامية على قدميها، مرتكزة على الأثر القديم، ومدّتْ يدها، فتشبثتْ بها قطينة، وعادتا معًا إلى صبرجاه. كانتا صامتتين طوال الطريق، وقطينة تفكر، هل خطة حامية طريقة مناسبة لقتال هذا الوحش؟ فرقة صغيرة لا تتعدى ثلاث وحوش مستقرة بأجزاء التنين، يقودهم شيطان، ضد وحش هائج، يا لها من طريقة غير عادلة بتاتًا للوحش.

(21)

أخبرني، ما الذي جعل سيراط تختار صبرجاه من بين جميع معاقل الشمال؟ مدينة صحراوية، فقيرة، تاريخية، أرضها منخفضة ومسطحة، وبلا ماء تقريبًا، هذا ما سألتُه نفسي وأنا أتخطى ديارها المدمرة، وأتجه نحو شمالها، إلى قرية سيماه، لم تكن هي العاصمة، لكنها كانتْ المنطقة الخضراء الوحيدة، الجنة الصغيرة في قلب الجحيم، وذلك لأنها تحتوي على عين الماء الأخيرة التي تمد الصحراء بأكملها بالحياة. إذن، لماذا اختارتْ سيراط صبرجاه؟ هل عرفتَ الإجابة الآن؟ إنها بصمة أمي الاستراتيجية، تتخطى الخيول المدينة الأم، وتتمركز في سيماه، تقطع الماء والغذاء عن الجميع، تهديد صريح وبسيط، معكم ثلاثة أيام لتستسلموا، أو ابقوا لتموتوا جوعًا وعطشًا، إلا أن ثلاث ساعات كانتْ كفيلة بإسقاط فرسان جياع، إنها طريقة تفكير فرقة ريانة في التخطيط البارد، ثم يأتي دور الفرق الملكية، صقيبة وحامية، لتهاجم، هكذا صنعوا الجيش الذي لا يهزم، وهكذا بنوا ما أسموه العصر الذهبي لعائلة سيراط، لكنهم الآن يدفعون الثمن، فقدان ريانة وفرقتها في صبرجاه كان صفعة قوية لهم، وبداية انحدار، ثوار فمرسا لمعثُ سمعتهم بإسقاط لوردمان في الجنوب، ومعارضة شرسة ولدتْ من غضب الشعب في الوسط والشمال، تمولها منظمة الفرسان الأحرار الغامضة في كوفا، لتقطع كل أنشطة مملكة الحمراء، إنها فوضى مدبرة تدمر المملكة، وسيراط هي من تدفع ثمن كبريائها.

رغم هذا التاريخ الدموي، فإن جمال سيماه ينسيك كل شيء، هي في كل مكان تبدو وكأنها لم تُحتل من قبل، بآثارها القديمة وحدائقها المعلقة التي لا تزال تزهر بعناد، كيف لا تكون مركز صبرجاه وهي بهذا الجمال؟ وما دار في عقلي عندما رأيتها كان بسيطًا، لابد أن اللصة التي أبحث عنها، فلفلة، تختبئ وسط متاحفها وحدائقها، فالقطط تبحث عن الذهب والماء، لا عن الرمل والغبار، والماء الذي يسقي القمح هنا، هو الوجهة التي ستغوي أي كائن جائع يبحث عن ملجأ في صحراء صبرجاه.

تبتسم عند مدخل الباب، كانتْ لديها خطة سخيفة في رأسها، فضحكتْ وهي تفكر بها، ربما هي سخيفة، ولكن هناك فرصة ضئيلة بأن تنجح، ولأجل تلك الفرصة، ستقوم بها. دفعتْ أبواب الحانة الخشبية بقوة، فحلّق رداءها وشعرها الأبيض المزرق الذي تدلى على كتفيها، وجمعتْ أنظار كل من كان في الداخل، وكأنها ضيف مميز قد حل، وهي كذلك، ثم جلستْ على أقرب طاولة، ورفعتْ يدها عاليًا في السماء، وبعد شجار في الداخل اقتربتْ منها خادمة، وقد كانتْ الأشجع بينهن، الوحيدة التي تجرأتْ على مقابلة هذا الوجه الجديد الخطير، كان كل شيء يمشي وفق الخطة، حتى انخفضتْ الخادمة إلى أذنها وهمستْ بصوت حاد ومنخفض:

-   لو سمحتِ، غادري المكان فورًا، وإلا سأجلب الفرسان لطردك.

قالتْ عصيدة بصوت واضح:

-   أربعة أكواب من فضلك، ووجبة...

رفعتْ حاجبيها بدهشة، ببرود، ثم مالتْ نحو الخادمة.

-   ماذا قلتِ؟
-   ما قلته واضح. غادري الآن!

تحرك كرسي الفتاة للخلف وهي تنهض، كانتْ تريد بدء شجار، لكن قبل أن تضع يدها على مقبض سيفها، كان نصل سيف آخر يلامس رقبتها بالفعل، ظهر رجال مسلحون من كل زاوية، وآخرون يجهزون أسلحتهم، ومن بينهم رامٍ يقف في الطابق العلوي، سهمه موجه نحو قلبها، حينها قال الرجل الذي يحمل السيف:

179

- هل تظن سيراط أنها تستطيع السيطرة على هذه القرية من جديد؟ أين هم فرسانكِ؟ أين يختبئون؟ سيهاء الآن بيدنا نحن، ثوار فمرسا، وإن حاول أحد منكم القدوم، سنصنع منه مشهدًا تاريخيًا يُسجل كنهاية سيراط!

قالتْ عصيدة، والارتباك الصادق في صوتها.

- ثوار فمرسا؟ أليستْ صبرجاه بيد معارضة لوردمان؟
- هي كذلك، لكن إن كنتم تريدون إيقاف احتلالنا للشمال، فأسرعي وأخبري أمكِ، أيتها الطفلة.

حان وقت استعمال الرداء إذن، بحركة واحدة سريعة، ألقته في الهواء، وفي نفس اللحظة، ضربتْ بقدمها الأرض فانبعث منها لهب خفيف، غطى الدخان الأسود أعين الرماة، بينها انزلقتْ هي تحت ردائها الذي أوهم المقاتلين بمكانها. كانت لحظة من الفوضى، ثم عاد كل شيء لمجاريه، كانت عصيدة تقف الآن على إحدى الطاولات، تحمل سيفها، ومحاطة بعشرات من فرسان فمرسا المدرعين الذين ظهروا من العدم، وتحتها، كانت الخادمة المرعوبة التي رفضتْ طلبها، تزحف بين أقدامهم، أنزلتْ حينها نصل سيفها ليكون في اتجاه الخادمة، وقالتْ بصوت هادئ ومرح بشكل مرعب:

- يبدو أن الأمور ستشتعل. وجبة اليوم الخاصة وكوب واحد فقط من فضلك.

لكن قبل أن تنهار الخادمة من الرعب، انطلقتْ السهام، واخترقتْ السكون، وانغرستْ في الطاولة الخشبية عند قدمي عصيدة، محطمة إياها إلى شظايا، سيفها، الذي كانت تحمله بلامبالاة، سقط من يدها وارتطم بالأرض، وفي نفس اللحظة، وبسرعة لا يمكن تتبعها، أمسكتْ برقبة الفارس الذي كان يقف أمامها، وعندها، عرف رأس التنين الذي اشتعل بجانبها أين يضرب، وعرف لهبها الأرجواني أين يكون المخرج، بكلمة همست بها، انفجرتْ

الأعمدة الخشبية للحانة، وبدأ السقف ينهار، سقط المكان بأكمله على رأسها بينما كانت متخذةً من جثة الفارس درعًا لها. وبينما يتلاشى الدخان والغبار، رفعتْ رأسها ببطء من وسط الحطب المشتعل والأنقاض، أطلقتْ عطستين صغيرتين متتاليتين بسبب الغبار، ثم أرجحتْ رأسها ليسقط الرماد من شعرها، لكن لونه لم يعد أبيض بالكامل، بل بات رمادي اللون، كلون دخان المعارك، وحينها، كان الليل قد انتهى بالفعل

(23)

فتحتْ قطينة أبواب الحانة خافتة الإضاءة، فوجدتْ عصيدة نائمة على إحدى الطاولات في الزاوية، فمنذ مجيئها إلى صبرجاه، لم تلتقط سوى نظراتُ الحقد وبعض السهام الخفية، كانتْ جائعة، ووجبتها التي اشترتها كانت أمامها لم تمسها، ربما لسبب سخيف كظهور يد قطة فجأة، أو ربما لأن التعب قد غلبها، ثم وضعتْ رأسها على الطاولة مللًا، فسقطتْ في شرك نوم عميق. سحب شخص ما الكرسي بهدوء قبل أن تجلس عليه قطينة، لقد عرفتْ ذلك من صوت الجر الثقيل، ثم جلستْ، وبدأتْ بالحديث بصوت هادئ كي لا توقظها فجأة:

- هل هذه عادة عند فرسان سيراط؟ دائمًا ما يكونون متعبين.

فتحتْ عصيدة عينيها ببطء، وحدقتْ في قطينة للحظات قبل أن تستقيم في جلستها:

- قطينة؟ كان من المفترض أن ألتقيكِ في القصر. لا أجد أثرًا للقطة في كامل المدينة، ولم أرد أن آتي خاوية اليدين، لكنني لن أستسلم، سأستمر في البحث عنها حتى يصبح وجودي هنا مستحيلًا.

قالت قطينة وهي تتناول تفاحة من على الطاولة:

- لا بأس، يبدو أن اختياركِ للحانات جيد على الأقل. لا تقدم؟

- ولا حتى شعرة لها، يبدو أنها لم تأتِ إلى هنا بعد، أو أنها تختبئ في مكان لا يخطر على بال بشر.

أجابتها قطينة بعملية باردة:

- هذا يعني أن الأولوية الآن للجليد. غدًا سنذهب، إنها تتحصن في كهف قريب.
- ألديكِ طريقة معينة لإقناعها؟

قالتْ بلامبالاة:

- إما أن تصاع لأمرنا، أو نرحل.
- عشوائي جدًا. كنتُ أريد أن أسألكِ عن أمر آخر، ماذا تفعل قوات فمرسا هنا؟

انحنتْ قطينة إلى الأمام، واختفى مرحها، وحلتْ محله نظرة ملكة تشرح خريطة الحرب.

- ثوار فمرسا تقصدين؟ إنهم موجودون في كل مكان الآن، الجميع يريد منهم حكم الحمراء وإسقاط عرش سيراط، أنتِ تعرفين ذلك، صحيح؟ أمكِ وحامية تقاتلان بكامل قوتهنَّ الآن على كل الجبهات فقط لمنع حدوث هذا.

قالت عصيدة، وقد بدأتْ تفهم حجم المعركة:

- وعودة صبرجاه لهنَّ ستكون تطورًا عظيمًا في هذه القضية، أليس كذلك؟

قالت قطينة وهي تحدق في عينيها مباشرة:

- عودة صبرجاه لهن، تعني إحكام قبضتهن على كامل الشمال، لهذا السبب، انتصاركِ في هذه المعركة القادمة لا يعني فقط إنقاذ هذه المدينة، بل يعني إعادة سيراط إلى رشدها من جديد، إنقاذ إرثكِ أنتِ.

ساد الصمت للحظات، نظرتُ فيها إلى قطينة، وأدركتُ في تلك اللحظة أن هذه الفتاة لم تكن مجرد مغامرة طائشة، بل كانتْ تاجرة ماهرة، وأنها، عصيدة، لم تكن مجرد شريك، بل أهم قطعة على رقعة تلك الحرب. أعادتْ رأسها إلى الطاولة لتريح جبينها على الخشب البارد، وذلك بعد أن أنهتْ طعامها، كان عليها الآن العودة من جديد إلى الشوارع، للبحث عن القطة كفرصة أخيرة، لم يتبقَّ معها غير بضع ساعات إضافية قبل أن تفقد الأمل تمامًا وتغادر هذه المدينة، وفكرتُ، رفقة إرهاقها الذي يشق الجسد، وماذا كان اسمها؟ ولمَ أهتم بأمرها حتى؟ لقد غادرتُ، بل غادرتْ بعد ما استغلتْ وجودي لتهرب، هل إعجابها بي حينما قضيتُ على الوحش هو ما جعلني أتعلق بها؟ أم اليومان اللذان قضيناهما معًا؟ فلفلة، هل كان لمعان عينيها الذي لم يمنحني إياه أحد من قبل، هو ما جعلني أتعلق بها إلى هذه الدرجة؟ يا لها من سخرية. ثم ارتفع صوت آخر في رأسها، صوت الوحش، صوت الكبرياء، ولمَ أبحث عنها من الأساس؟ ألن أكون قادرة على القضاء على ذلك الوحش الأسطوري بمفردي؟ لن يكون أقوى من بغاءة على أية حال.

(24)

(العالم سالب سبعة – الفصل السادس من ملاك الكهف)

تبتعد الآن، يختفي أثرها مع كل خطوة تخطوها على تراب الغربة، خارج حدود موطنها، لقد رافقتها الدموع في رحلتها الطويلة، ومعها بؤس دفين، فالسيف الذي تحطم بين يديها عندما ضربه المنجل لم يكن مجرد سلاح، بل كان هدية وحيدة منها، ذكرى من حياة أخرى سابقة، وهي لم تكن ترغب حتى في استعماله آنذاك، لكن القدر لم يمنحها خيارًا، وها هي الآن، تطفو على ساحل غير مرغوب به، روح تائهة في عالم لم يعد وطنها، كان حلمها في البداية مجرد طريقة خاصة لتظهر للعالم مشكلتها، لتصرخ بصمت عن الجرح الذي بداخلها، لكن في سعيها لتحقيق ذلك الحلم، نالتْ العديد من المشاكل الأخرى، جروحًا أعمق، لقد تغير

183

حلمها القديم، وأصبح حلمها الجديد أبسط وأكثر استحالة، أن تنسى، أن تمحو كل ما كانت تمضي لأجله، وفي المقابل، نالت نقيض ما تمنت، لقد سقطت عن سلم كانت تقف في درجاته الأعلى، سقطت، ليس لأنها تعثرت، بل لأنها قفزت، لتبرهن لهم، ولنفسها، أن بإمكانها الطيران، وفي فعل الطيران ذاك الذي استمر للحظة واحدة مجيدة، وجدت نهايتها، الطيران ما رآه الناس، وهي وحدها من رأت باقي المشهد.

سقطت أرضًا بعد ضربة قاسية، وتدحرجت بصعوبة لتتجنب مخالب الغضب التي مزقت الهواء حيث كانت تقف قبل لحظة، وقبل أن يقبض الوحش روحها، رفعت يدها نحوه في محاولة يائسة أخيرة، إلا أنها لم تكن تعرف معنى الألم الحقيقي حتى تلك اللحظة، بقايا درعها تناثرت في الأرجاء، وبرفقتها قطع من لحمها ونزيف لا ينتهي، احتضنت يدها المنتحبة الأرض، وبكل يأس، نادت أمها بصوتها المنسي الذي لم يعد يشبه صوتها. زلزال خفيف تحت جسدها المتجمد، علامة على أن الحركة القادمة للوحش ستكون خاتمة هذه الحكاية، ومع خطواته الساحقة وهو يقترب، أغلقت عينيها، عاجزة حتى عن إيقاف القطرات التي تأرجحت على أهدابها، التهم اللوم قلبها الصغير، مؤنّبًا إياها على خروجها، على هربها من حياتها لأجل غاية كاذبة، لكنها، عندما فتحت عينيها لترى النور لمرة أخيرة، لم ترَ مخالب الوحش، رأت شعرًا أبيض ينسدل كشلال من ضوء القمر، على بعد أميال من الوطن، كانت تقف هناك، إنها أمها، ابتسمت حينها، ابتسامة طفلة وجدت خلاصها، وكأن حلمها قد تحقق أخيرًا، على بعد أميال من الوطن، ظهرت أمها بنفسها، من أجلها هي. في تلك اللحظة، سقطت يدها التي كانت تحمل السيف، وكأن القتال قد انتهى، وبدأت تضحك ساخرة من الموقف، لكن ظلًا التف بسرعة كأنه سهم، واستقر على مقربة من عينيها، لم تكن أمها، بل امرأة أخرى، نظرت إليها بجدية تامة، ملامح وجهها صارمة، وقاسية، ومعذبة، منجلها الأسود، الذي ثبتَ الوحش في مكانه، خرج من جسده ليحلق في السماء، تبعته قفزتان بين مخالب

الوحش المشلولة، لتصبح خلف الفتاة الساقطة. زأر الوحش المحتضر، مما جعلها تهتز على الأرض، إلا أن منجل المرأة الساقط بجانبها قام بسندها، وقالتْ لها بصوت بارد كالثلج:

- لا أهتم بما كنتِ تفعلينه هنا، لكنكِ إن لم تكوني قادرة على القضاء على وحش كهذا، فلا مكان لكِ في هذا العالم. أتكلم بجدية، إن لم تقومي بالقضاء عليه هنا والآن، فسوف أقوم أنا بقتلك، جزء التنين لا يجب أن يمتلكه المنهزمون.

ثم ألقتْ عند قدميها سيفها، وبجانبه قارورة صغيرة تتوهج بسائل أخضر:

- السيف على يمينك، وجرعة شفاء على يسارك، والهدف أمامك، أثبتِ لي أنكِ تستحقين لقبك.

فكرتْ الفتاة بقلب محطم، وهي تنظر إلى مكان السراب الذي رأت فيه وجه أمها: لقد ظننتُ أنها أنتِ، ظننتُ أنكِ جئتِ لإنقاذي، ولم أعلم أنها مجرد نسخة أكثر بغضًا منكِ.

(25)

(العالم سالب سبعة – بلسان عصيدة – الفصل السابع من ملاك الكهف)

تلك المرأة الغريبة، سأسميها النسخة البغيضة غير المبالية من أمي. كانتْ هذه هي فكرتي الأخيرة قبل أن تبدأ المسرحية الحقيقية، وقفتْ تلك المرأة ذات المنجل هناك، تراقبني وأنا أسقط، وأنا أُجرح، وأنا أُقطّع إربًا، ولم تكن معركة، بل كانت عملية تشريح لروحي، كلما كنتُ على شفا الموت، وكلما تمنيتُ أن تنتهي هذه المعاناة، كان كل ما تفعله هو إلقاء تعويذة شفاء سخيفة، تعيد لحمي الممزق إلى مكانه، فقط لكي يتمزق من جديد، محاولاتي لم تكن تجدي نفعًا، وجعلتني أدرك أنه من المستحيل هزيمة شيء كهذا بقوتي الحالية، حتى، وفي لحظة من اليأس المطلق، فعلتُ الشيء الوحيد المتبقي، رميتُ سيفي نحوها هي، لا نحو

185

الوحش، لكنها لم ترمش حتى، تجمد اليأس في عروقي، وغشى الضباب عيني، واستسلمتُ للضربة القاضية التي كانت قادمة لتقضي عليّ، لكنها لم تأتِ، بل وقف منجلها الأسود بيني وبين مخالب الوحش، كملاك حارس جاء متأخرًا، ثم تقدمتْ هي، وأخرجتْ المنجل من الأرض، وبحركة واحدة رشيقة، غرسته في رأس الوحش، واضعة إحدى قدميها عليه لتثبته، ثم اقتربتْ مني وأنا ملقاة على الأرض، وقالتْ بصوت بارد لم يحمل أي أثر للشفقة:

- لماذا قمتِ برمي السيف؟ أظننتِ أنه يمكنكِ الهرب بحركة كهذه؟

إلا أن حركتها الأخيرة استفزتني، فصرختُ بها:

- لماذا لم تقضي عليه منذ البداية؟! أكان يعجبكِ صراخي وأنا أحتضر هناك؟!
- لأن هزيمة وحش من هذا النوع هو أقل ما أتوقعه منكِ، ألستِ من قضى على بغاءة؟ أم كانت تلك مجرد ضربة حظ؟

انحنتْ نحوي، وأصبح وجهها قريبًا من وجهي.

- سأكون صريحة معكِ، لن تكوني قادرة على العيش إن لم تتمكني من هزيمته، عليكِ أن تدركي أنكِ أصبحتِ هدفًا للكثيرين في هذا العالم، هدفًا لأمثالكِ، قبل أن تكوني هدفًا للممالك. لا أطمع بأكثر من القلب، ولكن هناك من سيلتهم الجشع قلبه حتى يهرع مسعورًا نحو أجزاء التنين خاصتكِ، كوني حريصة في أيامكِ القادمة يا عصيدة، وتذكري، أنهن حولكِ دائمًا لمساعدتك.

غادرتْ حينها، لم تترك لي منها غير تلك الذكريات والكلمات القاسية، ونسيتُ كيف كانت ملامح وجهها عندما قالتها، فقد كانت الدموع العالقة تحجب عني الرؤية، كل ما أعلمه أنها كانتْ سعيدة بلقائي بطريقة ما وهي تغادر، يمكنني فقط تذكر ذلك، لكنها لم تبتعد كثيرًا.

سقطتُ مباشرة فور خروجي من الزقاق، وكأن قوة غير مرئية قد ضربتني، وتناثرتْ بقايا سيفي السحري تمامًا كما تناثرتْ بقايا درعي قبل قليل، ثم رأيتها وقد عادتْ إلي تهرع مذعورة، نظرتْ إلي من جديد بتلك النظرة الجادة، وملامحها صارمة، وقاسية، ومعذبة كالسابق لم تختلف، ثم قالتْ وأنفاسها تتقطع:

- لقد غيرتُ رأيي، عليكِ مرافقتي حالًا، سنغادر نحو ريام!
- ماذا حصل فجأة؟! وسيف الشريف؟! يا إلهي، لماذا حطمته؟! أيتها البغيضة!

صرختُ بي بغضب يائس، لتعيدني إلى الواقع الذي تراه هي فقط:

- إنهنَّ قادمات! علينا الخروج من هنا بسرعة، وفري كلماتِكِ لوقت آخر.

لم أعرف عمَّن كانتْ تتحدث، لكنني شعرتُ بالخطر الحقيقي في كلماتها، إن كانت فتاة مثلها، بتلك القوة وتلك المهارة، تريد الهرب منهن، مهما كن، فقد زرع ذلك الرعب في قلبي، وتحولتُ أنا، الفتاة العاجزة عن المشي قبل لحظات، إلى ناجية تركض خلفها نحو الجنوب من جديد، بلا درع أو سيف هذه المرة.

كان ظلها فقط ما يحميني، وسهام منجلها الأسود التي كانتْ تطلقها خلفنا في السماء لتعيق مطاردينا غير المرئيين، كنتُ أركض، وأنا أؤمن أن ما تقوم به هو الصواب، لكن سؤالي الأخير عنها ظل يتردد في عقلي، من هي على أي حال؟ لقد قالتْ إنها لا تطمع بأكثر من القلب، فهل هي حقًا الوحش الذي يملك قلب التنين؟ ألا يعني هذا أنها الأعظم والأقوى بيننا جميعًا؟ إذًا، مما تهربين؟

(26)

أسقطتها أرضًا رفقة سيفها فور دخولها، تنقض عليها دون رحمة، وكأنها لم تحيا في رحمها تسعة أشهر، وذلك ما لفتَ انتباهي حقًا حينها كيف تغيرثْ، هي ليست ملكة سيراط الشابة التي نعرفها، إنها أسرع انزعاجًا، أقل نضجًا، وكأن الزمان الذي تعيش فيه قد عكس، نعم، هذه هي العبارة التي أحاول الوصول إليها، وكأنها تتعلم كيفية السيطرة على المدن التي قد سيطرثْ عليها بالفعل في شبابها، وكأنها تحاول إمساك رايتها بإحكام وفرض قيودها على كل شخص ممكن، لم تقم عصيدة بالتنكيل حينها، هي قامثْ بالكثير من الأخطاء ولكن لم تقد أي منها إلى خلق المعارضة الشرسة التي تعيش فيها سيراط الآن، لقد أغفلتِ ذلك، أنتِ من أحكمتِ قبضتك بشدة حولهم، وهم الآن يختنقون.

خلال تلك الكلمات التي دارثْ في بالي، أخرجتُ سيفي لأحميها، فأنا من قادها إلى هلاكها منذ البداية، هي لم تكن تريد رؤيتها، وكان ذلك قرارها الأفضل. تلك لم تعد أمك التي تتذكرينها، هي ليستْ من قام بتدريبك في الحديقة، ليستْ من أمسك ذراعي بينما نحارب في فرسا، ليستْ من ظهرثْ كقدوة العالم، مثالًا للفاتح العظيم، هي محتل صارم، جبارة شرسة بلا عقل، ستقاتل ما دامثْ الطاقة تسري في عروقها. نظرثْ إلي حينها وكأنها تتمنى لي الموت، بكل حقارة، وكأنني لم أرافقها في جميع معاركها، وكأنني لم أنقذها قبل قليل من حصار المعارضة، تصر أن تهبط سيفي، فيمسي مقامه تحت سيفها كالمعتاد، وتقولها دون أدنى اهتمام:

- لقد هربتْ فتاة تنين ذات شعر أحمر إلى الشمال وسط المعركة، ابحثي عنها، وأحضريها إليّ حية أو ميتة، ولا تتدخلي في أموري ثانية.

188

المزيد من الأوامر؟ بعد كل ما قمتِ به ما زلت تقومين بتلقيني الكلمات؟ من اعطاك الحق لفعل ذلك؟ بعد ما رأيته من جنونك، كجر المملكة إلى حرب طويلة في الجنوب طمعًا، أو ما يحدث الآن، محاولتك قتل خليفتك بكل برود لأنك غاضبة من هزيمة أخرى، أتظنين أنني سأطيع أوامرك؟ الحياة في سيراط لم تعد تطاق، وأنا حقًا أعني ذلك، الحياة في سيراط لم تعد تطاق، وأظن أنني سأنسحب من هذا السباق عاجلًا أم آجلًا.

لقد كانتْ كدمية صغيرة وهي تحتضنني حينها، طرية وخفيفة، بدموعها جعلتْ قلبي المحطم يدرك محيط الإطار لتلك القضية، لا يتعلق الأمر فقط بالملكة، علي أن أنظر إلى ما أبعد من ذلك، هذا ما جعلني أسحب ما قلته سابقًا، يجب علي البقاء لمساعدة هذه الفتاة على إكمال مسيرتها، سيراط تحتاجها الآن أكثر من أي وقت مضى، هي الوحيدة القادرة على أن تعيد الأمور إلى سابق عهدها، وهي الوحيدة التي يمكنها مواجهة أمها.

- ورغم ذلك، سوف أكُون دائمًا بجانبك، وسوف أنتظر رؤيتكِ تعودين ورأس ذلك الوحش في يدكِ، أليس هذا ما خرجتِ من أجله؟

لم أعرف عن أي وحش كنتُ أتكلم، ولكنه الشيء الوحيد الذي كانت تردده على الدوام في المعسكر، كانتْ فقط طفلة بعمر الثامنة، تمسك أحد الدمى وتجري بها في الساحة، كم كانتْ لطيفة حينها عندما سقطتْ بين الزهور، فتناثرتْ البتلات في الحديقة، تبتسم حامية، المرأة الجديدة التي لم يمضِ على قدومها عدة أيام، فأمد لها يدي لأرفعها، ولكنها فقط صححتْ جلستها بين الزهور، وقد فهمتُ أنها تريد مني الجلوس، وهذا ما فعلته. بدأتُ أنا الحديث:

- إذًا، ماذا كانتْ تفعل تلك الفارسة في الغابات؟ وما هذا الذي في يدك؟
- كنتُ أطارد وحشًا قام بتدمير إحدى قرى مملكتي، لقد قررتُ الخروج للقضاء عليه، ولكنه هرب أثناء سقوطي.

ثم أكملتُ متسائلة وهي تطالع سيفي الذهبي على خصري:

- هل أنتِ السيدة الجديدة التي أخبروني عنها؟

نظرتُ إليها، وقلتُ بنبرة لم أستطع أن أخفي عنها سخريتي:

- نعم، ونصل سيفي سيكون تحت أمرِكِ أيتها الملكة، إن رأيتُ ذلك الوحش مرة
  أخرى، فسأقوم بتسليمه لكِ.

ابتسمتُ، وكانت ابتسامتها تحمل حكمة تفوق عمرها بسنوات، ثم ضحكنا حينها، وفي ذات
اللحظة كان عقلي مشغول في البحث عن كلمات لأجيب بها سؤالها، السيدة الجديدة؟ ألم
يخبروها بعد أني الملكة الثانية لسيراط؟ أهما الأخرى، إذًا يستحسن بي صنع ذكرياتي
الخاصة معها، عندما ألاطفها، عندما ألعب معها، عندما أدربها، عندما نخرج معًا، فأكون
حقًا بمثابة أمها، وحينها سأجيبها، أني سأكون بجانبكِ كأمكِ التي لم تكن أبدًا بجانبكِ. لقد
عاشت سيراط أصعب أيامها بعد ذلك المشهد، غرقنا فجأة بالدماء والحقد، وساد الظلام
الشرق والغرب، حتى حوصرنا على المنحدر.

(27)

(العالم سالب سبعة – بلسان الرواية أثينا – الفصل الأول من, بوابة الكرم)

أحد الغربان وجد الهدف، هذا هو النبأ الذي بدأ الحديث، قالها الكشّاف وهو يلهث،
مشيرًا إلى نقطة على الخريطة الممتدة أمامنا، ثم أكمل:

- إنها بالقرب من مدخل سيماه.
- من المستحيل الذهاب إلى هناك بهذا العدد، علينا استدراجها إلى هنا.

رحلة البحث التي استمرت ما يزيد عن شهر انتهت أخيرًا، بهذا وقفتُ بجزم بينهم وقلتُ:

- سأذهب بمفردي، يمكنني الدخول متخفية دون لفت أي أنظار.

اعترض قائد الصف الأول على الفور، ومد يده ليوقفني.

- سيدتي! أنتِ ملكتنا، سيكون من الخطر تركِك تتعرضين لمثل هذه المخاطرة. تقاريرنا تؤكد وجود قوة من ثوار فمرسا هناك.

سألتُه لأكد بشكل قاطع الخبر الذي أخبرتني به قطينة، إن فتاتنا قضت على القوة بالأمس.

- وهل ذكرتُ التقارير أي شيء عن وجود عصيدة في المدينة؟ أعتقد أن الطريق أصبح آمنًا للدخول الآن بفضلها.

لكن حينها، أشرق صوت التحام سيوف وصرخات مفاجئة قادمة من خارج خيمة القيادة قطعتْ اجتماعنا، هرعتُ فورًا إلى الخارج، قلقة من هجوم مباغت، وسيفي في يدي، إلا أنني لم أرَ جيشًا، بل رأيتُ فتاة صغيرة حمراء الشعر، بأذني قطة وذيل مشتعل، تقاتل حراسي بضراوة ورشاقة مستحيلة، وقد كانت الفتاة التي نبحث عنها. عندما تصادمتْ أعيننا، توقف هجومها الجاد فجأة، أعادتْ مخالبها إلى أماكنها، وركضتْ نحوي، ثم ركعتْ عند قدمي في حركة مفاجئة، وقالتْ بصوت يائس ومتقطع:

- عصيدة، إنها تحارب ملاك الكهف بمفردها! ستموت حتمًا إن لم يخرجها أحد من هناك!

صُدمت من كلماتها، وتجمد عقلي للحظة، عاجزًا عن استيعاب الموقف، عصيدة؟ تلك الفتاة التي تركتُها قبل أيام، ما الذي حل بها لتقاتل وحش تنين هائج بمفردها؟! هل جنّتُ حقًا؟ إن خليفتنا على شفا الموت، فما الذي أنتظره؟ استيقظتُ من صدمتي، وبدأتُ أركض حاملة سيفي بكل عجلة، والفتاة القطة تتبعني، وعندما توازينا، صرختُ بها:

- أبلغي قطينة بالأمر! أنتِ أسرع مني! سنتقابل عند باب الكهف في الشمال!

أومأتْ برأسها واختفتْ كالشبح، أما أنا، فواصلتُ الركض، وأنا أعلم أن قتالًا صعبًا ينتظرنا، وأن على الجميع أن يكونوا مستعدين، لقد عادتْ عصيدة لتجلب معها الجلبة من جديد.

عندما وصلنا، كان الأمر كله قد انتهى، هذا ماكان ينذر به الهدوء المطبق الذي حل على الكهف، والصمت الذي لا يقطعه سوى صفير الريح، عند المدخل، وجدنا بقايا سيف مصنوع من الرمل الأسود، محطمًا، ثم دخلتُ أولًا، وفلفلة وقطينة بجاهزية تامة خلفي، فيكون أول ما اصطدمنا به جدران الكهف وأرضيته المغطاة بالدماء، وقطعًا متناثرة من درع مميز، درع عصيدة الحديدي، مختلطة بقطع من لحمها. عند رؤية تلك الآثار، لم أحتمل الموقف، سقطتُ على ركبتيَّ، وانفجرتُ في صرخات مكتومة ودموع لم أستطع إمساكها، كنتُ ألوم نفسي، أضرب الأرض بقبضتي، حتى سقط سيفي بجانبي، لكن فلفلة، بعينيها القرمزيتين اللتين تريان في الظلام، ذهبتْ لترى ما يختبئ في عمق الكهف، ولم تجد هناك جثة لعصيدة، فقط جثة وحيدة لوحش تنين ملائكي هائل لم يستطع أحد هزيمته من قبل، وبجانبه قارورة شفاء فارغة، ثم همستْ فلفلة بتعجب:

- لا يمكنني تصديق ذلك! إنه على الأرض، ولا جثة لها، لقد استطاعتْ القضاء عليه والمغادرة حية.

قالتْ قطينة بذهول حينها وهي تطالع جثة الوحش:

- يا إلهي، هي لا تقل شأنًا عن أمها، ستكون حقًا ملكة سيراط الذهبية القادمة. ما رأيكِ في ذلك، يا حامية؟

نهضتُ، ومسحتُ دموعي، وقلتُ بصوت يملؤه الإعجاب والرهبة:

- لم أكن أصدق خبر انتصارها على بغاءة إلا الآن، تلك الفتاة حقًا تملك قوة عظيمة، إنها عصيدة التي يحلم بها الجميع.

قفزتُ قطينة أمامي، وعادتْ إليها نظرتها العملية، ثم قالتْ:

- حسنًا، بما أنها ليست هنا، سأعلمكِ بما وقع من اتفاق بيننا، بهزيمتها الوحش وتأمينها الشمال، فإن صبرجاه وقراها الثلاثة تعود مفاتيحها إليكم يا سيراط.

ماذا؟ صبرجاه تعود إلينا؟ أسنخوض حربًا جديدة لفرض سيطرتنا على الشمال؟ سيراط بالكاد تستطيع إحكام قبضتها على الوسط، وتعيش كوابيس وليالي لا تنتهي بسبب كوفا في الجنوب. انتظرِ قليلًا، ما هذا الذي أفكر فيه؟ هذه هي فرصتي الوحيدة، لدي صبرجاه، وفرقتي، وكل من هنا يقف ضد حكم صقيبة الحالي، لكن ماذا عن ملكة سيراط الجديدة التي ستغير العالم؟ الفتاة التي يكرهها الجميع والتي بدأتْ تمشي على المسار الصحيح. نظرتُ إلى قطينة، واتخذتُ في تلك اللحظة قرارًا سيغير مصير المملكة، قلتُ ببطء وحذر:

- سيراط ليستْ مستقرة لتنال المزيد من المشاكل. لدي اقتراح أفضل من تضييع وقتكِ في حكم أرض ستحترق، ما رأيكِ بتشكيل حركة جديدة؟ نوقف بها تمدد رقعة ثوار فمرسا، ونسحب البساط من تحت أعوان كوفا الغرب، ونسقط الملكة المجنونة التي تدمر مدن الوسط، ونوحد الحمراء من جديد تحت راية جديدة. أنا بحاجة إليكِ يا قطينة لتغيير مجريات هذه العائلة، لندع عصيدة تحكم مملكة الحمراء كما فعلتْ أمها الشابة في السابق. إن لم نفعل ذلك، فلن يتبقى لسيراط ما تحكمه.

(28)

(العالم سالب سبعة – بلسان عصيدة – الفصل الثاني من بوابة الكره)

مرافقة ديلارا، تلك الفتاة ذات المشاعر المنعدمة، يختلف كثيرًا عن مرافقة ببغاءة، رغم أن كلاهما يصنف من الوحوش المسالمة في المنطقة، إلا أن وحش القلب لا يهتم بأي شيء، معركة هناك ستتركها، ووحوش منتشرة ستتجاوزها، هي لا تعتبر أي من هذه أمورًا

193

تتعلق بها، هي ترغب بالحياة فقط ولا تريد أن تهتم بأي شيء آخر، لا بالمصير أو الفرسان أو الراحة، ولهذا لم تنطق بكلمة منذ خروجنا من صبرجاه، صامتة وهادئة، تمشي في رحلتها على خط مستقيمة، لا تتجاوب مع أي من مواضيعي السخيفة التي أحاول من خلالها بدء حديث أو نسيان التعب، أو الحصول على إجابات منها، كلمَ ريام بالتحديد؟ ومن يسعى خلفي؟ لن تثق بك، ولن تخبرك أي شيء، وفي ذات الوقت لن تتركك لذئاب الليل تلقى مصيرك وحيدًا.

عندما بلغنا نصف الطريق قررتُ فجأة التوقف، وبنظرتها القاسية الهادئة جلستْ على العشب، وهكذا علمتُ ذلك، ثم أغلقتْ عينيها، فمنحتني فرصة لرؤية وجهها المتعب عن قرب، هي ليستْ بشريرة حقًا، ولا تمتلك أفكارًا متطرفة، هي فقط تحاول مساعدتي، ستؤمن بها عندما تعلم بعمرها ومكانتها، ولن تشككَ بقراراتها واختياراتها، ولكن هذا لا يبرر جرها لي دون تفسير، لا يبرر صمتها، يجب عليها فقط منحي تلميحًا حول ما يحدث. خلعتُ درعي وجمعتُ بعض الحطب، اشعلتُ نارًا تتوسط الجلسة، واصطدتُ أرنبًا، وطهيتُ الأرنب وتناولته وحيدة رغم إصراري عليها بأن تستيقظ، حتى حل الظلام، لم تبدي أي علامة على أنها ما زالتْ حية حتى فجأة نطقتْ:

-   أتفضلين حامية أم صقيبة كملكة للحمراء؟
-   أخيرًا أحدهم تكلم! وما هذا السؤال فجأة؟!

لقد نظرتْ إلي بتعابير ناعمة مستشرقة، رؤيتها بتلك الحالة فرصة لا تحظى بها كل يوم، ورغم ذلك، ذهبتُ أطالع الأرض، أحوم حول المخيم لدقائق. لم أفكر بشيء كهذا من قبل، المنطق يقول حامية، فأنا لم أرى أمي بعد سن الثامنة إلا نادرًا، بل وبسبب مشاكلها خرجتُ من القلعة، كنتُ أعاندها على مدار سنوات، أهرب منها ومن كلماتها، وعندما قابلتها بعد ذلك، لم ألقى غير سيف على رقبتي، وعلى الضفة الأخرى حامية التي أمضتْ معي أيامها، كانتْ مدربي ومعلمي، حاميتي ومساعدتي، كانتْ كأم بالنسبة لي أكثر من أمي، من يساندني ومن يرافقني، ولا يمكنني أبدًا أن أنسى ابتسامتها أينما ذهبتُ، بل تمهل، هذا سؤال شيطان

سخيف إجابته معروفة وبديهية، إذن إلى أين تريد الوصول بمثل هذه الأسئلة المفاجئة؟ عدتُ لأجلس مقابلها، أمد عليها صحن الطعام البارد خاصتها، فأجابتني بجدية مفاجئة:

- سيكون عليكِ الإجابة على هذا السؤال غدًا، لا يمكن أن تكون عصيدة خارج المعركة العظيمة التي ستقام لأجلها.
- ماذا تقصدين؟ ما هذه المعركة؟

قالتْ ببرود، وكأن الأمر لا يعنيها، وهو كذلك:

- حامية، بدعم من فرسان لوردمان وثوار فمرسا، ستقاتل صقبية في ريام مساء الغد، والمنتصرة سيحكم سيراط غالبًا. لقد رأيتُ في ظلمة الليل أن المدينة تتلاشى قبل حلول النور، أي ستكون معركة شرسة.

صرختُ بينما أقف، وسكبتُ صحن الطعام بالخطأ:

- علينا إيقاف هذا فورًا! لا يجب عليهنَّ القتال! لماذا لم تخبريني بهذا من قبل؟!
- لأنني توقعتُ ردة الفعل هذه منكِ، وفي نفس الوقت، لا يمكنني إخفاء الأمر لمدة أطول، فسيكون عليكِ المشاركة، إما أن تجلسي للمشاهدة والبكاء، أو تقاتلي وتموتي مع إحداهن، أو تهربي إلى فليريا دون ترك أثر.

هي على صواب، لقد تأخر الوقت لمحاولة إيقاف معركة كهذه، كل واحدة منهنَّ متمسكة بعقائدها، حامية بكرهها، وأمي بسيفها، ويمكنني تأكيد أن حامية تقوم بذلك من أجلي، هي لم ترغب أبدًا بحكم الحمراء، لكن لابد أن العالم المشوه الذي تجولتُ فيه في السنوات الماضية قد غير رأيها، فالمعارضة وأمي دمروا الكثير في معاركهم. سأقوم بقتال أمي لو كان القرار بيدي، ولكن لا يجوز ذلك البتة، ولا حتى قتال حامية، أمي الأخرى، لا أعرف فيما كانتْ تفكر به حامية لفعل ذلك، إن كانتْ تقوم به من أجلي كما ترى، إذن ألا تعلم أنني سأرفض

موت أمي من أجل عالم فارغ، من أجل شعب لا يأبه إلا بنفسه، من أجل سلام تافه وخير مزيف، حتى وإن قامتْ بوضع سيفها على رقبتي، فأنا لم أرى غير قبلة أزهرتْ قلبي مع ابتسامة عندما أسقطتني، وحوارات دارتْ عن حياتها، هي من علمني أهم درس بالنسبة لي، وهو ألا أستسلم، فكم مرة قد قالتها لي خلال حكاياتها، هي من علمني معنى كوني فردًا من عائلة سيراط، وسيفها الشريف الذي منحتني إياه، إنها طيبة القلب، جميلة وعظيمة، لكن الظروف التي عاشتها غيرتْ مشاعرها، هي تحاول بكامل قوتها أن تجعل الحمراء متماسكة من جديد، هي تحاول بكامل قوتها أن تحمي عائلتها من أعداء الغرب والجنوب.

- يبدو أنكِ صفنتِ بالفعل. أعلم أن كلاهما مهم بالنسبة لكِ، إن كنتُ في موقف كهذا سأفضل الهرب وتجنب المشاركة بالكامل، سأغادر الحمراء وأنسى ما كانتْ سيراط تعنيه لي، كما فعلتِ عندما خرجتِ من القلعة، وسأعيش سنوات حياتي كما فعلتِ، أتجول في هذا العالم الشاسع، وفي النهاية سيموت الجميع من حولك، وستبقين عصيدة، وحش سيراط، كالثلج مثلًا. لا تفكرِ بالأمر كثيرًا، أنتِ بالفعل غير مستقرة، وأنا لا أريد قتال وحش هائج آخر هذا اليوم، نامِ فحسب، سأحل لك الأمر في الغد.

ورغم كونها مشكلتي الخاصة، إلا أنها تدخلتْ لمساعدتي على غير المتوقع، لذا سألتها:

- إن كنتِ مكاني يا ديلارا، وستقاتلين واحدة منهما، من كنتِ ستختارين؟ من تحاول إنقاذ العالم، أم...

قاطعتني تعابير وجهها، وأسقطتْ نفسها على العشب، لم تعد تنظر إلي بعدما انزعجتْ، لذا صمتُ فحسب، فالأمر لا يعني أحد غيري. لا يمكنني القيام بشيء الآن لحل المشكلة بشكل كامل، فقط يمكنني أن أكون جزءًا منها ضد الآخر، هذا هو الخيار الوحيد الذي بات واضحًا لي، والآخر هو الهرب كأن تلك المشكلة لا تعنيني بتاتًا، حينها سأكذب على نفسي كما

كذبتُ هي، فيلتهم عقلي الجنون ببطء تاركًا قلبي يقوم بتأنيبي لسنوات لا تنتهي، ثم أموت بنصل الحقيقة وهو ينخفض على رقبتي. دون أن تغير من وضعية نومها، قالتْ فجأة:

- حدث أمر مشابه لي في الماضي، وقد اخترتُ دون إدراك الوقوف بجانب الملك الطاغية، حاربتُ آلاف الفرسان الذين كانوا يقاتلون بجانبي في الأمس، ومُلِئتْ ساحة القصر بالجثث حتى انتصرنا، ولم يكن انتصارًا حقًا، فقط كذبة رسمناها بأنفسنا، ويا ليتني لم أتدخل حينها، لقد بتْنا ضعافًا، خسرنا ثقة الجميع، وحتى ثقتنا بأنفسنا، وفي النهاية، وجدنا أنفسنا نسلم ما حاربنا لأجله سابقًا.

صمتتُ للحظة، ثم أمالتْ رأسها لتنظر في عيني المرهقتين وأكملتْ:

- يمكنني معرفة ما تفكرين به حاليًا، والأمر ليس بيدك، ستبكين مثلي في النهاية وأنت تشاهدين الموت ينتشر في كل مكان، هذا هو القدر الذي كتب لنا، كوحوش تنين، ولا يوجد فعل صحيح في قضية كهذه، لذا لا ترهقِ نفسك بالتفكير.

كالعادة لا يمكنك مخالفة رأيها، فكلماتها تختار دومًا المسار اليسير الصحيح، ورغم ذلك، لا أظن أني سوف أنام في أي لحظة الآن، سأطالع النجوم في الأعلى فحسب، هذا جل ما يمكنني فعله لكيلا أفكر في الأمر مجددًا، سأنسى ما تعنيه لي عصيدة، وسأتحرك ملايين الأمتار يسارًا، بعيدًا نحو أقصى الشرق، إلى أرض لم يعبرها أحد من قبل، فهل يمكنني تخيل شكل ذلك المكان المليء بالوحوش دون وحوش غيري، أو حتى رؤيته؟

فجأة وجدتها بالقرب مني دون أن أشعر، تلك الفتاة القطة، وقد تغيرتْ كثيرًا في الفترة الوجيزة التي افترقنا فيها، أو ربما أنا من تغيرتُ فحسب، تبتسم فجأة بعدما رأتْ عيناي ترمشان، وترتفع أذنيها ألّتين تكشفان دومًا مشاعرها الحقيقة حتى إن لم ترد ذلك، أمد يدي اليمنى إلى السماء فتسقط في ظل نور الشمس المنعكس على وجهي، هل هي حقيقية؟ بعد كل تلك الأيام التي أمضيتها في البحث عنها، هي من وجدتني ختامًا، لم أرد أن تكتب قصتي على هذا النحو، لكنني مسرورة حقًا لأنها موجودة هنا، رغم أنني لا أتذكر حتى اسمها، يا لي من ناكرة.

- توقعتُ رؤيتك في هذه الأنحاء، فقد افترقنا بالقرب من هنا، إلى الغرب بضعة أميال عند سهول القمح، ويا لكِ من عظيمة أنتِ، عصيدة ابنة سيراط. أخبرتني قطينة أنكِ كنتِ تبحثين عني، سررتُ بسماع ذلك، لقد ظننتُ أنك تخليتِ عني عندما لم تجديني، كنتُ خائفة من العودة عندما بدأتْ تطاردني أمك في كل مكان، ويا ليتني علمتُ أنني كنت أرافق أميرة سيراط طوال تلك الفترة.
- لقد كنت سأقول ذلك، ولكنك قمت بإسكاتي حينها.

أخرجتْ ضحكة هادئة وسط قلقها ثم قالتْ:

- أوضعتِ اللوم علي فورًا! في الحقيقة، لا أظن أنني سأقوم بإسكاتك ثانية، إن عشنا حتى المرة الثانية. سمعتِ أخر الأخبار، أليس كذلك؟
- تقصدين حرب سيراط في ريام؟ لا أعرف ماذا سأفعل حيال ذلك بعد.

اقتربتْ مني، واختفتْ ابتسامتها، وحلتْ محلها جدية يائسة:

- ألن تقاتلي معنا؟ حامية تريد تتويجك ملكة للحمراء، ولكِ أن تتخيلي كيف يلمع اسمكِ في الأرجاء بعد ما وقع في رويضة وسماه، ولقبكِ، منقذة الممالك عصيدة،

يمكنكِ تخيل صبرجاه بقيادة قطينة، فمرسا بقيادتي، وريام بقيادة حامية، وثلاثتنا اخترناكِ ملكة لنا، ستحل مشاكلنا فورًا بهذا الفعل، ستتحد الحمراء من جديد، وما يقف بيننا وبين هذا التوحيد هو أمكِ.

لقد نهضتُ لأرى وجه من أتكلم معه، فلا يمكن لإنسان عاقل أن يقول مثل تلك الكلمات، بل هي ليستْ إنسانًا، ولا حتى أنا، ورغم ذلك، بثُّ الوحيدة التي لا يمكنها تقرير مصيرها بنفسها، قلبي لا يزال متمسكًا بها وكأنها عالمي الخاص. أجبتها بصوت بارد لم أتعرف عليه:

- سأقاتل بجانب أمي، فلا يجب على سيراط الحالية أن تسقط لأي هدف، وستدفع حامية ثمن خيانتها لنا، وسنعيد إحكام قبضتنا على الشمال من جديد، هذا كل ما سيحدث مساء اليوم. يجب أن تقولِ لها أن تستعد جيدًا لقتالي، فلن أترك وحشًا يحكم عائلة في الحمراء، نحن الوحوش لسنا أكثر من أدوات يقاتل بهنَّ، لن أقتل صانعي فقط لأن حامية تظن أن بإمكاني أن أكون ملكة أفضل ببعض الصدف، هذا كل ما لدي لأقوله. آسفة لتخييب ظنك بي.

صدمتْ بسماع كلماتي، وكانتْ على وشك البكاء، تعرف ذلك من أذنيها ولمعان عينيها بينما تخفض رأسها أرضًا، تحاول أن ترفع يديها المرتجفتين لأغير رأيي، لكنها بعدما وضعتها على كتفاي تقرر أن تصمت فحسب، ثم نظرتْ إلي بابتسامة وسط البؤس الظاهر، وقالتْ:

- إن كان هذا هو قرارِك فلا بأس، أراكِ في المساء إذن. وداعًا أيتها الرأس.

عادتْ محبطة، يائسة، خاوية الأيدي، من بعيد تمشي ببطء وهي تفكر كيف سوف تشرح الأمر لهنَّ، وحزينة لأنني قمتُ برفضها. ما زلتُ لا أدري كيف ستستقبل حامية هذا الخبر، فهي قد بنت موقفها علي، هل ستوقف الهجوم وتعيد الأمور لسابق عهدها؟ ما هذا الذي أفكر فيه، لن تعود الأمور أبدًا لسابق عهدها بعد إعلان هذه الحرب، استسلامها يعني تسليم نفسها للإعدام كخائنة، ودعنا لا ننسى شيئًا مهمًا، سيراط لا تستلم، ستكمل الحرب بي أو بدوني، كم يزعجني التفكير بهذا الأمر.

ثم قالتُ ديلارا فجأة، كاسرة بكلماتها الصمت الطويل بيننا:

- أعجبتني صراحتكِ، وسعيدة لاختياركِ قراركِ الخاص في النهاية، رغم أني لم أتصور
أن تختاري شيئًا كهذا بعد ما قلته مساء الأمس.

همستُ وأنا أنظر إلى الطريق الفارغ أمامنا:

- تخيلتُ نفسي في جميع الأماكن، ورأيتُ الدماء تسكب آلاف المرات، لكنني لم
أتخيل أبدًا أن أقاتلها، ولا أدري بعد كيف يمكنني أن أجمع الجراءة الكافية لكي أرفع
نصلي نحوها، أو كيف يمكنني أن أتحمّل ألم أن أراها تسقط أمامي، ولن أستسلم
أيضًا وأهرب، فكل ما يشغل تفكيري الآن هو هل ستكون سعيدة برؤيتي إلى
جانبها هذه المرة أم لا. سأكون حزينة على خسارة حامية، لكني لن أتمكن من
إنقاذها مهما فعلت، فمصيرها باتَ محتومًا، لذا سأنقذ على الأقل أمي، وهذا كل ما
يمكنني فعله الآن.

قالتْ ديلارا حينها بعملية باردة:

- إذن سيكون عليكِ تجهيز درع وسيف جدد. ها أنتِ تمنحين فرصة أخرى لتثبتي
لي كم أنتِ قوية يا فتاة الرأس.

سنرحل لشرائها، لكن الصداع سيقتلني قبل أن أحصل عليها، وأنتِ، أيتها البغيضة، من
كسرهما لي في الواقع. وجهتنا الآن إلى ريام، وإلى أين غير ريام يمكننا أن نذهب، إلى المنزل
المحطم الذي ما زالتْ مفاتيحه معي، هل تظن أني سأجد ركام منزلنا لا يزال على أرضيته؟
أظن أن الموج قد ابتلعه، وماذا عن منزلنا الآخر الذي يحيطه النعيم؟ لقد اشتقتُ له كثيرًا.
ما بي؟! هل أنا نادمة الآن على مغادرة المنزل وقتال الوحوش؟! هذا التفكير بدأ يدمر
عقلي بالفعل.

دخلتْ عصيدة بوابة ريام المحترقة على حصانها الأبيض، وخلفها ديلارا كظل صامتْ، هذه المرة ترتدي درعًا من المعدن الأسود، وتحمل نصلًا سحريًا جديدًا. التفتّتْ ببرود عندما رأتْ أمها تقف وسط الساحة، محاطة بحراسها، وتجاوزتها، لم يرعبها منظر الرماح الموجهة نحوها، بل وجهها المتعب يحكي قصيدة أشد ألمًا فهمها الجميع عندما نزلتْ عن حصانها. وقفتْ أمام أمها، ثم ركعتْ على ركبة واحدة، ورفعتْ سيفها الجديد لها في حركة ولاء واستسلام، لكن صقيبة ظلّتْ صامتة، تنظر إليها بهدوء، لم يكن هناك تصفيق من الحراس كما هو معتاد في هذه المناسبات، بل صمت مشحون بالترقب، ثم، وبحركة مفاجئة، لوّحتْ صقيبة بسيفها، فألقتْ سيف عصيدة ليسقط بعيدًا على حجارة الساحة. وقفتْ عصيدة حينها والحزن يكسو وجهها.

- ألا تريدين مني القتال إلى جانب عائلتي اليوم؟

فأجابتها صقيبة بصوت قاطع:

- ارحلي! هذا فقط ما سأطلبه منكِ، غادري أنتِ والوحش الذي يرافقكِ فورًا.

ارتفع صوت عصيدة المتردد بكلماتها التالية، مشحونًا بسنوات من الألم المكبوت:

- سأقاتل حامية، حتى لو عنى ذلك أن أحاربكِ أيضًا لاحقًا، هل تعين ذلك؟ أتريدين مني أن أقوم بخدمات أخرى لأكفر عن ذنوبي؟ عن رحيلي؟ عن السبع مدن التي تزعمين أنها احترقتْ بسببي؟ ما الذي تريدين مني القيام به لأصبح الابنة التي تحارب بجانب عائلتها لمرة أخيرة؟ لقد كبرتُ، ألم يجعلكِ فراقنا ترين

ذلك؟ وأدرك أني وحش، ولهذا أريد القيام بما تجيده الوحوش، القتال، لكن لحماية عائلتي هذه المرة، ألا يمكنني أن أمثل الخير لمرة واحدة على الأقل؟

أجابتْ صقيبة بسخرية باردة:

- يا لها من نكتة، لن تصبحي أبدًا بطلة قصتكِ، العالم من حولكِ على شفا الانهيار، والمصائب ترافقكِ أينما ذهبتِ، ودائمًا يكون الفساد بسببك، ثم تأتين الآن برفقة وحش آخر، وتدّعين أنكِ ستصلحين أمرًا ستنسفينه كليًا لاحقًا، أذلك هو الخير الذي تقصدينه؟ هل أصبحتْ الوحوش تمثل الخير في هذا العصر؟ غادري! هذا كل ما يمكنكِ فعله لإنقاذ هذه المملكة.

لم تتغير ملامح عصيدة، غادرتْ روحها فقط إطار المشهد للحظة. خطتْ ببطء نحو سيفها الملقى على الأرض، وأعادته إلى غمده، ولم تتحركْ أمها أيضًا، والفرسان من حولها كانوا مجرد أشباح تراقب تلك المسرحية. ركبتْ حصانها من جديد، وقبل أن تبتعد، قالتْ بهدوء، لا كابنة، بل كغريبة:

- بهذا، أنتِ لا تريدين مني أن أحكم سيراط من بعدك؟
- نعم، لا يمكن للوحوش أن تحكم بشرًا.

أومأتْ عصيدة برأسها، وكأنها سمعتْ أخيرًا الحقيقة التي كانت تعرفها دائمًا.

- إذن، عصيدة لا تنتمي لسيراط من الآن وصاعدًا، وكفارسة حرة، أنا أختار القتال إلى جانب مملكة الحمراء الحالية، إلى جانب ملكتها صقيبة، وبهذا، أحمي مملكتي، وشرفي، وأفي بقسمي كفارس. لربما أبدو سخيفة مقارنة بكِ عندما أقول كلمات متناقضة كهذه، ولكنني أعدكِ أنني سأصبح يومًا بطلة قصتي.

غادرتْ من فورها بعد كلمات نبعثْ من قاع قلبها، كانتْ مرهقة، لكنها كانت تشعر بطاقة غريبة، لم تكن تتوقع إجابة أقل من تلك، لكنها الآن أثبتت لنفسها ولاءها الذي لا ينكسر، ستقف بجانبها حتى لو رفضتها، لقد ولدتْ وحشًا لهذه العائلة لتحميها، وها هي اللحظة الأسمى لتقوم بما صُنعت لأجله.

(31)

(العالم سالب سبعة – بلسان عصيدة – الفصل الرابع من بوابة الكره)

جلسنا خارج ريام، عند آخر حدود آمنة قبل أرض المعركة، أشعلنا نارًا هناك لعلها تنير لنا درب الطريق، وربما تمنحنا بعض الأحلام والتماني التي افتقدناها، فكرتُ في نفسي أنها قد تكون آخر نار نشعلها في هذا المكان، بل لربما تكون أخر نار نشعلها على الإطلاق، فما سيأتي بعدها ليس إلا عذابًا سأتذكره كلما مررتُ من هنا، وكلما رأيتُ نورًا ينعكس على جدار قلعتهم التي ستسقط، سألقي بمفتاحي وسطها أيضًا، لأبعده عن صدري، فيخف الحمل الذي تحمله روحي، وكلما أشعلتُ نارًا بعدها، ستخلد هذه اللحظة كذكرى مأساوية تصفعني كلما ادعيتُ أنني يومًا قد حاربتُ لأجلها، ومن هي؟ هذا ما أريد لعقلي أن يفعله يومًا، أن يسألني: من كانت أمي حقًا؟ وماذا كانت تعني لي أكثر من مجرد هذا الاسم؟

غربتْ الشمس وبرز القمر الأحمر، وكل ما فعلناه حتى تلك اللحظة هو مراقبة فرساننا الذين كانتْ قلوبهم تحمل مشاعر الضعف والانسحاب، كانتْ ديلارا مغلقة عينيها، تشعر فقط بما يحدث، لم تكن مثلي، متوترة وعلى وشك أن يأكلها القلق، وعندما ظهرتْ أعلام جيش حامية الزاهية في الأفق، أضاءتها نيران المعسكرات، فتحتْ عينيها بابتسامة باردة وقالتْ:

203

- هل أنتِ جاهزة للقتال؟ فخططك الفوضوية المبنية على الحظ لن تجدي نفعًا هذه المرة، لا يبدو أن أيًا من الفريقين سيتراجع.

طلبتُ بصوت خافت حينها أمنية أخيرة من تلك التي خسرتُ قلبها قبل لحظات:

- إن سقطتُ هناك، هل يمكنكِ أن تعديني بأن تحمي أمي حتى انتهاء المعركة؟

لكنها رفضتْ بحركة هادئة هزّتْ بها رأسها، ثم أجابتْ ببرود:

- سأغادر هذا المكان لقتال شيطان الشرق فور ذهابكِ، كنتُ مجرد دليل لكِ، وبما أنكِ اخترتِ قراركِ، فلا مكان لي هنا. أحداث عالمكم هذه لا تعنيني.

توقفتُ عن الحديث للحظة، ونظرتْ إليّ بدهشة حقيقية، بفخر، ثم أكملتْ:

- وبصراحة، لا يمكن لأحد إسقاطك، أنتِ تملكين الآن الرأس، واللهب، والجناح، والقلب، لذاكل ما سأفعله هو انتظار عودتكِ لقتال الشيطان برفقتي.

رفعتُ سيفي الملقى وسط العشب، ووضعته في غمده بينما تشد روابط درعي، ثم نظرتْ إليّ بابتسامة معذبة، وضعتْ يديها على كتفي، وخلال نظراتها اللامبالية، أشرق امتنانها، رتبتْ بضع شعيرات كن قد خرجنَ عن شعري، ثم ربتتْ على رأسي بحنان لم أعهده منها.

- يا ليتني اتخذتُ قرارًا كقراركِ هذا حينها، أنا حقًا فخورة بكِ يا عصيدة.

وبعد عناق صامت استمر لعدة دقائق، وداع أخير من هذه الصديقة، امتطيتُ خيلي، وقدتُه وحدي وسط الظلام، نحو مصيري. كانت تلك هي اللحظة التي تسبق الأمطار، اللحظة التي يحبس فيها العالم أنفاسه، حتى وصلنا إلى ساحة ريام المدمرة، اصطفت الدروع، وارتفعتْ الرماح نحو السماء القرمزية، وفي الجهة المقابلة، كان جيش حامية قد جهز خيوله، مستعدًا لشن الهجوم، ثم تقدم رجل يحمل بوقًا فضيًا، ليقرأ دعوات الحرب الأخيرة، لكن،

ومع استقامته في وسط الساحة، قاطعه صوت حوافر حصان اخترق الساحة، وفارسة وحيدة قتلتْ صمت ما قبل المعركة، وقفتْ بين الجيشين، أغلقتْ بوجودها البوق قبل أن يَنطق، والتفَّ الحصان الأبيض حوله برشاقة حتى هدأ، ثم رفعتْ حاملة الراية سيفها الذي سقطتْ حوله بضع سهام شاردة، كان وقوفها هناك، بإصرار هادئ، كافيًا ليجذب بصر الجميع، ثم تحدثتْ، وكان صوتها واضحًا وقويًا، يحمل سلطة لا يمكن إنكارها:

- هل أنتم جادون؟ تقاتلون بعضكم البعض من أجل أوهام سخيفة؟ فاللعنة على ذلك العالم الذي تحاولين بناءه يا حامية، وعلى الحاضر الذي تحاولين الحفاظ عليه يا صقيبة، لا أهتم بأي شخص غيركن، ولا أريد العيش في عالم لا تكون فيه أي منكن، قتالكم هذا من أجل أوهامكن لن يكون أبدًا الحل، ألا ترين العالم من حولكن؟ ألا يكفيكن ذلك الرماد الذي لا تنسى عيناي مشهده؟ أليستْ الأرض حمراء كفاية لتدركن الدماء التي تجرعتها؟ بدلًا من قتال بعضنا البعض، ألم نكن قادرات على التوحد لهزيمة ملاك الكهف؟ لهزيمة خيال ببغاءة؟ لطرد أعداد الحمراء من فليريا كوفا؟ لإسقاط حكم لوردمان القديم المشابه لسيراط الجديد؟ لحماية الشرق من الخطر الذي يحدق بنا الآن؟ فقد جاءتْ ديلارا إليّ من شمالي فليريا تحمل أخبارًا، وهي ليستْ سارة، لكنها جاءتْ في الوقت المناسب، حان الوقت لنضع نزاعاتنا جانبًا ونركز على توحيد الحمراء نحو مسار جديد، حماية مملكتنا، لا عائلة باسمها، من الشيطان الأعظم في أقصى الشرق، إن لم نفعل ذلك، فسنسقط جميعنا قبل أن نصنع العالم المثالي الذي نحلم به.

ثم، وبصوت تردد صداه في الساحة بأكملها، نادتْ على القائدات الأربع:

- صقيبة، ملكة سيراط، قطينة، سيدة صبرجاه، فلفلة، أميرة فمرسا، وأخيرًا حامية، أجميعكنَّ توافقنَ على الاتحاد من أجل قتال عدو واحد وحيد في الشرق؟

وفي مشهد الختام، كنتُ أبدو أطول ببضع سنتيمترات، وشعري قد أصبح يتخطى ظهري، بردائي القديم قد عدتُ، بعد رحلة طويلة للوصول إلى أقصى الشرق، ملايين الأمتار التي خطوتها بمفردي، فأرى عند عودتي الجثث السعيدة، جثث أولئك الذين ضحوا بأنفسهم، الذين لم يحاربوا إخوانهم هذه المرة، بل حاربوا الوحوش الحقيقية، مصرين على إنقاذ عالمهم.

لقد مضتْ سنوات طويلة لم أرَ فيها أرض المملكة الهادئة، حتى نسيتُ كيف تبدو لي تلك القرية التي لاحقتُ فيها الوحش وأنا أحرق منازلها وحقولها، لكنني ما زلت أتذكر ملامح فلفلة وعينيها اللامعتين عندما هزمتُه، نسيتُ كيف تبدو لي تلك القلعة التي حملتُ مفاتيحها لزمن، لكنني ما زلتُ أتذكر ملامح أمي المبتهجة الفخورة، وهي جالسة بجانبي حينما قتلتُ وحش الخنزير وأنا طفلة، نسيتُ كيف يبدو لي سهل الزهور الأخضر، لكنني ما زلت أتذكر ملامح حامية الحنونة وهي تحتضنني وسط الدموع، نسيتُ كيف تبدو لي صحراء صبرجاه، لكنني ما زلت أتذكر ملامح قطينة السعيدة وهي تطير في الهواء عندما وافقتُ على عرضها، ونسيتُ كيف يبدو لهب النار التي أشعلناها بالقرب من ريام، لكنني ما زلتُ أتذكر ملامح ديلارا اللامبالية وهي تربتُ على رأسي. أريد أن أتذكر كيف بدث لي كل تلك الأماكن قبل قتالنا الختامي، لكنني خسرتُ تلك الفرصة بالفعل، لقد تركتهم يصارعون ذلك المصير بمفردهم، حتى لم يتبقَ هنا غير هذه الفتاة، لأكون وحش التنين الذي سيعيش في مكان مليء بالوحوش دون وحوش مثلي، فهل يمكنني الآن أن أصبح بطلة قصتي؟

(32)

(العالم صفر واحد – بلسان الراوية أثينا – ختام بوابتي الحب والكره)

ألم أقل لكم إنها قصة طويلة؟ ويبدو أنني أخذتُ وقتي في شرح هذا العالم الصغير، لتوضيح الفكرة النهائية، أعتقد أن عالم الحمراء الآن بات أشبه بقطعة بسكويت هشة، تغوص ببطء في فنجان من القهوة السوداء، تمامًا كما أرى أمامي الآن، الجانب الأثقل والأكثر تماسكًا من

قطعة البسكويت، ذلك الذي لا يزال يقاوم الذوبان، عُرف دومًا باسم فليريا الشمال، مملكة عظيمة موحدة بالدين والسحر، بينما كان الجانب المتآكل، الذائب في أمواج القهوة، يُعرف بمملكة الحمراء، مملكة هشة حكمها الفرسان على مدار عصور، إرث انتقل من يد لوردمان إلى سيراط، ثم بدأ يتفتت، لقد كانتْ سيراط تحكم الشمال والمنتصف، لكن الجنوب ظل في يد ثوار فمرسا، يحفرون من خلاله ثقبًا يهدم المملكة من الأسفل، ولم تسلم ريام حتى من أطماع فليريا التي موّلتْ المعارضة عبر كوفا. الجزء الجنوبي من قطعة البسكويت كان يغرق، وكان سيُغرق الجميع معه ببطء، وهذا هو مصيرهم الحتمي، لأن هذا هو مصير أي قطعة بسكويت في فنجان قهوة. هذا ما يعنيه أن تدرس العوالم السالبة، أن تشهد لحظة وضع البسكويت في القهوة، وتراقبها وهي تغرق، فقط لترى شيئًا واحدًا، هل سيصعد بطل من بين هذا الفتات؟ وهل سيستطيع هزيمة شيطان الشرق ليتوج حاكًما للسماء؟

إن كان مثال القهوة والبسكويت يبدو سيئًا بالنسبة لك، فيمكنكَ فهم الأمر هكذا: السماء تخلق عالًما سالبًا في نهاية كل حقبة لتختار منه حاكمة السماء القادمة، وفي هذه العملية، هي لا تخلق عالًما واحدًا، بل مئات العوالم متشابهة الخلفية عشوائية الأحداث، ثم تدرس كل شخصية، حتى تختار في النهاية البطل الذي تريد تتويجه.

إذن، لماذا كانت قصة عصيدة مهمة؟ لأن هذا العالم الفاسد الذي عشناه، كان من المفترض أن ينتج عنه تتويج للحاكمة القادمة، وينتهي الأمر، لكن البشر، بعنادهم، كسروا قواعد التجربة، لقد أطلقوا سراح تنين الجليد والنار من سجنه الأبدي بالصدفة، فخلق وجوده بشكله الأخير في جسد عصيدة، بقوته الكاملة وأجزائه السبعة، هالة ضخمة أدثْ لإطلاق سراح باقي التنانين في عوالم منسية أخرى، وبالتالي ظهور تنين الفضاء في سماء مدينة الحكمة لم يكن ذنب حاكمة العوالم السابعة لوحدها، بل كان نتيجة مباشرة لخطيئة البشر الأولى في ذلك العصر الماضي، هي قامتْ بسحبه فقط إلى هناك، ولم يكن الوحيد الذي

وجد سبيله للخروج من العوالم المنسية، تنين آخر، أكثر مكرًا وذكاءً، وجد طريقه للخارج أيضًا، بل ونجح في الاستيلاء على طفلة في بطن أمها في عالم آخر تمامًا، ليتغذى ببطء على روحها حتى يولد بقوته العظمى دون أن يلاحظه أحد، وتلك الطفلة كانت أنا.

هل هذه الخاتمة بداية مشوقة لحكايتي؟ هيا بنا إذن، لنعد إلى حكايتنا الأصلية، حكاية فساد العوالم، بقيامة أثينا، العالمة السماوية التي يخافها الموت.

القصة الثامنة: عالم أثينا الفضي

(1)

(العالم صفر أربعة – فترة ما قبل الهواتف المحمولة – الفصل الأول من قيامة أثينا)

دخلتُ المقهى، دافعةً جسدي بأُخر ما تبقى من طاقة فقط لأصل إلى هناك، طلبتُ كوبًا كبيرًا من القهوة، ثم وضعتُ رأسي على الطاولة الخشبية الباردة، وللحظة، شعرتُ بالسلام، موسيقى الجاز الهادئة، وضوء القمر البارد الذي يطل عليّ من النافذة، ورائحة البن المحمص، تفاصيل صغيرة من حياة عادية كدتُ أن أنساها، ومع تعب عقلي من التفكير لثلاثة أيام متواصلة، سقطتُ فجأة في النوم مع أول إغلاق لجفنيّ. وصلتْ النادلة بعد دقيقة، ورأتني نائمة، فترددتْ لا تعرف ما الذي عليها فعله، لكن حضور شخص آخر حسم أمرها، رجل بسترة طويلة الرقبة ونظارة سوداء تخفي ملامحه، وكانتْ هيئته بارزة ومشبوهة، ادعى أنه يعرفني، فوضعتْ النادلة القهوة على الطاولة بجانبي، وغادرتْ المكان بسرعة، لتبلغ الأمن على ما يبدو. جلس الرجل على الطاولة أمامي، وسحب كوب قهوتي نحوه، رفعه، وشرب منه القليل، ثم هز كتفي بهدوء:

- ... أثينا! أتنامين الآن حقًّا؟ هل تعلمين كم دفعتِ من أجل هذه المقابلة؟

همستُ له دون أن أرفع رأسي:

- لم أنل أي لحظة راحة منذ ثلاثة أيام. لا تهتم، هل أحضرتَ الأوراق؟

210

وضع الكوب على الطاولة، وبدأ يبحث في سترته. سحبتُ الكأس نحوي، ورفعتُ رأسي للمرة الأولى، مع أول رشفة، بدأت عيناي المغلقتان تريان جزيئات الضوء تتراقص في الظلام خلف جفوني، ومع الرشفة الثانية، استعدتُ بصري، وخرجتْ نظاراتي المستحية لترمش من جديد في وجه هذا العالم. وضع ملف أوراق أمامي، وبدأ يقرأ منه بصوت خافت وساخر:

- جراي شيزومي، فتاة هاربة من مؤسسة الأبحاث الطبية اليابانية الخاصة، عمرها تسعة عشر عامًا الآن، شعرها أرجواني، وعيناها فضيتان...

رفع نظره من فوق نظارته، وبدأ يتأمل عيناي مباشرة.

- ربما عليّ إضافة أن اسمها المستعار هو أثينا حاليًا، مطلوبة من الدرجة الأولى، وهذه هي النسخة الرسمية من سجلات المدينة. من حسن حظكِ أنني أحترم خصوصية عملائي، فالإبلاغ عنكِ كان سيجلب لي ذهبًا أكثر بكثير مما دفعتِ.

كان هذا كل ما أحتاج سماعه، فقلتُ وأنا أنهض:

- نعم، هذه هي الأوراق المطلوبة. قم بحرقها في أقرب زقاق قبل أن تصل الشرطة.

ثم وضعتُ أمامه ظرفًا سميكًا.

- هذا هو الحساب بالكامل، لكنه لا يشمل ثمن القهوة، وسآخذها معي. شكرًا على جهدك يا جيم.

وقفتُ، وأعدتُ ترتيب ملابسي، وأمسكتُ بكأس قهوتي الدافئ، بينما كان هو يرمي عدة قروش على الطاولة ليغطي ثمن شرابه المسروق، حمل أوراقه وظرف النقود، وغادرنا معًا، ظلان يذوبان من جديد في نور مصابيح الرصيف. كسر هو الصمت أولًا بصوته الأجش:

- لأكون صريحًا، قرأتُ السجل المكتوب في الأوراق سابقًا، ولقد بدا غريبًا. كنتُ أتوقع أن أحظى بمحادثة بسيطة عن ماضيكِ ذاك على الأقل.

نظرتُ إليه وكوب القهوة على شفتاي:

- هل ستصدق لو قلتُ لك أني أستطيع رؤية عالم مختلف لا يراه الآخرون؟

أجابني بسخرية خفيفة مستهزئًا مما قلته:

- الآن؟ سأقول إنها هلوسة فتاة لم تنم منذ ثلاثة أيام.

ابتسمتُ ابتسامة باهتة لحصولي على الإجابة المتوقعة من عاقل، ثم قلتُ بعد ثوانٍ صامتة:

- إنه عالم ناصع البياض، مريح للعين والأذن، تملؤه الغيوم والريش، لكن عندما تتحرك فيه، يبدأ بالتهام جسدك، خلية خلية، حتى يدمركَ بالكامل. لقد زرتُ المشفى عدة مرات في الماضي بسبب نوع فريد من السرطان، طفرة لم تكن تقتلني، بل تفتح بابًا إلى ذلك المكان الأبيض بواسطة عيناي، وهناك، سقطتُ في أيدي أولئك الوحوش الذين يدّعون أنهم أطباء، ولو بقيتُ هناك، لكنتُ الآن مجرد أشلاء معلقة للفحص، كبقية أولئك الأطفال.

هدأت نبرته بقليل من الشفقة، وقال بهدوء:

- والآن أنتِ مطاردة، يا له من مستقبل تعيس لماضٍ أتعس.
- نعم، ولكن ليس بعد الآن، فعملك التالي سيكون إضافة هويتي الجديدة إلى سجلات المدينة، لقد أرسلتُ لك المعلومات مسبقًا، هل يمكنكَ فعل ذلك؟ سأدفع نفس المبلغ، وسيشمل ثمن قهوتك المرة القادمة.

نظر إليّ طويلًا، ثم تنهد:

- بهذه الحالة التي أنتِ فيها، مطاردة من الجميع، سيكون هذا صعبًا حقًّا، لكن سأبذل أقصى جهودي.

انتهتْ المحادثة عند المنعطف، دخل جيم في زقاق ليذوب في ظلاله، بينما واصلتُ أنا السير للأمام، وحيدة من جديد، أشرب القهوة التي بردتْ بالفعل، وقد مرتْ بجانبي سيارة شرطة ذاهبة إلى موقع جريمتنا، فانعكستْ أضواؤها الزرقاء والحمراء على ردائي الأبيض، وعلى الكأس الذي تخيلتُ عليه للحظة وجوه أطفال آخرين من الماضي، بدأتُ أعد أنفاسي من جديد، مع صداع حاد بدأ ينبض في صدغي، ورأيتُ أيام الماضي تعود إلي بسبب ذلك الحديث. كنتُ أركض، أتخبط مع كل انحناء في الممرات الضيقة، وأنا أسمع صدى خطواته خلفي، لا تسرع ولا تبطئ، صوت صياد واثق من فريسته، وأثناء نزولي عبر درج حجري زلق، خانتني قدميَّ، سقطتُ، وشعرتُ بألم حاد في كاحلي، وحينها رأيته، عند نهاية الممر، وقف هناك، رجل بملامح صامتة، ومسدس أسود في يده، موجه نحو جبهتي. لقد كنتُ عنصرًا فريدًا من نوعه، فصرختُ عليه بثقة ذلك الأمل في قيمتي:

- هل تظن أنني غبية لأخاف من سلاح أحمق؟ أعلم كم أنا مهمة بالنسبة لكم، إن لم تجعلني أغادر هذا المكان الآن، فسوف أقتل نفسي، وستكون خسارة لكلينا.

أخفض سلاحه حينها، وقال بصوته الهادئ والمخيف:

- وهل تظنين أنكِ تستطيعين الهرب إلى الأبد؟ لو غادرتِ هذا المكان، سوف نجدكِ، وعاجلًا أم آجلًا، ستكونين في قبضتنا مرة أخرى.

فكرتُ في نفسي وأنا أحدق في فوهة المسدس داخل الوهم، على الأقل، سأخلد هذا الاسم قبل ذلك، الباحثة أثينا. بل هل سأستطيع حقًّا فك لغز العالم الأبيض قبل أن تصل تلك الرصاصة وتصيب رأسي؟ هذا هو السؤال الحقيقي الذي عليكِ طرحه يا جراي شيزومي.

(2)

وفي ذلك اليوم أيضًا، وجدتُ نفسي في نفس المقهى، على نفس الطاولة، في نفس حالة الإرهاق، لقد مرثُ أيام، وأنا لا أزال أهرب من ذلك الوهم، وعندما وصل جيم، كان المشهد مألوفًا بالنسبة له بشكل مؤلم، لكن هذه المرة كوبان بأحجام مختلفة على الطاولة. بعد نظراتٍ طويلة نحو وجهي النائم، قرر أن يأخذ الكأس الكبير من أمامي، ومن ثم أيقظني، وقال وهو يمرر لي بطاقة صغيرة على الطاولة:

- هذه هي الهوية الجديدة، وسأرسل جواز السفر إليكِ لاحقًا.

همستُ، وقد شعرتُ ببعض الراحة وهي تتسرب إلى روحي:

- شكرًا جيم، كنتُ مؤمنة أنك تستطيع...

إلا أنه قاطعني بجدية غير معهودة.

- ولكن، اتركِ مكان سكنك الحالي.

نظرتُ إليه، وقد بدأ قلبي يخفق بقوة من جديد، وقال وهو يخرج ورقة مطوية من جيبه:

- لقد وجدتُ هذه الورقة أثناء العمل مع عميل آخر، إنها تحوي رموزًا غريبة، وعنوانكِ. لا أدري إن كانت الحركات الأخيرة قد كشفتْ هويتك الجديدة للباحثين، الأهم من ذلك، أنتِ مستهدفة حاليًا.

صرختُ بغضب يائس، وبنبرة خرجتْ من أعماق قلبي:

- أنت تعلم أنه لا يمكنني ترك مختبري!

وهو رد علي ببرود، مواجهًا تلك الصرخة بحقيقة مؤلمة:

- وأنا لستُ ملزمًا بقول هذه الأمور لكِ، إنها ليستْ جزءًا من عملنا.

توقف، ثم تنهد، وكأن قناعه الاحترافي قد تشقق للحظة.

- لكن من حسن حظك أنني أخشى على عملائي، بل سأكُون صادقًا معكِ، بعد حوارنا الأخير، بدأتُ أهتم لأمرِك. يمكنني أن أمنحكِ شقة مؤقتة حتى تجهيزين مختبرًا آخر، سيكون هذا هو الخيار الأكثر أمانًا.

كلماته كانتْ واضحة وملزمة كحقيقة ثابتة، فقلتُ بعد لحظة من التفكير:

- حسنًا، شكرًا على التحذير. امنحني بضع دقائق لأجلب أوراقي من هناك.

رفض طلبي على الفور كمحقق عريق محاولًا حمايتي، وقال بحزم:

- سأجلبهم أنا في وقت لاحق. هل تعلمين؟ أظن أنه قد حان الوقت لتحظى هذه القطة بلحظة نوم عميق لمرة واحدة، عوضًا عن النوم في المقاهي.

رمى عدة قروش على الطاولة، وحمل كوبيّ القهوة، وتحرك خارجًا. نظرتُ إليه ورأسي لا يزال على الطاولة بتأفف، ثم شدّديت على عينيّ، وقمتُ مسرعة لألحق به. عندما وصلتُ جانبه في الخارج، مدّ إليّ كوب القهوة الصغير، فرفضتُ أخذه، ثم بخفة، سحبتُ الكوب الكبير من يده الأخرى، ومع أول رشفة، شعرتُ بأن حركتي بدأتْ تنضبط، مشيتُ خلفه بصمت، عبر أزقة لم أكن أعرفها، حتى وصلنا إلى منزل صغير مغبر، محشور بين مبنيين أكبر منه. فتح الباب، وبعد أن تفقد المكان لدقائق، سمح لي بالدخول. أعجبني، فرغم صغر المنزل، إلا أنه كان متصلًا بحديقة خلفية صغيرة ومنسية، مما جعله مكانًا هادئًا وجميلًا، غائبًا عن أعين الناس، ثم قال وهو يتجه نحو الباب:

- يمكنكِ اعتبار هذا المنزل منزلكِ من اليوم فصاعدًا. سأحاول إحضار أوراقكِ عند انتهاء عملي، وأنتِ، يمكنكِ النوم في أي مكان، فقط خذي قسطًا من الراحة.

ثم غادر مسرعًا، لدرجة أنه لم يأخذ مفتاح شقتي القديمة الذي كان لا يزال في يدي، تركني واقفة وحدي، في منزل جديد آمن. بدأتُ باستكشاف المكان، الذي أدركتُ في النهاية أنه مكان سكنه هو، وليس مجرد ملجأ مؤقت، وكانتْ شقة بسيطة، غرفة بحمام ومطبخ، لكنها كانتْ تطل على حديقة خلفية واسعة مفتوحة السقف، مليئة بالزهور والأشجار البرية. بعد أن أنهيتُ جلسة القهوة هناك، وأنا أستمع إلى صمت الحديقة، جلستُ على الأريكة القديمة عند الباب، وكان هناك تلفاز صغير يعرض الأخبار بصوت منخفض، طالعتُ قليلًا وجه المذيع وهو يتحدث عن الفوضى التي أهرب منها، قبل أن يسقط رأسي على كتفي، وترتفع قدماي من تلقاء نفسها على الأريكة، ثم، ولأول مرة منذ زمن لا أذكره، انتهى بي الحال بالنوم في هدوء حقيقي هناك.

(3)

استيقظتُ على غروب الشمس والغرفة غارقة في ضوء برتقالي دافئ، ولأول مرة منذ أيام، لم يكن قلبي يخفق برعب، قمتُ بترتيب ملابسي، وقررتُ في النهاية أن أستحم. سريعًا، تحت الماء البارد، شعرتُ وكأني أغسل عني ليس فقط غبار الطريق، بل غبار حياة كاملة من الهرب، وعندما خرجتُ، تذكرتُ أني لستُ في مختبري، لذا ارتديتُ قميصًا من ملابس جيم كان معلقًا على الباب، طويلًا وفضفاضًا، لكنه كان نظيفًا، ثم استعملتُ مطبخه الصغير لصنع عصير ليمون مثلج، وجلستُ مرة أخرى أمام التلفاز. كنتُ في حالة غريبة من السكون، كأنني عدتُ طبيعية من جديد، حتى أعادني صوت فتح الباب إلى الواقع.

نظر إليَّ بتمعن، ورأيتُ الصدمة في عينيه، هذه المرة، كنتُ بشعر أشقر منسدل على كتفيَّ، وعينين شبه مفتوحتين تظهران فضيتها بوضوح، وبرزتُ قلادة قديمة من خلال فتحة قميصه الطويل على صدري. ما أن رأيته، حتى وقفتُ بسرعة، ليس لترحيبه، بل لأجل أوراقي، وهو قال بينما كان يخلع سترته:

- يبدو أنكِ اعتدتِ على المكان بسرعة، لم أكُن أقصد أن تغتصبي كل زاوية غرفة عندما قلتُ اعتبريه منزلكِ.
- أوراقي! أوراقي؟ لا أرى أوراقي معك؟

تأفف ثم سأل، وصوته أصبح جادًا فجأة:

- ألم تري الأخبار؟ هناك من أشعل النار في البرج بأكمله، إنها كارثة، مذبحة، لم أكُن أعتقد أنكِ مطلوبة لدرجة أن يفعلوا شيئًا مجنونًا كهذا.

جلس على الأريكة، وأشعل سيجارة وهو يطالعني، أنا الواقفة التي توقع أن يراها منهارة بائسة، إلا أنني قلتُ بهدوء أدهشه:

- لا بأس، فعلى الرغم مما تحتويه تلك الأوراق، إلا أن كل معلومة فيها هي من رأسي، ومخزنة فيه، سيأخذ الأمر وقتًا لإعادة كتابتها، لكن لا بأس بذلك. شكرًا لجعلي أستعمل منزلك، إنه منزل جميل حقًا.

ثم اقتربتُ من سترتي المعلقة.

- وعذرًا، لم أدفع لك الحساب في المقهى، أعطني دقيقة لأجهز المبلغ.

إلا أنه قاطعني بحدة.

- لا أحتاج أي مال، لقد خسرتِ ما يكفي، استعملي تلك الأموال لبناء معمل جديد، وحتى تنتهين، يمكنكِ البقاء هنا.

توقف، ونفث دخان سيجارته، ثم نظر إلى قميصه الذي أرتديه.

- فقط اشتري ملابس جديدة، وكفي عن تدمير هوية المكان.

ثم غادر إلى غرفته بعد تلك الكلمات، وأغلق الباب خلفه. ابتسمتُ ابتسامة خفيفة، قبل أن أعبس من جديد من رائحة السجائر التي ملأتْ الغرفة، فذهبتُ للجلوس في الحديقة الخلفية، وهناك، تحت ضوء القمر، بدأتُ أفكر من جديد، لقد خسرتُ مختبري، حياتي السابقة، لكنني ربحت شيئًا لم أتوقعه أبدًا، ملجأ، وربما حليفًا.

(4)

استيقظ جيم في الصباح الباكر، وخرج من غرفته ليجد منزله لم يعد منزله، كانتْ الصناديق الكبيرة والصغيرة تملأ المكان، مكدسة بعناية ولكنها خانقة، وبعد أن هرب من متاهة الصناديق دون أن يصطدم بأي منها، وجدني في الحديقة الخلفية، أعتني بنباتاته بما حظيتُ من وقت فارغ بعدما انتهيتُ من التسوق، سعيدة بشكل لم يرني عليه من قبل، وقف مرتكزًا على الباب، يراقبني في صمت، حتى أدركتُ وجوده، فقلتُ بحماس:

- صباح الخير أيها العميل جيم! مهمة الحديقة قد تمتْ بالفعل. هل تعلم كم أحب هذه الأنواع من الأزهار؟

لكنه قاطعني بصوت يملؤه الذهول والإرهاق:

218

- نعم! نعم! ما الذي تقومين به؟ هل هذا جزء من بحثِكِ؟ وماذا تفعل كل تلك الصناديق هنا؟! بربِكِ! إنها مجرد إقامة مؤقتة.

أجبته ببساطة بالحقيقة الواضحة:

- إنها أمور أساسية بالنسبة لي، ملابس، أوراق وأقلام، ألواح خشب، وبعض الأجهزة والمستلزمات الأخرى المهمة لبحثي.

ثم قال وهو يشير إلى شقته الصغيرة:

- وأين تخططين لوضع كل ذلك؟ هل ترين أي مساحة فارغة هنا لا يمكنني رؤيتها؟!

قلتُ وأنا أبتسم، أيضًا بالحقيقة الواضحة التي فكرتُ بها مساء الأمس:

- سأرتبهم هنا في الحديقة، فقد أعجبني المكان، ولا تقلق، إن المكان يكفي لاحتواء كل تلك الأغراض، ولا مشكلة لدي بفكرة عدم وجود سقف، لدي حل لذلك.

رأيتُ اليأس والاستسلام في عينيه، تنهد ثم قال متعجبًا:

- كما هو معتاد منكِ، تفكرين في كل شيء. حسنًا، طالما ستعتنين بالحديقة، فلا مشكلة عندي، يمكنكِ البقاء هنا.

في اليومين التاليين، كان يشاهد فقط، لم تكن وظيفته سوى إعداد القهوة لي، بينما أبني أنا عالمي الصغير في حديقته، رأى بعينيه كيف صنعتُ من الألواح الخشبية طاولة وخزانة صغيرة ولوحة كبيرة على الحائط، ورآني وأنا أصنع سقفًا من مادة شفافة قابلًا للفتح والإغلاق بحبل رفيع دون جهد، لكن أكثر ما أدهشه، كان عندما جلستُ وبدأتُ بإعادة كتابة أوراقي التي احترقتْ، كنتُ أحفظ كل رقم، كل معادلة، وكل رمز، فبتُّ يراقبني وأنا أعيد بناء سنوات من البحث من ذاكرتي فقط، وعقلي يعمل كآلة مترابطة بالكامل، أظن أنه في تلك

اللحظة أدركُ تمامًا أنه لا يستضيف مجرد فتاة هاربة. وهكذا، استمرتْ حياتي هناك لفترة، حياة هادئة بشكل غريب، في حديقة منسية، بصحبة رجل يعيش في الظل، ووظيفته الوحيدة هي أن يتأكد من أن قهوتي لن تبرد أبدًا.

(5)

(بلسان العميل جيم – الفصل الأول من فليريا الحمراء)

لم أكن أتوقع أبدًا أن أشعر بحركتها الخفيفة في الجوار، ليس بعد أن ترسختْ بيننا علاقة قصيرة كان من المفترض أن تنتهي بمجرد تسليمي للأوراق، وتحديدًا في هذا الوقت المتأخر من الليل، من المفترض أن تكون نائمة على مكتبها في الحديقة، أو غارقة في أبحاثها عندما تكون عالقة عند نقطة ما. الفضول حرك قدماي للنهوض من السرير على غير العادة، بخطوات صامتة، فتحتُ الباب، لأرى عالمًا من الحكايات الخيالية، كانتْ تجلس هناك، خلف الطاولة التي صنعتها بنفسها، تحمل كأس قهوة ساخن تم إعداده قبل لحظات، ووجهها شارد في حلم بعيد، حلم مرعب بشكل أو بآخر، هذا ما كانت توحي به نبضات قلبها التي كدتُ أسمعها من هذه المسافة. تجاهلتْ حضوري بالكامل في البداية، عيناها عابستان ومتوسلتان في الوقت نفسه، ثم رفعتها نحوي بعد أن اقتربتُ، كانتا براقتين، كعيني طفلة ترجوني أن أمسك يدها بعد حادثة مؤلمة، ما الأمر الفريد الذي حدث لكي تُبعثر كل تلك الأبحاث الهامة على أرضية الحديقة؟ ما المصيبة التي أصابتها فجأة؟ ثم قالتْ بصوت خافت:

- حاولتُ ألا أصدر ضجيجًا، أعتذر إن كنتُ قد أيقظتك.

أخذتُ دقيقة وأنا أنظر إلى الفوضى الغريبة حولها، حتى قلتُ مستغربًا:

- ليس بالأمر المهم إن كنتِ أنتِ من يصدر الضجيج. هل حصل شيء ما؟ تبدين أكثر فوضوية عن العادة، لدرجة نسيتِ حتى إغلاق أزرار قميصك.

قالتْ وهي تحاول إخفاء ارتباكها:

- ليس بشيء يتعلق بك. سأشرب قهوتي وأعود لالتقاط أوراقي.

لم أبتعد، لم يكن من الصواب تركها وهي بهذه الحالة، لذا جلستُ على الطاولة بهدوء إلى جانبها، ثم سألتها:

- حلمتِ بشيءٍ ما؟ يمكننا الحديثُ عنه لبعض الوقت إن أردتِ.

شاحتْ بنظرها بعيدًا، نحو انعكاس ضوء المصباح على رغوة الحليب الطافية على سطح قهوتها، وكأن الأحداث تتشكل هناك من جديد، ثم عادتْ بنظرها إلي، بنظرة سرور غريبة هذه المرة، وبابتسامة ذابلة حاولتْ فيها مجاراة هدوئي. نعم، هنالك بدأتْ أحداث هذه الحكاية الطويلة التي سردتها بكلماتها، وسط ضحكاتنا أحيانًا وهمساتنا أحيانًا أخرى، قاضين ما تبقى من الليل بأكمله في عالم فليريا السحري، وماذا عنكَ أيها القارئ؟ هل أنتَ مستعد أيضًا لتشاركنا هذه الليلة؟

(6)

(بلسان البطل رولاندوس – الفصل الثاني من فليريا الحمراء)

أصبحتْ هي من ترافقني من بين الجميع، بعدما ظننتُ أنها الأقل إدراكًا لأهمية هذا المكان بالنسبة لي، وكانت كلماتها ممزوجة بمشاعر حساسة وعميقة، مرتبطة بقلبي كابتسامة كلما تحدثتُ، وكعذاب كلما توجعتُ أو ابتعدتُ، لم أعد رولاندوس القديم، ذلك الفتى الوحيد الذي يسقط أعظم الوحوش بدرعه الصلب وسيفه، لقد أصبحنا نحن، الأبطال الذين يقفون لأجل العالم ضد الظلام، لكنها لا تعلم أني ضعيف، روح تبحث فقط عن بقايا الديار. متى حدث كل هذا؟ لا أتذكر شيئًا غير أننا كنا نقوم بما نحب، قتال الوحوش، والشعور بالدماء

221

على أناملنا، والاستمتاع بالألم وهو يخترق قلوبنا، وضحكاتنا بعدما نسقط وسط الجثث، لقد أحببتُ مشاركتي هذه الرحلة، وهي لم تخيب آمالي أبدًا.

أحاطتْ بنا أشجار غابة فمرسا العملاقة من كل جانب، دار سيفها في حركة واسعة، راسمًا دائرة فضية في الهواء كتسخين لما سيأتي، ثم، وبدون خوف، مشتُ بخطوات بطيئة على الأرضية المغطاة بأوراق الشجر الجافة، تدريجيًا، زادتْ سرعتها، حتى أصبحتْ كشيطانة تختبئ في ظلال الشمس، تنتقل من ظل إلى آخر دون أن تلحظ عينيَّ انتقالاتها. أعدتُ سيفي إلى غمده، ورفعتُ درعي نحو صدري، مرتكزًا عليه بكلتا ذراعي، لستُ ساذجًا لأفعل ما تريده مني، لستُ ساذجًا لألاحقها في أرض صنعتها من فخاخ ستُطبق على قدماي فور دخولي، وعندما استقرتْ الأوراق على الأرض، واختفى صوت ركضها تقريبًا، أحكمتُ يداي على الدرع متوقعًا هجومها، إلا أن سيفها العظيم جاء كصقر يحلق، لا من الأمام، بل من الأعلى ليخطف مني الدرع، اصطدم بي، ضاغطًا علي بقوة حتى انثنى معدن صدريتي، ولولا أني لم أزح ذراعي في آخر لحظة، ملقيًا بالدرع للسماء، لكان قد اخترقني كما أرادتْ.

عاد درعي المتشقق إلى جانبي، وأمسكتُ بسيفي، مخرجًا إياه من منزل بؤسه، وتقدمتُ خطوة كانت كفيلة برؤية الشمس تنعكس على غطاء عينها الفضية اللامعة، كانتْ تقف بالقرب مني، وسيفها الذي تلاشى عن الأنظار قبل لحظة، عاد ليظهر بجانبها، قد حان وقت صراع اليد العليا، ضربة منها من الأعلى أخفضتْ سيفي نحو الأرض بثقل خاصتها، والتالية مني، رافعًا سيفها بعيدًا، وبضربة أخرى مباشرة نحو اليمين، صدتها بصعوبة، فسقط سيفها من ثقله ملوحة به للخارج، أجبرتني حركتها على العودة بخطوة للخلف، لكيلا يتحرر سيفي من قبضتي، بل وشددتُ عليه بيدي الأخرى، مسقطًا درعي المهترئ، وأنهيتُ تلك الدورة بضربة لليسار كانت ستشق رقبتها لو لم أوقفها.

توقف النصل على بعد شعرة من جلدها، ثم قلتُ وأنفاسي تتقطع:

- لا يجب عليكِ القتال بذلك السيف إن كان أثقل من أن ترفعيه لتصدي به ضرباتي!

استفزتها عبارتي، فرفعتْ سيفها بهمجية نحو السماء، ظانة أن القتال سيستمر، لكنني كنتُ قد سبقتها بجولة كاملة، عندما نزل سيفها من مقامه العالي، لم أقابله، بل أصبت فراغ المقبض، رافعًا إياه من تجاويف كفيها، طار السيف وعلق بأحد الأشجار بعيدًا، وقبل أن تلتقطه بخطواتها الشيطانية السريعة، كان درعي قد عاد ليحلق كالصقر، وحال بينها وبين سيفها، ثم رفعتُ أنا سيفي نحوها، وكان ظهرها ملتصقًا بجذع الشجرة، سكنتْ، وتجمدتْ، وانتهى النزال.

(7)

بقي سيفها مثبتًا بالشجرة المسكينة، دلالة على هزيمتها النكراء، وجلستُ تحت الشجرة، سعيدًا بنتيجة كانت هي النتيجة دومًا، فروبي، على الرغم من كونها بطلة، ليستْ فتاة شديدة القوة بالمعنى التقليدي، هي فقط اعتادتْ القتال بذلك السيف الضخم، وبثور لا يوقف هجومها أبدًا، خليط فريد بين طيش وشفرة تقطع كل شيء. ولمَ كان هذا النزال منذ البداية؟ ربما يبدو الأمر سخيفًا، لكنه بدأ عندما رفض كلانا تجهيز المخيم، فعرضتُ ذلك الاقتراح، من يفز، يرتاح، ولهذا، ها هي الآن، تحمل أغصان الأشجار اليابسة، تضعها على الأرض، ثم ترفع ذراعيها المنهكتين إلى السماء لتمددهما، مشاهدتها بهذه الحالة تبعث على المأساة، ولهذا، ينتهي الأمر كما ينتهي دومًا، نهضتُ، وبدأنا نساعد بعضنا البعض في إشعال النار. قالتْ لاحقًا وهي تحدق في ألسنة اللهب:

- الجو جميل هنا، على عكس فليريا العاصمة، حتمًا يمكنني النوم من دون نار.

223

ثم التفتتْ إليّ، وأكملتْ:

- نحن نمشي منذ ساعات، فكم تبعد مدينة فمرسا من هنا؟

كنتُ غارقًا في أفكاري، فلم أعي ما كانتْ تقوله، وبدلًا من أن أُجيبَ سؤالها، طرحتُ عليها سؤالًا لا يمتّ له بِصلَة:

- لقد ألقيتِ سيفكِ نحوي مباشرة عند بداية القتال، ألم تخشي أن يصيبني حقًّا؟

أتتْ إجابتها هادئة بشكلٍ يبعث على القشعريرة:

- لم أرَ حولك هالة موت في الصباح، لذا لم يكن عليّ إيقاف نفسي، كنتُ أعلم أنه لن يصيبك مكروه.

وهذه هي قدرتها البغيضة، سبب قوتها الحقيقية، وشجاعتها، وطيشها المفرط، قدرتها على رؤية هالة موت حول الكائنات قبل فنائها، لقد وعدتني آلاف المرات ألا تستعملها، ووضعتُ ذلك الغطاء الجلدي على عينها الفضية اليسرى لتبرهن لي ذلك، بينما هي الآن خلف ظهري، أعرف أنها كانتْ تخلعه وتنظر دون اهتمام، إن الأمر محبط لأبعد الحدود، وما كنتُ قادرًا على إيقافها إلا بسؤالها الأمر نفسه:

- وماذا إذا رأيتِ تلك الهالة حولي؟ ما الذي كنتِ ستفعلينه حينها؟

أخذتُ نفسًا عميقًا، تستجمع كلماتها التي أعرف أنها ستكون عشوائية وغير مقنعة، لكن لحسن حظها، قاطعنا صوت حركة عنيفة قادمة من بين الحشائش المظلمة، وفي لحظة، تغير كل شيء. كنتُ على وشك أن أهمس لها بأن تحضر سيفها من أعلى الشجرة فوجدته في يدها بالفعل، لذا منحتها نصيحة مختلفة ليستْ معتادة عليها إطلاقًا:

- حافظي على تركيزكِ والمسافة!

من بين الظلال، ظهر حصان ناصع البياض، يزينه شعار فليريا الملكي، ولابد أنه فارس حضر باحثًا عنا، وكانتْ نيران سيوفنا في الظلام خير دليل على وجودنا. أخفضتُ روبي سيفها، وكذلك فعلتُ أنا، لكننا لم نركع، حتى خلع الفارس خوذته الذهبية اللامعة، لقد كان الأمير فاليان، أحد أبطال المملكة وقائد جيش فليريا الحالي، وحينها فقط، وجب علينا الركوع، ماذا سيلقي علينا من أوامر هذه المرة؟ مع انخفاضنا أرضًا، قال بصوته القوي:

- أيها البطل رولاندوس، والبطلة روبي، قفا! لقد طلب الملك حضوركما لاجتماع عاجل. إن الخطر الجديد قد اقترب كثيرًا من حدود فليريا.

توقف، ثم نطق بالاسم الذي أصبح لعنة:

- علينا قتل تلك الشيطانة، عصيدة، وغربانها، لمرة أخيرة، أوقفوها قبل أن تطأ أقدامها النجسة أرض فليريا الطاهرة. إن مملكتنا لن تلقى مصير مملكة الحمراء أبدًا.

بات الذهاب إلى فليريا كابوسًا، فحاولتُ حمله على الإفصاح عن خطته، توفيرًا لعناء الطريق:

- كلنا آذان صاغية لكلماتك أيها الأمير، ما هي أوامر الملك؟
- لن تتحركا من هنا وحدكما، يريد الملك أن تجتمعا في فليريا العاصمة مع باقي الأبطال، الراهب أوريون، والتنين ديلارا، وأنا، لتخوضوا رحلتكم من هناك نحو سيماه.

ثم تنهد، وارتسمتْ على وجهه ابتسامة متعبة.

- آه، الكلمات الرسمية تؤلم اللسان! هيا! ألا ترغبان بالمغادرة معي عبر ميناء كوفا؟

أدركتُ أنه لا فائدة من الاعتراض على قراره، وروبي بحماسها المعتاد، صاحت:

- حسنًا إذن! امنحنا دقيقة واحدة لنجمع أغراضنا وننطلق!

نظرتُ إليها وهي ترتدي درعها، ثم نظرتُ إلى الأمير. لقد انتهتْ مغامرتنا الخاصة، والآن نحن مدعوون لمعركة أكبر وأكثر دموية، ويبدو أن الصمت الذي كنت أبحث عنه، وأنقاض الديار، لن أجدهم قريبًا.

(8)

مشينا لمسافة طويلة بين جموع الفرسان، نرى خلال هذه الرحلة ما تبقى من حضارة عظيمة اشتهرتْ بقوتها، ثم أكلتها النيران، ولم يعد هناك بعد السواد غير فتات الصخور والرماد، ثم مررنا بميناء كوفا، الذي أعيد تشييده بالكامل تحت راية فليريا الزرقاء، كان منظمًا، وفعالًا، وخاليًا من أي روح، ليس وكأنه لم يكن هكذا في السابق، ومن هناك، استكملنا أنا وروبي الرحلة بمفردنا، تاركين الجيش خلفنا. قالتْ روبي وهي تنظر إلى الأفق البعيد، في محاولة منها لكسر الصمت:

- أشعر بالأسى لعدم وصولنا إلى فمرسا، لكننا مررنا بالكثير من المناطق في الحمراء، أعتقد أننا تخطينا حتى ريام في طريقنا.

لكنني أجبتها بمرارة رغم ذلك:

- لقد عبرنا فقط الخراب، لا ينسب أي شيء مما رأيتيه للحمراء الحقيقية، والشكر يعود لفليريا التي تركتْ القارة تغرق حتى آخر لحظة في الطوفان، ثم عادتْ لتصلحها على طريقتها.

توقفتُ، ونظرتُ إليها للحظة بينما أتذكر شيئًا عنها، ثم أكملتُ:

- سنذهب إلى قرية سيماه، أتذكر أنها كانتْ موطنكِ.

تركتُ الأفق حينها، وذهبتْ تطالع وجهي بابتسامة باهتة تنافس مرارة حديثي:

- لا أتذكر أي شيء عنها لأتشوق لرؤيتها كما تتشوق أنت لفمرسا. لقد خرجنا من هناك وأنا فتاة صغيرة، أتذكر فقط فرسان خطاف الكنيسة وهم يمنعوننا من دخول الأراضي الشمالية، ثم أتتْ ديلارا، وبنت مخيم زورا الذي تحول لاحقًا إلى مدينة زورا الجنوبية، ثم جاء الطوفان، وقامتْ بتجنيدنا جميعًا لحماية الحدود.

سألتها بدهشة:

- حتى أنتِ؟

- لم يكونوا يهتمون لأعمارنا أو جنسنا، ديلارا كانتْ صارمة في هذا الأمر، ولولاها، لما كنتُ هنا على الأغلب.

ثم صمتنا طويلًا ونحن نسير، وقد أعادتْ قصتها إليَّ ذكرياتي عن ميناء كوفا الذي مررنا به، فقلتُ لمقابلة قصتها قبل أن تطلب:

- أنا أيضًا هجرتُ فمرسا إلى كوفا في ذلك الوقت، ليس وكأنني لم أكُن قادرًا على القتال، لكنني فضلتُ حمل أمي العجوز طوال الطريق، والوقوف بجانبها لحظة عبور البحر، كنا في الدفعة الأولى من القوارب التي وصلتْ، ولحسن حظنا أو ربما لسوئه، أن منجنيق كوفا قرر إغراق باقي الدفعات لمنع انتشار الفوضى، لقد كانتْ مجزرة مأساوية، شاهدتها بأم عيني.

توقفتْ روبي فجأة، واستدارتْ نحوي، والغضب يشتعل في عينيها، ثم صرختْ:

- الأمر سخيف! هم لم يهتموا يومًا لأمرنا، فلماذا نقوم نحن الآن بحمايتهم كالأبطال؟! لقد رغبتُ دومًا بقتل ذلك الملك في طفولتي. أليستْ ديلارا أيضًا من الحمراء؟

كان سؤالها في محله، لماذا نقوم بحمايتهم الآن؟ ولم أكن أملك جوابًا أقوله لها، رغم أن الجواب كان عالقًا في صدري، مناجاة داخلية حزينة، تركنا كل ما يتعلق بنا، وفقدنا ذلك الوطن، ولم يعد لنا مكان خارج فليريا، فكان تغيير الانتماء هو الحل الأسهل، لكن الألم الذي عشناه هناك، المعاناة في محاولة الانخراط في مجتمعهم الفاسق، هو ما صنع منا هؤلاء الأشخاص الذين يدعونهم الآن بالأبطال، أمسى الخروج من فليريا والقتال بعيدًا أسمى أمانينا، وتنفس هواء الوطن، حتى لو كان مختلطًا بذكريات الحرب والموت هو ألذ ما فيه، ورؤية ركام منزلك، وحضن عشب حديقتك مجددًا هو كل ما سعينا لأجله لسنوات.

(9)

هيا، حلق بذراعيك في الهواء، واطلب المغفرة إن لم تكن تريد أن تُعدم! المعذرة على هذه المقدمة السخيفة، لكن رؤية هذا الشخص أمامي تثير اشمئزازي دائمًا، وتحديدًا عند تذكر كلماته السابقة، وقارورة الخمر التي لا تفارق يده. غطت قبضتي مقبض سيفي المستعد في غمده، وكنتُ على وشك أن ألقنه درسًا في الاحترام لما فعل في آخر لقاء لنا، لكن حينها ظهرت ديلارا، ولأنني أكن لها احترامًا لما جاهدت لفعله من أجلنا، فلا يمكنني أبدًا رفع سيفي أمامها، لقد كان يوم سعده، ذلك الراهب النجس. مباشرة فور ما لاحظتُ روبي حضورها، جرت نحو البوابة تاركة إياي خلفها، مرحبة بمعلمتها وسيدتها القديمة، بينما مشيتُ أنا وحيدًا في الخلف كالعادة.

عبرنا نحن الأربعة بوابة فليريا العاصمة متباعدين، ويقال إننا الفريق الأعظم الذي سينقذ العالم للمرة الثانية، وكم هذا مضحك، لكن حقًا، لم تغير هذه السخرية شعور لحظة الدخول التي تجعلك تدرك مقامك بالنسبة لهذه المملكة. عندما عبرتُ، وقد كنت الأخير، التفتُ الخيول البيضاء من حولي، براياتها الزرقاء وسيوفها الذهبية، وخطونا على بساط من

228

الزهور نثرته الجموع، مع صوت رنين أجراس الكنائس الذي ملأ الهواء، لدرجة لم يكن الأمر كاستدعاء لمهمة، بل كان أشبه بحفل تتويج. تخيلتُ نفسي الملك للحظة، الفرسان على جانبي ومن خلفي، والجمهور ينظر نحوك بسرور من كل نافذة، ما دعاني لأغلق عينيّ، عائدًا إلى سكينة لم أشعر بها منذ زمن طويل. إن هذه اللحظة ستخلد كحلم جميل بالنسبة لي لاحقًا، ورغم ذلك، ورغم كل هذا المجد، كنتُ سأفضل المغادرة من فمرسا إلى سيماه مباشرة، وكنتُ سأفضل قتال عصيدة بمفردنا، أنا وروبي، دون هؤلاء، فأنا لم أكن أرغب حتى بسماع أسمائهم منذ آخر مرة تركتهم فيها، لم أكن أرغب في أن أكون بطلًا لأحد، كل ما أردته هو أن أعود إلى بقايا دياري.

(10)

عادتْ روبي بعد عدة دقائق، لكنها لم تكن وحدها، تبعتها ديلارا، ومن الشرف حقًا لقاء التنين الأسطوري، وتحديدًا في وقت كهذا، فما كان مني غير أني وقفتُ عن كرسيي احترامًا.

- مرحبًا بعودتكِ يا روبي! وتحياتي لهذا الزائر العظيم.

قالتْ ديلارا بصوت هادئ يحمل قوته الخاصة:

- بل أنا من عليه شكركما على قبول دعوتي، فبعد الشجار الأخير، كنتُ متأكدة أنكم ستتخلون عن فليريا للأبد.

حينها صرختْ روبي بحماسها المعتاد:

- دماء القتال تجري في عروقنا! لقد شحذتُ سيفي بالفعل لقطع رأس تلك العجوز الشيطان العفن! أظننتِ أننا سنرفض دعوة لحفل عظيم كهذا؟!

تغيرتْ تعابير وجه ديلارا، جرح شيء ما مشاعرها في كلمات روبي، هل أزعجها وصف عصيدة بالشيطان؟ انتفضتُ لسؤالها:

- بحكم عمرِكِ، هل التقيتِ بعصيدة في السابق؟
- لقد قدتها في فترة كانت تلقب فيها ببطلة الحمراء، فقد حلّتْ أعظم مشاكل القارة في مدة قصيرة، حتى رغبوا بها حاكمة دون أمها، وعندما لم أستطع إيقاف حرب التوحيد، هي من وقفتُ أمامهم، وفي النهاية، أنا من ساقها لصد الطوفان، لم تكن مستقرّة، لكنها كانت عاقلة كانت تميز الصواب من الخطأ...

قاطعتها روبي بحدة:

- لا أتذكر سمعتُ اسمها غير في خبر إحراقها لأكبر حانة في سيماه!

قلتُ تعقيبًا على كلامها في محاولة لدعم شهادة ديلارا:

- لم تكن فتاة سيئة أبدًا، فكيف تغيرتْ؟ أليس من المفترض أن البطل الذي يعبر أقصى الشرق يتوج ملكًا كما تقول النبوءة؟ فلماذا هي الآن وحش يدمر ما بنيناه؟

نظرتْ في عيني مباشرة، وكأنها تعترف بخطيئة:

- هناك عبارة تدور في ذهني، وإن صحتْ، فأنا المذنبة الوحيدة في كل هذا، إن الوحوش لا تتوج ملوكًا أبدًا، كما لا تحكم بشرًا.

قفزتْ روبي من مكانها وصرختْ ضاحكة:

- هذا سخيف! لقد سقتها لتتم الطوفان ولكنكِ لم تعرفي أنها لا تستطيع ارتداء التاج؟! ماذا إذن؟ هل ينتهي الطوفان بوصول أي بشري إلى هناك؟!

شرد تركيز ديلارا، وذهبتْ تتأمل السحاب بهدوء، ثم قالتْ:

- هي مجرد فرضية، ولهذا سنقوم بقتل ذلك الوحش الهائج، ونكمل رحلتنا، وسيتوج أحدنا بطلًا هناك لننهي هذه النبوءة الهزلية. لقد كان عليّ أن أقتلها عندما سمحت لي الفرصة، لم يكن ليحصل أي من هذا لو قمتُ بما عليّ فعله منذ البداية، شعور الحسرة هذا لم يتركني منذ أن غادرتُ الحمراء.

قاطع صمتنا صوت خطوات ذلك الراهب النجس، وكأنه كان يستمع لمحادثتنا منذ البداية:

- ولكن أيتها الفارسة، لسنا ذاهبين حقًا لقتل عصيدة، لقد حصلتُ على موافقة من الملك، سنقابل تلك الشيطانة، ولربما تكون هناك طريقة نعيدها بها إلى رشدها، هي فتاة جيدة كما قال، والأبطال يدركون مصيرهم دومًا.

قالت ديلارا بغضب محاولة صد كلماته التي كانتْ دومًا بلا معنى:

- الوحوش الهائجة هي وحوش ساقطة، وإن ريانة مثلًا لم تستيقظ أبدًا من سباتها رغم إصرار قطينة. إن كنتَ تريد إيقافنا بألعابك على لسان الملك، فسوف أطلب من سيادته رفض خروجك معنا!
- احترمي مكانتكِ أيتها الخادمة! كلماتكِ تلك إثم ستحاسبين عليه!

وهذا هو حالنا المعتاد، نحن الأبطال العظماء. رفعتْ روبي سيفها مغادرة، وخرجتُ برفقتها، تركنا ذلك النقاش الحاد الذي دار بينهما لساعات، وعدنا مع شروق الشمس وهما لا يزالان مستمرين، ثم التقينا مجددًا على البوابة للخروج، خمستنا. أغمضتُ عينيَّ، وتذكرتُ أيامنا القديمة، عندما كنا نقاتل رغم اختلافاتنا، لأجل الإنسانية، وعندما فتحتُ عينيَّ من جديد، لم نكن بعيدين عن هدفنا، والإنجاز السريع هذا يشعرك بالملل، أين صراعات منتصف الطريق التي اعتدنا عليها؟

ضغطتُ على خيلي قليلًا حتى وازيتُ روبي، وفي لحظة جنون مشتركة، شددتُ اللجام، ورفعتُ أقدامه الأمامية في الهواء بكل هيبة، إعلانًا لبداية المنافسة، ثم انطلقنا نسابق الريح مبتعدين عن فرقة الأبطال المملة تلك. كم هو مضحك ومريح، شعور الهواء هذا، والابتعاد عن المسار الأصلي، لقد منحني جرعة غير طبيعية من الاطمئنان، تبعني فاليان وروبي بعد دقائق، حتى تخطينا سيماه دون أن ندرك، ولم يوقفنا سوى بحر رمال صبرجاه. في النهاية، صرخ فاليان علي في قلق واضح:

- لقد ابتعدنا كثيرًا، ستغضب ديلارا.

رددتُ عليه بنبرة من الاستفزاز بسبب ملامح وجهه تلك:

- لكنني ظننتك القائدة يا فاليان، لا ديلارا...

وقاطعتني روبي بردها الذي جاء مبكرًا عن عادته:

- اللعنة على المهمة يا فاليان! نحن من يقرر متى نغادر ومتى نقاتل.

تنهد فاليان حينها، وأخذ ينظر إلي متوسلًا أن أجد حلًا لها، وقال:

- لن أنتهي من مناقشتكِ ما حييتُ! هيا، دعونا نترك هذه الألعاب، ونقتل عصيدة معًا، خمستنا، ومن ثم تتحررون للأبد من فليريا!

ثم وقفتُ إلى جانبه بخيلي لدعمه، وأكملتُ حديثه بقرار جاء متأخرًا:

- الشمس بدأت تغرب، لابد أنهم وصلوا إلى سيماه وبدأوا القتال!

عندما دخلنا المنطقة، كانتْ ألوان نيرانها تضيء السماء، والمعركة كانتْ محتدمة بالفعل، ورأيتُ ديلارا وأوريون يقاتلان في الأسفل. أخفضتْ روبي ظهرها، وأسرعتْ بحصانها، وبكل فخر تخطتني مجددًا، وصلتْ إليها، قفزتُ عن الحصان، ووقفتُ على منجل ديلارا الذي كانتْ قد غرزته في الأرض لحظتها، استخدمته كنقطة انطلاق، فرفعتها ديلارا للأعلى نحو السماء كأنها علم، ثم سقطتْ روبي نحو عصيدة بنصلها الضخم كالشهاب. من بعيد، رأينا الدماء السوداء تتناثر، لقد نجحتْ روبي بالفعل بقطع يدها اليمنى، فسقطتْ عصيدة وسلاحها معها، وظنتْ روبي، وظننا جميعًا، أنها قد نجحتْ، وعندما حانتْ اللحظة لتلوح بضربة نهائية نحو رأسها، لم تكملها، فقد سحبتها ديلارا بمنجلها بعيدًا في اللحظة الأخيرة.

نشرتْ عصيدة في تلك اللحظة مخالبها بجنون، وتحول جسدها إلى كائن مشوه، لم تعد بشرية، بل أصبحتْ مسخًا بريش وأجنحة ويد واحدة، ثم حلقتْ نحو الشرق بعيدًا. تقدم فاليان ورفع قوسه، وبهمسة من أوريون، أطلقت تعويذة التصويب على سهمه، وانطلق السهم كالبرق الخاطف، أسقطها أرضًا في عمق الغابة، إنها الآن في الشرق، أينما ستكون وجهتنا التالية. هبطتْ ديلارا أرضًا بجانب روبي، وقالتْ بنبرة تشجيع حنونة:

-   كان ذلك دخولًا عظيمًا يا روبي! أحسنتِ صنعًا.

إلا أن روبي وقفتْ من مكانها وتذمرتْ:

-   كان عليكِ تركي أقطع رأسها!

ثم نزل فاليان عن حصانه بجانبها، وعندما استقر أرضًا، قال ببرود:

-   بل لولاها لكنتِ تحولتِ إلى قطع لحم صغيرة. لا تقلقي، لابد أنها تنازع الموت الآن بسبب سهمي، ولولا أنني أشعر بالملل، لكنتُ أنهيتُ المهمة الآن.

هؤلاء هم الأبطال الذين أعتدتُ على مرافقتهم، ولهذا لم أنطق بكلمة، واكتفيتُ بالمشاهدة من بعيد هذه المرة، فإن كانت هذه المهمة ستصلح علاقتنا القديمة، فسأستمر دون تعليقات سخيفة، كمشاهد، ما لم يحتاجوا إلى درعي وسيفي، الأمر هكذا مناسب لي أكثر.

(12)

(بلسان العميل جيم – الفصل الثالث من فليريا الحمراء)

صمتت أثينا، وتركتْ آخر كلماتها عن فليريا معلقة في الهواء البارد لحديقتي، أعادتْ كأس قهوتها الفارغ إلى الطاولة، ومن ثم قالتْ بصوت هادئ كسر سكون الليل:

- سأعدُّ آخر لي. أتريد أن أعدَّ لك كأسًا أيضًا؟

هززتُ رأسي.

- يكفيني ذلك الكوب الصغير، ما زلتُ أرغب بالنوم الليلة.

أمسكتُ الكأس الذي أمامي، كان لا يزال ممتلئًا وباردًا، وبجانبه وضعتْ كأسها الفارغ الملطخ بالقهوة، كانا يشبهاننا تمامًا، هي التي اعتادتْ على مرارة هذه الحكايات حتى أصبح قاع كأسها أسود لا يبيضّ، وأنا الذي لم أعتد طعمها بعد، فحملتُ حكايتها مشاهد أشبه بأفلام الخيال والسحر، وقاع أبيض لكأس لم يتذوق القهوة إلا مرتين. ابتسمتْ ابتسامة ماكرة، واقتربتْ برأسها حتى لم يعد يفصلنا سوى سنتيمترات، وهمستْ:

- أكانتْ قصتي مملة لهذا الحد؟
- لو كانتْ مملة، لوجدتني نائمًا على هذه الطاولة منذ ساعات.
- أهذا يعني أنك ستشرب كوبًا آخر معي؟

تجاهلتُ إغراءها، وتجاهلتُ قربها الذي أربكني، فكل ما أردته هو أن أعرف النهاية.

- اكلي لحسب! أريد معرفة ما حصل لذلك الوحش.

نظرتُ إليّ للحظة، ثم ضحكتُ ضحكة خفيفة، وغادرة إلى المطبخ، وتركتني وحدي مع أفكاري. يا له من موقف سخيف، أنا، العميل الخاص الذي يعيش في الظل، أجلس في منتصف الليل مستمعًا لقصة خيالية عن التنانين والفرسان، ترويها فتاة هي نفسها لغز أكبر من أي قصة، والأكثر سخافة، أنني مستمتع بكل لحظة، والسبب أنها هي من ترويها.

(13)

دع تلك الألحان المتناسقة تكمل مسارها، ليس وكأنني كيان يمكنه إيجاد معنى لما حصل، لأنني في النهاية، سأتخيل نفسي جزءًا من تلك الليلة مهما حدث، وسأرحل بعيدًا بعدها عن أرضنا البيضاء الرمادية بالرماد، وعندما توقفني على بعد أميال، وعندما أصل إلى ذلك الجدار متذكِرة حينها ما فعلته، بظهري المقوس الذي لا يستطيع حتى حمل منجلي، سأتقدم، وأقطع يدكِ، وأركُض بعيدًا، متخليه عن كل المعاني التي حملَتها لي، سأجلد نفسي حتى أصنع خريطة من دم قدميَّ ترشدني نحو الحرية، وسأتجمد، لأنني وصلتُ دون وعي إلى أقصى الشمال بدلًا من أقصى الشرق، ورغم أن كلتا المنطقتين يغطي العشبَ فيها الثلج، لكن إحداها طاهرة تغسل الذنوب، والأخرى لعنة تنجس القلب، ولحسن الحظ، لم يكن لدي قلب حينها. ناجثُ يداي السماء، وقد كانتْ الشيء الوحيد الذي يمكنني رؤيته وأنا أغرق في هدوء الثلج، متمنية أن يهضمني سريعًا، لكن حينها، سطعتْ الشمس، مناقضة لدعائي، وبدأتْ رائحة العشب الرطب تنتشر، وساق الماء رأسي لينظر إلى مواضع أخرى غير تلك الغيمة، رأيتُ أرنبًا يخرج من جحره، وغزالًا يطل من كهف الجبل، رأيتُ الحياة تعود لكل صخر وزهر، فابتسمتُ، وشعرتُ بالاطمئنان، لقد شعرتُ بشيء وأنا لا أملك

قلبًا، لجِاب سؤال ما تبقى من خلايا بداخلي، كيف لكائن غير بشري أن يملك مثل هذه المشاعر؟ كيف لشخص وُلد من رحيق الموت وبذرة الجحيم أن يشعر بقيمة الوجود؟ كيف لي أن أمتلك قيمة وأنا على هذه الحال؟ هذا هو السؤال الذي كنتُ أطرحه عندما ظهرت تلك السيدة، بعينيها المتحمستين وشعرها البرتقالي المتألّق، ظننتها حاكمة العوالم لأول وهلة، حتى رأيتُ عمق قلبها، هي لا تملك شعلة قوية، ومجردة من هالتها، أهي ملعونة أم مختومة؟ أجابتْ على سؤالي بصوت مرح:

- وما علاقة حالتك بقيمتك؟ انظري إلى نفسك فحسب، أنتِ تملَكين عينين حازمتين أشد ثقلًا مني، ومن خلالهما يمكنني رؤية مستقبل مشرق لهذه القارة.
- ما علاقة إشراق عيناي بالمستقبل أو بقيمتي؟

قالتْ وهي تضحك بشكل غير مبال لأحداث هذا العالم:

- لا أدري حقيقة، أليس هذا مضحكًا؟ اسمي تايم، حاكمة الوقت، وأنتِ؟
- اسمي... كان ديلارا.

وقفتْ مع انعكاس الشمس على ظهرها كالملاك المقدس، تحديدًا وهي تمد يدها إليّ، وقالتْ:

- حسنًا أيتها الفتاة ديلارا، سنذهب إلى مكان بعيد لنجد قلبك المفقود، فهل سترافقيني في هذه الرحلة؟ هل أنتِ جاهزة لتصبحي حاكمة العوالم القادمة؟

حاكمة للعوالم؟ لم أفهم ما كانتْ تتحدث عنه، لم أكن غير فتاة هاربة من الموت، تركتْ الجميع يلقى مصيرهم بعد أن ضحتْ بقوتها للشيطان، لقد لقتْ عصيدة حتفها على الأغلب، ولم يستطع أحد إيقاف الطوفان.

- لكن لم تخترني السماء بطلة لأحكم العوالم، لذا سأرفض هذا الجزء من عرضك.

236

لا أدري ماذا فعلتْ تلك السيدة، لكنني نهضتُ عن أرض الجليد مع سطوع الشمس، وكأن كل ما حصل سابقًا ليس أكثر من حلم طويل، رأيتُ أبراج فليريا التي كنتُ أعرف أنها سقطتْ، هي الآن تحتل السماء بكل كبرياء، ومشيتُ خطوات للأمام حتى تذكرتُ شيئًا، إن كانتْ الأبراج قد عادتْ، ألا يعني هذا أن عصيدة لم تغادر بعد؟ ألا يعني هذا أن الحمراء لم تتحول إلى رماد؟ أن صقيبة لم تمتْ برفقة جيشها المهزوم دفاعًا عن الشرق؟ هل أعادتْ تلك الفتاة الزمن؟ نجد قلبًا؟ كررتُ كلماتها في عقلي، هل ما كانت تعنيه هو منحي فرصة لإصلاح هذا العالم؟

بدأتْ كلمات أغنيتها الثانية مع ابتسامتها العريضة، بعدما روضتْ بحصانها العالم من جديد، كانتْ تتحرك من منطقة إلى أخرى، والأمر بأكمله أشبه بعودتك إلى حفظك القديم بعد أن أنهيتَ اللعبة، أنت تعلم كل شيء قادم، كل وحش وكل فخ، لكن هذا لا يؤدي دائمًا إلى إصلاح مصائب تقدمك السابق، بل أنتَ فقط ستخلق مسارًا جديدًا من الأحداث غير المرغوب بها، والتي في حالتها، خلقتْ عالمًا جديدًا تمامًا، فبعد أول تغيير في المسار، تصبح معرفتك بالمستقبل عديمة الفائدة، لقد صنعتْ بفعلتها تلك عالمًا سالبًا آخر.

لقد اختارتْ استغلال هذه الفرصة الثانية في إنقاذ عصيدة كما فعلتْ سابقًا من ملاك الكهف، وتوجيهها إلى الشرق ولكن دون منحها جزء قلب التنين خاصتها، لقد آمنت أن الحل الأفضل سيكون بتغيير تلك النقطة المحورية، أن تصبح عصيدة هي البطلة الحقيقية كما حدث سابقًا، بينما تصد هي الطوفان إلى جانب صقيبة والحمراء، ثم وضعتْ خطة احتياطية، الحصول على كتاب التنين الضائع في ريام هذه المرة، ليكون ورقتها النهائية إن لم تستطع عصيدة حقًا إيقاف الشيطان الأعظم لضعفها، كانتْ خطة متكاملة بنتها في رأسها، وعاشتها، وقادتها، ولحسن حظها، أو ربما لسوئه، سار كل شيء على ما يرام في

البداية، لقد وجدتُ أبطال قصتها، ووضعتُ كل القطع على رقعة الشطرنج تمامًا كما أرادت، إلا أن الحمراء سقطتْ على أي حال، لأن هذا هو مصير قطعة البسكويت.

(14)

وصلنا إلى سماه فوجدنا أن الحمقى الثلاثة قد سبقونا، كنتُ أراهم من بعيد، روبي وفاليان ورولاندوس، يندفعون بحماسهم الطفولي متخطين المنطقة. أغلقتُ عيني كالمعتاد، ليس لأستريح، بل لأرى ما هو حقيقي في رأسي، ومع أول نظرة للأنقاض القرية، وجدتها، ولم تكن الفتاة التي تركتها، لم تكن عصيدة التي رافقتها سابقًا، لقد شعرتُ بذلك على الفور، فما الذي يقف أمامنا؟ لم يهتم أوريون لحالتها، فقط صرخ:

- حاولي إغلاق طريقها! سأحاول إعادتها إلى رشدها.

وجهتُ سنجلي نحوها براوية استعداد، ثم نظرتُ إليه بازدراء:

- ليس علينا محاولة ذلك، ما يقف أمامنا الآن ليس بعصيدة.
  أيتها الفارسة! أنتِ هنا لتنفيذ الأوامر! فأنا...

ضحكتُ باحتقار، وقد أغرق الجنون قلبي بذلك المشهد:

- فأنتَ ماذا؟ لن أعود إلى فليريا بعد انتهاء هذه المهمة أيها الراهب، ثم أنتَ لا تملك أي صلاحيات عليّ، أيها الحشرة.

نظرتُ إليه بتمعن، أرى انعكاس شخصية بطلة قديمة في ظله.

- لا أصدق أنني يومًا قاتلتُ بجانبك، لقد تغيرتَ كثيرًا يا أوريون بعد تلك الحادثة.

238

لقد كان منظر تعابير وجهه الغاضبة رائعًا، وكنتُ سأفضل استكمال هذا النقاش، لكن نيران المعركة قاطعتنا، وكان علينا الهجوم، ليس لقتلها، بل لمعرفة الحقيقة، لمعرفة ماذا حدث لها في أقصى الشرق، فإن كانت حقًا قد قضتْ على ملك الشياطين، فهذه الأحداث ليس لها مكان من الأصل، وكان من المفترض أن أنتهي أنا في أقصى الشمال، متجمدة في ثلجي الأبدي. دخلتْ روبي بكل قوة سيفها لاحقًا، وبضربة واحدة، أنهتْ الكابوس تقريبًا، لقد مزقتْ الضربة جسد عصيدة الوهمي، وباتَ الأمر واضحًا وضوح الشمس، لقد تم التلاعب بجسدها عبر سحر ما، وعندما تضرر الوعاء الذي يحتوي شكلها الجديد، ظهرتْ على حقيقتها، لم تكن تنينًا، لم تكن حتى وحشًا عظيمًا، لقد كانت مجرد مسخ يحاول جاهدًا أن يصبح تنينًا، ويا لسخرية الأمر.

تقدم رولاندوس حتى أصبح حصانه موازيًا لحصاني، فتحتُ عينيّ ونظرتُ نحوه، فأنزل رأسه في تحية صامتة، وكالعادة، يمتلئ قلبي بشعور دافئ غريب كلما فعل ذلك، ما يجبرني على سماع كلماته.

- أيتها السيدة ديلارا، ما رأيكِ بالأحداث السابقة؟ أعني، لا نرى هذا النوع من التحولات كل يوم.

قلتُ وأنا أنظر نحو الأفق الشرقي:

- ما زلتُ أفكر بأمرها، لكن كل ما يمكنني استنتاجه هو أننا نقاتل عدوًا أقوى بكثير من عصيدة، وبما أنها حلقتْ باتجاه الشرق، فهذا يعني أن سيد هذا المسخ هناك، لذا كن جاهزًا أنت وروبي لمعركة ملحمية قريبة.
- معركة ملحمية؟ أليس عليكِ إعلان هذه الحالة إن كنتِ متأكدة؟

نظرتُ إليه وقلتُ بابتسامة متعبة:

- هيا يا رولاندوس! أنسيت كيف يكون طعم الألم؟ دعنا نستمتع قليلًا بقتالنا الأخير، بل أنسيتَ كيف كانث معركتنا النهائية السابقة؟

- عندما حوصرنا نحن الخمسة بين جيش من الفرسان السود، لا يمكنني نسيان تلك اللحظة أبدًا، لقد كنا كالأبطال حقًا حينها، ليس كما نحن الآن.

- لقد كنتَ هادئًا عندما أسقطتها روبي، هل أمر خلافاتنا الحالية هو ما يزعجك؟

إلا أنه قال بصدق فاجأني:

- بل على العكس تمامًا، لقد رأيتُ حينها أن علاقتنا بدأت تلتحم لأول مرة.

يا لها من نظرة مشرقة سأقوم بتجاهلها فحسب، إنها متناقضة في عمقها، متفائلة في سطحها. أغلقتُ عينيّ كما لو لم نتحدث، لعله يأتي يوم يتحقق فيه ما يتمناه، أن نعود معًا، كفرقة حاربتُ الشر العظيم، لكن هذه المرة لبناء مملكة الحمراء من جديد.

(15)

الأمر أضخم بكثير مما قالته ديلارا، يمكنني الشعور بذلك أيضًا، هناك سحر غريب مزروع وسط هذه الأشجار، يتربص بكل حركة نقوم بها، والغابة بحد ذاتها أصبحث نظيفة أكثر من اللازم، وكأن يدًا خفية قد كنسث أوراقها المتساقطة ومحت كل أثر للحياة العادية، شعور الهدوء هذا والهواء البارد يدمران عقلي، ولا يتركان لي خيارًا سوى التفكير في خطة احتياطية، خطة تشمل حماية روبي، وربما التضحية بالباقين، ورغم ذلك، هناك أمر آخر يشغل تفكيري، لقد غادر أوريون بعد القتال بسبب شجاره مع ديلارا، ولم يعد حتى الآن، هو ليس من النوع الذي ينسحب خائبًا، إلى ماذا يخطط ذلك العجوز؟ قاطعتْ روبي أفكاري بصوتها المفعم بالحياة:

- يبدو رأسك مشغولًا جدًّا! هيا يا رجل، لقد شارفتْ المهمة على الانتهاء، أتريد الركض بعيدًا؟ أناملي تحتاج شعلة من النشاط.

قلتُ وأنا أنظر إليها، وكانتْ قد أنهتْ حديثها السخيف للتو مع فاليان.

- ألا يمكنكِ أن تسكني قليلًا؟
- هل تشعر بالغيرة الآن لأنني كنتُ أتحدث إلى رجل غيرك؟

إنها تحاول استفزازي كعادتها بطريقتها في طرح الأمور والتي أشبه بمحاولة افتعال شجار، لذا سألتها بابتسامة متعبة في محاولة مجاراتها:

- أتريدين نزالًا سريعًا؟
- على الأحصنة؟
- فكرة جديدة جيدة.
- ولكنكَ ستخسر هذه المرة.
- يا لها من نظرة واثقة ممن تخسر كل مرة.
- لقد كنتَ تستغل فترة ضعفي في ذلك اليوم.
- فترة ضعفكِ؟ ظننتُ أن المشكلة كانت في عضلاتكِ، هل يمكنكِ إثبات العكس؟
- بالطبع، سأسحق عظامك هذه المرة بسيفي!

قاطعتنا ديلارا بصوتها الهادئ، بعدما اخفضتْ سرعة حصانها لتصبح قريبة منا:

- يمكنني أن أشهد على قوة روبي، لذا وفرا طاقتكما للقتال الحقيقي.

وفي تلك اللحظة، أشار فاليان إلى الأرض أمامه، وقال:

- أقدام الأحصنة على الثلج الآن تكشف خطًا من الدماء، نحن نقترب. يبدو أنها سقطتْ هنا وبدأتْ بالزحف.

وفجأة، جاء صوت من كل مكان، صوت حماسي ومجنون يتردد صداه بين الأشجار الصامتة.

- هل كنتم الأبطال حقًا وتسقطون في الفخ بهذه السهولة؟! يا لكم من مجموعة من الحمقى! سيعاقبكم العظيم الآن على ذنوبكم!

ما الذي حدث فجأة؟ شعرتُ وكأن أوصادًا جليدية قد أُغلقتْ على يديَّ وقلبي، وكان إحساسًا مؤلمًا ومعجزًا، لم أعد قادرًا حتى على تحرير لساني لأنطق بكلمة جدال، ومن أين له هذه الكمية من الطاقة ليصنع دائرة سحرية بهذا الحجم؟ سحر ختم؟ نعم، هذا هو أقرب تشبيه له، لقد ختم أرواحنا وطاقتنا بصورة مؤقتة، ولكن كيف؟ ولماذا استدرجنا إلى هنا تحديدًا؟ لاحقًا ظهر أوريون من بين الأشجار، ولم يعد ذلك الراهب المتواضع، بل كائن يرتدي قناعًا من الجنون المقدس، نظرتْ إليه ديلارا ببرود، وقالتْ:

- أيها اللعين أوريون! ألغِ هذا السحر فورًا ودعنا ننهي هذه المصيبة.

شد على عصاه حتى كاد أن يكسرها من شدة غضبه، ثم صرخ:

- كل ما يحدث الآن بسببكِ أيتها الشيطانة! هنا سيتم تطهيركِ بثلج المذنبين!

لم تأبه ديلارا لكلماته، وقالتْ بازدراء هادئ برر حركتها:

- أشعر بالأسى لظنكَ أنه بإمكانكَ ختمي، فقلب الجليد والنار الذي لدي أقوى بكثير من أن يُختم بسحر تنين وضيع كتنين الأساس والروح.

ارتجف أوريون متفاجئًا، وقد بعثرتْ حركة ديلارا نحوه أفكاره، فتلعثم بكلماته:

- هذا مستحيل! القلب كان بحوزة عصيدة! لقد رأيته! لقد لمسته!

لم أرَ ديلارا بتلك الملامح الجادة من قبل، كانتْ مرعبة لأقصى حد، قطعتْ يدها اليسرى بمنجلها بكل استخفاف، فتناثرتْ الدماء على الثلج الأبيض، وانكسر القيد السحري، تركتْ المنجل يسقط أرضًا، ورفعتْ كتابًا قديمًا كان بحوزتها، ألقته في السماء، فبقي معلقًا هناك، وبحركة من أصابعها، بدأتْ صفحاته تتقلب دون أن تلمسها، حتى توقفتْ في المنتصف، ثم بدأتْ تتلو ترتيلة فريدة، يا من أعطانا الحياة والروح والجسد، لكنها لم تكمل صلاتها.

ضحك العجوز أوريون بلامبالاة، لعلمه أن هذا الختم لا يؤثر على البشر، لكن ضحكته لم تكتمل، سيف ضخم دخل عميقًا وخرج من جسده، سقط على ركبتيه، والدم يغادر جسده، مَن هذا البطل الذي حضر الآن؟ لقد كانتْ عصيدة، أو بالأحرى، ذلك المسخ الذي كان يرتدي وجهها، والذي تحلل إلى غبار أسود فور سقوط أوريون، وحينها، فُك القيد عنا أيضًا، وفور سقوط تلك الأغلال عن قلوبنا انتفضتْ روبي لتنطق:

- لا أصدق! أوريون هو من كان يتحكم في عصيدة كل هذا الوقت!

ردتْ عليها ديلارا، وكانتْ تغادر المشهد ضاغطة على جرح يدها:

- ومن ثم تعارض سحر الختم مع سحر التحكم، يا لسخافة هذه النهاية.

ثم فجأة رأيتُ فاليان يركض خلفها، والخوف والقلق يملأ وجهه، أمسكَ يد ديلارا وحاول أن يربطها بوشاحه ليوقف النزيف إلا أنها رفضتْ التوقف، فصرخ مذعورًا:

- ديلارا! يدكِ تنزف بشدة، ألا يمكنكِ الهدوء للحظة لأراها؟!

نظرتُ إلى يدها المقطوعة على سطح الثلج، ثم إلى جثة أوريون، ثم إلينا، لم يكن في عينيَّ ألم، بل مجرد إرهاق لا نهائي، ولا أكاد أصدق، لقد انتهت المعركة الأخيرة، وحصلنا على حريتنا التي لطالما سعينا للحصول عليها.

(16)

عاد الأمر لمساره الأصلي الآن بعد موته، لكن كيف غاب عن بالي بالكامل؟ هل أسأتُ تقدير الموقف للمرة الأولى في حياتي؟ وأخبرتها علاقتنا لقد بدأتْ تلتحم، هل أخبرتها بذلك حقًا؟ بل كانتْ تنجرف نحو هاوية، وهي رأتْ ذلك وتجهزتْ لمقابلته، على عكسي أنا، لقد أخبرتني ديلارا بذلك صراحة، فلماذا اعترضتُ؟ رفعتُ يدي، ناظرًا إلى كفي كيف أصبح ناعمًا مع مرور الوقت، وعبستُ وأنا أتخيله مليئًا بدماء الوحوش كما كان في السابق، أجبنتْ يداي؟ أأصبحتا ثقيلتين بالهموم، رافضتين طاعة مالكهما؟ ثم أغلقتُ قبضتي، ومن شدة إحكامها، كادتْ أظافري أن تَشق لحمي، لم يرفض عقلي هذا القرار، فما كنتُ غير عائق لهم في النهاية، حتى روبي كان لها دور، وأنا لا، بل كانت هي بطلة هذا المساء على الأرجح.

حينها، ظهرتْ تلك الأيادي الدافئة، وأمسكتْ بمعصميَّ المشدودين، أرغمتني على رفع رأسي لأرى نظراتها ذات الحرارة العالية، ولمعان عينيها في ضوء النار، أنزلتها للأسفل، نحو قطرات الدم على درعي، ما أجبرني فورًا على الاقتراب منها، واحتضانها بقوة، وأهمس في أذنها:

- أجهل إن كان هذا شعور سعادة بتحررنا أو ببقائكِ إلى جانبي حتى هذه اللحظة.

باتَ بإمكاني سماع صوت أنينها وهي بهذا القرب مني، وكأنها مذعورة من أمر ما، ليس من الدماء بالطبع، إذًا هل هي دموع الفرح حقًا؟ نظرتْ إليَّ بعد لحظات، ثم سألتني:

244

- لقد انتهى الأمر، أليس كذلك؟

فأجبتُ بصوت مكتوم وأنا أطالع وجهها البريء:

- هذا صحيح، من المفترض أن تكون الوحوش قد اختفتْ كما حدث لعصيدة.
- ولقد عادا إلى فليريا، تاركين كلانا هنا للأبد؟
- هذا صحيح، لقد وعدنا فاليان بذلك.

توقفتُ وأخذتُ أفكر في الأمر قليلًا، ثم أكملتُ:

- وكان من الغريب أن تتركنا ديلارا نكمل الرحلة، ونتأكد من وجود التاج بمفردنا.

أتدري، يبدو الأمر غريبًا حقًا عندما تتلفظ به، هي متأكدة من وجود التاج هناك في أقصى الشرق، بما أن عصيدة لم تحصل عليه، فلماذا تركته لنا؟ لماذا لروبي تحديدًا؟ وماذا سيحدث بعد أن تحصل عليه؟ النبوءة لم تذكر شيئًا عن هذا، هل ستختفي؟ وكيف ستحكم؟ بل ألا تعتبر روبي أيضًا وحشًا بعينها الفضية تلك؟ عينها؟! كيف لم أدرك هذا الأمر سابقًا؟! صرختُ بها، وقد أمسك الذعر عقلي:

- روبي! أريد منكِ مصارحتي الآن. هل رأيتِ على أحدنا هالة موت؟!

كيف لم أنتبه للأمر رغم وضوحه؟ حديثها السابق، حيرتها وفزعها. كيف نسيتُ أمر قدرتها البغيضة؟! انهارتْ على الأرض فور سماع سؤالي، وبدأتْ كلماتها تظهر مرتجفة في العالم حتى كنتُ بالكاد استطيع فهم ما تقوله من كمية الرعب التي ألجمتْ قلبها:

- ما زلتُ على وعدي، لم أكشف الغطاء عن عيني، لكنه انزلق قليلًا بعدما فُك الختم عنا، حينها رأيتُ هالة موت على كلينا من بين الجميع، أعني، إن كان الأمر قد انتهى بالفعل، فماذا يعني هذا؟! ماذا يعني هذا الآن تحديدًا؟!

يا لها من حالة مأساوية سقطتْ بها، لقد رأتْ لعنة قدرتها، سوء معرفة موعد موت الآخرين، والتساؤل الأبدي الذي يتبعه، هل يمكنكَ إنقاذهم، أم أصبح الأمر مصيرًا حتميًا ستشهده فحسب؟ وتخيل فقط رؤيتها حولكَ، سينقلب الأمر فورًا إلى صرع عنيف، ما أصابها. ما هذا الهراء الذي أتمتم به الآن؟ فحتى أنا، من المفترض أن أموتَ في أي دقيقة، أحقًا نفسي مستسلمة إلى هذا الحد؟ أم أن الموت برفقتها لم يعد يعني لي شيئًا؟ في النهاية قلتُ، محاولًا بناء جدار من المنطق حول ذعرها:

- أنا لا أحاول مواساتكِ، الأمر فقط لا يدخل العقل.

صرختْ بي، في محاولة منها للحصول على جواب مقنع يهد جدار بؤسها:

- ماذا تقصد؟! عيني لم تخطئ أبدًا من قبل، وأنت أكثر من يعرف هذا!
- لا يمكن لأي أحد الوصول إلى هنا بهذه السرعة، وأنا متأكد أن ديلارا وفاليان لن يعودا، ولا وجود للوحوش، لذا، إن لم نقتل بعضنا البعض، فلا يمكن أن نموت خلال اليوم كما تخبركِ عينكِ، ربما قد أصابها شيء، ربما تأثرث بسحر الختم، أو بتعويذة التاج، ربما هي مخطئة هذه المرة.

همستُ، وبدأتُ أرى أنها هدأتْ قليلًا:

- هذه هي المرة الأولى التي أتمنى فيها أن تخطئ عيني حقًا.

بعد دقائق، كنتُ قد انتهيتُ من تجهيز مخيمنا الصغير، وقد هدأتْ أخيرًا، لا يمكنني تصديق أنها تجاوزتْ الأمر بكذبة بيضاء سخيفة لم أتوقع أبدًا أن تصدقها، أعتقد أن النفس، كما أصيغها لنفسي، تصدق الأكاذيب البسيطة لتمسك بحبل أمل مزيف، هاربة به من واقع مرير، حتى وإن كانتْ غير مؤمنة إطلاقًا بتلك الكلمات. جلستْ بالقرب مني، واحتضنتْ ذراعي بشدة، وكأنها طفلة صغيرة تبحث عن ملجأ من عاصفة، شعرتُ برغبتها الجادة في

الالتصاق بي حتى نهاية اليوم، ولن أقوم بمنعها حتمًا في مرحلة كهذه. ورغم مرافقتها لي لفترة طويلة، كانتْ هذه هي المرة الأولى التي أرى فيها هذا الجانب من روبي، عادة ما تكون جامحة، غير مهتمة، لا تبالي بشيء، لم تبرز هذا الكم من اللطافة الهشة لي أبدًا، والآن، وبعد أن انتهتْ الحرب، كيف يمكنني ألا أرغب في رؤيتها دائمًا هكذا؟ لفتها أمر تحديقي، فنظرتْ نحوي بعينيها الواسعتين كالقطط، متسائلة، فقلتُ بهدوء:

- لن أتمكن أبدًا من طهي الطعام والحفاظ على الشعلة بيد واحدة، هل يمكنني الحصول على اليد الأخرى رجاء؟

شدّتْ يدها حول ذراعي بإجابة واضحة، وهمستْ بصوتها الهادئ الذي لم أعهده أبدًا:

- لستُ جائعة، ألا يمكننا فقط إطفاء النار؟
- أنا أتجمد واللهب عند قدميَّ، كيف برأيكِ سنعيش هنا من دون نار؟

عاد الذعر إلى عينيها، وبإصرار غريب قالتْ، وصوتها يرتجف:

- فقط قم بإطفائها! أتوسل إليك! دعنا نمضي هذه الليلة دون فعل أي شيء، فقط حتى الصباح، لننم الآن وسأدفئكَ بجسدي، ولنؤجل أمر المهمة فقط للغد.

نظرتُ إلى وجهها المذعور، ثم إلى الظلام من حولنا، وقلتُ بابتسامة مريرة أملًا في تهدئتها:

- لم أتخيل أبدًا أنني سأموتُ متجمدًا، يبدو أن عينيكِ لم تكن مخطئة في النهاية.

لم ينم أي منا في تلك الليلة، رغم شدة إرهاقنا، قضيناها جالسين في صمت، ظهر كل منا يسند الآخر، ونحن نستمع إلى أصوات الليل الموحشة، وحينما بدأتْ خيوط الفجر الأولى تتسلل إلى السماء، سمعتُ تنهيدة طويلة وعميقة من روبي، ثم سقط رأسها على كتفي، وقد غلبها النوم أخيرًا، مطمئنة أن الصباح قد أتى وأنها لا تزال حية، ورغم ذلك، لم أستطع أنا

النوم، لأنني لم أصدق أبدًا أن التهديد المجهول قد اختفى، أنا لن أُكذّب عينها أبدًا، لذا فضلتُ البقاء مستيقظًا، أقتل الوقت، وأراقب ذلك الوجه الساكن واللطيف، وأحرس نومها من أي كابوس قد يأتي.

(17)

(بلسان العميل جيم – الفصل الخامس من فليريا الحمراء)

اقتربتُ القصة من نهايتها حتمًا، وكذلك فعل كأس قهوتها، وضعته للمرة الثانية على الطاولة، فارغًا تمامًا، واستعدتُ للنهوض لتعد الثالث. يا إلهي! هذه المرأة لا تعرف حدودها، سيموت عقلها من الإرهاق إن لم أوقفها. غادرتُ مكاني عن الطاولة، وقبل أن تنهض، أمسكتُ كأسها الفارغ، حينها، نظرتُ إليّ بنظرة استفسار بريئة، وكأنها ستحاول أن تخدعني بها، إلا أنني قلتُ، محاولًا أن أبدو غير مهتم لنظرتها:

- أين هي الجزئية المرعبة في القصة إذن؟ لقد بدأتُ أشعر بالملل، ولا أريد حقًّا أن أطيل هذه الجلسة لتشمل ثلاث أكواب كبيرة من القهوة، يا سيدتي.

ابتسمتُ ابتسامة خفيفة وحزينة، وكأنها رأتُ من خلال كذبتي الشفافة، وقالتْ بهدوء:

- يا لها من مصادفة، إنها تبدأ الآن تحديدًا.

248

غربتْ ليلة المعركة الطويلة، توقف الثلج عن السقوط، وكشفتْ الأرض عن عشب أخضر ينمو تدريجيًا، وبين الأشجار، سرى وادٍ طويل حديث الولادة، غمر بيوت الأرانب، وملأ الهواء بشعور دافئ لا ينسى، لقد انتهى دور هذه المنطقة المتمثل باختبار الأبطال، وأصبحتْ في ليلة وحيدة صورة من جنة لم يفسدها بشر قط. منذ تلك اللحظة، بدأتُ أرى هذه القصة من منظور آخر، وكأنني انفصلتُ عن الحكاية وتحولتُ إلى دخيل، بدأتُ أتحرك بإرادتي، أرى بعينيّ وألمس بيديّ، ولكن لم يكن بمقدوري التأثير على شيء، استنتجتُ فورًا أنني لستُ أكثر من شبحٍ دُعي لمشاهدة هذا الجزء من العرض.

خرجتْ روبي من خيمتهما أمامي، تضع على نفسها قطعة قماش بسيطة، تقدمتْ حتى وصلتْ إلى البطل الهادئ الجالس عند بقايا النار، دفعته بلطف، وعيناها الحمراء والفضية كانتا تحبسان الدموع، لكنها لم تكن حزينة، استقرتْ بجانبه، حتى اندمج ظلها بظله وأصبحا واحدًا، ثم همستْ في أذنه بلطف:

- لم يكن عليكَ الخروج وتركي وحيدة في الداخل، ماذا لو أصابني مكروه؟ من كان سينقذني حينها؟
- خُيّرتُ بين رؤية جمال الخلق أو الطهر، ففضلت ولادة عالم على ولادة طفل.
- هيا! ما هذه السخافة! مهرج فظيع!

انتشرتْ ضحكاتهما، وطال حوارهما، كانا حقًا مناسبين لبعضهما البعض، وكنتُ آمل، وأنا أراقبهما كشبح، أن أبقى هناك لمزيد من الوقت، لأرى كيف سيصنعان الحمراء التي حلما بها، لكن، وبينما يمتلئ قلبي بدفء تلك المحادثة التي لم أكن جزءًا منها، رأيته، خرج من عتمة الغابة، وكأنها لم تكن مضيئة قبل قليل، كائن بهيئة ناصعة البياض، وبعينين فضيتين

مسودتين صافيتين كعينيٍّ، تختلط فيها الأضواء لترسم صورة بكاء طفل امتد لآلاف السنين، تقدم نحوهما، متجاهلًا وجودي بالكامل، ولم يشعر به بأي منهما، وكإله موت، رفع ذراعه ذات المخالب الشبيهة بالشفرات القصيرة، ثم، وبكل سادية صامتة، غرسها في جسديهما معًا، أخذ قلب رولاندوس في قبضته قبل أن يسحبها، ناشرًا دماءه في كل زاوية، وسقطتُ روبي على الأرض بفجوة في صدرها، عذابًا وألمًا، وروحها تتمزق. كل هذا حدث، وأنا واقفة، أشاهد، ولا أستطيع فعل شيء.

صُعقت من المشهد حتى انقطع نفسي، وعدتُ خطوة للخلف، فسقطتُ على الأرض، كيف له ذلك؟ إن لم يكن هذا الكائن له وجود في مسار هذا العالم القديم، هذا الحلم، فكيف له بالتأثير عليه؟ إن لم يكن أكثر من مشهد مسجل أراه من الماضي، فكيف يمكنه ذلك؟! حينها، لاحظتُ زحف تلك الفتاة، روبي، نحوي ببطء، كانت تلطخ العشب الطاهر الذي تحتها بما تبقى لديها من دماء، زحفتْ، حتى خدرتْ عضلاتها، فمدث يدها المرتجفة نحوي، متوسلة، فهمستُ بصوت مخنوق دفعتُ به ما تبقى بداخلي من أنفاس:

- أيمكنكِ رؤيتي؟ منذ متى؟!

نظرتُ إلى انعكاسي في عينيها الداميتين، وبالكاد استطاعتْ أن تخرج كلماتها بصورة واضحة:

- أرى الموت يحيط بكامل هذا العالم، أراه بوضوح الآن، ما عداكِ أنتِ، نوركِ يعكس الموت، يوقفه، إنها عيناكِ، يمكنهما رؤية خطوط العوالم بوضوح، ليس بواسطة الموت مثلي، بل بواسطة الحياة، وهذا ما يجعل من المستحيل أن يملك الموت الشجاعة ليقترب منكِ. لقد همس إليّ، إنه يسعى للحصول عليكِ، إنه...

لم تكمل جملتها، أمسك الكائن الأبيض رأسها بالكامل داخل قبضته، رافعًا إياها للسماء، موجهًا إياها نحوي لأراها بوضوح، وبذيله، ألقى بكامل جثتها بعيدًا، سال دمها من رأسها،

مغرقًا المكان، حتى تحول لون قدمي إلى الأسود، ثم نظر إليها بكل برود، وكأنها لم تكن حية أمامه قبل ثوانٍ، ثم نظر نحوي، وكأنني الضحية القادمة، أغلقتُ عينيّ، وبدأتُ أرتل آخر كلماتي استعدادًا للموت، لكنه قال، وصوته لم يكن صوت وحش، بل صوت الموت نفسه:

- العالم بحاجة إلينا، بحاجة إليّ، أنا تنين الأساس والروح، وستعرفين عما أتكلم قريبًا. حتى ذلك الموعد، استعملي عينيّ أكثر، غذّي هذا التنين الذي سينقذ عوالمكم من الحكام المزيفين الذين يقودون السماء، وإلا، فالفساد هو ما سينتظركم، أيها البشر.

(19)

(بلسان العميل جيم – الفصل السابع من فليريا الحمراء)

عندما أنهتْ أثينا رواية قصتها، لم تقل شيئًا آخر، ساد صمت طويل، لم تقطعه سوى أصوات حشرات الليل الأولى، توقفتْ فجأة عن الحديث، وأخذتْ نفسًا عميقًا، ثم أكملتْ لتشرح لي ما حدث هنا، في حديقتي، قبل أن أجدها تعد القهوة، وقالتْ بصوت متعب:

- بعد ذلك المشهد، نهضتُ فورًا عن مكتبي ويداي على رأسي، وقبل أن أستوعب أنني استيقظتُ، بدأتُ أحارب كل ما على الطاولة، أبعد الأوراق والكتب، حتى تداركتُ نفسي، فقررتُ إعداد كأس قهوة، لكيلا أسقط في النوم مجددًا وأرى ذلك مرة أخرى.

انتهتْ حكايتها الخيالية قبل أن أعلم إن حصل ذلك فعلًا في عالم ما لا يراه أحد غيرها، أم أنه كان كابوسًا فحسب، وأن كل تلك الخوارق التي تحدثتْ عنها وكأنها حقيقية، ما هي إلا وهم خلقته في رأسها بسبب عينيها. ما كان لي لأقول غير كلمات ساخرة تخفف حدة المشهد:

- من المحتمل أن تصيبيني نوبة قلبية من مشهد النهاية وحده إن حلمتُ بشيء مشابه.

251

شردتُ بعينيها تطالع الأزهار من حولها، وأوراقها الخاصة المبعثرة إلى جانب أوراقها الخضراء.

- الأمر فقط يصبح معقدًا أكثر مما أتخيل، كلما علمتُ شيئًا جديدًا عن هاتين العينين، يراودني الفضول والحيرة إن كان استخدامها إيجابيًا أم لا.

نظرتُ إليها، إلى هذه الفتاة التي تحمل عبء عوالم بأكملها على كتفيها بسبب عينيها، وقلتُ لها، في محاولة يائسة مني لتقديم بعض الراحة:

- إنه ليس أكثر من كابوس.

ابتسمتُ حينها، ابتسامة خفيفة وحزينة، وكأنها رغبتُ حقًا بتصديق كذبتي البيضاء تلك، لكنها، وأنا، كلانا كان يعلم الحقيقة، كلانا كان يعلم أن ما رأته كان أكثر واقعية من أي شيء في عالمنا.

القصة التاسعة: قطة العميل الضائعة

(1)

(العالم صفر أربعة – بعد فترة من بناء أثينا لمعملها الجديد – الفصل الأول من غروب الشمس)

كان فاقدًا للأمل حتى نخاعه، خاسرًا، ولكنه وقف أمامه ليسحق كامل كبريائه، انعكست ملامحه الجادة على زجاج الكؤوس الفاخرة الموضوعة على الطاولة، وجهه عابس وخائب، لكن عينيه خلف النظارة السوداء كانتا تلمعان بتحدٍّ، رمى تلك القطعة النقدية في الهواء، فصوبت كل البنادق في الغرفة نحوها فور علوها، ثم أمسكها، وقبل أن يظهر وجهها بين كفيه، أغلقهما بإحكام، وقال بابتسامة هادئة ومستفزة:

- هل ستلعب؟ اختيار الوجه الصحيح يعني أني لن أغادر من هنا حيًا.

وجّه الرجل العجوز الجالس أمامه نظره، ثم شاح به إلى كأسه، حيث كان السائل الذهبي يدور ببطء في القاع، تجاهله تمامًا. تصبب جيم عرقًا، لكنه حافظ على ابتسامته الموزونة والمزيفة رغم التوتر الذي نال قدميه، وقال محاولًا كسر الصمت:

- وهكذا أنتم يا رؤوس الأموال، دائمًا ما تجعلون الأمر مملًا. أين المشكلة في حرق بضعة ملايين للحصول على متعة من مهرج مثلي؟

نظر إليه العجوز بتعجرف فور سماع كلماته تلك، وقد حصل على تركيزه لأول مرة منذ بداية المساء، وأجبره على الحديث أخيرًا ولو بصوت هادئ غير مبالي:

- أتقول إن بإمكانك الهرب مهما كانتْ نتيجة اللعبة؟ ألا ترى كم سلاحًا موجهًا نحوك الآن؟ ولو هربتُ من هذه الغرفة، كيف ستجد مكانًا في الخارج بعيدًا عن أعيننا؟ وكيف ستُخرج تلك الفتاة، أيها الشيطان جيم، بل أيها المهرج جيم؟

اتسعتْ ابتسامته، وكأنه حقق النصر الذي أراده، وقال:

- الأمر بسيط، عندما أفتح يديّ، سأقوم بخدعة سحرية تسمى: لن تراني لاحقًا.

وكما عنتْ العبارة، أصبحتْ حقيقة. قبل أن يتمكن الرجل العجوز من الرد، وقبل أن يفهم الحراس معنى التهديد، قام جيم بقذف القطعة النقدية مجددًا في الهواء، للحظة، تبعتْ كل العيون، وكل فوهات البنادق، ذلك القوس الفضي اللامع وهو يرتفع، وفي تلك اللحظة التي انشغل فيها الجميع، اختفى، لم يركض، ولم يقفز، لقد ذاب ببساطة تحت بساط العتمة الذي صنعته ظلال الغرفة الفاخرة. سقطتْ القطعة النقدية على الأرضية الرخامية، محدثة رنينًا وحيدًا أيقظ الجميع من غفلتهم، لقد خدعهم، انفجر غضب الحراس، فأطلقوا النار بشكل عشوائي ومجنون نحو كل زاوية وركن، حتى لم يعد من الجدران الحريرية أو الأثاث العتيق ما هو سليم، وعلى الرغم من ذلك، وبعد أن هدأ الدخان وتوقف إطلاق النار، لم يعد له أي أثر في المكان، لم يتبقَ في الغرفة سوى رجل عجوز صامت، وحطام باهظ الثمن، وقطعة نقدية فضية صغيرة تدور ببطء على الأرض.

(2)

(الفصل الثاني من غروب الشمس)

كانتْ على وشك أن تغادر إلى حديقتها، حاملة فنجان قهوتها، عندما فُتح باب الشقة فجأة، فتوقفتْ في مكانها. لقد عاد، لكنه لم يكن جيم الذي غادر صباحًا، دخل وهو يعرج، ويده تضغط على جرح في جنبه، وقطرات من الدماء بدأتْ ترسم مسارًا أحمر قائمًا على سجاد

255

الأرضية، جاوزها دون أن ينظر إليها، ودخل غرفته وأغلق الباب خلفه بقوة. فضّلت أثينا عدم مغادرة مكانها، رفعتْ الكوب نحو شفتيها، وعيناها مثبتتان على الباب المغلق، وبعد أن أنهتْ قهوتها، قررتْ أن تقعد بجانب بابه، ضاربة إياه بظهرها بلطف لتعلمه بحضورها الصامت، مرثْ لحظات وهي تستمع إلى تمتماته المتألمة في الداخل، ثم قررتْ أن تكسر هدوءها وبرودها، فقالتْ بصوت هادئ:

- يبدو أن اليوم كان صعبًا عليكَ، كما كان عليّ لسبب ما، أتريد مني مساعدتك في تضميد تلك الجراح؟ أو إعداد شيء لتتناوله؟

جاء صوته المكتوم من خلف الباب، ضاحكًا:

- أتمزحين؟! تذوق طبخ فتاة عالقة بين الكتب طوال اليوم تبدو فكرة سيئة!

نالتْ من الاطمئنان ما أرادتْ بتلك الكلمات الساخرة، كأنها تأكدتْ من هويته، ثم قالتْ:

- لا زلتَ لا تدري كم تملك هذه الفتاة من قدرات. سأعد لك كأس قهوة على الأقل، لربما يحسن من مزاجك.

بعد لحظة هدوء، فُتح الباب فجأة، وبقوة لدرجة أنها سقطتْ على رأسها، وظهر جيم واقفًا فوقها، ينظر إليها وكأنه لم يكن يعرج قبل قليل. كان قميصها مفتوحًا، كاشفًا عن أعلى صدرها وقلادتها الغريبة، رفعتْ جسدها فورًا ويدها على مؤخرة رأسها. قال متفاجئًا عند رؤيتها:

- ألم تغادري بعد لتعدي لي القهوة؟

نظرتْ إلى عينيه الرحبتين، وقالتْ بذهول حقيقي وهي تلمس رأسها:

- كنتُ سأغضب من حركتكَ تلكَ، لكن يبدو أن ألم الصداع قد اختفى بسبب الصدمة. يمكنني أخيرًا أن أنام بسلام!

ابتسم جيم، ابتسامة حقيقية ومتعبة، ومد لها يده رافعًا إياها بكل رفق، وكان الأمر بالنسبة له أشبه بحمل قطة صغيرة عن البلاط، وبعد أن رفعها، غادر بمفرده وجلس أمام التلفاز، تاركًا إياها واقفة في الممر، تحاول فهم ما حدث للتو، لقد اختفى صداعها المزمن، وهذا الرجل المليء بالأسرار والجراح، أصبح فجأة معافىً من كل همومه بدعوة لشرب القهوة.

(3)

عادتْ بعد دقائق وهي تحمل كوبين من القهوة، أحدهما صغير، والآخر أكبر حجمًا يُعرف من صاحبه، وبعدما تجرعتْ أول رشفة، هزتْ نفسها قليلًا حتى أصبحتْ ملاصقة لجانبه على الأريكة، انسكب شيء من القهوة الساخنة على قدميه، لكنه لم يصدر أي رد فعل، غارقًا في ألمه الصامت، وهمستْ:

- ربما سأكون فظة بسؤالي، ولكن ما الذي حدث لك اليوم؟

أجابها وهو يحدق في شاشة التلفاز الفارغة:

- الكثير كالعادة، لكن يبدو أنني في النهاية سقطتُ عن الشجرة مصادفة بينما كنتُ أحاول مساعدة قطة عالقة، قطة لطيفة مثلكِ.
- وستعود لإنقاذها بحالتك تلك؟ بجراحك ومأساتك؟

تركتْ عيناه حينها شاشة التلفاز الضخمة لينظر إلى السقف، وقال بجدية متعبة:

- عليّ أن أعود وإلا سنخسر تلك القطة إلى الأبد، ومالكها لن يكون سعيدًا بذلك.
- أيمكنني مساعدتك إذن؟ لن تستطيع العمل لوحدك بهذه الحالة.

257

سكتَ للحظة، غارقًا في أفكاره لدرجة أنه نسي أمر القهوة، وبقي عالقًا في صمته، حتى قالتْ هي بسخرية مرحة لتخرجه من ظلامه:

- تعلم أني لن أتركَ تلاعب قططًا غيري بمفردك، ألا تهتم لمشاعر هرتك كيف تشعر بالغيرة من اهتمامكَ بقطة أخرى؟

التفتَ إليها فورًا، ولأول مرة، ارتسمتْ ضحكة حقيقية على وجهه، ضحكة أخرجته من أوجاعه، وقال بكلمات وجد لها مكانًا من الواقع الساخر وفرصة لا تضيع:

- يا لها من حركة جريئة! هل يُصنف هذا كاعتراف بالحب يا ترى؟

إلا أنها لم تبادله النبرة الساخرة ذاتها التي بدأتْ بها، وقالتْ بجدية مفاجئة:

- إن كان هذا يعني قبولكَ لمساعدتي، فاعتبره ما شئت. لقد أنقذتني، وآويتني في منزلك، ووفرتَ احتياجاتي، فماذا أختلف عن قطة ضالة وجدتها في الطريق؟ دعني للحظة، أتخيل نفسي إنسانة وأساعدك، لربما لا أملك مخالبًا، لكن لدي أنياب تعض بقوة عند الحاجة.

أنهى الحوار بابتسامة هادئة، لم يعد قادرًا على مقابلة كلماتها الحادة، فأومأ برأسه موافقًا، وفور رؤيتها لذلك، طغتْ ملامح الرضا على وجهها، لقد أصبحا الآن شريكين حقيقيين.

(4)

غادرتْ أثينا إلى المطبخ حاملة الأكواب، تاركة جيم وحيدًا مع أفكاره، لكن بينما كانتْ تغسل ما تبقى في القاع، تجهيزًا لجلسة قهوة أخرى، حضر هو إلى المطبخ، وكان قد جهز بعض الأوراق الفارغة وقلمًا، وبدأ يشرح لها دون أن ينتظر حتى أن تنتهي، فور ما بدأتْ

258

بتجفيف الأكواب لتعيدها إلى مكانها، كان قد أنهى رسم مخططه وشرح شخصيات قصته، وربما تخيل السيناريو بأُكمله داخل رأسه. وضعتْ ذراعيها على المائدة، وانحنى ظهرها قليلًا، في وضعية استماع جاد بينما يتحدث هو.

- لا أدري إلى أي درجة قد تكون لكِ يد في هذه المهمة، سيعتمد هذا على كيفية تعاملكِ مع الأمور. ولا، هذه ليست كمهامكِ السابقة البسيطة، نحن نتعامل مع جهة لديها جناح عسكري كامل، نحن نحاول إسقاط وزير فاسد داخل الحكومة.

على الرغم من خطورة العملية، إلا أنه عرضها وكأنها نزهة بسيطة، هو لم يكتسب لقب الشيطان من فراغ، فلا مجال للاستخفاف به عندما تطأ قدماه أرض الجد. تساءلتْ في سرها إن كانت عملية كهذه هي الوحيدة القادرة على نصب فخٍ له يجرح كبرياءه دون أن يودي بحياته. بعد لحظة من التفكير، استجمعتْ شجاعتها وقالتْ:

- الوضع أسوأ بكثير مما توقعتُ، ولهذا عدتَ بتلك الحالة...

رشقها بنظرةٍ جادةٍ مشوبة بالانزعاج، فأشاحتْ بوجهها وقد وخزها شعورٌ بالتأنيب.

- عذرًا، تابع من حيث توقفت.

صمت للحظة يفرك صدغيه، وكأن وقع كلماتها قد بعثر جميع أفكاره، ثم أكمل:

- يساعدني في هذه العملية شخصان، إحداهما القطة، وقد سقطتْ بالفعل بين أيديهم بتقصير مني، وهو الآن يتلاعب بنا، يستخدمها كطُعم ليعرف من يسعى لرأسه، لهذا من الضروري إخراجها. الآخر، عميل سري يعمل لصالح المرشح القادم، وهو من أتاح لنا كل هذه المعلومات.

قام بتغيير الورقة، عارضًا ثلاثة رسوم تخطيطية.

- لا نريد قتله، فقط إجباره على التنحي، ولدينا ورقة ضغط واحدة، كازينو الشرق، يديره سرًّا، ويستغل سلطته لتزوير الضرائب. إن حصلنا على ذاكرة حاسوبه المركزي، ستكون كل الأدلة المطلوبة ملكنا.

قاطعته أثينا فجأة للمرة الثانية، ولكن هذه المرة بنظرة أكثر جدية:

- سيكون من الأسهل الحصول فقط على الملفات الضرورية، يمكنني فعلها في ثوانٍ، سأحتاج فقط للولوج إلى غرفة الإدارة.

أبعدتْ أوراقه عن الطاولة، وبدأتْ تخربش على ورقة جديدة خاصة بها.

- لكن المشكلة الأكبر هي بمن يساعدك، ليس القطة، بل العميل الآخر، من الخطير التعامل معه، لأننا لا نعلم نواياه الحقيقية، الشخص الذي وظفك ليس هو بالطبع، إذن أنتما فقط تتشاركان المخرج، وهو إسقاط الوزير، لكنكما لا تتشاركان العملية أو المبادئ. دعنا نخرجه من المعادلة، لقد حصلنا على ما نريده منه، سنشركه في النتائج لاحقًا.

ثم سحبتْ إحدى أوراق جيم الأخرى.

- لكن لدينا مشكلة، فعلى الرغم من سهولة عبوري للداخل، من المستحيل عليّ دخول غرفة الإدارة في ظروف عادية، ولا يمكنني تخيل حالتك أنت بعد معركتك.

اكتسى وجهه بابتسامة ملؤها الزهو، بنبرة الواثق الذي يملك كل الأجوبة، ثم قال:

- يمكنني العبور للداخل بسهولة أيضًا، بل وتوفير وسيلة لكِ للوصول إلى غرفة الإدارة، لكن ليستْ غرفة الإدارة هي مبتغانا الوحيد، أحتاج إلى تحرير القطة من القبو أيضًا، هذا ما يجعل المهمة صعبة.

تلك الخطوة كانتْ الأخيرة الضائعة في الأحجية التي تدور في دماغها، أخذتْ تطالع الأوراق التي رسمها جيم لفترة، دون أن تنطق بكلمة، لم تتوقف قدماها عن الحركة، تسير ذهابًا وإيابًا في المطبخ الصغير، وأحيانًا تحاول لفظ مفتاح الحل لكنها تتوقف بعد تتمة لم يحاول هو حتى فهمها، حتى توقفتْ فجأة، ونظرتْ إليه مباشرة.

- لقد قلتَ إنها سقطتْ بتقصير منكَ، لكن الأمر لا يصدق، إن كان من السهل لكما الدخول إلى غرفة الإدارة كما تقول، فكيف سقطت تلك القطة؟

بعد كل تلك الدقائق، منحته سؤاله وهو انتظر إجابة، فقال وهو يفرك وجهه بيده:

- لقد ظننتكِ تفكرين بطريقة سحرية لحل العقدة! سأجيب، لكن حتمًا سيكون جوابي سخيفًا بالنسبة لكِ. كنا نقامر خلال فحص المكان، وبفضل براعتي، حصدنا الكثير من الأرباح حتى شك الأمن بنا، كان لديهم معلومات مسبقة، فتم إلقاء القبض علينا.

سألتُه ببرود:

- كم ألفًا؟
- تسعمئة وكسور.
- ولا تريده أن يشك بكما؟

انتهى الحوار بإحباط تام من جهتها، وضحكاتٍ مكتومة بعد أن لكمتْ كتفه بقبضتها الصلبة، لكن النقاش لم يتوقف، أعدّتْ كوب قهوة ثانٍ لهذه الجلسة، لاستكمال الحديث دون أن ينفجر رأسها من الصداع الذي عاد بعد دقائق. وضعتُ الكوب جانبًا بعد إعداده، ورفعتُ نفسها لتجلس فوق المائدة، بينما كان هو يركز ظهره عليها، وسيجارة في فمه أطفأتها هي فور صعودها، ثم سألته:

- وأين يقع القبو في الداخل؟

بدأ يطالع مخططاته، يبحث عن ورقة وجدها في الأسفل وكانتْ الأهم، ثم قال:

- هذه هي المشكلة، لا يملك أحد فكرة عن مكانه، جميع التقارير التي لدينا لا تذكر أي تفاصيل عن قبو سفلي.

أخذ نفسًا عميقًا، ودفن كبرياءه ومنطقه في أبعد نقطة ممكنة، مدركًا أن هذا السؤال قد يكون أمله الوحيد:

- ربما سيكون هذا السؤال تافهًا، لكن ألا يمكنكِ رؤية المكان بعينيكِ السحريتين؟

استمعتْ إلى سؤاله الذي تردد طويلًا في طرحه، ولم تتغير ملامحها، لم تظهر عليها أي دهشة أو سخرية، بل انتظرتْ حتى أنهى كلامه تمامًا، ثم أخذتْ نفسًا هادئًا وقالت بنبرة تشبه نبرة المعلم الذي يصحح فرضية طالب لامع لكنه مخطئ:

- لا يمكنني التحكم بعينيّ بهذه الطريقة. وليس من المنطقي عدم وجود قبو في التصميم المعماري ووجود واحد في الواقع، إلا...

اتسعتْ عيناها وهي تحدق في مخطط الطوارئ للمبنى المجاور، لقد وجدتها.

- ... إلا أن يكون القبو جزءًا منفصلًا، ربما في مبنى مجاور.

برقتْ عينا جيم بوميض الإدراك، لقد كان الحل طوال الوقت أمام عينيه، بسيطًا كحقيقةٍ بديهية، لكنه كان محجوبًا بغشاءٍ رقيق لم يحتج سوى لمن يزيحه.

(5)

اعذرني على فظاظتي، ولكن دعني أوجه لك أنا السؤال هذه المرة: هل تؤمن بالصدف؟ من الناحية العلمية، لا يوجد أي مبرر يجعلني أؤمن بها. الصدفة هي مجرد اسم نطلقه على جهلنا، هي إما نتيجة لمعلومة أهملناها، أو متغير أضعناه، أو حدث معدوم الأهمية قمنا بتهميشه في نهاية التقرير، إنها تمثل فشلًا ذريعًا لباحثة عظيمة مثلي أن تقع في فخها، إلا إذا كانت الصدفة التي نبحث عنها هي النجاح غير المتوقع، وهكذا، تكون التجربة بأكملها مبنية على رهان فاشل من الأساس، لكن حينها، تأتي الحياة لتصارحك بالحقيقة المرة، لا يهم حقًا إن كنت تؤمن بالصدفة أم لا، سوف تلتقي بها حتمًا، والسيء منها على الأقل.

شخص يقترب من السيارة المركونة، لم أكترث له في البداية، فقط استمريتُ في مطالعة سقف السيارة والتفكير في المهمة، أغوص أعمق فأعمق في احتمالاتها، حتى فُتح الباب فجأة، ووُضعتْ قدم يسارية بكل عنف في الداخل، رُميتْ الأوراق نحوي، ثم دخل هو بكامله، وضرب الباب بشكل متتالٍ وسريع، وألقى بالدخان من صدره، طاردًا كل الأكسجين النظيف من السيارة. لم أطق الرائحة، فتحتُ بابي، وحملتُ الأوراق معي إلى الخارج، وركزتُ على إطار السيارة وبدأتُ فورًا في القراءة تحت ضوء القمر، بعد ثوانٍ، فُتح بابه هو الآخر، ووقف ينظر إليّ، وقال وهو يلهث:

- معذرة! كان من الصعب الدخول إلى هناك وسرقة هذه المخططات...

قاطعتُه دون أن أرفع عينيَّ عن الأوراق:

- ويبدو أنه كان من الأصعب أن تنهي تلك السيجارة في الخارج قبل أن تدخل! أشعر أنك أحيانًا تفعلها عمدًا لمضايقتي.

لم تتغير نبرته، لكنني رأيتُ شبح ابتسامة يمر على شفتيه حين قال:

- مقابل صراحتكِ، سأؤكد لكِ الأمر. الآن السؤال الأهم. الآن السؤال الأهم، ألا يغريكِ الأمر لتجربتها؟

لم أرفع عينيَّ عن الأوراق، قلّبتُ صفحة وقلتُ ببرود دون أن أنظر إليه:

- تجربة الموت ليستْ على قائمتي حاليًا، لديّ بحث يجب أن أنتهي منه أولًا.

ضحك وهز رأسه بيأسٍ مصطنع.

- اللعنة عليكم أيها العلماء، مهووسون بالحرص بشكل لا يصدق.

ثم اتكأ على السيارة بجانبها وقال بنبرة مرحة:

- ما الضير في أن نخسر عامًا أو عامين من شيخوختنا مقابل حياة نستمتع بها حقًّا؟

أخرج سيجارة أخرى فور أن قال تلك الكلمات، وكأن الشيطان هو من كان يهمس في أذنه، وبعد أن أدخل أولى دفعات النيكوتين إلى جسده، فتح عينيه من جديد ونظر نحوي، لابد أنه رأى شيئًا في وجهي، نظرة فاقدة للأمل ومتألمة، فقال وهو يرفع كتفيه بلا مبالاة:

- سنة ثالثة لن تضر أيضًا.

تنهدتُ، وأعدتُ نظري إلى الأوراق، محاولة تجاهل هذا المنطق البشري المدمر للذات، والذي بدأ، لسبب مرعب، يبدو منطقيًا بعض الشيء.

- المهم الآن، ما رأيكِ بالتصميم؟

مررتُ إصبعي على المخطط، متتبعةً الخط الرفيع الذي يمثل القبو السري.

- إنه يمتد من المبنى المجاور وحتى نهاية الكازينو، تصميم فاسد وعبقري في آن واحد.

نقر بإصبعه على نقطة محددة في منطقة الكازينو، ثم حرك إصبعه إلى سطح المبنى المجاور:

- مصادري تقول إن الطريقة الرسمية لدخوله هي من المصعد، لكن الطريقة الأكثر أمانًا هي عبر فتحات التهوية من هنا.

ضيّقتُ عينيّ وأنا أدقق في التفاصيل، لم أرى أي فتحات تهوية في المخطط.

- لكن المخطط لا يذكر أي مداخل في المبنى المجاور غير المصعد.

رفعتُ نظري إليه، متوقعةً أن أرى أي تعبير يدل على التردد، لكن وجهه كان هادئًا كالعادة حين قال ببرود:

- سنصنع واحدًا.

ترك الجملة معلقة في الهواء للحظة قبل أن يضيف:

- لقد أتممتُ بالفعل صفقة شراء قنبلة معلقة شديدة الانفجار.

تردد صدى كلمة قنبلة في الزقاق الهادئ، وعدتُ بنظري إلى المخطط، محاولةً استيعاب الجانب العنيف من الخطة، وقلتُ وأنا أفكر في مسار هروبي المحتمل:

- إنها مهمتك، وطريقتك في تنفيذها، فقط حاول ألا تخاطر بنفسك كثيرًا. سأدخل غرفة الإدارة وسط الجلبة التي ستحدثها، وسأعلمكَ فور خروجي.

صمتَ، لكنه لم يكن صمتًا فارغًا، كانتْ عيناه مثبتتين عليّ، نظراته ثاقبة ومتفحصة وكأنه يقيّم كل رد فعل محتمل قد يصدر مني. شعرتُ تحت وطأة نظرته وكأنه يقرأ أفكاري قبل أن يجرؤ على تحويلها إلى كلمات:

- لا أعلم بعد إن كان من الصواب إشراكِكِ في هذا الأمر.

رفعتُ نظري عن المخطط ببطء، وشعرت ببرودة تجتاحني بدلًا من الحرارة. حافظتُ على هدوء صوتي، لكنني نطقت كل كلمة ببطء وتحديد، كأني أضغط على جرح، ولم يكن سؤالًا بقدر ما كان اتهامًا هادئًا.

- أتمازحني! قبل ساعات قليلة، كنتَ أنت من يضع تفاصيل الخطة، فما الذي تغير؟

طويتُ ذراعيَّ أمام صدري، ونظراتي مثبتة عليه لا تحيد.

- أم أنك نسيتَ أن نجاحك يعتمد على وجودي؟ أنتَ لن تستطيع تنفيذ هذا العملية المعقدة وحدك.

قال بنبرة جادة يخالطها قلق حقيقي:

- ألستِ مطاردة؟ إن عرفكِ شخص ما من الداخل، فسيكون إخراجكِ من هناك أصعب من إخراج القطة من القبو. المكان مليء بالقتلة والمهربين وأصحاب الأموال القذرة، وجميعهم سيسعون خلف جمالكِ البراق.

اقتربتُ منه خطوة، وخفضتُ صوتي إلى همسٍ حاد:

- قبل أن تكمل، حدد أولًا مع من تتحدث، ساكورا، شيزومي، أم أثينا؟

مرر يده على وجهه بإرهاق، متجنبًا نظراتي.

- ما يهم هو علاقتكِ القديمة بالوزير، هل ستكونين مهنية بما يكفي لتضعيها جانبًا؟

ارتسمتْ على شفتي ابتسامة باردة.

- علاقات قديمة؟ أنا أسميها أهدافًا سائبة، وإن كان هو من يسعى خلفي، فسأكون سعيدة بلقائه، وإغلاق ملفه نهائيًا.

أمسك بذراعي، وكانت قبضته قوية تبعث على الرجفة، وخرج صوته أجشًا ومضطربًا:

- أرجوكِ! لقد خالفتُ كل قواعدي حين وافقتُ على وجودكِ هنا، فقط لأني لم أحتمل رؤية خيبة الأمل في عينيكِ، كل ما أطلبه منكِ هو الالتزام بالخطة!

اقترب أكثر حتى كاد يلامس وجهي.

- أنتِ جيم، هل تفهمين؟ لستِ أثينا ولستِ جراي، جيم فقط! هل هذا مفهوم؟!

ما الذي حدث لي لأختلف بهذا الشكل؟ عدائية أكثر من المعتاد، نشيطة القلب أكثر من المعتاد، ليستْ أنفاسي العالقة هي المشكلة، أشعر فقط بأن إحدى عينيّ تلتهب، هل عقلي يحاكي تفكير وحش لمحاولة النجاة؟ ليبعد الموت؟ يا لها من سخرية غير منطقية، وبدون إثبات، تندرج تحت بند: سراب يقود أثينا إلى الجنون.

(6)

توقفتُ السيارة في المحطة الثانية، أمام واجهة كازينو الشرق، كان المكان براقًا جدًا لدرجة مرعبة، لا تغادر أضواء النيون مجال رؤيتك، ومع اختلاط النور بالواجهات الزجاجية العاكسة، يكشف كم الخوف الذي يختبئ في الخلف، القلق الذي يلتهم قلبك بهدوء، لكنني ابتسمتُ، ابتسامة الوحش الذي يطالع انعكاسه في المرآة قبل الصيد. فجأة، ناولني جيم مسدسًا صغيرًا، فلفتُ عيناي نحوه بعيدًا عن المنظر الخارجي، ودون أن أسرد قائمة اعتراضاتي، سحبته من يده، بدأتُ أحركه داخل كفيّ، أشعر ببرودة معدنه، حتى شددتُ الزناد إلى الخلف بصوت مكتوم، ثم فتح جيم الباب، وبينما كان يغادر، قال:

- ابقيه معكِ احتياطًا لو حدثْ أي مصادفة، قولي إنه للدفاع عن النفس.

توقف، ونظر إليّ بجدية.

- حاولي الالتزام بالخطة، لكن لا تنسي أن حياتكِ أهم من الالتزام بها، لديكِ صلاحيات التعديل بما ترينه مناسبًا.

فتحتُ الباب بدوري، وخرجتُ لأراه يشعل سيجارة وهو مائل على مقدمة السيارة، فأكمل:

- أشكركِ حقًا على مساعدتي. هذه أهم عملية في حياتي، ونجاحها يعني لي الكثير، لكنها لن تنجح إن لم نعد كلانا سالمين، أيمكنني الاعتماد عليكِ؟

شعرتُ بكلماته في قلبي، لكنني رفضتُ مقابلته بمثلها، واكتفيتُ القول بسخرية تخفي بهجتي:

- حاول فقط ألا تموت بينما تجهز القنبلة والسيجارة في فمك. سأدخل الآن.

استدرتُ لأمشي نحو المدخل المضيء، تاركة إياه في ظلام الشارع، وفي صمت كلماته الأخيرة التي كانتْ، بطريقتها الخاصة، وعدًا.

(7)

(بلسان الراوية أثينا – الفصل الثانية من حافظا الليل)

هل تؤمن بالفساد السياسي؟ ربما عليّ أن أوجه هذا السؤال لنفسي الآن، بالغوص أكثر عمقًا، أجد أن هذا المصطلح مضلل، نحن نتحدث فقط عن تحقيق للمصالح، شخص يظن أن مكانته تمكنه من فعل أمور هو مخول بها، لكنه في الحقيقة مجرد وهم من صنع الجشع والغرور، وكلاهما يقودانه للجنون، دعنا نبعد تلك الخطايا من المعادلة، وستجد أنه مجرد

إنسان يستحق الموت بأفعاله، فهل ستفعلينها يا أثينا؟ أم سترضخين بأنكِ فقط جيم، وقطته الضالة؟

المكان من الداخل كان أعظم بكثير مما بدا عليه من الخارج، عالم من الذهب والكريستال والرخام المصقول. لحسن الحظ، لم أخلع قلادتي قبل الخروج كما أفعل عادة، لقد منحتْ قميص جيم الأبيض البسيط مظهرًا مميزًا جعلني أندمج، بل أتدري، أنا حقًا أناسب خلفية هذا المكان أكثر من هؤلاء النساء الأغنياء اللواتي يمشين هنا، من جئن ليحرقن أموال أزواجهن أو ليسرقن أزواجهن الجدد، لربما كان عليّ فقط الحضور بفستان أكثر إبهارًا. دخلتُ مباشرة إلى الصالة الرئيسية، بوفيه مليء بالحلويات التي تلمع كالجواهر، وألعاب قمار لا نهاية لها، وعارضات جميلات يقفن بجانبها كالتماثيل، من المؤسف أن مكانًا بهذا الحجم يمنع فوز أحدهم بملايين، هذا يخفض من قيمته، لكنه مخيف حقًا، لم يكن تصميمه غريبًا عليّ بعد رؤية مخططاته، لكن كمية الأموال التي تُهدر هنا، ونوعية الشخصيات التي تدفعها، كلاهما جعل هذا المكان كابوسًا يستحق أن يُدمر هو وصاحبه.

لكي أتجنب لفت انتباه الأمن، قررتُ أن ألعب دوري، اشتريتُ كمية بسيطة من العملات، كمراهنة مبتدئة، وسأمثل دور الدجاجة السخيفة التي تترك خلفها الأرباح والهدايا، سأقضي بعض الوقت هكذا، حتى يأتي دوري في هذه المهمة.

- أهلًا بكِ مجددًا في كازينو الشرق، نتمنى لكِ وقتًا ممتعًا، لكن، يمنع حمل أي أسلحة نارية في الداخل، لذا سنصادر مسدسكِ حتى...

لا أدري كيف عرفتْ بوجود السلاح، إلا أن صوتًا مرحًا قاطعها، أنقذني بأعجوبة:

- هيا! فتاة بهذا الجمال ستحتاج سلاحًا في الداخل لحماية نفسها، ليس وكأن قوات الأمن لديكم يقومون بأي شيء غير الانتشاء هناك، ألا تظنين أنه سيكون مضرًا لسمعة المكان أن تحصل فضيحة ما بسببها؟

ترددتْ الموظفة، فنظرتْ إليّ ثم إلى الرجل الواثق الذي ظهر فجأة.

- حسنًا! سأمنحكِ استثناءً، ولكن فقط هذه المرة.

وضع الرجل ذراعه على كتفي الأبعد وكأننا نعرف بعضنا منذ سنوات، وقررتُ أن أجاري هذه اللعبة الغريبة. بعد أن تحركنا، قلتُ وأنا أنظر إليه:

- لكنني لم أعد بحاجته حقًا بوجود شخص مثلك إلى جانبي، أليس كذلك؟
- هذا سخاء منكِ أيتها الحسناء. ماذا تنتظرين؟ شرابكِ اليوم على حسابي.

جلسنا على البار، وسط ضجيج العملات المعدنية والضحكات المكتومة، جهز لنا الساقي أكوابنا، بدأ هو في الشرب، كوبًا تلو الآخر، بينما بقي كوب عصير الليمون خاصتي وحيدًا على الطاولة وأنا أتفحص المكان، حتى نظر إليّ بجدية وقال:

- كنت أفكر عندما لمحتكِ قرب الاستقبال، هل تجاوزتِ العشرين حتى؟ فمِن بعيد تبدين كفتاة في الثانوية، لكن جسدكِ، وجمال عينيكِ عندما اقتربتِ، جعلاني أدرك كم أنتِ بالغة.

تجاهلتُ الجزء الأخير من كلامه، وشعرتُ بوخزة من الانزعاج، فلم أكن هنا لتبادل الغزل. أدرتُ نظري نحو الحشد الصاخب، وقلتُ بهدوء:

- لستَ مخطئًا كليًا، واحد وعشرون، وهذه أول مرة أخرج فيها من المنزل لمكان غير مدرستي والمكتبة، فهل كان حمل المسدس فكرة صائبة؟

درسني للحظة، وكأنه يقيّم سؤالي الساذج، لم تكن في عينيه شفقة، بل تقييم بارد للمخاطر، ثم أومأ برأسه ببطء وأجابني:

- بل ضرورة، لا تعرفين من قد يجبركِ فجأة على خلع قلادتكِ، الأمن هنا هو الأسوأ.

قطع حديثه فجأة، كأنه يجهز لكلمات قادمة أشد حدة في انتقاده، إلا أنه همس ختامًا:

- لكن لا يجب أن تقلقي، فالمكان محاصر بالفعل من الداخل والخارج.

اتسعتْ عيناي بدهشة مصطنعة، ووضعتُ يدي على فمي، وقلتُ بهمسٍ تمثيلي:

- محاصر؟ يا إلهي! ومن يدير عملية كهذه؟ بالتأكيد ليس مجرد محقق سري عادي، أليس كذلك؟ عفوًا، أعتقد أنني أفشيتُ السر مبكرًا.

ارتسمتْ على وجهه ابتسامة متسلية وهو يهز رأسه، ثم قال، وقد عادتْ نبرته للجدية:

- حس الدعابة لديكِ سيء. سينقلكِ الفريق إلى مكان آمن فور انتهاء العملية، حتى ذلك الحين، احتمي بحرص.

وفجأة، تحطمتْ الأبواب الزجاجية، اقتحمتْ قوات الشرطة المكان، والهدف غير معروف، لكن المعروف هو أن عمليتنا أنا وجيم قد فشلتْ فشلًا ذريعًا بسببهم. حالما دخلتْ القوات بتوحش، قامتْ بإطلاق النار عشوائيًا نحو السقف، ورفع المحقق السري الذي بجانبي مسدسًا كان بحوزته أيضًا نحو الضيوف، أطلق رصاصتين في السماء لجذب الانتباه، بينما كانتْ القوات تعبر وتطهر عمق المكان، أما أنا، فقد كنتُ عند قدميه أرضًا، أتظاهر بالذعر. فكرتُ وأنا أستمع إلى صراخ الناس، وأتمنى فقط، أن هذه العملية ليستْ كليًا لإمساكي، إشراك هذا الكم من العناصر، واقتحام مكان تحت حماية حكومية، لابد أن يكون الهدف أكثر أهمية من إمساك عصفورة وُجدتْ طليقة لأقل من ثلاث ساعات.

(8)

لم يأخذ تأمين المكان وإفراغه وقتًا طويلًا، لكن تلك الدقائق، مرث عليّ كسنوات من القلق الذي اجتاح مخيلتي، لم أسمع أي صوت انفجار وسط ضجيج الموسيقى التي توقفتُ بجأة، هل لاحظ جيم أن قوات الشرطة كانت تحوم في الداخل؟ مستحيل أن يخفى على عميل مثله أمر كهذا، وكان عليه أن يحذرني، فما الذي يفترض بي فعله الآن؟ بجأة، وقف أمامي المحقق، وقال بصوت هادئ ورسمي:

- يمكنكِ الوقوف الآن، انتهينا تقريبًا، وستغادرين بعد قليل.

مدّ لي يده بأناقة ليرفعني عن البلاط الذي أسقطني عليه الرصاص قبل لحظات، يا لها من كاريزما، ثم قلتُ وأنا أنفض الغبار عن ملابسي:

- لم تشرح لي بعد لمَ كل هذا، أيفترض مني فهم كل شيء من السياق؟

أشعل سيجارة بلهفة، كأنها طوق نجاة، ونفث الدخان في الهواء، مراقبًا إياه وهو يتلاشى، قبل أن يستدير لمواجهتي، دفع مجلد على الطاولة المعدنية الباردة، لكنه لم يفتحه، وقال بنبرة موضوعية وكأنه يقرأ نشرة أخبار:

- وصلتنا هذه الوثائق صباح اليوم من مصادر موثوقة، والقائمة طويلة: تهريب أموال، تجارب غير شرعية على البشر في منشآت سرية...

صمتَ بجأة، وتغيرتْ نبرته من السرد الآلي إلى شيء آخر، شيء شخصي أكثر، ورفع عينيه عن الملف، وثبّت نظراته فيّ.

- واسمكِ كان على رأس قائمة الضحايا بالمناسبة.

وقبل أن أجد الكلمات لأسأل، عاد هو بنظره إلى الأوراق، مرتديًا قناعه الرسمي مرة أخرى، وكأن اللحظة الشخصية لم تحدث قط، وأكمل بصوته الخالي من التعابير:

- تجنيد عملاء في الخفاء، استخدام السلطة لتحقيق مصالح سياسية.

وضع المجلد جانبًا، وقال بصوتٍ حاسم تردد في صمت الغرفة وهو يشبك أصابعه فوق المجلد:

- كان من المفترض أن نعتقله هذا المساء، لكننا تأخرنا.

ترك الجملة معلقة في الهواء للحظة، ثم أضاف:

- قُتل قبل دقائق فقط من وصول فريقنا.

كنتُ لا أزال أستوعب فكرة مقتله، عندما وجدتُ فكرة أخرى تتشكل في ذهني بصمت، لم أعتزم قولها بصوتٍ عالٍ، لكن الكلمات وجدتْ طريقها للخروج بنفسها، وكأنها تملك إرادة خاصة بها:

- من العبقري الذي استطاع الوصول إلى كل تلك البيانات بهذه السرعة؟ والغريب، كيف قُتل؟ ومن قتله تحديدًا؟

أطلق تنهيدة طويلة ومرهقة، ومرر يده على وجهه كمن يحاول إزالة غبار معركة طويلة، لم يكن في عينيه إعجاب، بل ظل من القلق العميق.

- التحقيقات لا تزال جارية، لكن، نصيحة مني، لا تتدخلي في أمور وكالة الشرطة الوطنية.

ثم أومأ برأسه إيماءة خفيفة نحو امرأة كانت تقف في زاوية الغرفة، والتي فهمتْ الإشارة على الفور فتقدمتْ نحوي، ثم قال:

- هي ستقوم بنقلكِ إلى مكان آمن حتى انتهاء العملية والعثور على القاتل، وستناقش معكِ أمور التسوية والتعويضات.

سار بضع خطوات نحو المخرج، تاركًا إياي مع مساعدته، لكن قبل أن يختفي في الردهة، توقف، استدار ببطء، وفي تلك اللحظة لم يكن المحقق، بل مجرد رجل يحمل عبء العالم على كتفيه، كانتْ نظرته تحمل قلقًا حقيقيًا، وكأنه يريد قول شيء يتجاوز حدود القضية:

- شكرًا على تعاونكِ معنا يا جراي شيزومي.

كنتُ على وشك الغرق في التفكير، هل أخبره؟ أم أكتم الأمر وأجاريه؟ هل كان جيم المسؤول عن عملية القتل؟ أم قطته تلك؟ أتمنى حقًا ألا يكون لهما أي ارتباط بهذه القضية.

(9)

(بلسان الراوية أثينا – الفصل الثالث من حافظا الليل)

الأشجار تتحرك للخلف مسرعة عبر نافذة السيارة، تهرب من عالمنا دون أن تنتظر، ولا يوجد غير البشر مستعدون للتحرك قدمًا نحو المجهول، ليصبح الطعم المر هو ما يميز أيامنا، والخوف من تأثير كل يوم يمضي على الباقين، ليس وكأن أفعالك فقط هي المسؤولة، لا تنسي ما كنا نتحدث عنه سابقًا يا أثينا، المصادفات هي آثار أحداث سابقة، بنيتْ على وقائع حدثتْ بيد شخص آخر، واندمجتْ دون قصد في مسارك، بصمة صنعتْ اعوجاجًا في خط مستقيم كان يسمى سابقًا حياتك، ما رأيك بهذا؟ الذنب ليس ذنبكِ، ولكن طريقة التماشي مع ذلك، هي واجبك الجديد، لا تجعلي ذلك الاعوجاج البسيط يدمر استقرار مصيرك كاملًا.

274

رأيته بعينيّ وأنا أغادر الكازينو، انعكاس رحلة المسدس الذي أعطاني إياه جيم، لقد كان يحمل الكثير من المشاعر، وفي لحظة تخطيتُ ملايين المشاهد، رأيته وهو يدخل متجرًا، يسحب الزناد للخلف، يوجهه نحو رأس البائع، رأيتُ يده تمتلئ بالخطيئة، وحقيبة المال على الطاولة تشعل حربًا في حانة أخرى، رأيتُ يده تُصاب لكنه ينجو بسبب هذا السلاح، رأيته يطلق النار وهو يخترق مبنى، ثم يشعله من القاع إلى القمة، رأيته ينام بعين واحدة في الأزقة، وإن أغلق الأخرى فسيكون فريسة، رحلة دمار من الاستقرار إلى قلب مرعوب مهشم، مسدس أسود كهذا، له تاريخ كهذا، أجبرني فورًا على سحب زناده للخلف بعدما شعرت بكل حكاياته. قاطعتْ مساعدة المحقق أفكاري:

-   هل شوارع المدينة جميلة لهذا القدر لتجذب كامل تركيزكِ؟

صوت توقف المحرك المفاجئ انتشلني من دوامة الأفكار التي كنت أغرق فيها، نظرتُ حولي بتوتر، الشارع شبه فارغ والأضواء خافتة، فسألتُ، وكان صوتي حادًا أكثر مما قصدت:

-   لماذا توقفنا؟!
-   لمَ كل هذا التوتر؟ سأحضر شيئًا لآكله. أتريدين شيئًا؟

بدا سؤالها بسيطًا، لكنني شعرتُ بأنها تراقب ردة فعلي بدقة.

-   فقط كوب قهوة كبير، من فضلكِ.

راقبتُ ظلها وهي تبتعد نحو الكشك المضيء الوحيد في الشارع، كل شيء بدا هادئًا أكثر من اللازم. عادتْ بعد دقائق، وناولتني الكوب الورقي الساخن من النافذة المفتوحة، وابتسامتها لم تصل إلى عينيها، ثم قالتْ وهي تشغل المحرك مجددًا، وكأن فترة الراحة لم تكن:

- يبدو أنكِ اخترتِ أفضل يوم لزيارتكِ الأولى، يا لها من مصادفة عجيبة، ما الذي كنتِ تفعلينه هناك بالضبط؟

سألتُها مباشرة، مراقبةً رد فعلها، بدلًا من أن أجيبها مباشرة على سؤالها:

- هل وصلتكم معلومات تفيد بأن شخصًا ما كان يريد سرقة بيانات من الداخل؟

اتسعتْ ابتسامتها ببطء، وكأنها تشاهد فخًا قد أطبق على فريسته، وقالتْ وهي تميل رأسها بمسرحية:

- يا إلهي! هل تحاولين أن تقولي أنكِ ذهبتِ في مهمة انتحارية لسرقة وثائق الوزير، لتكتشفي أنها كانتْ في حوزتنا طوال الوقت؟ أرجوكِ قولي إن الأمر ليس بهذه السخرية.

تجاهلتُ سخريتها تمامًا، وثبّتُ نظري عليها.

- وهل كان قاتل الوزير فتاة؟

تلاشتْ ابتسامتها، وحل محلها تعبير جاد، وقالتْ ببرود:

- لمَ يهمكِ الأمر بهذا القدر؟ لا، لم تكن فتاة.

توقفتْ حينها سيارة الشرطة عند المركز، واضطررتُ للبقاء هناك لعدة ساعات، كان من المفترض أنها لتوفير الأمن لي، لكنها في الواقع كانتْ لتوقيع الكثير من الأوراق، تنازلات عن حقي في المقاضاة، تعهداتٍ بالصمت، كل ذلك مقابل مبلغ من المال لإسكات لساني عن كل ما حدث، شعرتُ بثقل القلم وأنا أوقع على صمتي، محولةً حقيقتي إلى مجرد أوراق باهتة مقابل شيكٍ لإسكاتي، وقد طال الأمر كثيرًا. يبدو أن جيم سينتظر أثينا حتى تعود إلى المنزل، أتمنى فقط أن يكون هناك في انتظاري.

(10)

لا أسوأ من أن يقاطع رنين الهاتف لحظة مزاجك، هذا الجهاز الجديد القذر، كانت السيجارة لا تزال في منتصفها، لكنني كنتُ مضطرًا الآن لوضعها جانبًا، تاركًا الهواء يلتهم ما تبقى منها، للرد على بعض الكلمات الخاوية، لكنه قد يكون أمرًا مهمًا أيضًا، لذا عليّ الرد. لم أعلقها، بل رميتها أرضًا ووضعتُ قدمي فوقها، مطفئًا إياها بكل حزن وحسرة، وكان عليّ بدء العملية قبل أن تموت أثينا مللًا في الداخل. من المتصل يا ترى؟

- دعني أقدم لك هذا التقرير الطارئ، أيها الشيطان.

لقد خرج صوت جهة اتصالي المعتادة من السماعة، سريعًا وبلا مقدمات، إنه عميل المرشح.

- هناك من قام باغتيال الوزير، ليس من طرفنا، ولا أعتقد أنه من طرفكم أيضًا، المعلومة وصلتْ إلى الشرطة، بل وصل لهم الكثير من المعلومات. هناك طرف ثالث في ملعبنا، فإن كنت في الموقع، الشرطة ستكون هناك في حدود دقيقتين، مركبات مدرعة خرجتْ بالفعل من المركز.

بعد أن ألقاني بالخبر، أطلقتُ نفسًا طويلًا من الهواء، وارتسمتْ على شفتيّ ابتسامة ساخرة خالية من أي أثر للمرح، ولم يبدُ عليّ أي أثر للصدمة، بل مجرد إقرار هادئ بما هو متوقع.

- يبدو أن إشعال سيجارة قبل الدخول كان قرارًا صائبًا. أثينا في الداخل، سأحاول الوصول إليها للانسحاب، ماذا عن رايز؟
- سأعود لك باتصال بعد قليل بخصوصها، هناك أمر أريد التأكد منه.

أغلقتُ الخط، وأغمضتُ عينيّ متثائبًا ويدي اليمنى معلقة بالقرب من فمي، ثم فتحتهما مع انعكاس أضواء مركبات الشرطة الزرقاء والحمراء التي احتلتْ الشارع فجأة، انتشر عناصر

277

وكالة الشرطة الوطنية، وأغلقوا كل فتحة في المنطقة خلال ثوانٍ. رفعتُ يدي اليسرى ببطء، مضطرًا، لتتعلق بجانب اليمنى في السماء، مع ابتسامتي المستفزة المعتادة، فاقترب أحدهم، وسألني سؤاله السخيف وكأن الوقوف في الشارع جريمة، رفعتُ كتفي باستهزاء، وكانت تلك هي إجابتي، وكانت أيضًا السبب الذي جعلهم يسقطونني أرضًا بعنف، على الأقل الرصيف هنا ليس باردًا هذا المساء.

وبينما أنا على الأرض، كان غبار الرصيف يصور لي الأحداث القادمة، وكان المشهد عاصف بجنون، وهل يمكنني حتى أن أتذمر؟ هذا مجرد مرح إضافي يضاف إلى القائمة. عمن عليّ البحث الآن، أثينا أم رايز؟ أتمنى فقط أن تكون تلك الفتاة قد شعرتْ بقيمتها بعد ما حدث لها في الداخل. هل هذا رنين؟ لم أسمع صوت هاتف منذ مدة، ثم خرج صوته المعتاد وكأنه يرافقني، رغم أني رفضتُ مرافقته بسبب رغبة أثينا لذلك.

- وأخيرًا استطعتُ الوصول إليك! هل هذا يعني أن الحفلة قد انتهتْ؟ ما الذي جرى هناك؟! على العموم، لدي الكثير من الأخبار.

همستُ وأنا أنظر إلى المحقق الذي يراقبني من خلف الزجاج.

- أذناي جاهزتان لسماع أخبارك السيئة، وأنفي المكسور ربما.
- جراي شيزومي، فريستك، تُنقل الآن إلى حجرة خاصة تملكها الشرطة الوطنية، وهذا يعني أن مهمة الاغتيال قد فشلتْ، وبالنسبة لرايز، لم يخرج أحد ببيان رسمي، لكنها ليستْ في القبو أيضًا، الشائعات تقول إنه تم تهريبها رفقة المافيا إلى مستودعات الشمال، والمبلغ المعروض على رأسها، يا إلهي، لا أصدق أن فتاتك تلك تستحق كل هذا!

وقفتُ في منتصف الرصيف، والهاتف ملتصق بأذني، ثم فجأة، بدا وكأن ضجيج المدينة قد ارتفع عشرة أضعاف، صوت بوق سيارة قريب بدا وكأنه صرخة، وضحكات المارة بجانبي بدثُ حادة ومزعجة، وحتى وهج شمس الفجر المنعكس على زجاج متجر قريب أصبح مؤذيًا لعينيَّ، كل كلمة كانت تأتي عبر الهاتف كقطرة وقود تُسكب على نار غضب صامتة ومشتعلة بالفعل في صدري، خاصة التعليق الأخير، ولم يكتفِ رفيقي بالسابق، فقد أكمل:

- لدي المزيد من المعلومات، لكنها خارج حسبتنا، رأسها غالٍ، والمعلومات حولها
  ستكون مكلفة.

قبضتُ على هاتفي بقوة كادثْ أن تسحقه، وتوترثْ عضلات فكي وأنا أستمع إلى ذلك الابتزاز الرخيص، وللحظة، تخيلثُ عشرات الطرق التي يمكنني بها أن أجعل المخبر يندم على جشعه، لكنني أطفأثُ تلك الصور ببرود كما أطفئ سيجارة.

- المبلغ سيكون ملككَ في دقائق، فقط أسرد ما لديك.
- أربع سيارات تابعة لعصابة تايجر جولد تطارد المركبة التي تهربها الآن، وإحدى السيارات هي بورشه كاريرا جي تي ملغمة. سيتم تأمين المركبة المهربة فور دخولها منطقة كريستال ديث، لقد رصدنا حوالة ضخمة لحسابهم قبل قليل، لذا مهمتك الجديدة هي التعاون مع تايجر جولد لتتخطى منطقة الخطر، وتعتقلوا المركبة. هم يريدون السائق، وأنت تريد الفتاة، هذه هي الصفقة.

ضغطتُ على زر إنهاء المكالمة، وأسندثُ رأسي على الحجر البارد للجدار خلفي. اللعنة! شعرثُ بثقل كل كلمة تلقيتها يستقر على صدري، أثينا أسيرة لدى الشرطة، ورايز طريدة، وعصابات المدينة كلها تسعى خلف دمها، وأنا عالق في المنتصف، كما كنتُ دائمًا. أطلقتُ نفسًا طويلًا، وشعرثُ بحرارة شمس الصباح كأنها تضغط عليّ. لا مفر، حان الوقت لأغوص في وحل حرب العصابات مجددًا.

(11)

كان أزيز الرصاص هو اللغة الوحيدة على الطريق السريع، آلاف الخراطيش النحاسية الفارغة تتناثرُ على الأسفلت الساخن، تاركة خلفها أثرًا لامعًا للحرب المشتعلة، أربع سيارات بورشه برتقالية موشحة بالأبيض، تحمل شارات عصابة تايجر جولد، كانتْ تناور بضراوة حول فريستها، سيارة تويوتا عسكرية مدرعة تشق طريقها عبر الجحيم المعدني، وتتجاهل صدماتهم الجانبية العنيفة، كان إيقافها مستحيلًا، وقائدها يقودها بتهور انتحاري، لكن شيئًا ما في الأعلى لفت انتباههم، على الجسر المجاور، كانتْ سيارة سوبرا سوداء تندفع بسرعة تفوق الخيال، وفي لحظة تحدّت فيها قوانين الفيزياء، اخترقتْ السيارة السياج المعدني، وألقتْ بنفسها في الهواء، قفزة نحو قلب المعركة، وسط تقاطع نيران الرصاص. هبطتْ على عجلاتها الأربع بارتجاج عنيف وصوت تمزق المعدن، ثم اندفعتْ كقذيفة نحو المدرعة، لتصطدم بزاوية هيكلها الخلفي، فهشِّم هيكلها الأيمن وتناثرتْ شظاياه، لكن المدرعة اهتزتْ فقط، ولم تنحرف، ثم اخترق صوتٌ مشوشٌ أجهزة اللاسلكي، صوت هادئ ومعدني، لكنه كان أشد ترويعًا من أي انفجار:

- الشيطان يتحدث، بداية، الموت لكم يا تايجر جولد، أعلمكم أن المدرعة ملك لي الآن، إما أن تتراجعوا، أو سأضيف أربع سيارات أخرى إلى قائمة خردواتي، وإن تعاونتم، قد أترك قائدها يتنفس.

قبل أن يستوعبوا التهديد، تحركتْ السوبرا، وأصبحتْ درعًا متحركًا بين المدرعة وسيارات تايجر جولد، يمينًا ويسارًا تنسج طريقها بينهم بمهارة فريدة، ثم، فجأة، ضغط على دواسة الوقود، علا هدير محركها بجنون حتى بدا أنه سينفجر، وتجاوز المدرعة بأمتار قليلة، وفي جزء من الثانية، وبحركة انسيابية واحدة، ألقى شيئًا أسودًا ضخمًا نحو مقدمة المدرعة. ابتلع

280

وميض أبيض الشارع، تلاه صوت انفجار يصم الآذان، وشعر الجميع بموجة الضغط تدفع سياراتهم، وعلم الجميع في تلك اللحظة، إن قائد هذه السيارة السوداء، بحركته المجنونة والدقيقة السابقة في إلقاء قنبلة ضخمة تنفجر في الهواء بين السيارتين، لابد أن يكون رجل العصابات الأول، جيم الشيطان.

خرجتُ المدرعة من سحابة الدخان الكثيفة، تتأرجح بعجلاتها الأمامية الممزقة، قبل أن تتوقف تمامًا، وفي ثوانٍ، كانتْ السيارات الخمس تحاصرها. فتح باب المدرعة، وخرج السائق رافعًا يديه باستسلام، وحينها هدأ كل شيء، تلاشى صوت المحركات، ولم يتبق سوى طنين في الآذان ورائحة الكورودايت والمطاط المحترق، ثم فُتح باب السوبرا المدمرة، وخرج الشيطان من سيارته، لم يكن يعرج، ولم يكن متعجلًا، وضع سيجارة بين شفتيه بهدوء، وأشعلها، ووقف يراقب المشهد الذي صنعه، وكأنه مجرد متفرج عابر، ثم رمى سيجارته التي لم يكد يلمسها، وبدأ يسير. كانتْ خطواته هادئة وثابتة بشكلٍ مخيف، خطوات رجل معتاد على المشي فوق حطام أفعاله، مظهره الخارجي صلب ومستقر، لكن روحه الداخلية محطمة كآلاف القطع الزجاجية، مرّ من بين عناصر تايجر جولد المذهولين لرؤيته في الساحة من جديد، وكانوا لا يزالون يوجهون أسلحتهم نحوه، لكن لم يجرؤ أحد على إيقافه، تجاهل شاراتهم البرتقالية وكل الفوضى من حوله، فتركيزه كله كان منصبًا على شيء واحد، الصندوق الخلفي للمدرعة، فتحه بهدوء، وفي الداخل، كان كنزه ينتظره.

عندما رآها، ارتسمتْ على وجهه ابتسامة حقيقية للمرة الأولى، لم تكن ابتسامة نصر، بل ابتسامة ارتياح، كمن وصل أخيرًا إلى نهاية رحلة طويلة ومؤلمة، أخرج ما تبقى من دخان في رئتيه بزفيرٍ طويل، ثم استند بظهره على هيكل المدرعة المعدني البارد، ورفع رأسه نحو السماء الزرقاء الساطعة، أغلق عينيه للحظة، لا ليرى النجوم، بل ليرسم في عقله خريطة جديدة من ثقوب الرصاص التي زينت جانب فريسته، كوكبة من الفوضى رسمها هو بنفسه.

(12)

كانت تمشي دائمًا أمامه، ونظرها نحوه على طرف الرصيف، وهو في الخلف، يلقن سلاحه، ويتأكد من توفر كل المعدات، تمازحه بكلماتها في الطريق، وأحيانًا تكون جادة تمامًا، تحاول أن تمسك يده وسط كل تلك المصائب، لكنها تتلاشى بعيدًا كالشبح، لتظهر مجددًا عند الكارثة الأخيرة، وهنا كانت الكارثة الأخيرة، ظهرتْ بجانبه، ناولته السلاح، ونظراتها التي كانتْ دائمًا لا مبالية، أصبحتْ الآن مرتعبة، وكانتْ يدا جيم ترتجفان، سقط المشط من سلاحه، فأعاده بسرعة، وسحب الزناد، وهي أزاحتْ برأسها نحو المخرج، لكنه رفض ذلك بهزة من رأسه، فسحبتْ زناد سلاحها هي الأخرى، وضعتْ يديها على كتفيه، ولاصقتْ رأسها بأذنه لتهمس بكلماتها الأخيرة:

-   هناك فتاة تنتظرك في المنزل، ستقلق إن لم تعد الليلة، لذلك سأوفر لك بعض الوقت لتغادر.

بقي عناده متحديًا، وكان جوابه واضحًا في عينيه، سنغادر معًا، أو لن يغادر أحد، لكن إصرارها كان أعظم بكثير، بحركة سريعة لم يتمكن من إيقافها، أطلقتْ النار على قدمها، ثم أشارتْ بسبابتها نحو المخرج.

-   لن نستطيع الخروج معًا الآن، غادر قبل أن يحاصرونا، ولا تنسَ أن تأتي لإنقاذي.

كان وعدًا، وكان أمرًا، وكان الثمن الذي دفعه جيم مقابل حياته الجديدة، مقابل احتواءه تلك الفتاة، والذي لا يزال يحاول سداده حتى يومنا هذا.

(13)

فتحتُ عينيَّ، ورأيتُ الصمت الذي أعقب العاصفة يصم الآذان أكثر من صوت الرصاص، وشاهدتُ آخر سيارة لفرقة تايجر جولد تختفي عند المنعطف، آخذة معها غنيمتها، وتركوني هنا، وحيدًا في هذا الخلاء، مع حطام سيارتين ورائحة المطاط المحترق وفتاة فاقدة للوعي. مرَّرتُ يدي في شعري، ثم أخرجتُ علبة السجائر من جيبي، وكانتْ قد فرغتْ، فأطلقتُ ضحكة قصيرة خالية من المرح، وركلتُ إطار المدرعة بإحباط مكتوم.

- أليستْ هذه علبة الأمس التي اشتريتها لك؟ يبدو أنك قد دخنتَ الكثير.

جاء صوتها الهادئ والساخر من حقيبة المدرعة، وكان بالضبط ما احتجتُ سماعه حينها.

- وإن دل هذا على شيء، فهو أنكَ واجهتَ الكثير لإنقاذي.

لقد استيقظتْ القطة رايز أخيرًا، بطلة المسرح. استدرتُ نحوها وقلتُ:

- لم أكن سأقع في كل هذا لو لم تطلقي ذلك الطلق اللعين في قدمكِ!
- ولم نكن لنقع في كل هذا أبدًا لو عشنا حياتنا كالآخرين...

قالتها وهي تتحرك ببطء لتجلس على حافة المدرعة، ووجهها متألم لكن عينيها مستتبتان.

- نحن مختارون لنلطخ أيدينا بالدم ونتحمل الألم، فقط لننظف فساد هذا العالم، وفي النهاية، لن يشكرنا أحد، ولن يعلم عنا أحد، سيكون ما حدث بسببنا مجرد مصادفة بالنسبة لهم، وهذه هي العدالة التي اخترناها.

استمعتُ إليها، وكانتْ كلماتها تحمل صدقًا قارصًا.

- ليس هذا ما كنت أعنيه.

- بل هذا تحديدًا ما كنتَ تعنيه.

بعد لحظة صمت، تغيرتُ نبرتي وسألتها بقلق حقيقي:

- وكيف هي حال ساقك؟

لم تستطع إخفاء تجاعيد الألم، لكنها قالت بمرح مصطنع:

- هذا هو السؤال الذي كنتُ أنتظره، لكنني لن أجيب، أريد أن أتهرب من العمل
  وأخرج في إجازة بحجة الإصابة، لن تخبر الوكالة، أليس كذلك؟

- سأخبرهم فقط أنكِ أطلقتِ النار على نفسكِ بدون سبب، لأنكِ امرأة حمقاء.

- نعم! هذا بالتحديد ما أريدكَ أن تخبرهم إياه.

توقفتُ، ونظرتُ إلى يديها، وأصبحتْ نبرتها أكثر جدية.

- لكنه كان مضحكًا، كيف ضحيتُ بنفسي من أجلك، لأجل تلك الفتاة التي لا
  أعرف من هي حتى، حديثك الدائم عنها جعلني أدركُ كم هي مهمة بالنسبة لك.

صمتُ، والكلمات الأخيرة التي قالتها تركَتني عاجزًا عن الرد، لم تكن مجرد حروف، بل كانتْ
تفسيرًا لكل شيء، سبب تهورها، سبب إصرارها على مغادرتي، لقد استمعتُ لكل أحاديثي
العابرة عن أثينا، وجمعتُ القطع، ورأتْ الصورة كاملة بينما كنتُ أنا أعمى، لقد ضحتْ
بنفسها، ليس من أجلي، بل من أجل حياتي الجديدة، وقلتُ بصوت لم يكن يخصني تمامًا:

- عندما نخرج من هنا، سأجعلكِ تقابلينها، لابد أنها ستكون مسرورة بمعرفتكِ.

نظرتْ إليّ، وابتسمتُ، ابتسامة حقيقية ونادرة، متعبة لكنها صادقة، وسط هذا الحطام
المعدني ورائحة الموت، وفي هدوء الفجر الذي بدأ يلون الأفق، بدث ابتسامتها كأول شعاع

شمس أصفر ينطلق، ولأول مرة منذ وقت طويل، شعرتُ بأننا ربما، وربما فقط، سنجد طريقنا للخروج من هذا الوحل للأبد.

بعد ساعات، وبعد أن أعدتُ تشغيل سيارتي المهشمة، ذهبتُ لأرسل الأخبار السارة إلى رايز، ولأسألها إن كانتْ تستطيع المشي، فرفعتْ ذراعيها بُعد كتفيَّ، مجيبة بابتسامتها العريضة. أخفضتُ رأسي بيأس من تصرفاتها، لكنني حملتها على ظهري كما أرادتْ في النهاية، وهكذا انتهى بنا الحال، وحيدان، نغادر ساحة المعركة في سيارة سوداء فاخرة، أمستْ قطعة من الخردة، بالكاد تتحرك.

(14)

طُرق باب الشقة علي في الداخل، فانتظرتُ للحظة، لكنه لم يُفتح، ليس جيم وحده إذن من على الباب. بدأتُ أفكر حينها إن كان علي فتح الباب لشخص غريب، تحديدًا بعد تلك الليلة الحافلة، بل أنا لم أتوقع طرقات على باب الشقة بعد كل ما حدث. في النهاية، فتحتُ الباب، ليكون ظني صحيحًا، كان جيم يقف هناك، يبدو وكأن ألف عام قد مر على وجهه منذ رأيته آخر مرة، ولم يكن وحيدًا، بين ذراعيه قطته رايز التي كانتْ شبه فاقدة للوعي، ورأسها مستند على كتفه، وهذا هو دليل نجاح مهمته الأهم. دخل دون أن ينطق بكلمة، وتحرك نحو الأريكة، ووضعها برفق، كأنها شيء ثمين ومحطم في آن واحد، ثم استدار وجلس إلى جانبها، ورفع عينيه المتعبتين نحوي، أنا التي لا أزال أقف مذهولة عند الباب، وقال بابتسامة بالكاد ارتسمتْ على شفتيه:

-   بعد كل ما حدث اليوم، أما زال لديكِ عقل ليفكر؟
-   لم أتخيل فقط أنكَ ستأتي حاملًا القطة بهذا الشكل.

285

جاء صوت رايز ضعيفًا لكنه مرح من على الأريكة، وهي تفتح عينًا واحدة.

- لا تقلقي! لا يوجد أي علاقة بيني وبين هذا الرجل، ضعي تلك الغيرة جانبًا.

شعرتُ بالحرارة تصعد إلى وجنتيّ رغم إرادتي، وقلتُ وأنا أتجاهل تعليقها وأتوجه إلى المطبخ:

- ليس هذا ما كنتُ أتحدث عنه! تشربين القهوة، أليس كذلك؟

قالتْ باستنكار، وقد عاد إلى صوتها القليل من النشاط:

- قهوة؟ ألا يوجد لديكم أي خمر فاخر هنا؟

سحب جيم قدمها بصرامة مصطنعة عن الأريكة، وقال وهو يخلع عنها حذاءها الملطخ بالطين:

- اصمتي أيتها المصابة الحمقاء!

نظرتُ إليهما من المطبخ، جيم، بابتسامته المتعبة التي لا تخفي ثقل العالم على كتفيه، ورايز، التي بدأتْ تغفو مجددًا بسلام على الأريكة، وفهمتُ في تلك اللحظة ما كان يشغل باله، وما كان يشغل بالي أنا أيضًا، لم تكن الخسائر المادية، ولا المهمات الفاشلة، ولا حتى الأعداء القدامى الذين لا يزالون في الخارج، كان الأمر يتعلق فقط بهذه اللحظة الهشة من السلام، أننا هنا، معًا، ولا نزال نتنفس، وهذا هو النجاح في عالمه. نحن الثلاثة، بطريقتنا الملتوية، حققنا سلامًا مؤقتًا لنا، كل واحد منا حل قضيته الشخصية، ولأول مرة، شعرتُ بأن هذا الأمر لا يهم على الإطلاق.

(15)

كان هدوء الصباح ثقيلًا، ولم يقطعه سوى الهمهمة البعيدة للمدينة التي بدأتْ تستيقظ من سباتها. لم يستطع جيم النوم، فالأدرينالين الذي أبقاه متيقظًا طوال الليل بدأ يتلاشى، تاركًا خلفه قلقًا باردًا، نهض من سريره في النهاية، وسار بخفة نحو غرفة المعيشة، ليجد رايز مستيقظة، مستلقية على ظهرها، تحدق في السقف وكأنها تعد النجوم التي لا وجود لها هناك، وضوء خافت من الشمس يتسلل عبر النافذة، يرسم ظلالًا طويلة في الغرفة أشبه بظلالهم في ذلك العالم، ولاحظ تجاعيد ألم خفيفة على وجهها كلما تحركتْ. وقف عند مدخل الغرفة، متكئًا على الجدار بجانب الباب كما يفعل معي عادة، وقال بصوتٍ خافت:

-   ألم تنامِ بعد؟ لدي مسكن قوي لألم قدمكِ إن أردتِ.

لم تنظر إليه، بل أجابتْ وهي لا تزال تحدق في السقف:

-   لقد كنتُ أفكر في أنكَ لم تشتري سجائر بينما نحن عائدون.

أطلق تنهيدة خافتة وهو يقدم لها دواءً، بينما هي تفكر في إدمانه.

-   نسيتُ بسبب حديثكِ الذي لا ينتهي، تمنيتُ لو كان هناك زر كتم لكِ.

هذه المرة، ارتسمتْ ابتسامة خفيفة على شفتيها، والتفتتْ نحوه ببطء، وعيناها تلمعان في الضوء الخافت، وقالتْ:

-   هذا مضحك، ولكنكَ كنت تفكر بضرر سيارتك، أليس كذلك؟

صمتتْ للحظة، ثم تحركتْ بصعوبة لتجلس وتأخذ الدواء، ثم أكملتْ:

-   معي علبة سجائر يمكنكَ اعتبارها اعتذارًا على ما حدث بسببي اليوم.

أخرجتُ العلبة من جيب سترتها المرمية بجانبها، وقذفتُ بها في الهواء بحركة رشيقة، التقطها جيم بحركة لا إرادية، ونظر إلى العلبة في يده، ثم رفع عينيه إليها. وقال، وكان يهز رأسه، لكن كلماته كانتْ تحمل نبرة من الارتياح أكثر من الغضب:

- اللعنة عليكِ فقط! لو علمتُ أن ذلك سيحدث، لتركتكِ تتعفَّنين في المستودع.

رفعتُ رأسي عن الأوراق المتناثرة على طاولتي في الحديقة، تاركة الشمس الدافئة تلمس وجهي، لم تكن عيناي تريان أبحاثي، بل كانتا تطالعان ذلك المشهد الذي انطبع في ذاكرتي، جيم ورايز، متكئين على حطام عالمهما، ولم يكونا مجرد شخصين، بل كانا قوة طبيعية، عاصفتان من الأذى والعدالة الملتوية قررتا أن تضربا العالم معًا، وتتشاركان الندوب بفخر، كانا ينتميان لذلك الوحل، وأنا كنتُ الصخرة التي ارتطمتُ بها إحدى هاتين العاصفتين، فانقسم مسارهما. لقد أجبرته، بطريقة ما، على أن يترك كل ذلك، أن يترك عالم جيم الشيطان، وعالم عدالتها الخاصة، وأن ينسحب من المعركة التي كان يخوضها إلى جانب رفيقته الوحيدة، ترك كل ذلك، ليقضي سنواته التالية في عالمي الهادئ، يراقب بصمت تقدم بحثي، ويقوم بأهم مهمة على الإطلاق، التأكد من أن قهوتي مضبوطة تمامًا.

القصة العاشرة: محاكمة التاج السماوية

(1)

(العالم صفر أربعة – بعد فترة من أحداث القطة الضائعة – الفصل الثاني من قيامة أثينا)

كانتْ الحديقة غارقة في هدوء الظهيرة، ولم يقطعه سوى حفيف أوراق الأشجار، رأس أثينا ملقى على الطاولة الخشبية، نائمة وسط مجرّات من الأوراق المبعثرة والكتب المفتوحة، من يراها من بعيد يظنها نائمة، لكنها كانتْ في الحقيقة تهرب من صداع عنيد يسكن رأسها منذ سنوات، وتجد في هذه الوضعية راحتها للتفكير. ظهر جيم عند مدخل الحديقة، متكئًا على إطار الباب كعادته، يحمل كوبين من القهوة تفوح منها رائحة قوية، لم ينادها، بل انتظر أن يغويها به، كانتْ هذه طقوسهما اليومية، لم تفتح عينيها، مدّتْ يدها فقط في اتجاهه، فابتسم وتقدم نحوها، واضعًا الكوب في يدها الممدودة، تسبب وصوله في سقوط بضع أوراق.

جلس بجانبها على الكرسي الآخر، والتقط إحدى الأوراق المتساقطة، كانتْ مغطاة بالكامل بمعادلات ورموز تبدو بلا معنى، فقال وهو يمرر الورقة بين أصابعه:

- ليس وكأني مهتم بالأمر، لكن هل يمكنني الحصول على معاني هذه الأشياء؟

فتحتْ أثينا عينيها أخيرًا، وبدتْ متعبة لكن شغوفة، وقالتْ وهي ترتشف من قهوتها:

- إنها عوالم أحاول ترقيمها، وتلك الكتابات هي أسماؤها في عالم الأصل.

رأتْ نظرته الحائرة، فتنهدت.

- دعني أبسّط لك الأمور.

نهضتُ، وسحبتُ يده ليتبعها إلى لوح أبيض ضخم كان يستند على جدار الغرفة، مغطى بما يشبه خريطة فلكية معقدة.

- العالم الأبيض الذي أراه أحيانًا هو عالم الأصل، ليس مكانًا ماديًا، بل كبذرة كونية تولد عوالم أخرى، عندما أتتبع هذه المسارات، وأستخدم طريقة تشفير وجدتها في هذا الكتاب لمؤلف غامض يدعى سيلي...

التقطتُ كتابًا قديمًا من الطاولة، مكتوبًا بلغة غريبة، ومليئًا برموز سحرية، وأرته إياه.

- أستطيع إيجاد تسلسل رقمي فريد لكل عالم، وعند ترجمة هذا الرقم، أحصل على اسم فريد له، لكن المشكلة أنها كلها عوالم ميتة، مشفرة كما أسميها، طريقة يسيطر بها الآلهة على عدد الأكوان الحية.

نظر إلى تلك الحماسة التي اعتلتها، وقال بصدق، محاولًا متابعة شرحها المعقد بغرابته:

- يبدو أنكِ تتقدمين حقًا، ولكن ما الفائدة من كل هذا؟ طالما هي عوالم ميتة، ألن يكون كل هذا الجهد مضيعة للوقت؟

لمعتْ عينا أثينا فجأة بسؤاله، ثم أجابته بنبرة عملية وكأنها في محاضرة:

- كانت بلا معنى بالنسبة لي أيضًا، حتى وجدت هذا.

سحبت ورقة من دفتر ملاحظاتها ودفعته نحوه.

- يمكنك قراءة الاسم، صحيح؟

أمسك جيم بالورقة وحدق فيها، ثم أجاب على سؤالها:

- هذه كتابة لاتينية، عالم الحكمة، آر ثمانية وثمانون، عالم حي.

رفع نظره إليها بصدمة، فقالتْ بحماس:

- عالم حي! ومسمى بلغة بشرية! إنه الوحيد الذي وجدته بجانب عالمنا، صفر أربعة، والآن أحاول الوصول إلى طريقة ما للذهاب إليه.

بدا وكأنه يستوعب حجم الاكتشاف، وقال متسائلًا بنوع من الاستغراب:

- الذهاب إليه؟! هذا سيبدأ عصرًا جديدًا للبشر. إن بحثكِ يذكرني بنشرات الفضائيين، هل يمكن أن تكون هناك علاقة بينهما؟ أو أكوان موازية؟

اعترفتْ أثينا، وكان في كلامها حس من تأنيب الذات على جهلها الأمر:

- لا أعلم تفاصيل هذا الخلق الغريب، لكن إن كان عالمًا حيًا، فقد يكون فيه بشر آخرون، ألا يثير هذا فضولك؟

لم يلتفتْ للأمر، فقط سألها بنبرة جادة محاولًا قياس جديتها، متجاهلًا سؤالها بشكل كامل:

- وكم سيستغرق الأمر لإيجاد طريق الذهاب؟

عادتْ حينها أثينا إلى أوراقها، ومررتْ أصابعها في شعرها بإحباط:

- عالم الحكمة عالم غريب، إنه متصل بعالم آخر، يحمل الرقم صفر واحد، ويسمى حورية الفوضى، سكانه تركوا رسالة مشفرة تقول: من يرغب بالخروج لأجل العودة، فعالم السماء يرحب به. كيف يمكن للمرء أن يغادر لكي يبقى؟ إنه لغز.

اتكأ جيم على كرسيه، ونظر إلى السماء عبر نافذة الحديقة الآلية، ثم قال، بعد دقيقة تفكير:

- حورية الفوضى؟ في الحروب، يغادر الكثيرون منازلهم وهم مهددون، يخرجون بإرادتهم، لكن بنية العودة بعد انتهاء الحرب، وهمهم الوحيد آنذاك هو البقاء على قيد الحياة، هل يمكن أن يكون شيئًا كهذا؟

تجمدت يد أثينا فوق الأوراق، رفعتْ رأسها ببطء، واتسعتْ عيناها بدهشة مطلقة، وكأن صاعقة قد ضربتها.

- حرب مميتة! كيف لم أفكر في شيء كهذا؟ أنت عبقري يا جيم.

انتفضتْ فجأة عن كرسيها، وتطايرتْ الأوراق حولها كفراشات ورقية، لم تكن ترى شيئًا سوى دفتر ملاحظاتها، أمسكتْ به، وبدأتْ الكتابة بجنون، والكلمات تتدفق منها كشلال. انتظر جيم حتى هدأتْ عاصفتها، وابتسامته الهادئة تراقبها، ثم قال بصوت مختلف، صوت هادئ وجاد لم يستخدمه من قبل:

- بما أنني أحترم خصوصية عملائي، ربما لا يجب أن أقول هذا، ولكن سأكون صريحًا معكِ، أتتذكرين عندما أخبرتكِ بأمر تدمير معملكِ؟

أومأتْ برأسها دون أن تتوقف عن الكتابة.

- لقد كنتُ أنا الموكل لقتلكِ حينها.

توقفتْ يدها عن الكتابة، لكنها لم ترفع رأسها، وارتسمتْ على شفتيها ابتسامة خفيفة وساخرة، وقالتْ بهدوء:

- لقد كان هذا واضحًا، عدتَ يومها بملابس يملؤها الرماد، لو كنتَ مجرد شاهد، لما اقتربتَ من الحريق، كما أنكَ ذهبتَ لتستحم فورًا، رغم إرهاقك، كنتَ تغسل الدماء وتضمد جرح الرصاصة التي أصابتك في جانبك أثناء هروبك من الشرطة،

كان بإمكاني مساعدتك حينها لو سألتَ. هل ظننتَ حقًّا أنك تستطيع خداع باحثة مثلي بكذبة بسيطة؟

قال بإعجاب على غير رغبة.

- كنتِ تشاهدين الأخبار إذن، يا لكِ من ماكرة.
- بل كنتُ أسمع صوت تبادل إطلاق النار، لا تنسَ أن البرج لم يكن بعيدًا.

دفع كرسيه بهدوء إلى الخلف ونهض، تاركًا كوب قهوته الفارغ بجانب فوضى أوراقها، وارتسمت على وجهه ابتسامة جانبية متعبة، لكنها كانت تخفي إعجابًا حقيقيًا وهو ينظر إليها، ثم قال بنبرة تحمل من المرح بقدر ما تحمل من الجدية:

- بالتوفيق في بحثكِ إذن، أيتها المحققة العبقرية أثينا. سوف أغادر الآن.

استدار بهدوء نحو المخرج، فقالت وهي لا تزال تنظر في دفترها.

- سأكون في انتظار عودتكَ، إن لم أجد طريق الذهاب قبل ذلك!

بمجرد أن أغلق الباب خلفه، عادت أثينا إلى دفترها بحمى، والكلمات ترقص أمام عينيها، المغادرة من أجل البقاء. لقد كان الأمر بسيطًا بشكل مرعب، ولم تفكر، لم تتردد، ألقت قلمها، أغلقت عينيها، ونظرت إلى كف يدها في العالم الأبيض، بإصبعها الآخر، بدأت ترسم في الهواء فوق راحة يدها تسلسل الأرقام والرموز التي اكتشفتها لذلك العالم، وهي تهمس بالكلمات القديمة المكتوبة في ملاحظاتها، شعرت بوخزة حادة في راحة يدها، ثم بدأ العالم من حولها يذوب. لم يكن تحولًا لفراغ هادئ، بل كان تمزقًا عنيفًا، سُحبت من حديقتها، من عالمها، بقوة لا ترحم، وسط عاصفة من الألوان الصارخة والضجيج الذي يمزق الآذان، وكأن العالم يخلق حولها تدريجيًا بينما تراقب هي من بعيد، وفي قلب تلك الفوضى الكونية، ضربها

إدراك متأخر وبسيط كالصقيع، لقد عرفتُ كيف تذهب، لكنها لم تبحث أبدًا، ولو للحظة، عن طريقة للعودة.

أصابها الفزع، صرخة صامتة تشكلتْ في روحها، وفجأة، لم تعد ترى الألوان الكونية، بل رأتْ وجه جيم وهو يبتسم تلك الابتسامة المتعبة قبل أن يغادر، شمّت رائحة قهوته التي أعدها لها هذا الصباح، شعرتْ بأمان حديقتها الهادئة التي قضتْ فيها أربع سنوات من السلام، أهدأ وأثمن سنوات حياتها، أرادتْ أن تصرخ، أن تعود، أن تتمسك بذلك الهدوء الذي لم تقدره حق قدره إلا في لحظة فقدانه، وأرادتْ البقاء فيه، لكن العملية كانتْ قد اكتملتْ، توقف السحب العنيف فجأة، وحل محله سكون مطلق، ترددتْ في فتح عينيها، خائفة مما قد تجده، ومما قد فقدته إلى الأبد، وعندما فعلتْ، لم تكن هناك حديقة، ولا كتب، ولا جيم، كانتْ مستلقية على عشب ناعم ورطب تحت ظلال شجرة عملاقة ذات أوراق صفراء، أمامها، امتد ساحل أخضر لا نهاية له تلتقي أمواجه الهادئة بالسماء وأنقاض المباني، ورائحة الملح والأزهار تملأ الهواء، كان عالمًا جميلًا بشكل مؤلم، عالمًا لا تعرف فيه أحدًا.

(2)

(عالم الحكمة – بلسان الباحثة أثينا – الفصل الأول من محاكمة التاج)

عندما تكون البشرية على حافة الفناء، وعندما تصرخ الأرواح طلبًا للنجاة من حرب تأكل الأخضر واليابس، يجب أن يكون الملاذ مثاليًا، هكذا بنى عقلي الفرضية، عالم متصل مباشرة بنبض عالم الأصل، يجب أن يكون إيقاعًا من الكمال. تخيلتُ هواءً نقيًا لدرجة أن كل نفس يغسل الروح، وسماءً زرقاء صافية لا تشوبها شائبة، لا تعرف غيومًا أو عاصفة، غاباتٍ ذات أشجار عملاقة تهمس حكمة العصور للريح، وأزهارًا متوهجة بألوان لا تعرفها أعيننا، تطلق عطورًا لم يسبق لها مثيل، أنهارًا من ماء بلوري تتدفق من جبالٍ تلامس

295

النجوم، وحيواناتٍ وديعة تجول في سهولها، لا تعرف معنى الخوف أو الافتراس، عالم تعيش فيه حياة هنيئة، خالية من الشغف الحارق أو اليأس المدمر، سلام أبدي، لكن هذا السلام، كلما فكرتُ فيه أكثر، بدا كغطاء ثقيل يُخمد كل شيء، حياة بليدة، رتيبة، لكنها آمنة، هذا ما وعد به اللغز، وهذا ما كان يجب أن أجده.

لكن الصمت الذي استقبلني لم يكن صمت السلام، بل صمت الموت، كان الهواء نفسه يحمل طعمًا معدنيًا حادًا، ورائحة كبريتية خفيفة ممزوجة برائحة العفن الحلوة التي لا تخطئها ذاكرة الحروب، لم تكن هناك جنة، كان هنا جحيم خلفته حرب عظيمة، انطباعي العلمي الأول لم يتغير، إن هذا العالم مقبرة كونية. لا أزهار هنا، بل سجادة من الرماد الناعم تغطي كل شبر من الأرض كالكفن، تمتص الصوت وتجعل خطواتي مكتومة ومخيفة، لا أنهار، بل شقوق سوداء عميقة تمزق الأرض الجافة، كأن الكوكب نفسه قد تشققت من الألم، وعلى مد النظر، رأيتُ الركام، هياكل مدن قديمة تحولتْ إلى أضراس حجرية مكسورة، وجثثًا متفحمة عالقة بين الصخور، أشكال بشرية تجمدتْ في لحظات عذابها الأخيرة، وكانت المقبرة تلتهم الساحل، وتمتد حتى الأفق، وفوق كل هذا الرعب، كان القمر يلقي بضوئه المشؤوم على جبل وحيد نجا من الدمار، واقفًا كشاهد يائس على نهاية كل شيء، لم تكن هذه أرض لجوء، بل كانت أرض موت.

ليتني أستطيع إغماض عينيّ فأرى شيئًا آخر غير هذه السماء الدامية، ويا ليتني أستطيع العودة، كيف سمحتُ لحمى الاكتشاف أن تعميني إلى هذا الحد؟ كيف كنتُ غبية ومتهورة هكذا؟ صرختُ في فراغ عقلي باسمه، والاسم تمزق في صمت روحي كأنه أخر شيء دافئ في هذا الكون البارد، أرجوك، أمنحني إلهامًا آخر، أي شيء، لكي أرجع إليك، لا تتركني هنا وحيدة، أتوسل إليك، لم أكن أريد مفارقتك أبدًا، لقد كانتْ مزحة، مجرد تجربة. تجمعتُ قوة يائسة في داخلي، ثم حاولتُ أن أقف، أن أبدأ من جديد، أن أنصب معملًا آخر هنا

كما خططتُ بسذاجة قبل دقائق. صرختُ بصوت مسموع هذه المرة، أريد الوقوف، وتردد الصدى الخاوي في الأفق الميت، لكن الأوامر من عقلي تبخرتْ قبل أن تصل إلى أطرافي، نظرتُ إلى يديَّ، ولم أكن أشعر بهما، كانتْ مجرد شيء شاحب وغريب في نهاية ذراعي، فأصابني الفزع، صرخة تمزق حنجرتي دون أن تصدر صوتًا، وأنا أشاهد أطرافي تتحرك من تلقاء نفسها، في نوبة صرع عنيفة وعقلي سجين بداخلها، يصرخ ويتألم ويستحضر آخر صورة دافئة نالها، ابتسامة جيم المتعبة في هدوء الصباح، قبل أن يبتلعني النور.

لم تكن النوبة مجرد فزع نفسي، كانتْ عرضًا، نتيجة حركتي الأولى، تلك اللحظة التي رسمتُ فيها الرموز بتهور على كفي، لقد تحركتُ في الأصل دون إدراك، هذا الارتعاش ليس صرعًا، إنه فشل في التشابك العصبي، خلاياي تتحلل، وكانت تلك آخر فكرة واعية لي كعالمة، كطبيبة تشخص سبب موتها بنفسها، لكن صوتًا ما اخترق ذلك الضباب، صوت أنثوي هادئ وواضح كأنه قادم من بعيد وقريب جدًا في الوقت نفسه.

- هل هناك مشكلة؟ القادمون يكونون أكثر حماسًا عندما يستيقظون هنا.

حاولتُ الرد، أن أصرخ، أن أسأل من هي، لكن حبالي الصوتية كانتْ خائنة كبقية جسدي، تبعها صرخة صامتة في عقلي السجين، كيف عليّ أن أحركها الآن؟! أثينا الحمقاء! لم يتركني ذلك الصوت، قد شعرتُ بحركة وحيدة تقترب مني، ولابد أن يكون صاحبه.

- اسمكِ أثينا إذن؟ هل هناك مشكلة في ذراعيكِ؟ امنحيني دقيقة فقط.

من خلال رؤيتي الضبابية، رأيتُ خيالًا أحمر يتشكل فوقي، فتاة بشعر أسود طويل يلمع حتى في الضوء الخافت، ثم رأيتُ بريقًا معدنيًا، سكينًا قصيرًا وحادًا في يدها، وقبل أن أستوعب، أغلقتُ قبضتها على النصل الحاد، لم أسمع صرخة ألم، بل رأيتُ قطرات من الدم القرمزي تتساقط من يدها، لكنها لم تسقط على الأرض، كانت تتراقص في الهواء كأحجار

ياقوت حية، تتجمع في كرة سائلة واحدة. همستْ بكلمات بدتْ كصلاة قديمة بلغة لم أسمعها من قبل، ومن حقيبة صغيرة على خصرها، أخرجتْ زهرة سوداء كقطعة من الليل وغرستها في كرة الدم العائمة، وفي اللحظة التي تركتْ فيها السكين ليسقط، تحول السائل القرمزي، وامتص سواد الزهرة، وتوهج بنور أبيض ناصع كقلب نجم حديث الولادة، وعندما لامس نصل السكين العشب، أغلقتْ يديها حول السائل الأبيض المتوهج، ثم انحنتْ نحوي وبدأتْ تدلك ذراعيّ بذلك المزيج البارد واللزج. لم يكن ما شعرتُ به أشبه بصدمة كهربائية، بل كان كملامسة جليدية في صحراء عروقي الجافة، شعرتُ بكل خلية ممزقة وهي تُرمم، بكل تشابك عصبي مقطوع وهو يُعاد وصله في ومضة، حركتُ إصبعي، ثم قبضتُ على يدي بقوة، لقد عادتْ ذراعي للحياة بسببها. قالتْ وهي ترى عينيّ قد اتسعتا بدهشة ورعب:

-   عرض رائع؟ أنا لا أحب الاستعراض، لكن حالتكِ كانت تتطلب تدخلًا سريعًا.

ثم ألقتْ نظرة نحو الأفق، نحو الشمس التي صعدتْ ببطء من خلف مبنى عتيق أعلى تلة.

-   على أي حال، لقد جئتِ متأخرة، طفلة الفجر قد أنقذتْ العالم بالفعل.

نظرتُ إلى ذراعيّ السليمتين تمامًا، ثم إليها، وكان عقلي العلمي الذي أثق به، يتشبث بالمنطق كغريق يتشبث بآخر قطعة خشب، محاولًا إيجاد تفسير واقعي لما حدث.

-   ماذا يسمى ذلك الشيء الذي قمتِ به؟ هل هو شكل متقدم من الصيدلة يعتمد على فيزياء الضغط والتحفيز الكهروكيميائي؟

أطلقتْ ضحكة صافية، كان رنينها غريبًا في هذا العالم الصامت، ساخرة من تفسيري.

-   إنه سحر طبعًا، أو كما نسميه هنا علم الخوارق، علم حصلنا عليه من مكتبة السماء العظيمة، وهو أساس هذا العالم الجديد.

وقفتُ، ومدّتْ يدها إليّ، ولم تكن مجرد يد عون، بل كانتْ دعوة إلى عصر جديد تعيشه هذه الباحثة، أن أقف بواسطتها فأنسى الماضي بأكمله، وأفتح صفحة بيضاء جديدة في تاريخ الحياة التي علي أن أقضيها، أن أختم بحثي الأول هنا، وأبدأ بحثًا آخر يتعلق بهذا العالم.

- اسمي فيارا. أرحبُ بكِ في مدينة الحكمة، عالم البشر في السماء.

(3)

نظرتُ إلى يدها الممدودة، ثم إلى عينيها الصافيتين، ولم يكن هناك تردد، أمسكتُ بها، وشعرتُ بقوة هادئة تسري عبر ذراعها إلى جسدي المتعب، تساعدني على النهوض، وفي تلك اللحظة، وأنا أقف على قدميّ في أرض غريبة، شعرتُ بشيء آخر يتلاشى، رأيتُ حروف هويتي القديمة تتطاير مني كورق محترق في مهب الريح، جراي شيزومي، وكل الأرقام والأسماء الرمزية التي حملتها كدرع لسنوات، كانتْ أثقالًا لم أدرك أنني أحملها حتى سقطتْ عني فجأة، ففي عالم لا يعرفني فيه أحد، فضلتُ أن أكون أثينا فقط.

نظرتُ إلى ملابسي الملطخة بالطين والغبار، ولم يكن مجرد غبار، بل كان رماد حياتي القديمة، وبقايا المعارك والحروب التي انتهتْ هنا، وبدأتُ أنفضه عني بحركاتٍ بطيئة، وكل نفضة كانت بمثابة وداع لجزء مني مات إلى الأبد. وبعد أن استقرتْ حركتي، قالتْ فيارا بصوت لطيف هادئ، مشيرة برأسها نحو الأفق:

- هيا، المدينة ليستْ بعيدة.

سرنا معًا بصمت، ليس لأنه لم يكن هناك ما يقال، بل لأن الصمت كان مليئًا بالدهشة، عبرنا غابة مّن الأشجار السوداء التي كانتْ أوراقها تهمس مع النسيم بلحن غريب، وتحت أقدامنا كان العشب يتوهج بضوء أخضر خافت، وعندما خرجنا من الغابة، رأيتها، مدينة

الحكمة، كانتْ تمتد على طول الساحل، أبراجها البيضاء اللامعة تبدو وكأنها نمتْ من الأرض نفسها، وحدائقها المعلقة متحدة مع الطبيعة في انسجام لم أره ممكنًا، توقفنا عند بداية جسر صخري كان يؤدي إلى مدخلها الشاهق، فالتفتت فيارا إليّ بنوع من الفخر وكأنها هي من بنتْ المدينة بيديها، ودعتني برأسها للدخول إلى الأبراج الشاهقة أمامي، إلى مستقبلي المجهول. التفتُ إليها، وشعرتُ بثبات لم أشعر به من قبل، وكأنني وُلدت من جديد في هذه اللحظة.

- لكن أولًا، يجب أن تعرفي من أنا. اسمي أثينا، باحثة متخصصة في شؤون العوالم، وأنا عالقة هنا بسبب تجربة غير مقصودة للسفر بين العوالم.

بعد رؤية المدينة وعظمتها من بعيد، لم أتخيل أن تؤثر كلماتي على بنّائها، إلا أن عينا فيارا لمعتا بحماس طفولي، وكأنني أعظم من المدينة نفسها، وقالتْ:

- باحثة عوالم! هل وصل علم الخوارق لديكم إلى هذا الحد؟ لقد تحمستُ فعلًا!

بدأنا نسير عبر الجسر، ودخلنا المدينة، كانتْ المباني تنساب بأشكال هندسية لم أرها من قبل، متلاصقة لكنها متباعدة مفصولة بحقول قمح صغيرة، ممزوجة بحدائق معلقة وشلالات تتدفق على الجدران الصخرية الشاهقة، وكان الهواء نفسه نقيًا ويحمل رائحة الأزهار والأوزون على عكس المحيط في الخارج.

- لا، ما زالوا جميعًا حمقى في عالمي، يهتمون فقط بشؤون القوة والثروة. ماذا عنكم؟

إلا أني لم أمنحها فرصة لتجيبني، لمستُ ذراعي التي كانتْ مشلولة سابقًا، وقلتُ ساخرة:

- سؤال غبي أطرحه بعد ما رأيتُ عرضكِ، أنتم حقًا تفوقوننا بسنوات ضوئية.

قالتْ فيارا وهي تضحك على كلماتي:

- ليس حقًّا، أنتِ فقط تحادثين أعظم عالمة في هذا العالم، بكل تواضع.

ثم توقفتُ أمام نبتة ذابلة على جانب الطريق، ولمستُ إحدى أوراقها بإصبعها بعدما وغزته، توهج طرف إصبعها بضوء أحمر خافتٌ، وعادتْ الحياة تدب في الورقة الذابلة فجأة.

- ما قمتُ به يدرج تحت راية علم الدماء، سيلي يقول في كتابه إن كل خلية تخزن كمًّا محدودًا من الطاقة، خلايا الدم الحمراء هي الأبسط، ويمكنني استخدام طاقتها لبعض الخدع السخيفة كهذه.

وكأن عرضها الأول لم يكن كافيًا لإبهاري، قامتْ بآخر. قلتُ وعقلي يسجل كل تفصيل:

- يبدو هذا العلم مذهلًا وغامضًا، ربما سأستعير بعض الكتب عنه منكِ لاحقًا، خصوصًا تلك التي كتبها العبقري سيلي.

أعجبتها نبرتي الطفولية تلك التي لا أعرف كيف أخرجتها، وقالتْ بحماس هي الأخرى:

- بالتأكيد! لكن أخبريني عن العوالم، إلى أين وصلتِ في ذلك البحث؟!

واصلنا السير في شارع مرصوف بحجارة بيضاء لامعة، وكانتْ هناك عربات نقل سريعة يدفعها رجال أشداء بخفة، تتحرك بصمت إلى جانبنا، وكأن عجلاتها الخشبية لا تحتك بالأرض إطلاقًا، وأجبتها على سؤالها، رغم أنه جوابه كان جزءًا من الماضي الذي قررتُ حرقه للأبد:

- من النادر أن يتحمس أحد غيري عندما أتكلم عن الموضوع. إن عالم الأصل هو البذرة التي ينبثُ منها آلاف العوالم، لكن أغلبها مشفرة كطريقة من الآلهة للسيطرة عليها، يسطع في تلك الشجرة ثلاثة عوالم حية فقط، عالمي، ويحمل الرقم صفر أربعة، وعالمكم آر-ثمانية وثمانون، وعالم ثالث يحمل اسمًا لاتينيًا فريدًا، حورية الفوضى، ورقمه صفر واحد، عالمكم كان الوحيد الذي استطعتُ الوصول إليه.

توقفتُ فيارا فجأة أمام تمثال ملاك مهيبة تحمل سيفًا أمام تلة المبنى العتيق، وتغيرتْ ملامحها.

- حورية الفوضى؟ ذلك كان عالمنا السابق، وتلك الوحش التي حكمته، آسية، حصلتْ على عالمها الخاص في النهاية، لقد جرثُ العالم إلى حرب دموية لصنع عالمها المثالي، من الجيد أن الحاكمة تحركتْ وقامتْ بإنهاء حياتها وإنقاذه في النهاية.

هزتْ رأسها وكأنها تطرد ذكرى حزينة، وعاد الحماس إلى عينيها.

- بعيدًا عن الذكريات، تعرفين من هو العبقري سيلي؟! سأمنحكِ كل كتبه. يبدو أنني حصلتُ على رفيقة تفهم حواراتي الآن، كم أنا محظوظة!

توقفتُ عن السير ووقفتُ بجانبها، واستوعبتُ كلماتها الأخيرة بألم، رفيقة تفهم حواراتها، شعرتُ وكأنها عبقرية عالمها المنبوذة التي وجدتْ أخيرًا عقلًا يمكنه فهم كلماتها. لأول مرة منذ وصولي إلى هذا العالم المستحيل، شعرتُ بالضباب الذي يغلف عقلي يبدأ بالتلاشي، ونظرتُ إلى فيارا، إلى حماسها الصادق وعينيها اللامعتين، ولم أرَ فيها مجرد منقذة غامضة، بل رأيتُ انعكاسًا لشغفي أنا، ابتسمتُ ابتسامة حقيقية، وشعرتُ بثقل يزاح عن كتفي، وقلتُ بصدق لم أشعر به منذ زمن:

- لستِ الوحيدة التي تظن ذلك، كنتُ خائفة عندما قدمتُ إلى هنا، مشتتة بين أفكار العودة، ولكن بسبب هذا الحديث، بدأتُ أستجمع عقلي من جديد. شكرًا لكِ أيتها العالمة فيارا!

لم يكن شكرًا عاديًا، كانتْ كلماتي بمثابة الشرارة التي أشعلتْ النار في حماسها الذي كان يختمر بالكاد تحت السطح، أطلقتْ ضحكة عالية ومرحة، ثم أمسكتْ بذراعي فجأة، وبدأتْ تسحبني معها أعلى التلة، وكأنها طفلة حصلتْ على أفضل هدية في العالم، كانتْ عيناها

تتوهجان بطاقة نقية، والأفكار تتدفق منها بسرعة كبيرة لدرجة أن كلماتها كانت تتعثر في محاولة اللحاق بها، وقالتْ وهي تكاد تقفز في مكانها من الإثارة:

- قبل أن تشكريني، علينا أخذكِ في جولة حول عالمنا الفريد، وبعدها سنتكلم أكثر في مدينة الجبل حول العوالم، وسنقرأ القليل عن علم الدماء في المكتبة. يا إلهي، هناك الكثير من الأشياء التي أريد فعلها معكِ الآن!

لم أملك إلا أن أضحك معها، ضحكة حقيقية انطلقتْ من أعماق صدري، مطلقةً معها كل الخوف والارتباك الذي شعرتُ به منذ وصولي، وتركتها تسحبني إلى الأعلى، كلما تقدمنا، فهمتُ ما يعنيه هذا العالم، لم يكن مجرد أبنية عجيبة، بل كانت روح سكانه تنعكس في كل زاوية، في ابتسامة بائع يرفع ثماره في الهواء بحركة خفيفة من يده رغم الأنقاض التي تحيط بمدينته، وفي نقاش طفلين بحماس حول شكل سحابة عابرة رغم القمر الأحمر الذي كان يسطع سابقًا. نظرتُ إلى فيارا، إلى طاقتها التي لا تنضب، وفي تلك اللحظة لم أرَ فيها شخصًا غريبًا، بل رأيتُ توأمًا لروحي العلمية، نسخة مني تحررتْ من قيود عالمي القديم المليء بالشك والتهديدات، ويا لها من مصادفة، أن أستيقظ في جحيم متفحم، فقط لأجد جنتي الحقيقية في عيني عالمة مجنونة مثلي تمامًا.

(4)

في السهول الشاسعة خارج مدينة الحكمة، بعيدًا عن ضجيجها، وقفتْ الآلة، وكانتْ جهازًا عظيمًا بنيته على مدار سنوات، يتقدمه بوابة قوسية غريبة، تبدو كأسنان ذهبية على فك من الحديد، متصلة بكوابل نحاسية سميكة جدًا تمتد كعروق حية عبر السهل، غربًا، هذه العروق تربط الجهاز بمولد طاقة عملاق، كتلة من التروس المعدنية والمحركات التي تعمل

بأطنان من الزيت المقطر، لكنها تكفي لتشغيله مرة واحدة فقط، وشرقًا، كانت هناك أعواد طويلة من الكربون والزجاج مصفوفة في دائرة غريبة، غايتها الوحيدة هي معالجة تشفير طاقة عالم الأصل المتسربة. لقد كان الهدف من هذا الجهاز واضحًا، الانتقال بين العوالم، وكانتْ رغبتي الأولى هي العودة إلى عالمي، قبل أن أكتشف شيئًا آخر، اكتشافًا غريبًا في أحد كتب سيلي، وصفًا لعالم رابع فريد، عالم صفري، عالم بلا رقم، وكأنه مخبأ عن الجميع، وهذا العالم الفريد هو مقر العوالم.

قطع صوته الهادئ حبل أفكاري، إنه العجوز يومان، أحد أقدم حكماء هذه المدينة، يقف بجانب البوابة، يخاطب المجموعة الصغيرة من الشجعان الذين تجمعوا أمامي:

- إنها اللحظة التي ستتجهون فيها إلى هناك، وكما أخبرتُ الجميع، هذه رحلة بلا عودة، فهل أتم مستعدون لتدفعوا حياتكم ثمنًا لمحاكمة سخيفة، تعاقبون فيها حاكمة لا يمكنكم معاقبتها من الأساس؟

لم يجبه أحد، لأن سؤاله البارد قد جمَّد الحماس في عروقهم، وتركهم يواجهون الحقيقة القاسية لما هم على وشك أن يفعلوه. كنتُ أقف بجانبه حينها، لكنني فضلتُ مراجعة معادلات الانتقال المعقدة لمرة أخيرة بدلًا من قول الخطابات، إلا أنني في النهاية قلتُ، كمصممة هذه التحفة الهندسة، بضع كلماتٍ لإزالة غطاء الخوف عن قلوبهم:

- نظريًا، يضمن هذا الجهاز مغادرتكم، ولكن لم يتم تجربته من قبل للانتقال لعوالم حية، والانتقال إلى مقر العوالم مباشرة هو أشبه بالانتحار...

توقفتُ ونظرتُ إليهم واحدًا تلو الآخر، إلى فيارا، إلى جلبرت، إلى هايدي.

- ولكن حسب معرفتي بكم، لا يمكنني إيقاف خروجكم، أليس كذلك؟

انتفضتُ فيارا حينها تعارضني من مكانها بثقة مطلقة، وعيناها مثبتتان علي أنا تحديدًا:

-   طالما الجهاز مبني على نظرياتك، فهذا ضمان كافٍ بالنسبة لي أنه سيعمل!

والكارثة أن كلماتها هي نفسها اللعنة التي تسقط العلماء في دائرة من الفشل، أعلم أنها لا تؤمن بها كعالمة، وتقولها فقط كرفيقة تحاول مواساة رفيقتها، حتى وإن لم تعي حقًا ما تقوله.

-   هذا سخاء في تقديري. التجارب العملية تنتج نتائج مختلفة عن النظريات، أكثر واقعية، وكان علي تجربة تشغيله لمرة على الأقل، ولكن لوحة المعالجة لن تصمد لعدم وجود حجرة تبريد كافية.

تقدمتُ في تلك اللحظة هايدي بتعليق أكبر منها حجمًا، ولكنه لا يزال طفوليًا مهما فكرتَ فيه، وهو رد منطقي لشخص لم يقضي حياته بين الكتب.

-   لكنكِ انتقلتِ من قبل، أليس هذا دليلًا كافيًا بالنسبة لكِ أنه سيعمل؟

كنتُ سأبدأ حينها شرح درس في الفيزياء، إلا أن يومان تحدث عوضًا عني ليشرح لها الأمر بشكل مختصر، كإنسان يقدر الوقت أكثر من أي واحد منا في هذه الساحة.

-   تجربة أثينا تختلف كليًا عن تجربتنا، هذه المرة، نحن من سيصنع الطريق إلى هناك، وليس مجرد عبور طريق صنعته السماء.

تقدم جلبرت مكتوف الذراعين، وظله يمتد طويلًا على هيكل آلة السفر.

-   أنا مستعد للمخاطرة، لكن هل احتمال عمل الجهاز أعلى من عدمه؟

هذه المرة أيضًا، استدار يومان لمواجهته، وقال بنبرة علمية جادة:

- سأقول أننا أخذناكل مشكلة في عين الحسبان، لدينا طاقة تكفي لتشغيل المولد لساعات، التبريد سيتكفل باللوحة لوقت أطول من المطلوب، الأرقام جاهزة والمسار مرسوم، إن لم تتدخل السماء بطريقة ما، فسيكون الانتقال ناجحًا.

ثم أضفتُ ما لم يلتفتْ إليه يومان، وقد كانتْ مشكلتي الشخصية مع هذه التجربة.

- والمشكلة الأكبر ستكون مغادرتكم، لن تتمكنوا من العودة على الأرجح، ولن نعلم إن نجحتم في الانتقال إلى هناك.

ساد صمت ثقيل لم يقطعه سوى نسيم الريح، حتى قال جلبرت بصوتٍ حاسم كسر التوتر:

- أنا سأذهب، ماذا عنكم يا فيارا، وهايدي؟

ضحكتْ فيارا بسماع قراره، تقدمتْ نحوه، وعانقتْ ذراعه قبل أن تقول:

- لن أترك زوجي يمرح في النعيم بدوني، بالطبع سأذهب!

ثم قالتْ هايدي بجدية وهي تنظر إليها، بنبرتها الطفولية ذاتها:

- لقد قلتُ أنني سأبقى في فريقكما مهما حدث، فريق الأبطال، إذا سأذهب، أنا أيضًا.

ارتسمتْ على وجه يومان ابتسامة حزينة فخورة بسماع كلماتهم، وأنا كذلك، ثم قال بجزم:

- هذا هو التأكيد والحماس الذي نحتاجه! وداعًا أيها الرفاق، وحتى عودتكم، إن حالفكم الحظ بطريقة ما، مدينة الحكمة في أيدي أمينة.

كانت منصة التحكم مجرد علبة من الخشب والحديد وسط السهل العشبي، ترتجف تحت وطأة الآلة التي ولدتْ بسببي، وقفتُ أتشبث بحاجز نحاسي بارد، وأشاهد المستحيل وهو يتشكل، لم تكن هناك شاشات لمراقبة التقدم، بل مئات من عدادات الضغط النحاسية

والزجاجية التي ترتعش إبرها، ولوحات تحكم مليئة بالصمامات والرافعات وكأنه جهاز من العصور الوسطى، وهذا فقط ما كان بيدي صنعه في عالم بدائي كهذا. أمسك يومان ببوق التخاطب النحاسي وصرخ فيه، ووصل صوته مكبرًا إلى الفرق المنتشرة في أنحاء السهل:

- أشعلوا الموقد الغربي!

بعد لحظات، سمعتُ هديرًا يصم الآذان قادمًا من بعيد، وشاهدتُ أعمدة الدخان تتصاعد إلى السماء من مبنى المولد العملاق، سكب الزيت فيه، فاهتزتِ المنصة بعنف، وبدأتْ مؤشرات الضغط النحاسية أمام يومان ترتعش وتصعد ببطء، فصرخ في البوق مجددًا.

- افتحوا صمامات المصفوفة الشرقية!

وحينها، شرق السهل، بدأتْ غابة الأعواد الزجاجية تتوهج بضوء أزرق نابض بالحياة، وأطلق قلب البوابة الذهبية طاقة خام وفوضوية، أغرقتِ السهل بوهج سماوي، وفي مركز البوابة، لم يعد الفضاء فارغًا، بل أصبح نافذة على عاصفة نجمية، فهمستُ لنفسي بذهول:

- لقد نجحنا...

لكن فجأة، انطلق صفير حاد ومتصاعد من جهة حجرة التبريد، وبدأتْ أجراس الإنذار النحاسية تقرع بعنف وبشكل محموم، صرخ يومان وهو يصارع رافعة ضخمة في محاولة يائسة لتخفيف الضغط:

- أثينا! ما هذا؟! الضغط في نظام التبريد ينهار!

قبل أن نستوعب ما يحدث، رأينا انفجار مدوٍ هز السهل، انفجرتْ إحدى أسطوانات التبريد الرئيسية، وتطايرتْ شظاياها المعدنية في الهواء كقذائف، وانطلق تيار هائل من البخار الحارق نحو السماء، انحنى الجميع على المنصة بشكل غريزي، وغطاهم رذاذ ساخن،

وتوقفتْ الأجراس. ساد الصمت للحظة، صمت الهزيمة، توقعتُ أن أرى الضوء يموت وأن تعود إبر العدادات إلى الصفر، لكن يومان نهض ببطء، وعيناه متسعتان بذهول لا يصدق وهو يحدق في مقياس الطاقة الرئيسي، وأشار بيده المرتجفة إلى المقياس، وكان على حق في دهشته، إبرة العداد النحاسية كانتْ قد تجاوزتْ كل الخطوط الحمراء، ولا تزال تصعد، الطاقة لم تعد تأتي من المولد المحتضر، كانتْ تأتي من البوابة نفسها، قوة سماوية، مجهولة، قيدتْ نفسها بآلتنا البدائية.

نظرتُ من حافة المنصة إلى الآلة التي تعمل الآن بقوة لا تنتمي إليها، وإلى الضوء السماوي الذي أصبح أكثر قوة وإشراقًا، شعرتُ بقشعريرة لا علاقة لها بالخوف، بل بالرهبة المطلقة، وهمستُ بصوت مسموع بالكاد وسط هسهسة البخار المتسرب:

- وكأن السماء تريد أن تقودهم بنفسها إليها، يا لها من معجزة غريبة.

(5)

(العالم صفر أربعة – بلسان البطلة هايدي – الفصل الثاني من طفلة الفجر)

أمسكنا بأيدي بعضنا البعض ونحن نقف أمام البرودة اللا نهائية للبوابة، شدتْ فيارا على يدي، ونظرتْ إليَّ بابتسامتها المعتادة التي لم تصل إلى عينيها هذه المرة، وهمستُ في أذني:

- هل أنتِ خائفة؟

لكن تحت همستها، سمعتُ صوتًا آخر، صوتًا خافتًا ومألوفًا ينساب من بعيد، لا أدري إن كنتُ خائفة حقًا، لكنني شددتُ على يدها أنا أيضًا، فسحبتني ناحيتها، والتحمنا، واحتضنتْ جسدي الصغير بذراعيها، فشعرتُ كيف كانت ترتجف بشدة، لقد كانتْ هي

308

الخائفة، وفي دفء جسدها، أغمضتُ عينيّ. ذراعا فيارا الراجفتان أصبحتا فجأة أكثر دفئًا وأمانًا، ورائحة النحاس المنبعثة من البوابة تحولت ببطء إلى رائحة رز مطبوخ وقرفة.

فتحتُ عينيّ ببطء، فلم أجد هناك بوابات أو سماء غريبة، فقط سقف غرفتي الخشبي، والضوء الرمادي ليوم غائم يتسلل من النافذة. كانت أمي تجلس بجانبي على السرير، تحتضنني بقوة، فانفجرتُ في البكاء، بكاء حقيقي هذه المرة، ليس خوفًا من المجهول، بل شوقًا لكل ما هو مألوف، وقلتُ بين شهقاتي:

- لقد عدتُ يا أمي!

وضعتُ صحن الأرز الدافئ الذي كانت تحمله جانبًا، وأكملتُ احتضاني، وقالت بصوت ناعم:

- لا تكوني حزينة هكذا، هايدي التي أعرفها سوف تقاتل من أجل يوم السبت، وستقف بكل عناد عند الباب لتخرج، حتى لو كان العالم يغرق في الثلج.

تنهدتُ، ووضعتْ يديها على كتفي لترى وجهي.

- أعتذر حقًا لما قاله، تعلمين أن والدكِ يبالغ في قلقه أحيانًا. عديني أن أرى ابتسامتكِ في الغد، لا أريد فتاة باكية في منزلي.

ذهبتْ كلماتها تنسج خيوطًا واضحة بين الحلم والواقع، الحاكمة التي كنتُ أخشى مواجهتها كانت مجرد غضب أبي وقلقه، والرحلة بلا عودة كانت خوفي من أن شجارًا سخيفًا قد كسر شيئًا بيننا إلى الأبد. نظرتُ من النافذة إلى السحب التي غطتْ عالمنا، هو لم يكن جحيمًا في النهاية، ولم يكن جنة بليدة، فقط حياتي، حياة تتأرجح بين المآسي الصغيرة واللحظات الدافئة، وهذا ما يجعلها ثمينة، سأعتذر، وسأذهب إلى المدرسة، وسأنتظر يوم السبت، لكن شيئًا ما قد تغير بسبب ذلك الحلم الطويل، لم أعد ساحرة الحديقة الصغيرة التي تهرب

إلى الخيال، في مكان سري وعميق في قلبي، كنتُ الآن فارسة الحكمة، الفارسة التي واجهتُ الوحوش في عالم بعيد آخر، فقط لتجد الشجاعة للعيش في عالمها الحقيقي، الفارسة التي أنقذت عالم السماء، ثم عادتْ إلى موطنها.

(6)

جاءتْ الصحوة على شكل لكمة معدنية عنيفة صدّعتْ خوذتي، اهتز العالم، ورنين يصم الآذان تردد في جمجمتي، ولم يكن هناك وقت للفهم، كل ما كان هناك هو وجه يصرخ أمامي، وسيف يرتفع في الهواء لينقضّ عليّ. تحرك جسدي من تلقاء نفسه، بذاكرة عضلية صقلتها مئات المعارك، رفعتُ الدرع الثقيل وصددتُ الضربة، وشعرتُ بارتجاج الصدمة يسري عبر ذراعي، ثم اندفعتُ للأمام بكل قوتي، وأتبعتُ الصدة بطعنة سريعة وجدتْ طريقها عبر الجلد والضلوع. سحبتُ سيفي، وسقط الرجل دون أن يصدر صوتًا، والآن فقط، أخذتُ نفسًا لاهثًا واستوعبتُ الجحيم المحيط بي، وحل يغطي الكاحل، صراخ رجال يموتون، وهتافات همجية باسم روما ترتفع من آلاف الحناجر، لا تدري إن كانوا يقاتلون لأغسطس أو ضده، وكنتُ في قلب جيش يرتدي دروعًا جلدية، أُقاتل بلا سبب أتذكّره.

لكن شيئًا ما كان خاطئًا، وسط الفوضى، وبينما كنتُ أصد الضربة التالية، ومض اسمٌ في عقلي لا ينتمي إلى هذا المكان، ولم يكن ينتمي إلى روما أو أغسطس، العالمة فيارا، تجمدتُ في مكاني لجزء من الثانية، والصوت الحاد للفولاذ وهو يصطدم بدرعي أعادني إلى الواقع، لكن الأوان كان قد فات، لم تكن هذه مجرد معركة، لقد كانتْ ذكرى، حياة أخرى عشتها بكل تفاصيلها سابقًا، حياة جلبرت الروماني، وتلك الحياة انتهتْ من زمن بعيد. أدركتُ حينها خطة الحاكمة الشيطانية، هي لم تصنع عالمًا وهميًا، بل فعلتْ ما هو أدهى، لقد أعادتني

إلى سجني القديم، إلى حياتي السابقة، لتغرقني في غبارها ودمائها وتجعلني أنسى مهمتي الحقيقية، لكنها نسيتْ أن غضبي الجديد لم يكن موجهًا للبربري الذي يصرخ في وجهي، بل للحاكمة التي تعبثُ بعقلي، وتسخر من إرادتي الحرة من عليائها، فصرختُ، لكن صوتي ضاع في ضجيج المعركة:

-   خرجنا لنحاربكِ أنتِ، أيتها الحاكمة المزيفة، لا لنموت في عوالمكِ الخيالية!

ثم نظرتُ إلى الفرسان من حولي، إلى وجوههم المشوهة بالحماس الأعمى، ولم يكن هناك مخرج إلا واحد، الطريقة الوحيدة التي أعرفها لمغادرة العالم. رفعتُ سيفي الذي يقطر دمًا، وأغمضتُ عينيّ، وأغمدته في صدري، فبدأتْ صرخات الجنود من حولي تتحول إلى صدى بعيد، وألوان العالم الدموية تذوب في بياض مؤلم...

-   جلبرت! هل تسمعني؟! اللعنة!! لماذا وضعتْ السيف في صدرك؟!

ذلك الصوت، إنه صوت فيارا، وكان أول شيء حقيقي أسمعه منذ وقت طويل. فتحتُ عينيّ لأرى وجهها القلق فوقي مباشرة، وشعرها الأسود يلامس وجهي، وكنتُ مستلقيًا على أرضية رخامية باردة، في قاعة عظيمة وفارغة، وكان السيف لا يزال مغروسًا في صدري. خرج حينها صوتي ضعيفًا ومبحوحًا:

-   فيارا؟ هل هذه أنتِ؟ دعيني على الأقل أمسك بذراعك للحظة.

أخذ الذعر يأكلها وكأنها سمعتْ مني الكلمات الأخيرة، وقالت وصوتها يرتجف:

-   أصمد قليلًا، سأغلف الجرح. لا تنسى لماذا نحن هنا، عش لنحارب تلك الحاكمة!

حينها فجأة، تردد صوت جمهوري في القاعة العظيمة، صوت لم يكن يخص أيًا منا، بل بدا وكأنه صوت القاعة نفسها.

- يا فارسيَّ الحكمة! هدوء في حضرة الحاكمة، وتعظيم وتبجيل، ملكة السماء والفضاء والنجوم، ستظهر الآن لتقابلكم، فأظهروا أشد احترامكم لمن تحكم جميع العوالم!

ثم عند نهاية القاعة، انزاحتْ ستائر ضخمة من نور سائل، وعزفتْ موسيقى خافتة وحزينة، وتركزتْ كل الأضواء على المدخل، حيثُ ظهرت هي، ترتدي حلة بيضاء بسيطة فوق شعرها البنفسجي الداكن، ويتقدمها ملاك عظيمة بجناحين ضخمين كانتْ تمشي دومًا إلى جانبها كخادمة بسيطة إلا هذه المرة، ومع كل خطوة، كان النور في القاعة يخفت، والألوان تتلاشى، وكأن وجودها يمتص الحياة من العالم، وعندما توقفتْ أمامنا، رفعتْ يديها بالكاد، وهمستْ بكلمة ما، إلا أن صراخ فيارا الممزوج بالغضب واليأس قاطعها:

- يا له من نفاق! ألا ترين أنه يموت هنا؟! كيف يمكنكِ الحضور بكل هذه العجرفة بعد كل ما فعلته بنا، أيتها الحاكمة اللعينة!

وقبل حتى أن تنهي فيارا كلماتها الغاضبة، تحركتْ الملاك التي كانتْ تقف بجانبها كبرق فضي، وسلّتْ سيفًا من لهب أبيض، منطلقة نحو فيارا لتخرسها، لكن قبل أن تصل، أوقفتها إشارة هادئة من الحاكمة التي بالكاد ارتفعتْ يدها من مكانها، ونظرتْ إلينا، وفي عينيها حزن محيط لا قرار له، وقالتْ بصوت هادئ حمل صدى آلاف السنين:

- لكِ الحق في أن تصرخي، فقد عانيتِ الكثير، لكن لن يكون هناك المزيد من الألم هنا، في حضرتي. اخلعي السيف، وسوف يلتئم الجرح فورًا.

شعرتُ بالسيف وهو ينسحب من صدري، ولم يكن هناك ألم، بل شعور بالبرودة يحل محله دفء غريب وقوة عادتْ تتدفق في عروقي، والتأمتْ حواف الجرح أمامي، لم تترك خلفها أي أثر، وكأن شيئًا لم يكن. نهضتُ على قدميّ، وشعرتُ بأنفاسي تعود أعمق وأثبت، توقف النور في القاعة عن التلاشي، وبدأ الظلام يتبدد تمامًا، ومن سقف القاعة العالية،

اخترق ضوءٌ ذهبي حقيقي، دافئ كأنه شمس فجر ولدتْ للتو من أجلنا، ولم تكن مجرد إضاءة، بل كانت شروقًا حقيقيًا، وعند قدمي الحاكمة، حيث كان الرخام البارد قبل ثوانٍ، نبتت زهرة، شاهدتها بأم عيني وهي تخرج من الحجر الصلب، ساقها خضراء يانعة، وأوراقها تتفتح ببطء لتكشف عن بتلات ذهبية تتوهج بنفس ضوء الشمس التي خلقتها.

(7)

من كان يتصور هذا؟ أن تشرق الشمس بوجودها، وتنبت زهرة من العدم، هل هذه هي قوتها الحقيقية؟ أم أنها مجرد كذبة أخرى، خدعة بصرية متقنة لتجعل من عالمنا الفاسد آخر أكثر فسادًا تحت رايتها العادلة؟ نظرتُ إليها وهي تقف في ضوء شمسها الخاصة، وخادمتها تحمل سيفها الذي لم يختفِ عنه ظل الدماء، وأدركتُ حينها أن خوفها ليس نابعًا من المسؤولية، بل من الملل، هذا المنصب يمنحها فرصة لملء فضولها، ولتسلي عقلها الأبدي، ومن على هذه الأرض بإمكانه إيقافها.

ذلك الصمت كان إشارة بدء المحاكمة من وجهة نظري، فافتتحتها، وكان صوتي خشنًا جادًا:

- ما كانتْ مشكلة آسية؟ لقد رفضتِ إيقافها عندما سنحت لكِ الفرصة.

تنهدتْ الحاكمة، وبدا الحزن في عينيها أعمق من ضوء النجوم، وقالتْ بهدوء:

- لقد خلقتها، خلطتُ روحًا طاهرة بروح وحش عظيم، ولم أدرك أن في تلك الثغرة الفريدة، ستجد الروحان نقاط تشارك أعمق من اللازم، لقد وافقتْ آسية على أن يلتهم الوحش حياتها، مقابل أن تعيش في وهم السلام.

تقدمتْ خطوة من مكانها، ويداها خلف ظهرها، ثم أكملتْ اعترافها:

313

- وعندما انتهتْ الحكاية، وجدتْ نفسها على العرش، مرعوبة وعاجزة عن اتخاذ أي قرار إلا الهرب. كيف أقوم بإيقافها وأنا أظن أنها ستصلح مسارها؟ لقد وثقتُ بها، كما وثقتُ بكم لاحقًا يا جلبرت.

نظرتْ إلينا، نظرة شملتني وشملتْ فيارا، وأكملتْ مع ابتسامة باهتة لامستْ شفتيها:

- ربما قد يفكر رجل مثلك كم أنا سخيفة للإيمان بالبشر وأفعالهم، وأثبتتُ لي ذلك عندما استمرتْ بالقتل. لقد نقشتُ اسمها في مقر العوالم، وفي النهاية؟ قلتُ لها تهانينا، لقد وصلتِ إلى النقطة التي يمكنني فيها إيقافكِ كفاشلة، إلا أنها قتلتْ نفسها بنفسها، قتلتها القوة التي سلبتها روحها وعقلها بالكامل.

ثم توقفتُ، ونظرتُ إلينا بسؤال حقيقي.

- فهل برأيكَ كان ما يحتاجه البشر آنذاك هو القوة كما قالت آسية؟

قاطعتها فيارا بحدة، وكان غضبها يتغلب على رهبة المكان.

- وإيلي؟ هل كان التنين ضروريًا لإيقافها، أم كان وسيلة لإنهاء إزعاجنا؟

التفتتْ الحاكمة نحو فيارا، واختفى الحزن من عينيها ليحل محله شيء آخر، شيء أشبه بالغضب على ذنب عظيم، أكثر صعوبة في القراءة.

- مخلوقات فانية مثلنا لن تدرك معنى أن تعيش ستة عصور، أو تفهم قوة شخص خالد كخادمة السماء الأولى. لقد تكلمتِ مع إيلي، ألم تشعري بأنها تعلم كل شيء؟

لم تنتظر أن تجيبها، أخفضتْ عينيها إلى الأرض، وأتمتْ كلامها:

- كعالمة، كلما بحثتِ عن معلومة، ستجدين أن إيلي قد كتبتْ عنها موسوعة كاملة، بتلك المعرفة، صنعتُ المكتبة السماوية، ولم تكن فقط أعظم عالمة، بل أقوى ملاك أيضًا.

ثم بدأتْ تسير ببطء في القاعة.

- قاتلتْ إيلي الفساد على مدار عصور حتى أصبح الفساد نفسه لا يعني لها شيئًا، وقد كرهتْ الضياع أكثر من أي شيء آخر، وكرهتْ البشر أيضًا. التنين لم يكن جزءًا من الخطة، لكنني خشيتُ عليكم من قوتها، وكانت الوسيلة الأفضل لهزيمتها هي إحياء مخلوق أقدم منها، بولاء مطلق للحكام، لكن بعد أن نجح في مهمته، شعر بخطر غريب في عالمكم، ربما كان نتاج إحدى تجاربكم المحرمة.

توقفتْ واستدارتْ، وعادتْ نبرتها لتصبح باردة كسلطتها:

- لكن الأمر الذي يمكنني تأكيده لكِ، هو أنني لن أسمح لأي أحد بمحوكم، إلا إذا قمتُ أنا نفسي بطلب ذلك.

لم تنهِ الحاكمة كلماتها، بل أنهى العالم نفسه وجوده من تحت أقدامنا، تشققتْ الأرضية الرخامية، ليس بصوت تكسر الحجارة، بل بصمت الضوء وهو يلتهم المادة، شعرتُ بلحظة انعدام وزن، فسقطة طويلة لا نهاية لها، أمسكتُ بيد فيارا بقوة وأغلقتُ عينيّ، مستسلم للفوضى، لكن السقوط لم ينتهِ بصدمة، بل بهدوء، وعندما فتحتُ عينيّ، كنا نقف وسط بحيرة من ضوء سائل أبيض يمتد إلى أفق لا نهائي، وكانتْ المياه تصل حتى الركب، باردة وهادئة، كل خطوة تثير تموجات من النور، وفوقنا، لم تكن هناك سماء، بل فراغ أسود صامت. لم نكن وحدنا، كانتْ الحاكمة تقف أمامنا كالسابق، وبجانبها الملاك ذو الوجه الجامد، وقبل أن أنطق بكلمة، تحركتْ الملاك في ومضة سريعة، ووجدتُ سيفها المضيء على بعد

شعرة واحدة من رقبتي، أوقفته الحاكمة ببساطة، وكأنها توقف قطرة مطر، وقالتْ، وعيناها لم تعودا حزينتين البتة، بل أصبحتا باردتين كقاضٍ، وأشد عنفًا كجلاد:

- انتهى وقت أسئلتكم للأسف، وحان الوقت لنعود إلى نقاشنا، هل القوة هي ما كان يحتاجه البشر أم العلم؟ فكلاهما أوصل البشرية إلى نتيجة كارثية في نظري، كلاهما بعثرَكم كأنكم كائنات بدائية جاهلة.

ثم نظرتُ إلى فيارا مباشرة بتلك العين الحادة، فاضطررتُ أن أقف أمامها لأحميها من نظراتها:

- وأنتِ يا فيارا، يا من أسميتِ نفسكِ شيطانة الحكمة، كنتِ الشرارة التي أشعلتْ نارًا جديدة بعدما انطفأتْ نار التنين، مدينة الحكمة كانتْ ستبدأ صفحة جديدة، صفحة بُنيت بعلم وحرص لتكون ملاذًا للاستقرار، لكنكِ ظهرتِ بشمعتكِ تلك.

رفعتْ رأسها، وشعرتُ بالغضب يمنحها القوة لتجيب عليها ساخرة:

- كلانا يعلم أنها لم تكن لتصمد. حتى بحجب العلم، سيصل البشر إليه، وإن لم أكن أنا وهورن من بدأ الحكاية، فشخص آخر سيبدأها، فالتقدم سنة كونية لا يمكنكِ إيقافها.

لا أعلم إن كانتْ الإجابة نفسها لم تعجبها أم كانت نبرة فيارا في قولها هي السبب، ثم سألتُ:

- والشمعة؟ هل كان بإمكان أي شخص بناءها، أم فقط الشيطانة فيارا؟

ترددتْ للحظة، وكأنها علمتْ أنها معركة خاسرة مهما قالتْ، وأجابتها بنفس النبرة الساخرة:

- حسنًا، هذه الغلطة لا يمكنني الهروب منها، فهل يمكنني الاعتذار فحسب؟

ثم هجمتُ بسؤالها الخاص، محاولة الهرب من ذلك الموقف، من ذلك الذنب.

- لكن دعيني أسألكِ، ماذا عن هايدي؟ هل كان إحضار طفلة إلى أرض معركة غلطة منكِ أيضًا، أم كان أمرًا مقصودًا؟

إلا أن صوت الحاكمة جاء قاطعًا كحد السيف، ينهي كل جدال:

- لن أجيب على أي أسئلة، لقد انتهى وقت أسئلتكم...

لكن جاء صوت من كل مكان ومن لا مكان في الوقت نفسه، صوت عميق وهادئ أسكتَ حتى تموجات النور، وأسقط ظلًا طويل علينا لجيشه الجرار، رغم عدم وجود شمس أو مصدر للضوء، وكأن الفراغ الأبيض نفسه ينحني احترامًا له.

- لكنني ظننتُ أن في المحاكم المذنب هو من يجيب على الأسئلة، وليس القاضي!

(8)

هناك قانون سخيف وغير مكتوب حدد مسار خطواتي، يحق لك أن ترى الدماء وهي تتسرب كأنهار صغيرة تحت باب منزلك، ويحق لك أن تسمع صدى صرخات الأهالي وهي تتمزق في طرقات المدينة الفارغة، ولكن لا يحق لك أن تبكي، فالبكاء ليس للأبطال، ومن وضع هذا القانون القبيح؟ لا يهم، فقد آمنتُ به، ولهذا السبب كنتُ أختبئ تحت السرير، أضع يدي على فمي لأكتم شهقاتي، وأعض على شفتي حتى سال طعم الدم فيها، وعندما أتى الفجر، بصمته المروع الذي جاء بعد ليلة من الصراخ، زحفتُ خارجًا لأشهد المجزرة التي أصبحتْ عتبة منزلي. كنتُ أظن أنني سأبقى وحيدة وسط هذا الجحيم، وهذا ما كنتُ أؤمن به، حتى ظهرتْ تلك الفتاة، وكان اسمها لافيندا، وقفتْ وسط الدمار التي أحدثتُه، لكن لم يلوثها اسمي أو أشلاء باب منزلي رغم ذلك، كانتْ كزهرة بيضاء نقية نبتتْ

في أرض محروقة، ومدّت يدها إليّ رغم أني كنتُ الأشد مكرهة، يد نظيفة لم يلمسها هذا العالم القذر. رفعتُ رأسي ببطء، ومن خلال عينيّ المتورمتين بالبكاء المكتوم، رأيتُ نورًا يحيط بها، نورًا حقيقيًا لدرجة أني ظننتها ملاكًا نزل من السماء ليتوج هذه الساقطة التي هي أنا، فحاولتُ بكل ما تبقى في جسدي من قوة أن أستجيب، أن أمد يدي لألمس ذلك النقاء، ارتجفتُ أصابعي، وتحركتْ ذراعي بضع إنشات مؤلمة، أردتُ فقط أن ألمس يدها، لكن الخيوط التي كانتْ تبقيني واعية قد اهترأت، تلاشى نورها، وحل محله الظلام، وفي النهاية، لم أختلف عنهم، مجرد جثة أخرى، متروكة على عتبة منزلي.

لم يكن هناك ظلام بعد أن سقطتُ، بل كنتُ أقف على أسوار مملكة الحمراء الشرقية الشاهقة، والهواء البارد يلفح وجهي، تحتي، كان جيش فرسان سيراط يصطف أمام البوابة العظيمة، دروعهم الذهبية تلمع تحت شمس الظهيرة كأنها نهر من الذهب المصهور، كانت الأبواق تدوي، والرايات ترفرف، منظر مهيب تتوج به مملكتنا نفسها كالأعظم على مر العصر. أغلق القائد فتحة خوذته، وامتطى صهوة جواده، وقاد الفرسان نحو الساحة المفتوحة، لكنني لم أشعر بالفخر، بل وجدتُ نفسي أضحك، لم يكن ضحكًا مرحًا، بل كان صوتًا ممزقًا يشبه البكاء، صوتًا يعرف نهاية المسرحية قبل أن تبدأ، ولقد نهش الألم قلبي لدرجة أني انحنيتُ على سور الشرفة، أمسك بصدري وكأنني أحاول منع روحي من الخروج، لأنني كنتُ أرى ما هو قادم. سقط ظلٌّ هائل على المدينة، ظل ألقى به جناح واحد عظيم حجب الشمس، لم يكن صراخًا، بل كان صوت احتراق الهواء نفسه، ثم انهمر الجحيم، سيل من النار السائلة أذاب الأبراج، وأحال الفرسان الذهبيين إلى تماثيل بشعة من المعدن المنصهر واللحم المحترق، وعندما انتهى كل شيء، وجدتُ نفسي أسير على الساحل الشرقي بلا مبالاة، لم يعد هناك مملكة، ولم يعد هناك فرسان، لم يبق سوى الرماد الأسود الذي يلتصق بقدمي، والصمت المطبق. عبرتُ تلك الأرض الميتة، ودموعي تحفر مسارات نظيفة على وجهي المغطى بالرماد، كنتُ أسير وكأني لم ألقَ أحدًا في طريقي،

وكأن مملكة الحمراء لم تكن موجودة يومًا، وكأن قصتي الحقيقية لم تبدأ إلا الآن، بعد أن التهمتْ النار كل الأبطال، ويا لها من سخرية مريرة، أن ينتظر هذا الجحيم الخلاص على يدي فتاة لم تستطع حتى إنقاذ نفسها.

وعندما فتحتُ عينيَّ من جديد، وجدتُ يدها لا تزال ممدودة إليّ، لكني لم أستطع رفع يدي هذه المرة، لأني لستُ البطلة التي تتخيلها، البطل هو أسطورة تُروى للأطفال قبل النوم، أما أنا، فمجرد واحدة من الذين يصارعون الموت كل يوم، بل في جحيم كعالمنا، لا يوجد أبطال، لقد رأيتُ الكثيرين يشتكون ويصرخون في السابق، أما الآن فلم يتبق سوى الصمت والمناجاة الهامسة، نحن البشر مجرد حشرات ترتعد، تنتظر دورها ليأتي طائر جارح من السماء ويلتهمها. أغمضتُ عينيّ للمرة الثانية، لكن الصورة أصبحتْ أكثر وضوحًا، جيوش لا تنتهي من فرسان الظلام تجتاح السهول كطاعون أسود، وفي قلب تلك العاصفة، في أقصى الشرق، يتربع الشيطان الأعظم على عرشه، وظلامه ينبض كقلب مريض يضخ الفساد في عروق العالم، ومهمتي هي إسقاطه، فكيف لي، أنا التي يعجز جسدها عن حمل سيف، وروحها عن حبس دمعة، أن أواجه محيطًا من الظلام؟ كيف وأنا أعجز حتى عن مواجهة أضعف أتباعه؟ وتوحيد البشر؟ كأنك تطلب مني توحيد الأرض والسماء، والقتال وحيدة؟ أشبه بعملية انتحار لا أكثر، ولهذا السبب، لم أستطع، تركتُ ذراعها الممدودة في الهواء لأن الإيمان بالحلول في عالمنا هو ترف لا نملكه، إنه أمل سخيف، مجرد قصة أخرى ستُكتب بالدماء، ولن يتبقى منها في كتاب التاريخ سوى صفحة للصلوات على أرواح الأغبياء، وهذا هو كل ما سنساويه، لكن صوتها قاطع يأسي، صوت ناعم لكنه يحمل صلابة الفجر، ونبرتها لم تكن تحمل شفقة، بل إيمانًا عنيدًا:

- أيتها الوقت، يا بطلة هذا العالم، الشرق الآن تضيء الشمس فيه من جديد، وإن دل ذلك على شيء فإنه ما زال هناك أمل.

ثم تقدمتُ، وجلستُ على الأرض بجانبي، ولم تسحب يدها.

-   وإن كان الاستمرار في التقدم وحيدة صعبًا عليكِ، فأنا، رغم أنني لا أساوي شيئًا
    مقارنة بكِ، سأساعدكِ، معًا، أرجو أن يكون الذهاب يسيرًا عليكِ.

لقد فاض الكيل، وانهار السد الذي حبستُ خلفه كل شيء لسنوات، وانفجرتُ في بكاء
عنيف، للحظة واحدة مجنونة، ومض أملٌ كاذب وحارق، هل ستنسى يداي الداميتان
أخيرًا طعم الموت؟ هل سأتوقف عن رؤية الجثث في كل زاوية؟ هل ستتوقف الصخور
عن جلدي، والهتافات التي تلعن اسمي عن مطاردتي؟ ضممتُ ساقي إلى صدري، ملتفة
على نفسي كجنين يرتجف في العراء، والصرخات تمزق حنجرتي، كانتْ يد لافيندا الدافئة
تمسح على شعري، لكن حنانها لم يستطع إيقاف الحقيقة الباردة التي عادتْ لتغمرني، لا
شيء سيتغير، لن أتقاسم العذاب معها، سأظل أنا من يخوض في بحيرة الجثث، سأظل أنا
من يسير بين أشلاء الأطفال لأنجو، سأظل أُرمى بالصخور، وسأظل أقود العذاب، لأن
العذاب مربوط بوجودي، لكن بوجودها، يمكنني أن أنهار هكذا بحرية، وبوجودها،
سيكون هناك من أصرخ في وجهه عندما يغمرني الغضب بدلًا من أن ألعن نفسي في
صمت، وسيكون هناك من يشاركني صمت الهزيمة عندما أسقط على الأرض من الألم بدلًا
من أن أكذب وأدعي أنني بخير، ومع كل نصل جديد يغوص في روحي، ربما تكون الدموع
التي أذرفها أقل، لأن هناك من سيضغط على الجرح بيديه، فيا ليت الموت لكلينا يكون
قريبًا.

-   سيكون من الأسهل عبور المدينة من الجهة الجنوبية، ولكن علينا أن نصل إلى
    هناك قبيل الشتاء.

لم يكن لدي ما أقوله، كل الكلمات كانتْ تدور في عقلي الساخر والمرهق، وهمس صوتٌ
في عقلي: حسنًا إذن، سنعبر الطريق الجنوبية. وهل أملك ترف الاختيار؟ أنا التي بالكاد

تقوى يداي على حمل نصلي المكسور، أنا التي توقفتْ روحي بالفعل عند أخر خطوة خطوتها لولا أن ضياءها سحبني للأمام، وما زلتُ لا أفهم من أين تأتي بهذا اليقين، بهذا الأمل الذي يبدو سخيفًا، بأن وصولي أنا بالذات إلى هناك سينقذ أي شيء من هذا الجحيم، لكن إن كنتِ مصرة على إكمال هذا الطريق، فلا تنسي فقط أن تأخذي هذه الجثة الواهية معكِ يا رفيقتي الأولى.

(9)

هناك شهوة غريبة للألم، لا يفهمها إلا القليلون أمثالي، فكرة أن يغوص النصل في الجسد، عميقًا، ليبعثَ الحياة بدلًا من أن يسلبها. إنه عذابٌ شهي، يصل فيه المرء إلى أقصى درجات وجوده، وعرفتُ واحدة أتقنتْ هذا الفن المظلم لدرجة الكمال، وكانت تدعى فينيسا.

كانتْ مخالبها تمزق درعي، ورائحة الرماد والدم تملأ الهواء، أعداد وحوش النورس المستذئبة كانت أكثر مما توقعنا، وكنا على وشك أن نصبح وجبتها التالية على هذا الشاطئ الموحش، كنتُ أستعد لغرز نصلي عميقًا في جسدي، لأشعر بذلك الألم الشهي الذي يسبق الموت، الألم الوحيد الذي يذكرني بأني ما زلتُ على قيد الحياة، لكن فجأة، انطلقتْ عاصفة حمراء من بين الصخور، ولم تكن عاصفة من المطر، بل من الفولاذ والغضب، فارسة ملكية من فليريا، شعرها الأحمر المسود يلتصق بوجهها من أثر العذاب الشهي، وعيناها تشتعلان بنار لا تطاق، تحركتْ بين الوحوش في رقصة قاتلة، سيفاها يمزقان اللحم والعظام على سواء، وتتطاير الدماء من حولها كزخات مطر قرمزي، وهذا ما صبغ شعرها بالأحمر، وهي لم تكن تقاتل لتنجو، بل كانتْ مستمتعة، وكأن الألم هو الشيء الوحيد الذي يجعلها ترغب بالحياة، وعندما سقط آخر وحش، بدتْ مستاءة، واستدارتْ نحونا، لم تتوقف رقصتها،

321

أسرعتْ بنصلها لتقطعنا نحن أيضًا. لقد وجدتها فرصة لطالما انتظرتها، واستسلمتُ للموت، فهذا هو التصرف الطبيعي لشخص عاقل في عالمنا، لكن لافيندا رفعت سيفها بتحدٍ أحمق.

- توقفي! نحن لسنا أعداءك!

لم ترد فينيسا عليها، كل ما فعلته هو ضربة جانبية واحدة، سريعة واحتقارية، أطاحتْ بالسيف من يد لافيندا وجعلتها تركع على ركبتيها، ثم، وبنفس البرود، أغمدتْ سيفها، واستدارتْ لتغادر. تقدمتُ خطوة، ومددتُ يدي لأساعد لافيندا على النهوض، ثم قلتُ:

- عليها أن تنضم إلينا، إنها مقاتلة شرسة.

وقفتْ بنفسها دون أن تمسك يدي الممدودة إليها، وهمستْ بصوت مرتجف مرتعب:

- هل جننتِ؟ إنها فينيسا العذاب، كانتْ مقاتلة في جيش فليريا، لكنهم طردوها لتعطشها للدماء، ولقد قتلتْ قائدتها بدم بارد قبل أن تهرب إلى هنا، إنها وحش!

لم أكترث، كلنا وحوش في هذا العالم بما نشاهده، وأخبرتها وأنا أنظر إلى ظهر فينيسا المبتعد:

- ولمواجهة الشيطان الأعظم، نحتاج إلى كل الوحوش التي يمكننا إيجادها.

ثم ملأتُ رئتي بالهواء وصرختُ باسمها، فتوقفتْ خطواتها فجأة، ظلتْ واقفة للحظة، وظهرها لا يزال مواجهًا لنا، كتمثال من الغضب واللامبالاة، وجاء صوتها باردًا ومبحوحًا، محملًا بالاحتقار والملل:

- لا أحتاج بضعة مغامرين متجهين لحتفهم كي أتحرك، أنتم تجعلون الموت مملًا.

تجاهلتها، ورفعتُ صوتي من جديد، لكن هذه المرة كان إعلانًا هادئًا يحمل وزنًا.

- أنا تايم، بطلة هذا العالم، ومع لافيندا، سنتوجه لقتال الشيطان الأعظم.

عندما سمعتُ تلك العبارة، استدارتْ ببطء، كأنها استمعتْ لتحدٍ جديد، لم تكن على وجهها أي ملامح، ثم فجأة، انفجرتْ في ضحك مجنون، لم تكن ضحكة، بل كان صراخًا منتشيًا وجائعًا، الضحكة الطبيعية لمن لا يرى في العالم سوى ساحة للقتل، وبكل سخرية، هاجمتني. كانتْ سريعة كالسابق، ضرباتها عنيفة وهمجية، بالكاد كنتُ أصدها، لكن إن كانتْ هزيمتها هي الطريقة الوحيدة لأقنع هذا الوحش بالانضمام إلينا، فسأطلق العنان لوحشي أنا أيضًا. أغمضتُ عينيّ، شعرتُ بالنور والدماء يمتزجان في داخلي، قوة قديمة مكبوتة تتشكل في عروقي، وعندما هاجمتُ مجددًا، تركتها تخترق دفاعي، وفي اللحظة التي ظنتْ فيها أنها انتصرتْ، تحركتُ، وكانتْ حركتي أسرع من الضوء، أسرع من الوقت نفسه، هذه المرة سأضع الألم الذي أطوق إليه جانبًا، والرغبة الصريحة في الموت، وسأهزمها بنصل سيفي المكسور مهما كان الثمن.

وعندما فتحتُ عينيّ، كان سيفي تحت رقبتها، وركبتي تثبتُ كتفها على الرمال المبللة، عيناها المجنونتان تحدقان فيّ بصدمة، لقد روّضتُ ذلك الوحش، تلاشى الجنون من نظرتها، ولم يتبق سوى فراغ من اليأس، وهمستْ بصوت مكسور:

- حسنًا، هذا النزال يغير كل شيء. سأتّجه للموت معكم يا بطلة هذا العالم.

(10)

ودائمًا ما تتشابه فصول هذه الحكاية، دائمًا ما يكون هناك ثلاث فتيات، يتجهن معًا نحو مصير محتوم، إن شاء القدر، سترى الشمس تشرق من الشرق في لحظة شروق غريبة، وإن لم يشأ، وهو الاحتمال الأكبر، فسيسقطن معًا في الطين الأحمر بين دروع الفرسان. من بين أولئك الفتيات الثلاث، هناك دومًا الفتاة التي أكل الخوفُ روحها، لا تقوى على رفع عينيها عن قدميها، وإن أجبرتْ على ذلك، فلا ترى سوى أقدام من يتحدث معها،

لقد ابتلعها الخوف منذ زمن بعيد، ولا ذنب لها في ذلك، بل اللوم على العالم الذي تعيش فيه، وهناك دومًا المحاربة التي ولدتْ من الهمجية، تقاتل بلا توقف، لا ترحم شجرًا ولا مطرًا، سيفها هو امتداد لقلبها الذي لا يزيده النصل إلا ألمًا وصلابة، وعيناها أبدًا على حافة نصلها أو تراقب الأفق بحثًا عن تهديد، وإن جاعتْ، فأقرب جثة تحت قدميها هي وليمتها، لا تتكلم إلا لتحذر، ولا تتحرك إلا وعينها حادة وسيفها مسلول، وأخيرًا، هناك المجهولة، تلك التي لا تبدي أي نية، ولا تتكلم أبدًا عن سبب وجودها معك، بنورها وحماسها تسطع كالشمس، ويدها دومًا ممدودة لك، ولكن منها يجب أن تحترس، فهذه هي من تملك وجهين لا يمكنك التمييز بينهما، وجه الملاك الذي يريد أن يصعد بك إلى السماء، ووجه الشيطان الذي ينتظر اللحظة المناسبة ليسقط يدك عند الحافة.

وكانتْ أيامنا طوال تلك الرحلة متشابهة أيضًا، مجرد سلسلة من الصور التي تحفر نفسها في الذاكرة قد أعتدناها، مشهدٌ لسيفٍ عليكَ انتزاعه من صدر طفل رضيع كان القدر أسرع إليه منك، وحقلٌ من الجثث التي لم يبرد طعامها بعد، كان بإمكانك إنقاذهم لو كانت خطواتك أسرع قليلًا، وجثة فارس معلقة فوق شجرة كفاكهة غريبة للنسور، وذكرى مدينة كنتَ تحتسي فيها نخب النصر، لم يتبق منها سوى مجنح ينفث رمادًا على حاناتها الخاوية، وغابة من الأشجار السوداء الصامتة التي يجب أن تعبرها وأنفاسك مكتومة، لأن أغصانها تصطاد الصوت، وبين كل مشهد وآخر، لا تملك ترف الحزن أو البكاء، كل ما يمكنك فعله هو قراءة صلاة سريعة، أو وضع زهرة برية على قبر جماعي صنعته لملايين البشر الذين عاشوا هناك، وكان السؤال يتردد في عقلي مع كل خطوة، مع كل شهقة مكتومة، إن كانتْ مملكة الحمراء العظيمة قد تحولتْ إلى رماد، فكيف لهؤلاء العزل أن يقفوا صامدين؟

وانضمتْ إلينا ثالثة عند غروب شمس اليوم الأخير، ملاك شقراء تدعى إيلي هبطتْ على الأرض، مدّعية أنها تبحث عن كتاب ما، وهي فتاة من النوع الذي يمسك يدك بقوة لا

تتناسب مع ابتسامتها الهادئة، قوة من يصارع خوفًا داخليًا ويرفض أن يظهره، وأدركتُ أنها طريقتها في الصراخ بصمت، معها، ولأول مرة، بدأتُ أشعر بالأمان، وبدأتُ أتكلم، لكن جاءتْ المعركة الختامية مع الشيطان الأعظم سريعًا، ولم تكن قتالًا مميزًا يستحق التفصيل فيه، بل عند تلك النقطة، أصبحتْ طقسًا يوميًا من البقاء على قيد الحياة، ولم تكن تحتوي استراتيجيات أو صيحات نصر، بل مجرد صمت مطبق لا يقطعه سوى أنين المحتضرين، وكانتْ مهمتنا فقط هزيمته واستكمال طريقنا، الشيء الذي كنا نفعله لأيام طويلة. رفعتُ يديّ لمواجهة عنيفة بنصلي المكسور، وتصاعدتْ بقوة إيلي من الأرض أبواب من الصخر وجدران من الحجر لحمايتنا من موجة أخرى من ظلاله، لكنها كانتْ مجرد محاولة يائسة أخرى، فالموت في هذا العالم، يجد طريقه دائمًا.

لم أسمع صرختها، بل مجرد تنهيدة خافتة بجانبي، التفتُ لأرى فينيسا، والعذاب الذي كانت تعشقه قد وجد طريقه إليها أخيرًا، بنصل أسود كان مغروسًا بعمق في صدرها. نظرتُ إليها، فرأيتها تبتسم، ابتسامة حقيقية أخيرًا، هادئة وراضية، وكأن النصل الذي اخترقها كان هو الشيء الذي كانتْ تبحث عنه طوال حياتها، طوال تلك الرحلة، ولأكون صريحة في حديثي، دعوتُ باستمرار أن تموت في القتال الأخير قبل أن ترى السلام فيقتلها، ولم تمتْ على نصله مستسلمة، بل ماتتْ وهي تستقبل العذاب كحبيب قديم، وكأي شيء تحبه في هذا العالم، قررتُ أن تكتب نهايته هي أيضًا، وبهذا فتحتْ لنا بوابة نهاية.

ومن هناك، من رماد تلك المعركة الأخيرة، وجدنا أنفسنا نسير في ثلج أبيض جاء ليغسل ذنوبنا نحن المذنبين، سار كل واحد منا بصمت، يعترف في قلبه بخطيئته التي ساهمتْ في تحويل العالم إلى جحيم، ثم، وكأننا اتفقنا دون كلام، سجدنا معًا، مستسلمين للبرد الذي بدأ يجمد ما تبقى من دماء في عروقنا، ولم أرغب برفع رأسي، أردتُ أن تكون هذه هي النهاية، فقد كنتُ سعيدة برؤية ذلك المشهد من الأعلى، غابة بيضاء نقية، تقف كجنة صغيرة

وهادئة وسط نيران السواد التي تلتهم بقية العالم، ثم أدركتُ أن هذا المكان هو نهاية الطريق لأرواح معينة احتويتها لفترة طويلة، الروح التي شهدتْ كل مأساة حتى أصبحتْ هي نفسها المأساة، والروح التي أحبتْ الألم حتى أصبح خلاصها المُتمنَّى، والروح التي اختارتها السماء، من بين كل هؤلاء، لتكون حاكمة السماء الجديدة، ثم اللحظة التي ينزل فيها التاج، وتسقط فيها جميع الأقنعة، وحينها ستراها تمد يدها إليك لمرة أخيرة، تلك المجهولة ذو الوجهين، لترفعك عن الأرض النقية فتتوج، فهل ستمسك بها، مؤمنًا بأن الثلج قد غسلنا جميعًا من الذنوب؟

(11)

غادرتْ إيلي بهدوء، ولم يلحظ أحد رحيلها في صمت الثلج، ربما لأنها وجدتْ كتابها، وربما لأن القدر لم يعد يهتم إلا بمن سيلمس التاج، وكنتُ على بعد خطوات منه، لأكون الوقت، البطلة التي اختيرتْ منذ البداية حاكمة العوالم السابعة، لكن لمعانًا غريبًا سرق انتباهي، ولم يكن لمعان العرش، بل لمعان عيني لافيندا، لقد سرق العرش ضياءها النقي، وحوّله إلى جشع بارد لم أره فيها من قبل، وسمعتُ صوت سيفها وهو ينسل من غمده، وقد كان الصوت الوحيد في هذا العالم، حادًا كَكسر الزجاج، لم تكن هي التي رأيتها تقف خلفي، لم تكن لافيندا التي أعرفها، ولم تكن تشبهها أبدًا، فهل هذا هو وجهها الآخر الذي حذرتُ نفسي منه؟ ورغم علمي بذلك، لم أستطع أن أرفع سيفي في وجهها، تخيلتُ الطريق بدونها، وتذكرتُ كيف كنتُ سأظل هناك، أنتحب وسط الجثث لولا يدها التي امتدتْ إليَّ، هي أصلح مني لحكم السماء، نعم، لقد اخترتُ أن أكون المغفلة، وتركتها تتقدم، وتركتها تغرس النصل البارد في قلبي، دون أن أتراجع خطوة واحدة، وكل ما كان بيدي، وأنا أسقط في الثلج الذي بدأ يحتضن جسدي، هو أن ألعنها، أن أكون كابوسها الأبدي الذي يفسد لها

العوالم، أن أكون الشيطان الذي ستبحث عنه في كل مكان، الشيطان الذي سيحاول دائمًا استعادة النور الذي سُرق منه.

منها؟ ومن كانتْ هي؟ لم أعد أتذكر، لم يتبقَّ من تلك الحياة سوى الإحساس البارد بالنصل، والدم الذي بدأ يرسم حكايتي على درجات سلم طويل لا ينتهي، ثم مرَّتْ الأيام، أو ربما الدهور، وهويتي لم تتغير بعد مغادرتي، ما زلتُ تلك الفتاة الضعيفة التي لا تقوى إلا على قيادة العذاب إلى كل بلدة تعبرها، لأشهد كل مآسي العوالم من جديد، في حلقة أبدية من سلم طويل ودماء تكتب المزيد من القصص، فهل بإمكاني، يا ترى، أن أستعيد ذلك النور؟

(12)

(العالم صفر – بلسان حاكمة الوقت – الفصل الثاني من ثلج المذنبين)

كان هذا اليوم بمثابة نفس قصير في حياتها، ومضة وحيدة في أيامها طويلة، لحظة واحدة من حياة حاكمة لا تزال تتشكل، لكنه كان كافيًا لنثبت لها، مرة ومرتين، أن جذور المقاومة ستكون دومًا قادرة على التشبث بالتراب، ولن تسمح لأي شخص أن يعبث باستقرار السماء. ابتسمتُ حينها لذكرى باهتة، وأنا أتلاشى كالرماد الذي يحمله الريح من ذلك العالم المشتعل، بجانب طفلة استطاعتْ أن تنقذني وعالمهم، وابتسمتُ مرة أخرى، بمرارة حلوة، عندما سمعتُ صدى صوت إيلي يصعد الدرج اللانهائي خلفي، كل خطوة لها كانتْ بمثابة ترنيمة تحدٍّ مكتومة، وبدا الأمر وكأن خيوط القدر تتراقص وفق لحن خفي ضدها، وصعود لمذنبين وعذاب ينتهي هنا، حيث تتلاشى الأصداء والأرواح لخلاصها المنتظر.

وبينما كنتُ أنتظر حضورها، تداعتْ في ذهني صورة مدينة انتفضتْ من رماد الخوف، تركُوا الحياة التي بدأتْ تزهر من جديد، والشمس الذهبية التي لطالما حلموا أن تشرق على

327

مدينتهم، ولأنهم عاشوا من الكوارث ما سلب منهم الخوف، قرروا مواجهة الحاكمة لوحدهم، إن هذا ما يميز البشر على غيرهم من الكائنات، حياتهم القصيرة تجعلهم يفكرون مرة، ويقرروا أشياء لا يمكن لغيرهم من الكائنات تقريرها، ولهذا كانوا دومًا القيد الذي يقف عقبة في وجه تغيير أنظمة السماء، أمنحهم المجد وسيحولونه إلى دناءة، أمنحهم القوة وسيحولونها إلى ضعف، أمنحهم الحكمة وسيحولونها إلى طيش، وأمنحهم العلم وسيحولونه إلى جهل. كنتُ البطلة التي تختبئ تحت سريرها حتى نهاية هذه القصة، والتي سترفع اسمها الآن عاليًا في سماء العوالم لأجلهم، لأجل شجاعتهم، لأجل المصير الذي اختاروه بأنفسهم، لن أتركهم يقفون لوحدهم أمام طغيانها، معًا سنقول لها أنها كانتْ المخطئة في هذه القصة. شق عميق من الألم غزا قلبي المتعب وأنا أتخيل ارتعاشة الغضب العاجز في صدر تلك الحاكمة بعدما ترى وجهي من جديد، كان بمثابة بوصلة تشير إلى المخرج من متاهة اليأس تلك.

وقفتْ إيلي أمامي أخيرًا، وعندما رأيتها أختار الدرج العظيم أن ينهار، وكأن العالم نفسه حبس أنفاسه رهبةً لحضورها، كانتْ قوتها محسوسة رغم قيد لعنتها، كثافة صامتة تملأ الفراغ بيننا، وقالتْ بنبرة حادة تخفي تحتها قلقًا عميقًا دون حتى أن تلقي التحية:

- من السخرية أن نترك بني البشر وحدهم يقاضون حاكمة السماء المزيفة تلك، هؤلاء الحشرات السخيفة، ألا ترين أنه من الأجدر وقوف حاكمتنا العظيمة أمامهم؟ هذه فرصتي الوحيدة للقتال بجانبكِ، ملعونة، فهيا نخبر تلك التي تفسد كل شيء أن السماء سيكون لها حارس، يقف سيفه مشرعًا في وجه ألاعيبها وفسادها.

تنهدتُ، ونظرتُ إلى يديّ الشاحبتين، إلى الروح المتعبة التي تسكنني، ثم أجبتها:

- بل أظن أن القدر يسخر مني مجددًا، يا إيلي، بنو البشر يمرون عني، بعنادهم الأعمى واندفاعهم الأحمق، ليثبتوا لي أنهم، رغم هشاشتهم ومكانتهم الدنيئة في هذا النسيج الكوني، ما زالوا يتحركون للأمام، وأنا التي يجب عليها أن تقف في وجهها

وتوقف هذا الجنون، أقف هنا مترددة، خائفة، أدور في حلقة مفرغة من الخوف والألم واليأس. إن كان البشر هناك، يواجهون العاصفة، فيجب أن نكون في مقدمتهم، لا متخلفين في الظلال كالسابق.

كانتْ هذه كلماتي الأخيرة لعالم الخيال الذي احتضنني طويلًا، فسلامٌ مني إليه، وداعٌ شاكر لكل وهم منحني القوة للمضي قدمًا، وابتسمتُ لرفيقتي التي أخرجتْ سيفها الملتهب العملاق وكأنها تستطيع وحدها تحدي القدر ذاته، رمزًا لعناد الروح في وجه الفناء، وأنا، بعد كل ذلك البكاء الذي هز عظامي، وقفتُ أخيرًا، وقفة مستقيمة، شامخة بتكبر يائس، ونظرتُ إلى الشمس التي بدأتْ تشق طريقها فوق سهل من الثلج ناصع البياض، مشهد يذكرني ببدايات نقية وسط نهاية العالم، ماضٍ أبدي حان الوقت لكتابة فصل جديد فيه، لتغيير تلك اللحظة المشؤومة التي بدأتْ كل شيء. إن النفس التي كانت ترتعد خوفًا من التحليق إلى مصير مجهول، ستقف الآن على الحافة، وستقفز دون أجنحة، مدفوعة بقوة أكبر من الخوف، قوة تلافي خطأ الماضي، ومحاولة استعادة نور مسلوب، لم يكن الأمر يتعلق بالانتقام، بل بتصحيح مسار قصة أوشكتْ على التلاشي، نهاية قصة تلافيها، ولا شيء آخر.

(13)

(العالم صفر – بلسان حاكمة الوقت – الفصل الرابع من محاكمة التاج)

كانتْ جياد الملائكة البيض تصطف في صمت على السهل الثلجي، وأنفاسها الساخنة ترسم غيومًا بيضاء في هواء الفجر القارص، الرايات ترفرف، والرماح تتلألأ، والجيش جاهز للحرب، لكن أميرتهم، أنا، لم تكن جاهزة بالكامل، كانتْ يداي ترتجفان على لجام فرسي الأبيض، وعيناي ضائعتان في الأفق اللامتناهي، حينها شعرتُ بيد صغيرة ودافئة تمسك برفق ردائي المتجمد، كانتْ هايدي، تلك الطفلة التي تركتْ هدوء عالمها وعادتْ لتخوض

329

حربًا ليست حربها، من أجل قضية آمنت بها، وبجانبي الآخر، مدت إيلي يدها، يد باردة
ومترددة، يد محاربة قديمة كرهت البشر لكنها اختارت الوقوف معهم من أجلي، مدّت يدها
إليّ رغم أني كنت الأشد مكرهة لدرجة أني ظننتها ملاكًا نزل من السماء ليتوج هذه
المترددة. نظرت إلى اليد البشرية البريئة التي تمثل الإيمان، واليد الملائكية الصارمة التي تمثل
الواجب، وأمسكت بكلتيها، شعرت بدفء هايدي وقوة إيلي تسريان في جسدي،
فأطفأتا رعشة الخوف، سحبتاني معًا، فرفعت نفسي على صهوة جوادي، الآن، وفقط الآن،
أصبحنا جاهزين لنشارك في محاكمتها.

وبمجرد أن استقريت على صهوة جوادي، تغير العالم، تلاشى السهل الثلجي، ووجدنا
أنفسنا في تلك القاعة البيضاء اللامتناهية، والخيل تقف بثبات على سطح بحيرة من الضوء
السائل، وأمامنا، تقف بجانب عرشها، كانت لافيندا، وقاطع حضورنا قولها ببرود سلطوي:

-   لن أجيب على أي أسئلة، لقد انتهى وقت أسئلتكم...

لم أتركها تنهي جملتها، قطعت صمتها المهيب بصوتٍ هادئ كان يحمل سخرية لاذعة:

-   لكنني ظننت أن في المحاكم المذنب هو من يجيب على الأسئلة، وليس القاضي.
    تهانينا أيتها الحاكمة المبجلة، يمكنني الآن تخيل جمال التاج وهو على رأسي، لكن
    ربما عليّ أن أغرس سيفًا في صدر أحدهم أولًا للحصول عليه.

لم يكن المشهد عظيمًا، بل كان محتومًا، ثلاث كائنات ملعونة، أنا وإيلي وهايدي، وخلفنا
جيش من فرسان الملائكة البيض، نقف في وجه حاكمة مزيفة، ثم رفعت إيلي سيفها العظيم
وضربت به سطح البحيرة البيضاء، لم يتناثر الماء، بل تشقق الضوء نفسه، وتغيرت الخلفية
من الفراغ الأبيض إلى صحراء مقفرة، وظهرت ساعة رملية عملاقة مكسورة في الأفق،
وهبت رياح قاسية حملت من رمال الساعة ما يكفي لتغطية السماء، لكنها أصبحت نسيمًا

لطيفًا باردًا عندما لامستنا. وسط هذه الفوضى، تقدمتْ هايدي على فرسها، لا لتقاتل، بل لتقف بجانب جلبرت وفيارا، اللذين كانا لا يزالان هناك، وكأنها تقول إن الصداقة تتجاوز حتى أحكام السماء، وحينها، رفعتُ صوتي ليتردد في أرجاء صحراء الساعة العظيمة:

- أترين؟ الجميع رفض حكمكِ، السماء، والأرض، والعوالم، والرياح، والملائكة، والخيول، والعلماء، والأطفال، والسجون، والأختام، والفضاء، وعالم الأصل أيضًا، ولم يبقَ أمامكِ إلا خياران، إما أن تلقي لي بذلك التاج، أو أن تعيشي، أنتِ وخادمتكِ من بعدكِ، في عالم فاسد ستكونين أنتِ مصدر كل كوارثه، عصر يتلوه عصور أخرى من الفساد، حتى يظهر البطل ذو الروح الخالدة فينهي وجودكِ.

ساد الصمت بما فعلناه، ونظرتُ إليّ لافيندا، وفي عينيها رأيتُ حزنًا قديمًا مختلفًا، حزن كائن أبدي ينظر إلى فانية تلعب آخر أوراقها اليائسة، وقالتْ بهدوء مرعب:

- لقد أصبحتِ شجاعة، ولكن فات الأوان على ذلك يا تايم، لقد تأخرتِ كثيرًا.

(14)

(عالم الحكمة – بلسان الراوية أثينا – الفصل الخامس من محاكمة التاج)

في ختام تلك المحكمة، لم يبقَ خلفهم سوى بتلات الزهور، ولا شيء آخر، ترسو ببطء على شاطئ من مياه ناصعة البياض عادتْ لتتشكل على الأرض بعد انقشاع عاصفة هوجاء، أمسك بتلك البتلات صاحب عربة شيخ كان يمر بالصدفة، وبدأ يتتبع جمع الأوراق المتناثرة ليصنع منها هدية، تاركًا بضاعته أرضًا، أو ربما، كان يرغب في بيعها هي أيضًا، في أرض أصبحتْ فيها بتلات الزهور عنصرًا نادرًا لا يُرى، لقد كان يوم سعد له.

ولأن هذا هو ختام حكاية طويلة سردتها عليك، بل النهاية الأولى، سأكون صريحة معك،
لا يعرف أحد المصدر الحقيقي لأحداث تلك المحاكمة، بل سأقول إنها بلا مصدر، فلم يبقَ
أي شخص من شخصياتها أو عاد ليروي لنا قصته، ولم يبقَ أي مكان من أماكنها الخيالية
ليحمل ذكراها، وكل ما استندتُ عليه أثناء كتابتي لهذا السجلات، كان بضعة أحلام،
نعم، أحلام، وأحلامي دومًا تكون صائبة، ولكن، وكما قالتْ إيلي يومًا، ربما تكون هذه
السجلات كذبة مزيفة، والقرار الآن، أيها القارئ، بيدكَ أنت، أن تصدق ما فيها، أو
تكذبه.

(1)

(عالم الحكمة – بعد فترة من انتقال الأبطال للمحاكمة – بلسان الراوية أثينا – الفصل الأول من ثورة السيوف والحكمة)

ما زال من المستحيل بالنسبة لي، حتى عندما كنتُ أجلس في هدوء الحديقّة، أن أقرر إن كانتْ هاتين العينين نعمة من السماء أم لعنة حقيقية، أحيانًا، أغمضهما وأرى الاحتمال الأول، أرى نفسي كأداة اختارتها حاكمة السماء لهدف نبيل، لقيادة هذا الجيل البشري الضائع نحو حياة جديدة، مسالمة وهادئة، ثم أرى الاحتمال الثاني، الأكثر رعبًا وواقعية، أرى نفسي كلعنة تنين علقتْ بي بالصدفة، قوة فوضوية ستقودني حتمًا إلى الجنون، ومن خلالي، سأقود البشرية إلى كوارث أفظع من أي شيء رأوه من قبل، وسيقع الذنب عليّ أنا وحدي. هذا الصراع جعلني منذ ذلك الوقت أفكر مرتين، بل ألف مرة، في كل قرار يتعلق باستعمالهما، التفكير الأول يكون دائمًا تفكير العالمة، هل باستعمالهما سأقودهم إلى تطور فعال؟ هل هذه البصيرة هي ما ينقصهم حقًا للوصول إلى ذلك التطور؟ أما التفكير الثاني، فهو تفكير الضحية، هل سأكون قادرة لاحقًا على دفع الثمن الباهظ لاستعمالهما؟ هل أنا مستعدة لدفع ما تبقى من روحي لإصلاح العواقب؟

لم يتغير هذا الصراع كثيرًا عندما وصلتُ إلى عالم الحكمة، كنتُ لا أزال تلك الفتاة، جراي شيزومي، التي تعشق العلم، بنفس الشخصية والطموحات، ورغم الكنوز المعرفية التي لا نهاية لها في مكتبة السماء، ظل اتجاه بوصلة اهتماماتي ثابتًا نحو العوالم، وما وراءها، ولأجل هذا الهدف، اضطررتُ إلى الغوص في بحار من العلوم الأخرى، قضيتُ ليالي طويلة مع

فيارا ونحن نفكك أسرار علم الدماء والخوارق، محاولتين فهم القوانين التي تحكم الحياة والموت، وأمضيتُ أيامًا في نقاشات فلسفية مع يومان حول هندسة الطاقة والتركيب الحيوي للإنسان، نحاول أن نفهم كيف يمكن نقل الشخص من موقع لآخر، وكيف يمكننا إنتاج ما يكفي من الطاقة لتلك الغاية في عالم بدائي تكنولوجيًا، ونهاية بفضل تشفير سيلي، وبمساعدة هؤلاء العلماء الذين أصبحوا عائلتي الجديدة دون أن أدرك، توصلنا معًا إلى النموذج الأول لجهاز قادر على توصيل العوالم ببعضها البعض. لقد كان شرفًا هائلًا، ليس فقط بناء أول محطة سفر خارجية للعوالم على مر سبعة أجيال من الحكام، بل أن يسجل باسمك علم كامل، يوثق أهم تفاصيل الحياة التي لم يكتشفها أحد من قبلي، تصنيف أثينا للعوالم. لقد ساعدوني، فيارا ويومان بالأخص، على رؤية الجانب المشرق من لعنتي، على رؤية بابٍ لعلم جديد، لكنني، حتى في ذروة ذلك الانتصار، وأنا أقف أمام جهازنا العظيم، كنتُ أنظر إليه وأسأل نفسي، متى ستأتي اللحظة التي أجبر فيها على الالتفاف للخلف، لأرى الجانب الآخر المظلم لهذه القوة؟ متى سيحين وقت دفع الثمن؟

(2)

كنتُ أتحرك من موقع إلى آخر في الأيام التي تلت انتقال الأبطال، بين حطام البرج المعطل والدوائر التي لا تزال تحمل آثار الاحتراق، وبين الصخور التي جرفها الشاطئ بعد أن هدأت العاصفة، كانتْ مشاهدة تشغيل الجهاز لأول مرة كارثيًا بقدر ما كان لحظة عظيمة، شهادة على طموح أعمى وقوة لا يمكن السيطرة عليها، وتحليل النتائج كان هو الأهم من ذلك كله، قضيتُ أسابيع وأنا أغوص في البيانات، وأستنتج أن العطل لم يكن بسبب تأثير قوى بشرية، نحن جميعًا نعرف من أين جاءت تلك الطاقة الخارقة التي تدخلّتْ، ونعرف إلى أين تقود، لكن وسط كل هذا الدمار، كان هناك خيط من الأمل، حقيقة واحدة مؤكدة اتفقنا عليها بعد انتهاء التجربة الأولى، لقد كانتْ الآلة قادرة بالفعل على صنع خيط

افتراضي، جسر غير مرئي، لربط عالمين مختلفين مهما كانا، ذلك كان هو التفصيل الأهم من تجربة الإقلاع الفاشلة.

هذه الحقيقة هي ما دلّت عليه البيانات التي راجعتها مرارًا وتكرارًا، والتي وصلتُ إليها بعد تسع وثلاثين جولة كاملة من إعادة الحسابات والتحليل، وبعد عدة تعديلات على التصميم، وبنظام متطور آخر أكثر استقرارًا وسهولة في الاستخدام، كان النموذج الجديد جاهزًا، لم يكن بذات البناء الضخم الأول، لقد كان ذلك ضروريًا في البداية لتخطي عقبة عدم وجود مكونات متطورة تكفي لتشغيل عقل الجهاز وقلبه في هذا العالم، أما هذا التصميم المرفق في بحثي، فهو الأحدث، مبني بمكونات اعتدتُ على استخدامها وتطويرها في عالمي السابق، مكونات بسيطة لكنها فعالة، وشكله لا يختلف عن بوابة منزل أنيقة، بمساحة داخلية تتبعه لا تتخطى المتر المربع.

وإلى أين أتجه الآن، قد تتساءل، إن كان كل شيء قد تم إعداده بالفعل؟ كنت أسجل معلومات إضافية في تقرير نهائي يحمل الرقم سبعة وخمسون، لكنني فاشلة في الكذب، وكان واضحًا للجميع أنني أهرب من المكتبة تحت حجة هذه التقارير، الكل علم بذلك، حتى لفتَ انتباهي، بينما كنتُ أتجول، تلك الزهرة العتيقة التي كنتُ ألاحظها عند أقصى الجرف منذ زمن، توقفتُ لأراقبها، كجزء من بحثي بالطبع. مرّت ساعات وأنا جالسة هناك وحيدة، لم ترمش خلالها عيناي، في تركيز سينتهي مفعوله بصداع يدوم لأيام، حتى ظهر صوت من خلفي مع غروب الشمس، تحدث دون تحية أو إذن:

- هي ليستْ بزهرة عادية، بل عينة اختبار لمجموعة من العلماء قتلوا على يد إيلي في الماضي، كان بحثهم عن الخلود، ولو كانوا بيننا الآن، لربما لم يكن هناك من سيذوق الموت.

التفتُّ، فرأيتُ رجلًا يقف في الظل، نظرتُ إلى الزهرة، ثم إليه، ولم يكن يبدو كمجرد شخص عابر صادفني قرب الجرف، وقد أكمل عندما لاحظتُه:

- لقد نجحوا فعلًا بجعل تلك الزهرة لا تذبل أو تموت، فأصبحتْ رمزًا خالدًا لهم، دائمة الجمال ببتلاتها الملونة.

لامستُ الزهرة، وشعرتُ على الفور بالخطأ، كان ملمسها مثاليًا أكثر من اللازم، صلبًا، باردًا، خاليًا من أي ليونة طبيعية، كقطعة فنية تحاكي الحياة، لكنها لا تتنفس، ونظرتُ عميقًا في قلبها الملون، باحثة عن أي علامة حياة، فلم أجد سوى سكون مطلق، سكون الموت المتجمل، أدركتُ حينها أن أولئك الباحثين لم يمنحوها الخلود، بل سلبوها حقها في أن تتغير، أن تنمو، وأن تذبل، حنطوا لحظة واحدة من جمالها للأبد. رفعتُ نظري إليها، وشعرتُ بمزيج من الشفقة والضجر من هذا العبث.

- تظن أنها صامدة، لكنها ميتة من الداخل، فكل ما فعلوه هو إكسابها شكلًا ثابتًا لا يتغير. لا يختلف الأمر عن كذب المرء على نفسه متوهمًا أنه سيحيا للأبد، لا حاجة للعلم أو السحر لتحقيق أمر بسيط كهذا، سواء جمدوا نموها أم أوقفوه، ففي كلتا الحالتين، هم دمروا أحد أعمدة العالم بالنسبة لها، الزمن تحديدًا، ورغم ذلك، الموت لا يزال مطبقًا عليها فيزيائيًا.

تقدم خطوة وجلس بالقرب مني، لمس بتلاتها بيده مع بسمة خائبة، وقال وهو ينظر إليّ:

- يبدو أن شكل الزهرة لم يكن الوحيد الذي لفت انتباهكِ. بحكم المعلومات التي حصلتِ عليها من تحليلها، هل يمكننا حقًا الوصول إلى ما هو أبعد من ذلك؟

نفضتُ آخر ذرة من غبار الزهرة عن يدي، لكن فكرتها كانتْ قد التصقتْ بعقلي، سؤاله لم يكن مجرد سؤال عام، بل كان المفتاح الذي أحتاجه لفهم نفسي قبل فهم الزهرة ذاتها.

شعرتُ بالمعلومات المتناثرة التي جمعتها لسنوات تتجمع وتصطف فجأة، ليس كفرضية، بل كقانون جديد، كفرضية أخرى على وشك إعلانها باسمي للعالم.

- إن كان من الممكن الوصول إلى تلك النقطة، الخلود، لوصل إليه الحكام قبلنا، ولكن، لنفرض عدم وجود الحكام، حينها كل ما نحن بحاجة إليه هو نزع أحد خيوط الخلق الأربعة منا كمخلوقات، الحياة، والموت، والقدر، والزمن، زهرة بلا موت هو ما نريد الوصول إليه، لا زهرة بلا زمن كما فعلتْ تلك المجموعة.

صمت للحظة، وبدا وكأنه يستوعب الحجم الحقيقي لما قلته للتو. أخذ نفسًا عميقًا، ثم نظر إليّ مباشرة، وفي عينيه مزيج من الرهبة والقلق، وقال بصوت خافت، كمن يخشى أن يسمعه أحد:

- وكيف سنقوم بفصل خيط الموت عن خيطي الحياة والقدر؟ من السهل نزع الزمن، كونه تأثيرًا خارجيًا، ولكن الموت، إنه منسوج في صميم وجودنا.

لم أجب على الفور، بل انحنيتُ والتقطت غصنًا صغيرًا، وعلى الأرض الترابية تحت قدمينا، بدأتُ أرسم شبكة معقدة من الخطوط والرموز، كان كل خط يمثل خيطًا، وكل رمز يمثل قانونًا، كنتُ في معملي الخاص، والأرض هي سبورتي، ثم رفعتُ نظري إليه، وشرحتُ وكأن الأمر بديهي:

- لو كانت فيارا هنا، لأعطتك إجابة منطقية أكثر المتمركز حول الدماء والخلايا، لكن أظن أن سحرًا ذا طاقة عالية فصل سيمكننا بسهولة من تعديل كائن بسيط الخلق، كجنين في مراحله الأولى، يمكننا ببساطة نزع خيط الموت منه عندما يكون اتصاله بباقي الخيوط أبسط ما يمكن.

ساد صمت طويل، أدار ظهره لي، ووجه نظره نحو أبراج مدينة الحكمة الشاهقة التي بدأت تلمع في ضوء ما بعد الغروب، ظهر الإحباط في استقامة كتفيه المتصلبة، لكن عندما استدار لمواجهتي مجددًا، كانت تلك البسمة الخائبة الباردة لا تزال قناعًا على وجهه، وقال بيأس هادئ، صوت من استسلم لحقيقة مرة:

- إذن، لا أمل في تحقيق الخلود لكائن قد وصل بالفعل إلى أعقد مراحل نموه.

ترددتُ للحظة، أتساءل إن كان عليّ أن أمنحه هذا الخيط الواهي من الأمل.

- يمكنني تأكيد ذلك بالمعلومات المنطقية التي لدي، لكن ربما يمكنكَ إيجاد كتاب ألفه شيطان نصف إلف بتعويذة حول خوارق الخلود في المكتبة.

أطلق ضحكة قصيرة خالية من المرح، وقال:

- وهل لشيء كهذا وجود من الأساس؟
- لقد وجدتُ ما هو أغرب من ذلك هناك، لا يمكنني الجزم بعدم وجوده.

درسني للحظة، عيناه تضيقان وكأنه يقرأ معادلة معقدة، ثم قالها أخيرًا، وأومأ برأسه ببطء:

- أنتِ حقًا فظيعة في قول النكت. أنا يرياس، شكرًا لمنحي فرصة الحديث معكِ.

وقفتُ، ونظرتُ إليه مباشرة بهدوء وثبات، وأخبرته وأنا أنظر إلى بقايا الزهرة على الأرض:

- أثينا، أعتقد أنك تعرف ذلك مسبقًا، وتجربتكم تلك، إنها مثيرة للاهتمام حقًا.

لم يكن هناك ما يمكن قوله بعد ذلك، انحنيتُ له انحناءة خفيفة، إشارة احترام ووداع في آن واحد، واستدرتُ لأغادر، والشمس الغاربة تلقي بظلال طويلة خلفي. يا له من وقت هادئ كاد ينسيني الخلود الملعون الذي يسعى ورائي، المشكوك فيه أصلا، والذي لا يغادر

عقلي أينما ذهبت، لكن على الأقل، يمكنني الآن أن أقدم ليومان حجة هرب مقنعة إذا ما سألني أحد عن سبب مغادرتي، دون الخضوع لتحقيق يستمر لساعات، أما الآن، وقد اقتربنا من نهاية هذه السجلات، اسمحوا لي أن أقدم شكرًا خاصًا لكم أيضًا، أيها القراء، لتحملكم ثرثرتي طوال هذا الوقت، شكرًا لكم.

<h1 style="text-align:center">(3)</h1>

(عالم الحكمة – بلسان العالمة كاميليا – الفصل الثاني من ثورة السيوف والحكمة)

إنها الحقيقة التي تلاحق جميع من تبقى هنا، هذا العالم ليس أكثر من أرض أحرقها البشر بأفعالهم، ثم نسبوها لأنفسهم بكل غرور. ما زلت أعيش في ذلك المشهد، أرى نفسي مرارًا وتكرارًا عائدة إلى المنزل بعد أن أنهيت دروسي في المكتبة، أتذكر الفرسان وهم يمرون عني، وجوههم تحمل مزيجًا من الشجاعة والبؤس، وأنا أحمل سلة من الفواكه قررتُ شراءها خصيصًا لذلك اليوم المميز، ثم ظهر هو، ولم يُخلق فجأة في السماء كما يتصور الأغلب، بل كانت الشمس الحمراء الدامية هي من غطتْ ظهوره، حتى ميّز نفسه بنيرانه السوداء أعلى المكتبة، بكبرياء لا يصدق، وبكل الهيبة التي يمكن أن يملكها كائن، وقف هناك يراقبنا نحن الذين تمنينا الموت في الأسفل. هل كانت صلواتنا هي من بعثته؟ أم أن الدماء التي نجّست هذه الأرض قد طالتْ دناستها سماء الحاكمة؟ ليس وكأن أحدًا اهتم بالإجابة، فقد كنا نرى الموت يقترب منا بعجل، صانعًا لحظة أشد رعبًا من يوم إعلان آسية الحرب على أغسطس.

- أيستحق المشهد البكاء لأجله؟ ومالي أرى اليأس يتدفق إلى داخلِك يا فتاتنا الشابة؟ فما ترينه اليوم لن يكون غير بداية عصر ذهبي آخر للبشر.

خرج صوته الهادئ من جانبي فجأة، وأزاحتْ كلماته نظري عن التنين الحاضر في السماء، من هذا الأحمق الذي يرى القارب يغرق ويقول إنها النجاة؟ وفور ما رأيته، لم أصدق أنه

أرخميدس الثاني، سقطتْ السلة من يدي، وتدحرجتْ الفواكه وتخطّت قدماه وسط نظراتنا المتبادلة، وبعدما فكرتُ بكلمات تكفي لرد لابق وواضح، هبط التنين على قمة المكتبة، زلزل هبوطه المكان، وكأننا نعيش على أرض هشة تكسّرتْ حينها. رأيتُ الحدث من خلف ظهر أرخميدس بوضوح، وكأني كنتُ متجهزة لرؤيته، اختفى التنين داخل المكتبة لدقائق، ثم عاد إلى الخارج من جديد، ولم يعد ذلك الكائن المهيب، لقد عاد بعينين غاضبتين تشتعلان، وبجناحين منفردين بالكامل، ونيران سوداء تتصاعد من فمه، نيران من حقد دفين، لقد دخل المكتبة كإله، وخرج منها كشيطان.

التهمتْ نيرانه كل صخرة، ولم يتبقَ من هيئاتنا غير الرماد، أكنّا للتراب إخوانًا في السابق أم للعذاب؟ أفقدتني الحرارة توازني، والرؤية للحظات أيضًا، والسؤال الوحيد الذي تردد في عقلي المحترق هو: كيف حدث ذلك؟ لقد رأيتُ النيران تتجه نحوي مباشرة، بدأتْ وانتهتْ حيث كان من المفترض أن تكون جثتي، فهل ألقى بي أحدهم بعيدًا؟ بدأتُ أتدارك الأمر، ولا أصدق أننا صرنا في موقف يجعل من بقائك حيًا شيئًا تتعجب منه، وحاولتُ الوقوف، لعلي أعثر على طريق للخروج قبل أن تصلني ألسنة اللهب، حتى تذكرتُ وجوده، فصرختُ باسمه، وصرختُ مجددًا، حتى سمعتُ صوت أنفاسه الضعيفة في الأسفل على جانب الطريق. جلستُ على ركبتي بهدوء بجانبه، وبدأتُ أفكر، أكانت النار هي من قذفته بعيدًا هناك؟ بل وصهرته حتى بات من الصعب تمييز ملامحه عن حجر الطريق؟ بل أهو من قام بدفعي أيضًا؟ ألولاه كان قد أصابني ما أصابه؟ هل حقًا خسر أرخميدس حياته لإنقاذ فتاة بلا قيمة مثلي؟ ظهر صوته حينها متقطعًا ومبحوحًا، سلب مني أفكاري جمعاء، وأجبرني، دون أن أشعر، على سماع حكمته الأخيرة.

- أهذه أنتِ أيتها الشابة؟ أأنتِ من جلس الآن بجانبي؟ إذن اسمعي كلماتي جيدًا...

زحفتُ نحوه على الأرض الصخرية، غير مبالية بالجروح التي تفتحها في ركبتيّ، وأمسكتُ بياقة رداءه الممزق، شعرتُ بجسده الذي بدأ يبرد، فانطلقتْ الكلمات مني ممزوجة بالدموع، كل حرف فيها عبارة عن رجاء يائس:

- كلماتك؟ لِمَ قمت بدفعي؟! لماذا؟! العالم بحاجتك! لماذا ضحيتَ بنفسك من أجلي؟!

توقفتُ شهقاتي للحظة عندما رأيتُ شفتيه المتفحمتين ترتجفان، في محاولة يائسة لتشكيل ابتسامة، وقد ظهرتْ مكسورة وموجعة، لكنها كانتْ هناك، وجمع كل ما تبقى من أنفاس في رئتيه، وتكلم بصوتٍ متقطع لكنه ثابت، كل كلمة كانتْ انتصارًا صغيرًا على الألم:

- بل يحتاج أمثالكم، نحن كبرنا في السن، وقدمنا الكثير، والآن نسلمكم مفتاح الطريق، لتكونوا أنتم من يبني هذا العالم من بعدنا. اسمعي، الحزن والأسى قد يجتاحان مساءكِ، لكننا نكون دومًا على يقين بأن البهجة ستأتي مع النهار، والفراغ الذي عليكِ مواجهته، لا تجعليه أبدًا يعرّف قيمتك، نحن نؤمن أن حياتنا لن تكون كذبة، وأننا نصنع اسمنا بالطريق الذي نختاره بأنفسنا، والأهم من كل ذلك، أنا لا ندع اليأس يلمس قلوبنا أبدًا، لأننا نعلم دومًا بأن هناك حلًا سنجده في الغد.

وما زلتُ أتردد إلى أنفاسه الأخيرة كلما أغلقتُ الكتاب، كما أفعل الآن، أضعه على الطاولة، دون أي يأس لجهلي بحل المعادلة اليوم، فأنا على يقين بأنني غدًا سأجد حلًا لها، وسيكون عليّ أيضًا تسليم بعض المستندات لأثينا في المكتبة، والشتاء قريب، نحتاج إلى تخزين المزيد من البطاطا والطحين. لقد خلدتُ مبكرًا إلى النوم، نومًا فوريًا، دون قلق أو فضول، وذلك فقط لأن أرخميدس علمني درسه الأهم والأخير.

(4)

أنسى الماضي أحيانًا، وأجد نفسي أهرب إلى حلم يتكرر، حلم بمستقبل أرى فيه الأطفال وهم يلعبون في سهول القرية الخضراء، ودائمًا ما يصرون على إشراكي في لعبتهم مع غروب الشمس، يمسكون يدي، ويضعوني وسط حلقتهم، وضحكاتهم تتردد من كل زاوية حتى أشعر بالدوار من حركتهم الدائرية التي لا تتوقف، وقبل أن أسقط، يظهر دائمًا ذلك الرجل الوسيم، يضع يده على ظهري ويدفعني للأعلى بلطف، ثم أستيقظ على صوت طائر وحيد ينادي من خارج نافذتي، تلاشى وجه الرجل الوسيم، وبقيتْ ذِكْراه الدافئة فقط، وما هذا الخيال السخيف الذي لا يزال يطاردني؟ نهضتُ من سريري، ورائحة القهوة التي أعددتها مساء أمس لا تزال عالقة في الهواء، صباح لا يختلف عن صباحات مدينة الحكمة الجديدة الهادئة دومًا، هدوء مكتسب بثمن باهظ. قضيتُ الدقائق الأولى في مراجعة ملاحظاتي على الطاولة، معادلة عالقة رفضتْ أن تكشف عن سرها بالأمس، واليوم أيضًا، ثم تنهدتُ، ونظرتُ عبر النافذة إلى قريتي الصغيرة التي بدأتْ تستيقظ. قطع هذا الهدوء طرقات حادة وعاجلة على الباب، طرقات لا تنتمي إلى هذا الصباح الهادئ، وجاء صوت أحد حراسي من خلف الباب:

- أيتها السيدة، هناك مبعوث من يومان جاء برسالة من الجبل، يطلب حضورِك عاجلًا إلى القاعة.

مبعوث من الجبل في أول الصباح، يا له من نذير شؤم. ارتديتُ زيي البسيط، وحملتُ كتاب ملاحظاتي معي كالعادة، فربما يأتيني الإلهام في الطريق، وعندما وصلتُ إلى القاعة الرئيسية للقرية، وجدته واقفًا في المنتصف، كان رجلًا طويل القامة، يرتدي ملابس المسافرين المتربة، ووجهه متجهم يحمل جدية عالم آخر، ووقف فارساي الشخصيان إلى جانبه، لكنهما كانا متوترين. ما أن رأني المبعوث، حتى انحنى انحناءة عميقة وبطيئة، الانحناءة

لا تُقدم لسيدة قرية، بل لملكة، شعرتُ ببرودة تسري في جسدي، ونظرتُ إلى فارساي،
فرأيتهما يترددان للحظة، عيونهما تتنقل بيني وبين المبعوث، ثم، وبتردد واضح، قاما بتقليده
وانحنيا بنفس الطريقة الرسمية.

تجمدتُ في مكاني، هذه ليستْ مجرد رسالة عاجلة، هذا طقس رسمي لم أره منذ سنوات،
وأخذ عقلي يحلل الموقف، انحناءة غير معتادة، مبعوث من يومان شخصيًا، جدية قاتلة، ما
الذي حل على الجبل ليتصرفوا بهذه الطريقة؟ ما الذي يمكن أن يكون مهمًا لدرجة إرسال
مبعوث إلى قرية بسيطة مثلنا؟ تقدم المبعوث خطوة، وهو لا يزال منحنيًا، وقدم لي ظرفًا
ورقيًا مختومًا بالشمع الأسود، أخذته، وشعرتُ بثقل لا يصدق في تلك الورقة الصغيرة.

(5)

مد المبعوث يده ليرفعني نحو أرضية العربة، لكنني رفضتُ دعوته، وصعدتُ لوحدي،
وجلستُ في نهايتها، لأرى سهول القمح بوضوح ونحن نبتعد، ولا أدري ماذا سيكون
مصيري بعد أن أتجاوز هذه المنطقة، أو هل سأعود يومًا، ثم دخلنا أسوار مدينة الحكمة
حديثة البناء، وحينها أغلق المبعوث الغطاء الخلفي للعربة بنظرة جادة، أفي البداية أُعامل
كأميرة، وعندما أرضخ، أُعامل كسجينة؟ حينها أدركتُ أنه لم يكن عليّ حقًا أن أخرج من
قريتي. جلستُ في القاعة الكبرى لدقائق بدتْ كأنها ساعات، شعرتُ فيها بأن عقارب
الساعة على الحائط قد توقفتْ عن العمل، إن كانت أثينا هي من استدعتني فعلًا، فأنا
على يقين بأنها ستكون هنا تنتظر، عقلها لا يترك لها خيارًا إلا أن تقوم بكل شيء بشكل
متتالٍ، صورة معاكسة تمامًا لما أنا عليه. ثم ظهرتْ أخيرًا، ولم تكن كما توقعتُ أنا أجدها،
كانت مخيفة للغاية من الداخل كما ظهرتْ الآن من الخارج، يبدو أنها لم تكن تعلم حتى بأمر
هذه المقابلة، ما جعلها تقرر الغرق في النوم على غير عادتها، رأيتها تتجرع قهوتها السوداء

وكأنها ماء، ثم جلستْ، ووضعتْ رأسها على الطاولة، وأغلقتْ عينيها وعادتْ إلى حلمها، يا ترى ما هذه المسرحية السخيفة التي دُفعتُ على مسرحها؟ تركتُها تنام، وعدتُ إلى مسألتي الرياضية في دفتري، لعلي أجد مفتاح ذلك اللغز.

- جوابها هو الجذر التكعيبي للخمسة على اثنين، والكسر مضروب في تربيع المقاومة. تحليل معادلة البسط ممكن، لكن من الأسهل تركها على حالتها الأصلية.

جاء صوتها كهمسٍ قادم من حلمٍ، وكانت لا تزال مستلقية وعيناها مغلقتان، وابتسامة خفيفة وبالكاد تُرى ترتسم على شفتيها. للحظة، تساءلتُ إن كانت هي من تكلمتْ حقًّا، أم أن المكتبة نفسها هي من همستْ لي بالحل من خلالها، حتى أكملتْ:

- لا أصدق أن مسألة كهذه صَعُبَت عليكِ. على العموم، أهلًا بكِ يا كاميليا في منزلكِ، مكتبة السماء.

حدقتُ في الحل الذي ظهر فجأة في ذهني، ثم التفتُ إليها.

- لا يصدق كيف يعمل عقلكِ حتى وأنتِ نائمة! لقد نسيت بالفعل ما فعلتُه في الخطوات الأولى.

كنتُ على وشك أن أضحك معها، أن أستمتع بهذه اللحظة من التفوق العقلي الهادئ، لكنها فتحتْ عينيها، وفجأة، تغير كل شيء، انطفأتْ الابتسامة وكأنها لم تكن موجودة، ولم تعد عيناها حالمتين، بل أصبحتا صافيتين وحادتين، تحملان ثقل ومعرفة دهر كامل. ساد صمت مفاجئ، وشعرتُ بجو الغرفة يبرد، وكأن وجودها الواعي قد امتص كل الدفء، ثم تكلمتْ، ولم يكن صوتها همسًا ناعسًا كالسابق، بل نبرة جادة ومقلقة لا تحمل أي تعابير:

- وصلكِ خبر مقتل يومان والتفاصيل المتعلقة بالحادث وماذا يراد منكِ، فما رأيكِ؟

تراجعتُ خطوة إلى الوراء بشكل لا إرادي، وشعرتُ بجدار من الرفض يتشكل داخل صدري، رفعتُ ذقني، ونظرتُ إليها مباشرة.

- بالطبع أرفض قبول المنصب، لا أريد أن أترك حياتي الهنيئة لحل مشاكلكم.

لم يظهر على وجه أثينا أي أثر للمفاجأة أو الغضب، بدتْ وكأنها توقعتْ رفضي تمامًا، بل وربما كانتْ تعتمد عليه. مالتْ برأسها قليلًا، وكان هدوؤها أشد إرباكًا من أي صرخة، وجاء صوتها هادئًا ومحسوبًا:

- هي ليستْ مشاكلي أيضًا، فلا علاقة لي بأي أحداث تصيب هذا العالم، بل أفكر بأن وقت مغادرتي قد حان، لكن أنتِ الوحيدة المتبقية من تلاميذ أرخميدس، ويدكِ بعيدة عن علم الخوارق، لهذا الجميع هنا قد صوتوا بالفعل لتشغلي المنصب.

لم تكن لدي فرصة كما توقعت، الرفض لم يكن خيارًا، وبغياب يومان، لم يتبقَ أحد من الجيل الأول ليحكم، وأثينا تخطط لمغادرة العالم، فهل سيُحكم هذا الفضاء العظيم الآن من قبل الجيل الثاني، من عاشوا في الحكمة من غير العلماء الذين تم اختيارهم؟ وماذا يتوقعون مني أن أفعل؟ ماذا يتوقعون من فتاة بسيطة مثلي بالكاد استطاعتْ إدارة قرية صغيرة أن تفعل؟

(6)

(عالم الحكمة – بلسان العالمة كاميليا – الفصل الثالث من ثورة السيوف والحكمة)

وقفتُ على شرفة العرش الرخامية، والهواء البارد يلفح وجهي، كانتْ مدينة الحكمة تبدو هادئة من هذا الارتفاع، لكن في الساحة الكبرى بالأسفل، كان فتيل الحرب على وشك الوصول إلى نقطة الانفجار، كانوا هناك، يحتشدون بالمئات، فرسان يرتدون دروعًا سوداء، يحملون رايات لم أرها من قبل، مختلفة الألوان والأشكال، يعارضون حكمي أنا، يعلنون

346

استقلالهم، فهل من هنا يولد الانحلال الذي نسميه الحرية؟ وتذكرتُ كلمات أثينا يومها، الجميع اختاركِ، أي جميع كانت تعنيه، والكل في الساحة الآن يرفض حكم فتاة من الجيل الثاني؟ والأمر واضح، الجيل الأول، جيل أرخميدس وطلابه الذين أتوا إلى هنا، لم يكونوا يبحثون عن السلطة، كانوا علماء، فنانين، فلاسفة، كانوا يهتمون فقط بالاستفادة من موارد هذا العالم العجيب، لكننا نحن، الجيل الثاني، نسينا أننا ضيوف هنا، نسينا العالم الذي دمرناه بالحرب، وأصبح التحكم في هذا الملاذ الجديد هو رغبتنا الوحيدة، وها نحن نتحول إلى غابة ببطء.

نظرتُ إلى الرايات الرمادية الزاهية، إلى السيوف المرفوعة، ألم يتعلموا الدرس بعد؟ أيرغبون بأن تنجس الدماء سماءنا من جديد؟ أيرغبون بأن تحل على هذا العالم مصيبة أخرى كالتنين الأعظم؟ ثم فجأة، تقدم رجل يرتدي درعًا من الفولاذ الأسود إلى مقدمة الحشد. لم يكن صراخًا، بل كان صوتًا قويًا ومكبرًا، ربما بفعل تعويذة بسيطة، تردد في أرجاء الساحة:

- أرخميدس وطلابه يعيدون فرض قبضتهم على المكتبة، ولاحقًا سيقومون بارتكاب مجزرة بنا كما فُعِل في السابق. نحن، فرسان السيوف الخالدة، نعلن للمرة الثانية فرض سيطرتنا الكاملة على الأراضي الغربية، وسنعلن هذه المرة عن بدء ثورة السيوف والحكمة! سنسقط الطاغية كاميليا، ونحكّم يرياس، آمر مدينة الجبل، سيدًا لأرض الحكمة الموحدة!

هدر الحشد موافقًا، وارتفعتْ السيوف في الهواء، ثم عند أطراف الساحة، اندلع العنف، رأيتُ فرساني، حراسي الملكيين ذوي الدروع البيضاء، وهم يحاولون صد المتمردين، ورأيتهم يسقطون الواحد تلو الآخر تحت وطأة القوة والتعجرف. أمسكتُ بحافة الشرفة الرخامية الباردة بقوة حتى ابيضتْ مفاصل أصابعي، ورغم رؤيتي لدمائهم تسيل على حجارة المدينة،

أقسمتُ أن اليأس لن يجد طريقًا إلى قلبي، لا بد من وجود حل لهذا الجدال، لا بد من إيجاد نقطة نتفق عليها.

لم يكد صدى قسمي يخفتُ في عقلي حتى انفتح باب الشرفة خلفي بعنف، اندفعتْ مجموعة من الفرسان، من حراسي الملكيين إلى الداخل، كانتْ دروعها البيضاء ملطخة بالدماء والوحل، وأنفاسهم متقطعة، وصرخ قائدهم، وهو يتقدم نحوي:

- أثينا قد أصدرتْ أوامر بإخراجكِ من هنا فورًا!

استدرتُ نحوه ببطء، وشعرتُ بالألم يغمر قلبي ويشد أعصابي، لم يكن خوفًا، بل غضبًا ملكيًا هادئًا على هذه الفوضى التي يتسبب بها أصحاب العقول.

- إن كانتْ أثينا هي من يصدر الأوامر، فلِمَ أنا الحاكمة هنا إذن؟

تلعثم الفارس للحظة أمام نبرتي الحادة، ثم قال بيأس:

- اعتذاراتي سيدتي، ولكنه أمر طارئ. الحراس لن يصمدوا طويلًا أمام ثوار الجبل!

تجاوزتهم، متجهة نحو الباب الداخلي للقصر، نحو قلب العاصفة، وتوقفتُ عند المدخل، وألقيتُ عليهم أمري الأخير بصوتٍ هادئ لا يقبل الجدال:

- فقط ابلغ أثينا أننا سنجتمع مع يرياس وفرسانه في الساحة، سنتفق على حالة يرضى بها الجميع، حتى لو عنى الأمر تركي للحكم. لن نلطخ أرض المكتبة بأي دم.

(7)

بعد إعلاني بدء نقاش يحل الصراع، الساحة الأمامية قد تحولتْ إلى خط فاصل بين عالمين، على جهة، وقف فرساني الملكيون بدروعهم البيضاء، صامتين ومنظمين، وعلى الجهة الأخرى، احتشد ثوار الجبل بدروعهم السوداء ورايتهم الفوضوية، وكانتْ همهماتهم الغاضبة تملأ الهواء. مشيتُ نحو المنتصف، وصوت كعبيّ المعدني هو الصوت الوحيد الذي يكسر الصمت المشحون، وأحاط بي فرساني على الفور، ليس لحمايتي، بل كأنهم يعزلونني عن شعبي، وكأنني ارتكبتُ جريمة بمجرد محاولة إيجاد حل سلمي، وفكرتُ بسخرية مريرة، أرأيتم؟ أنا، الحاكمة التي اختارها الجميع رغم أنها لم تفكر أبدًا باعتلاء العرش، هي من تضع الحلول على الطاولة لإنهاء نزاع الثوار الذين لم تشملهم كلمة الجميع عند اختياري على الأرجح في النهاية. ثم ظهرتْ أثينا إلى جانبي، وحضورها الهادئ كان كمرساة في بحر متلاطم، وفي المقابل، تقدم ياريس، زعيم الثوار، ووراءه محاربوه، رحب بأثينا بإيماءة رأس، متجاهلًا إياي تمامًا. هل بدأتُ نقاش حكمة جديد كما حدث في الماضي؟ بدأتُ أنا، محاولة كسر الهدوء:

- شكرًا يرياس على تفهم موقفي وقبول دعوتنا.

وأضافتْ أثينا بصوتها الدبلوماسي الهادئ:

- وإن كان الأمر في يد كاميليا، فأنا متأكدة من أننا سنصل إلى حل.

لكن يرياس في الجهة الأخرى لم يكن في مزاج للدبلوماسية. قال بصوت جمهوري، وكأنه يخاطب جيشه وليس نحن:

- نحن نرفض قبول حكم كاميليا علينا، بل إن شعب الجبل قد فوضني حاكمًا، هم يريدون شخصًا يحمي علم الخوارق من الانقراض، لا عالمة رياضيات!

349

لم أتأثر بإهانته المبطنة، بل العكس تمامًا، لقد كانت هذه فرصتي لمخاطبة الثوار.

- أفهم موقفكم، ولهذا جمعتكم هنا، ولن نغادر هذه الساحة حتى نتفق. لقد رأى هذا العالم ما يكفي من الدماء والكوارث، ولن أكون السبب في قيام أخرى.

ثم تقدمتْ أثينا خطوة، لتصبح جسرًا هادئًا حياديًا بين قوتين متصادمتين.

- وسأضمن أن تكون الحلول واضحة، وأن يتم تطبيقها عاجلًا.

ساد صمتٌ متوتر لم يقطعه سوى هسهسة الريح بين الرايات السوداء والبيضاء، كانت عيون الجميع عليها، عيون الثوار مليئة بالشك، وعيون فرساني مليئة بالقلق، لكن لم تتأثر أثينا بهذا الضغط، بل تركتْ الصمت يطول للحظة، ثم أدارتْ رأسها ببطء، نظرتْ إلى وجه يرياس القاسي والمتصلب، ثم التفتتْ ونظرتْ إلى وجهي أنا، ولم تكن نظرة تعاطف أو حكم، بل كانتْ نظرة عالم يدرس متغيرين في معادلة معقدة، وبذلك الهدوء وحده، قررتْ:

- بالنسبة لي، العالم مسؤولية كبيرة، ولاختلاف أنماط تفكيركم، ليحكم يرياس الجبل ليكون أرضًا للخوارق، ولتتحكم كاميليا المكتبة لتكون أرضًا للعلوم، فأنا لا أرى حاجة لتوحيد أرضين بعيدتين فكريًا وجغرافيًا.

ثم قلتُ وأنا أقدم تضحيتي الأخيرة.

- إن رفضتَ حل أثينا، فأنا أرى أن تمسكَ السلطة بنفسك إن كنتَ ترغب بذلك، لكن ستتم مراجعة قراراتك من قبل مجلس المكتبة، كما كان يفعل أرخميدس في الماضي، ومعًا، سنقرر ما هو الأفضل للجميع.

لم يستطع يرياس إخفاء مفاجأته مما قررناه، وساد صمت طويل وثقيل، حتى همهمات الثوار خفتتْ، وكأن الجميع أخذ يفكر، وكانتْ عيونهم عليه، ينتظرون قراره الذي سيحدد مصير

الحرب والسلام، وهو نظر إلى رجاله، ثم إلى أبراج المكتبة الشاهقة، ثم إليّ، وأخيرًا تكلم، وبدا صوته مختلفًا، أكثر عمقًا وتأملًا:

- لديكما حلول جيدة على الطاولة...

صمت للحظة، ثم أضاف:

- لكن ألا يمكننا العودة لديارنا فحسب؟

قالها فجأة، والكلمات خرجتْ منه بتدفق لم يكن يتوقعه أحد.

- لم يعد لبقائنا هنا معنى، نحل مشكلة اليوم، وغدًا ستظهر أخرى، يأتي جيل ويذهب جيل، ونحن لا نزال هنا، أشباحًا في جنة ليستْ لنا، نتشبث بأنقاض عالم دمرناه وننسى الهدف الذي أتى بنا إلى هنا.

ثم رفع صوته ليسمعه الجميع.

- لقد أراد أرخميدس أن نتعلم هنا، لنعود ونبني عالمنا من جديد، أن نصحح أخطاء كارثة آسية، هذا ما رغب به البشر آنذاك، الأمان، والعلم لاستعادته.

ساد صمت أعمق من الذي سبقه، صمت الذهول، حتى أشرس الثوار كانوا ينظرون إلى قائدهم في حيرة. وفي قلب ذلك الصمت المطبق، ضحكتْ أثينا، ولم تكن ضحكة سخرية، بل ضحكة صافية وحقيقية، كأنها رنين جرس أيقظ الجميع من حلم طويل، وبسببها التفتت كل العيون نحوها، وقالت وهي تتقدم إلى المنتصف، وصوتها يتردد بوضوح وثقة:

- بالأوراق التي لديّ الآن، بإمكاني بناء بوابة أشد تطورًا، تصنع خيطًا دائمًا بين العالمين، لكن لا أعتقد أن السماء ستسمح بذلك، لذا سأقوم فقط بفتح بوابة ذات خيط أحادي للمغادرة، وحينها، لن يتمكن أحد من الوصول إلى هذا العالم.

سكتتُ للحظة، ونظرتْ إلينا، أنا وريّاس، بابتسامة لم أرها على وجهها من قبل تشق وجهها المتعب، واعترفتْ بهدوء:

- لقد كنتُ خائفة من بناء البوابة، لكن قراركم بالرغبة في المغادرة قد منحني الشجاعة الكافية لترك المكتبة أخيرًا والعودة إلى عالمي. لا أصدق أن البشر، بعد أن تمنوا العيش هنا للأبد، يقررون هجرة هذا العالم العظيم، لا جدال أن الأماني هي فقط لحظة رغبة عابرة.

(8)

وبعد أن ودعنا الرجال والقبور والصخور الصامتة، جهزنا أمتعتنا القليلة وحملناها للخروج، كنتُ أتمنى أن نرى الشتاء هنا لمرة واحدة على الأقل، لكن يبدو أننا سنكمل حياتنا في عالمنا الخاص الشاسع، عالمنا الفاسد، الطبيعي، المليء بالأحداث التقليدية. بعد أن تأكدتُ من سلامة عبور الجميع عبر البوابة، كنتُ أنا الأخيرة التي ستغادر، نظرتُ نظرة أخيرة إلى المكتبة الشاهقة، وإلى بقايا المدينة التي بنيناها معًا وعشنا فيها لسنوات، فُرِض علينا في النهاية تركها للأشجار والغبار، كما كانتْ في السابق، ولستُ حزينة على ذلك، بل فخورة، ستبقى هذه المدينة إرثًا لنا في هذه الأرض، رمزًا يُخلّد لكل المخلوقات أن البشر، يومًا ما، قد حكموا جزءًا من السماء. وضعتْ أثينا يدها على كتفي بابتسامتها الهادئة، فتعود نظراتي إلى تلك العظيمة، ثم منحتها حضنًا أخيرًا، وعدتها فيه بأننا سنكون بخير في عالمنا الأصلي.

بدأ العالم يتلاشى من أمامي وأنا أنتقل عبر البوابة، في دوامة من الضوء الأبيض الصامت، لكنني متأكدة مما رأيته، في تلك الثانية الأخيرة، وقبل أن يُغلق الخيط بين العالمين، تنينًا أبيضًا ظهر من العدم خلف أثينا الواقفة تراقب انتقالي، وضع يده بكل بؤس وهدوء بداخل

352

ظهرها، كما لو أن جسدها كان مجرد بخار، ثم أخرجها وهي تحمل قلبها القاتم، فانتشر الدم القرمزي على الأرضية الصخرية البيضاء. ما كان هذا؟! ما الذي حدث هناك؟!

(9)

(عالم الحكمة – بلسان الراوية أثينا – الفصل الأول مِمَّن يخافها الموت)

يمكنني أن أقول إن قصص الفساد القديم السابقة تنتهي جميعها هنا، في الصفحة السابقة قبل هذه التي تليها، ولقد رأينا كل شيء معًا، تأثير القوة المطلقة، وتأثير العلم المطلق. أتتذكرون السؤال الذي طرحته الحاكمة، هل العلم أم القوة ما يحتاجه البشر لكي يرتقوا؟ ها قد أجابه الكون على مدار ثلاثمائة صفحة من المآسي والحروب، كلاهما فاشل، لقد قرأنا النهاية الأولى، نهاية التجارب، نهاية الإجابات الخاطئة، ولكتابة الثانية والأخيرة، على شخص ما أن يقابلها في الأعلى ويمنحها الإجابة الصريحة، الإجابة الواقعية التي لا يمكن تصديقها، وإن كانتْ كل الطرق القديمة قادتْ إلى الخراب، فمن سيشق الطريق الجديد؟ لقد سقط الأبطال، وتلاشتْ الممالك، ولم يبقَ من كل تلك الحكايات سوى هذه الشاهدة، المؤرخة التي دونتْ كل شيء، لهذا السبب، هذه لم تعد قصة أرويها لكم عن الماضي، بل أصبحتْ تقريرًا عليّ أن أقدمه بنفسي، أصبحتْ فرضية أخيرة يجب اختبارها، في قاعة المحكمة الكونية، وجهًا لوجه أمام الحاكمة نفسها، هذه هي قصة محاكمة التاج الثانية.

لم أدرِ هل كان عليّ حينها الفرح لوداعهم أم البكاء، إن رمزية المشهد الأخير تنسيك توجه المشاعر التي تغرق القلب، فتحصل على خليط متضارب من العواطف، نصف مني كان ينظر إلى مدينة الحكمة خلفي، إلى أبراجها البيضاء التي تلمع فوقها الشمس الجديدة، ويرى فيها أعظم الأماكن وأقدسها في الكون، وكان هذا النصف يتمنى أن يبقى فيها للأبد، أن يكمل إرث أرخميدس وفيارا، وأن يبني حضارة بشرية هي الأقرب لمجد الحكام، والجزء الآخر

353

كان ينظر غربًا، نحو الأفق الذي حلّ به الظلمة، كشاهد على أعظم المصائب التي حدثت في هذا الكون، وكان هذا النصف يتمنى أن يغادر هذه الأرض المعلقة بدلائل الفساد والموت، أن يهرب من هذا التاريخ الملعون، وبهذا، لم أختر أيًا منهما، وفي النهاية، وقع اختياري على ابتسامة ضبابية، تكون ختامًا لهذا الصراع المحتدم في روحي، ابتسامة فتاة جبانة، قررتُ الهرب من اتخاذ القرار من الأساس، واخترتُ أن تتبع الآخرين فحسب.

وعندما ظننتُ أن الأمر قد انتهى، وأن دوري قد حان أخيرًا للعبور نحو البوابة المتوهجة، غرز شيء داخلي بسرعة خاطفة وخرج قبل أن أستطيع حتى أن أدرك ماهيته، وللحظة، لم أفهم ما حدث، سراب كان أم ذكرى، ثم، عندما انحنيتُ برأسي بشكل لا إرادي، رأيتُ الدماء تنهمر كشلال قرمزي من فتحة واسعة ظهرتْ فجأة في صدري، ما كان ذلك الشيء الذي اخترقني بهذه السرعة وكأنه جزء مني؟ لقد حدث الأمر بجنون مطلق، بنعمة غريبة، فأنا لم أشعر بأي ألم حقيقي عندما مزق جسدي، وماذا يحدث لنظري؟ لماذا يتلاشى العالم من حولي، يبتعد بعيدًا في بياض مبهر؟ هل هذا ما يشعر به المرء عند الموت؟ بل ورأيتُ شيئًا آخر، شيئًا أغرب، ريش أبيض ناعم بدأ يظهر على ذراعيَّ، فارتجفتُ وسألتُ بصوت خافت لم أعد أتعرف عليه، من أنا؟

-   جراي شيزومي، والباحثة السماوية أثينا، المهندسة العظيمة، خادمة السماء.

بسبب ذلك الصوت فتحتُ عينيَّ، ورأيتُ البياض النقي الطاهر يمتد بلا حدود في كل اتجاه، معلقة في مشهد فراغ صامت، شعور بالسلام لم أعرفه من قبل يغمرني، الحلم ذاته الذي أراه منذ ولادتي، لكن الهدوء لم يدم طويلًا، تمامًا كما حدث عندما انتقلتُ إلى عالم الحكمة للمرة الأولى، بدأ البياض يتشكل، يتموج، يتحول إلى خطوط وهياكل، وببطء بدأت ملامح مقر العوالم تتضح من حولي، رأيتُ ألوانًا تولد من العدم، غابة زاهية لا يجرؤ الوصف على الإحاطة بجمالها نمت حولي، وفي وسط هذه الغابة، ارتفع قصر عائم، لا يستند

على أرض، بل يطفو في الفضاء بكبرياء هادئ، وكانتْ شمسه تشرق في تلك اللحظة وتلقي بضوئها الذهبي على حدائقه الشاسعة وأنهاره التي تتدفق نحو الفضاء، ثم رأيتها، وربما لم يكن علي رؤيتها، في قلب هذا الفراغ المتسع الذي تلاشى، وقبل أن يختفي الأصل من الخلفية، ظهرتْ شاحمة وكئيبة، شجرة العوالم، لكن هذه المرة كانتْ تحترق بنيران شاحبة، ليستْ حارقة بل باردة، تلتهم أغصانها الشفافة ببطء مؤلم، ولم تكن النيران تخلق نجومًا، بل كانتْ تترك وراءها فراغًا أسود، الحياة تحترق، والشجرة تتآكل، وقريبًا، لن يتبقى أي أغصان لتتفرع منها عوالم جديدة، وبموت هذه الشجرة قد تموت السماء للأبد. باختفائها، بتلاشي الأصل، لم يكن هناك ما أنظر إليه سوى القصر العائم، إلى ذلك الجمال المتجاهل، فشعرتُ بغضب بارد يتصاعد في داخلي، بالنسبة لي، لم تعد هذه رحلة منح إجابة، الأمر يتعلق الآن بإنقاذ الوجود من كارثة كونية، كارثة تتجاهلها من يفترض منها حمايته.

(10)

انتهى البعث، ووجدتُ نفسي ساقطة على أرضية رخامية باردة، تحيط بي أعمدة ذهبية لا نهاية لها، ومرّت عني بخطواتها المتسارعة الصارمة، مرتدية درعها الأرجواني الساحر، تسير وسط ساحة القصر تلك التي بدثُ وكأنه مصنوع من نور الشمس لا الرخام. توقفتْ تلك الخطوات فوق رأسي مباشرة، وجاء صوتها من الأعلى، باردًا وحاسمًا كصوت سقوط مقصلة، ناطقةً باسمي الممجد الذي ظننته قد نُسي، ثم أُكملتْ:

-   ... شخصية مثلكِ لا يجب تركها تموت هناك.

لم أحاول النهوض، بقيتُ مستلقية على الأرضية الباردة، أنظر إلى الأعلى نحو وجهها الذي لا يظهر منه شيء سوى الظل من الضوء الساطع، ولم يكن في صوتي أي أثر للألم أو الامتنان، بل مجرد حقيقة باردة ومرهقة:

355

- ولكنكِ تعلمين أنني لا أموت.

ربما كان جوابي الصريح كافيًا لإزعاجها، وأعرف أن استفزازها ليس لصالحي، لكنني لم أعد أملك شيئًا أخسره، لقد متُّ بالفعل، وهذه الحقيقة لا أريد لها أن تتغير. استدارتْ نحوي ببطء، وقالتْ بصوت هادئ يحمل صدى دهور من المعرفة:

- هذا صحيح، كما سمعتِ في السابق، الموت يخشاكِ كما يخشى باقي التنانين، وكونكِ حاملة لعينيه، فأنتِ حاضنته المقدسة. إنها مسألة وقت حتى تفقس البيضة التي يحتويها جسدكِ، ويعود ليحقق غايته مهما كانتْ.

هي تعرف المشكلة، ورغم ذلك تتجنبها بالكامل، لم أتوقع أقل من ذلك من حاكمة يطلق عليها لقب المفسدة. هي تمتلك كل القوة في الكون، لكنها لا تزال تخاف مني، إن كنا سنلعب هذه اللعبة بتلك الطريقة، فلنلعبها معًا. قلتُ لها بنفس النبرة الساخرة:

- ويبدو أنه لا يملك الصلاحية لقتلي، ولا أنتِ أيضًا، لقد أصبحتُ قنبلة لا يمكن تعطيلها. لو كان القرار بيدي، لكنتُ رميتها بعيدًا ونسيتُ وجودها.

حينها قالتْ وهي تشير إلى الفراغ من حولنا، وكأنها تعلم أنني رأيته بوضوح أثناء انتقالي.

- وما هي إلا مسألة وقت حتى يذبل هذا القصر أيضًا، السماء لا تستطيع أن تصمد لعصر آخر، وتايم كانتْ تعلم هذا جيدًا، وربما أنتِ أيضًا، والطريقة الوحيدة لإعادة استقرارها هي باحتوائها وقطعها وتجديدها.

نظرتُ إلى الفراغ الذي أشارتْ إليه، ثم إليها، وملأني شعور بالشفقة المسرحية، يا لها من مأساة، السماء نفسها تحتضر، والحاكمة العظيمة لا تملك ما تفعله سوى إلقاء الخطب الحزينة عن الأقدار، والعبث بمخلوقات العوالم، والقيام بتجارب ليس لها أي أهمية، وأنا التي لن

تموت ربما قد أشهد هذه المسرحية الإضافية أيضًا، إنه مشهد مؤثر يستحق التصفيق. مِلْتُ برأسي قليلًا، مقلدةً نظرة التعاطف اللاذعة.

- ولهذا قررتِ تركَ مقر العوالم والهرب إلى أرض البشر؟ أم أن الحكام في عصرنا لم يعد لديهم الطاقة الكافية لفعل ذلك؟

لم تستدر بغضب، بل أدارتْ وجهها عني ببطء شديد، وجاء صوتها أجشًا عميقًا، كأنه صوت صخرة تتشقق لتكشف عن قلب من النار:

- بل لم يكن للحكام أبدًا طاقة كافية لفعل ذلك، لا الآن ولا سابقًا، خطيئة الحاكمة الأولى أضعفتنا شيئًا فشيئًا، حتى بات الأمر متروكًا له، لأن يولد ويظهر، لأن يولد ويظهر، كملك.

ألقتْ كلماتها في الفراغ الأبيض، كلمات تحمل ثقل التاريخ والأسى، وكانت قصة جميلة ومأساوية، قصة حكام ضعفاء وقدر لا يرحم، لكنني رأيتُ ما خلفها، رأيتُ العذر المتقن الذي صاغته لقرون لتبرير خطيئتها هي. قررتُ حينها الوقوف على قدماي، واخترقتُ هالتها المهيبة بنظرة لا تحمل سوى الاحتقار:

- ولقد قررتِ الجلوس على عرش السماء ورؤيتها تحترق، عوضًا عن منحها إياه.

أبتعدتْ عني حينها، وما زالتْ تخشى أنا أرى وجهها لسبب ما، ثم صرختْ لأول مرة:

- هي أضعف من أن تسيطر على سلطة التاج! لقد اخترتُ العرش رغبة مني في احتواء الموقف، لا الاقتراب أكثر من النار كما أرادتْ هي، ولدي أساليبي الخاصة.

تراجعتُ خطوة واحدة للخلف أنا أيضًا، ببطء وحذر، وخفضتُ رأسي قليلًا، ليس خضوعًا، بل كتكتيك للبقاء على قيد الحياة، بعدما رأيتُ النور من حولها يتموج بعنف.

- ليس وكأن لي يدًا في أمور كهذه لأفرض رأيي، فأنا لستُ أكثر من ذرة بشرية.

أطلقتْ تنهيدة طويلة وبطيئة، وكأنها تطرد آخر بقايا غضبها معها، وعندما تكلمتْ مجددًا، كان صوتها قد استعاد هدوءه القديم، لكنه الآن يحمل نبرة جديدة من الاحترام الحقيقي:

- بل أنتِ أعظم من هذا بكثير، أيتها الباحثة السماوية أثينا. لا يليق بكِ دور ذلك الكائن البسيط، ولولا ذلك، لما كنت سألقاكِ، ولتركتكِ هناك، مجرد جثة أخرى.

(11)

مع كلماتها الأخيرة، ومع صفير حاد، انغلقتْ أبواب القطار، ومعها انهار عالمها السماوي الخيالي، ليظهر محل المشاهد البيضاء خارج النافذة صورة قاتمة ومألوفة بشكل مؤلم، إن هذا عالمي القديم، نسخة واقعية وحية من ذاكرة كنتُ قد دفنتها. في الداخل، ساد صمت مطبق، لا يقطعه سوى اهتزاز العربة، وكانتْ تجلس في المقعد الأمامي لكيلا أرى وجهها هنا أيضًا، ولم تكن تنظر إليّ، بل إلى انعكاسها الشاحب على زجاج النافذة، وكأنها تتجنب مواجهة ما هو حقيقي داخل هذه العربة، أو مواجهتي أنا نفسي، ورأيتُ في صمتها وتجنبها هشاشة امرأة تختبئ خلف قناع من التواضع الزائف، ويبدو أنها قد هدأتْ أخيرًا مع لحظات السكوت التي لممنا فيها أنفاسنا وأفكارنا، وماذا الآن؟ هل سأنتظر طويلًا حتى يتم تحديد مصيري؟ قررتُ أن أكسر أنا هذا الصمت الهش هذه المرة، أن أستعجل الحكم أيًا كان ثمنه، وأن أعيد نفسي إلى الكابوس الذي خرجتُ منه للتو، أخذتُ نفسًا، ونطقتُ بالكلمات الأكثر استفزازًا التي استطاع عقلي صياغتها:

- وأحبذ عدم ربط اسمي بالسماء، لا يزال لدي خلافات مع سياساتها الحالية.

لم تلتفتْ نحوي، بقيتْ عيناها تحدقان في السواد المتدفق خارج النافذة ونحن نعبر النفق المظلم، لكنني رأيتُ انعكاسها الشاحب على الزجاج، كلماتي الاستفزازية لم تثر غضبها، بل أيقظتُ فيها إرهاقًا غريبًا، وجاء صوتها هادئًا، موجهًا إلى ظلام النفق وليس إليّ:

358

- لكني ظننتُ أنكِ ستكونين فخورة بتنصيب اختراعك العظيم هناك فحسب.

إذن، اختراعي هو ما فتح البوابة إلى مقر العوالم لأول مرة، وما فائدتها إن كانوا يستطيعون الانتقال إلى هنا بصلاحياتهم؟ ما الهدف من وجوده بعد هذا الوقت إلا السماح لفانيين كالبشر بالسفر من وإلى السماء؟ هل كانتْ كلماتها بريئة وساذجة، أم أنها حركة أخرى في لعبة لا أرى رقعتها الكاملة بعد؟ استمرتْ في التحديق في ظلام النافذة، لكنني شعرتُ بنظرتها تتحول من الإرهاق إلى التركيز، وكأنها تستجمع أفكارها لتقول شيئًا ذا أهمية قصوى.

- لابد أنكِ تنتظرين هذه الكلمات بشوق وفضول، وتسألين نفسك لماذا جئتُ بك إلى هنا. لسببين تحديدًا، الأول، أريد منك حسم نتيجة الخلاف الذي طرح في البداية، فأنت قد سمعتِ بالقصة، وعشتِ نهايتها، فهل كان ما ينقص البشرية لترتقي، القوة أم العلم؟

ساد صمت طويل بعد سؤالها، وكأنه إعلان مني أننا وصلنا أخيرًا إلى اللحظة الحاسمة في هذه القصة، اللحظة التي سأنطق فيها بالإجابة التي أخذتُ أفكر بها على مدار سنوات، اللحظة التي سأحاكمها بها على تجربتها كقوة حيادية تفوق الحكام أنفسهم. أخذتُ نفسًا عميقًا، وشعرتُ بثقل كل ما رأيته وكل ما عشته يستقر على كتفي، ولم أكن بحاجة للنظر إليها لأعرف أنها تنتظر حكمي بتأنيب، وليس كقاضية، بل كعالمة شهدتُ وحيدة كامل القصة.

- إن كنتُ سأعتمد على تجاربكِ الخاطئة، فلن نصل أبدًا إلى إجابة صحيحة، ولكن حسب فلسفتي، وبناءً على الذي رأيته من أحداث، فالبشر لا ينقصهم أي شيء، هم بالفعل مكتملو التطور، وأي تلاعب يحدث في ميزان استقرارهم يقود فقط إلى كارثة عليهم وعلى الجميع. منحتِ آسيا القوة، فقادها الجنون، ومنحتِ فيارا العلم، فقادها الفضول، وكلتاهما خلقتا مصيبة فقط لعالم البشر. أيضًا من الاستهزاء أن تفعلي ما فعلته فيارا بوضع البشر، بحكم طاقة خلاياهم، في قاع هرم الكائنات،

فهم قد لا يمتازون بالطاقة الضخمة، لكنهم يملكون القدرة على التكيف والتغلب على أصعب المواقف دائمًا مهما أصابهم، وتجربتكِ كانت خير دليل على ذلك.

علامة قبولها بتلك الإجابة كانت هي الصمت الطويل دون جدال، صمتٌ أثقل من كل الكلمات التي قيلتْ في تلك القاعة البيضاء حتى. في تلك اللحظة، نهضتُ من مقعدي، وشعرتُ بقوة غريبة تسحبني نحوها، خطوة، ثم أخرى، عبر الممر الضيق في العربة، حتى وقفتُ أمامها، ولأول مرة منذ أن التقينا، لم تشح بوجهها عني، فرأيتُ وجهها بوضوح في الضوء الخافت الذي كان يتسلل من نوافذ القطار، ولم يكن وجه حاكمة مغرورة، بل وجه امرأة تحمل على كتفيها عبئًا غامرًا، وخطوط الإرهاق محفورة حول عينيها، وقد ارتسمتْ على شفتيها ابتسامة هشة عند سماعها لإجابتي، ابتسامة كانت على وشك أن تتحطم من دمعة سقطت من زاوية عينها، طاهرة وبطيئة، شقتْ طريقها على خدها، وكانت اعترافًا صامتًا بأنها حمَّلتْ نفسها بحكمي وزر كل كارثة، كل روح فُقدت، وكل أمل انهار منذ بداية هذه القصة، وفي تلك اللحظة أيضًا، انهار حكمي القاسي عليها، لم أرَ حاكمة مطلقة القوة تتجنب المشكلة، بل رأيتُ كائنًا ضائعًا لا يعرف حقًا كيف يحلها، لكنه يصر بعناد يائس على المحاولة، ورأيتُ إصرارها اليائس على فهم قلب البشر العميق، ورأيتُ خيبة الأمل من فشلها في ذلك. غمرتني موجة من الطمأنينة الغريبة، سلام يأتي فقط مع الفهم الحقيقي للقضية، وجلستُ في المقعد الذي بجانبها، وتركتُ دموعي تسيل بصمت، لتشارك دموعها التي لم تعد تخفيها.

كانت هي أول من تحرك، مسحتْ خدها بظهر يدها، واستقامتْ جلستها ببطء، عاد قناع الحاكمة الهادئ ليغطي ملامحها، لكن شيئًا في عينيها كان قد تغير، أصبح أكثر شفافية، وأقل سلطوية، ثم خرج القطار من النفق المظلم، وغمر ضوء الفجر الشاحب العربة، كاشفًا عن عالم أبيض لا نهاية له يمتد خارج النافذة، ومنهيًا عتمة الاعترافات الطويلة التي تبادلناها

سابقًا. راقبتُ السهول البيضاء لدقيقة وهي تمر من النافذة، ثم أدرتُ رأسي نحوها، ولم تعد هناك حاجة للسخرية أو التحدي لحقنها في كلماتي، فقد سقطتْ كل الأقنعة. قلتُ بهدوء:

- اخبرتني بالسبب الأول، فما هو السبب الثاني الذي جئتِ بي من أجله إلى هنا؟

أدارتْ الحاكمة وجهها نحو النافذة، نحو ذلك البياض الذي يلتهم الأفق، وكأنها تبحث عن الكلمات في الفراغ، واستمر الصمت طويلًا، حتى ظننتُ أنها لن تجيب، ثم بطء، التفتتْ نحوي، ولأول مرة، رأيتُ في عينيها نهاية الطريق.

- البطل ذو الروح الخالدة سيكون ضعيفًا عند ظهوره، ولا أعتقد أن الحكام سيصمدون حتى ذلك الحين ليكونوا له دليلًا، وفي عالم فاسد بالكامل كذاك الذي سيبعث فيه، قد يقف حائرًا وينهار، ويغرق وبرفقته العوالم والسماء. لذا، يا من يخافها الموت، هل بإمكاني طلب ذلك منكِ؟ أن تكوني له دليلًا عند الضياع، في عصر لا حكام فيه.

(12)

مرّت أحداث لا تحصى وأنا هنا، في هذه الحديقة الهادئة، أحداث لا تعنيني، أوراقي مبعثرة أمامي فوق الطاولة الخشبية، تحمل نظريات قديمة عن عوالم لم يعد يهتم بها أحد، وبجانبها كوب قهوتي، وهو بارد كالعادة، شهادة صامتة على الساعات التي قضيتها غارقة في التفكير. أحيانًا، عندما تهب الريح وتسقط الأوراق عن الطاولة، أعود بذاكرتي إلى تلك اللحظة، إلى العرش الذي كان ينتظرني، وإلى طلبها الأخير، هل استدعتني إلى هناك حقًّا، وتوقعتْ مني أن أوافق على طلبها ذاك؟ بل كيف لذرة بشرية، كما وصفتُ نفسي ذات مرة، أن توافق على حمل مسؤولية الحفاظ على الكون بأكمله على كتفيها؟ رفضتُ طلبها بشكل صريح، لأني رأيثُ نهاية الطريق بوضوح العالمة التي أكونها، الفساد سيطغى بينما أنا أقف عاجزة انتظره، وسأبقى في ذعر من الانهيار المفاجئ للسماء، ومن أحداث العوالم، حتى يحنَّ علينا بظهوره، ثم هل بطل عظيم مثله سيحتاج إلى مرشد حقًّا؟ فأنتظره أنا دون الحكام حتى أُسحق تحت وطأة المسؤولية، وكيف سيكون حتى؟ لقد رفضتُ لأني كنثُ أجبن من مواجهة هذا المصير.

والآن؟ أجلس هنا كل يوم، أدعي أني أواصل أبحاثي، متجنّبة رؤية العالم الفاسد الذي ينهار خارج حديقتي، لكنني في الحقيقة لا أفعل شيئًا سوى الانتظار، أنتظر بنفاقٍ مرير ظهور البطل الذي تخليتُ عن لعب دور مرشده، أنتظر فقط لأرى كيف سيبدو وجه من يملك الشجاعة التي لم أملكها يومًا، وهل سيتمكن حقًّا، كما حلمثُ هي، من إنقاذنا من مصيرنا المحتوم؟

– النهاية –